中国古典文学
读本丛书典藏

李白诗选

薛天纬 选注

人民文学出版社

图书在版编目(CIP)数据

李白诗选/薛天纬选注. —北京：人民文学出版社，2016（2023.9重印）
（中国古典文学读本丛书典藏）
ISBN 978-7-02-011565-5

Ⅰ.①李… Ⅱ.①薛… Ⅲ.①唐诗—诗集 Ⅳ.①I222.742

中国版本图书馆 CIP 数据核字（2016）第 074857 号

责任编辑　李　俊
装帧设计　陶　雷
责任印制　张　娜

出版发行　人民文学出版社
社　　址　北京市朝内大街 166 号
邮政编码　100705

印　　刷　三河市鑫金马印装有限公司
经　　销　全国新华书店等

字　　数　309 千字
开　　本　880 毫米×1230 毫米　1/32
印　　张　11.75　插页 3
印　　数　34001—39000
版　　次　2017 年 10 月北京第 1 版
印　　次　2023 年 9 月第 11 次印刷

书　　号　978-7-02-011565-5
定　　价　38.00 元

如有印装质量问题，请与本社图书销售中心调换。电话：010-65233595

目 录

前言　1

一　蜀中时期
访戴天山道士不遇　1
登峨眉山　2
登锦城散花楼　3
上李邕　3
别匡山　4
峨眉山月歌　5
宿巫山下　6

二　"酒隐安陆"时期及初入长安前后
渡荆门送别　8
荆门浮舟望蜀江　8
秋下荆门　9
望庐山瀑布二首　10
望庐山五老峰　11
望天门山　12
长干行　12
杨叛儿　14
金陵酒肆留别　15
夜下征虏亭　15
别储邕之剡中　16

越中览古　16

苏台览古　17

采莲曲　17

越女词五首(选三)　18

淮南卧病书怀寄蜀中赵徵君蕤　19

山中问答　20

静夜思　21

安州应城玉女汤作　21

玉真公主别馆苦雨赠卫尉张卿二首　22

长相思　25

豳歌行上新平长史兄粲　26

赠新平少年　27

酬坊州王司马与阎正字对雪见赠　28

行路难三首(选二)　29

燕昭延郭隗(《古风》其十五)　32

大车扬飞尘(《古风》其二十四)　33

蜀道难　34

送友人入蜀　37

梁园吟　37

登广武古战场怀古　39

冬夜醉宿龙门觉起言志　41

梁甫吟　42

春夜洛城闻笛　45

安陆白兆山桃花岩寄刘侍御绾　46

山中与幽人对酌　47

赠内　47

酬崔五郎中　48

襄阳歌　50

赠孟浩然　52

大堤曲　53

忆襄阳旧游赠马少府巨　53

黄鹤楼送孟浩然之广陵　54

太原早秋　55

观放白鹰　55

将进酒　56

经下邳圯桥怀张子房　57

夜泊牛渚怀古　58

三　移家东鲁及供奉翰林时期

五月东鲁行答汶上翁　59

齐有倜傥生（《古风》其十）　60

嘲鲁儒　61

客中作　62

送韩准裴政孔巢父还山　63

答友人赠乌纱帽　64

赠从弟冽　64

凤笙篇　66

游泰山六首（选二）　67

南陵别儿童入京　69

从驾温泉宫醉后赠杨山人　70

温泉侍从归逢故人　72

效古二首　72

朝下过卢郎中叙旧游　74

侍从宜春苑奉诏赋龙池柳色初青听新莺百啭歌 75

清平调词三首 76

阳春歌 78

乌栖曲 79

君子有所思行 79

少年行三首（选一） 81

白鼻䯄 82

前有一樽酒行二首（选一） 82

送窦司马贬宜春 83

塞上曲 84

塞下曲六首（选三） 85

关山月 87

子夜吴歌四首（选二） 87

西岳云台歌送丹丘子 88

望终南山寄紫阁隐者 90

下终南山过斛斯山人宿置酒 91

秋夜独坐怀故山 92

赠裴十四 93

翰林读书言怀呈集贤诸学士 94

郢客吟白雪（《古风》其二十一） 96

玉壶吟 96

设辟邪伎鼓吹雉子斑曲辞 98

鞠歌行 99

惧谗 100

于阗采花 101

白头吟 102

4

长门怨二首　104

玉阶怨　105

怨情　105

夜坐吟　106

美人出南国(《古风》其四十九)　106

宋玉事楚王(《感遇》其四)　107

齐瑟弹东吟(《古风》其五十五)　108

月下独酌四首　109

越客采明珠(《古风》其五十六)　111

桃花开东园(《古风》其四十七)　112

登高望四海(《古风》其三十九)　113

松柏本孤直(《古风》其十二)　114

题东溪公幽居　114

白云歌送刘十六归山　115

送裴十八图南归嵩山二首　116

送贺宾客归越　117

灞陵行送别　118

凤饥不啄粟(《古风》其四十)　119

还山留别金门知己　120

初出金门寻王侍御不遇咏壁上鹦鹉　122

秦水别陇首(《古风》其二十二)　122

山人劝酒　123

四　去朝十年

赠崔侍御　125

秋猎孟诸夜归置酒单父东楼观妓　126

送蔡山人　127

奉饯高尊师如贵道士传道箓毕归北海　128

怀仙歌　129

朝弄紫泥海(《古风》其四十一)　130

仙人骑彩凤(《拟古》其十)　131

对雪奉饯任城六父秩满归京　131

东鲁门泛舟二首　133

寻鲁城北范居士失道落苍耳中见范置酒摘
　苍耳作　134

鲁郡东石门送杜二甫　135

单父东楼秋夜送族弟况之秦　136

金乡送韦八之西京　137

酬张卿夜宿南陵见赠　138

鲁郡尧祠送窦明府薄华还西京　139

沙丘城下寄杜甫　142

鲁中送二从弟赴举之西京　143

鲁中都东楼醉起作　144

别中都明府兄　144

登单父陶少府半月台　145

梦游天姥吟留别东鲁诸公　145

鸣皋歌送岑徵君　148

对雪献从兄虞城宰　151

淮海对雪赠傅霭　152

留别广陵诸公　153

金陵歌送别范宣　154

登金陵凤凰台　156

劳劳亭　157

丁督护歌　157

答湖州迦叶司马问白是何人　158

对酒忆贺监二首（选一）　159

登高丘而望远海　159

秦王扫六合（《古风》其三）　161

送杨燕之东鲁　162

闻王昌龄左迁龙标遥有此寄　163

金陵凤凰台置酒　164

酬崔侍御　165

挂席江上待月有怀　166

玩月金陵城西孙楚酒楼达曙歌吹日晚乘醉著紫绮裘乌纱巾与酒客数人棹歌秦淮往石头访崔四侍御　166

叙旧赠江阳宰陆调　168

寄东鲁二稚子　169

送萧三十一之鲁中兼问稚子伯禽　170

秋夜板桥浦泛月独酌怀谢朓　171

金陵城西楼月下吟　172

答王十二寒夜独酌有怀　173

醉后赠从甥高镇　177

战城南　178

胡关饶风沙（《古风》其十四）　179

大雅久不作（《古风》其一）　180

丑女来效颦（《古风》其三十五）　183

忆旧游寄谯郡元参军　184

羽檄如流星（《古风》其三十四）　187

留别于十一兄逖裴十三游塞垣　189

7

登邯郸洪波台置酒观发兵 191

行行且游猎篇 192

出自蓟北门行 193

幽州胡马客歌 194

北风行 195

倚剑登高台(《古风》其五十四) 197

戏赠杜甫 197

殷后乱天纪(《古风》其五十一) 198

三季分战国(《古风》其二十九) 199

战国何纷纷(《古风》其五十三) 200

一百四十年(《古风》其四十六) 201

书情赠蔡舍人雄 202

远别离 204

留别曹南群官之江南 206

横江词六首(选三) 208

江上答崔宣城 209

赠从弟宣州长史昭 210

秋登宣城谢朓北楼 212

游敬亭寄崔侍御 212

登敬亭北二小山余时送客逢崔侍御并登此地 213

观胡人吹笛 214

寄崔侍御 214

宣州谢朓楼饯别校书叔云 215

独坐敬亭山 217

听蜀僧濬弹琴 217

哭晁卿衡 218

宿鰕湖　219

清溪行　219

宿清溪主人　220

秋浦歌十七首(选五)　220

赠汪伦　222

书怀赠南陵常赞府　223

答杜秀才五松山见赠　225

宿五松山下荀媪家　228

铜官山醉后绝句　228

秋浦寄内　229

自代内赠　229

五　从璘及长流夜郎前后

北上行　231

奔亡道中五首(选二)　232

赠武十七谔并序　233

西上莲花山(《古风》其十九)　235

经乱后将避地剡中留赠崔宣城　236

猛虎行　238

扶风豪士歌　241

赠王判官时余归隐居庐山屏风叠　242

菩萨蛮　244

忆秦娥　244

赠韦秘书子春　245

别内赴征三首　247

永王东巡歌十一首　248

在水军宴赠幕府诸侍御　253

9

南奔书怀 255

上留田行 258

在寻阳非所寄内 261

狱中上崔相涣 262

上崔相百忧章 262

送张秀才谒高中丞并序 266

万愤词投魏郎中 267

中丞宋公以吴兵三千赴河南军次寻阳脱余之囚参谋幕府
　因赠之 269

陪宋中丞武昌夜饮怀古 271

赠张相镐二首 271

流夜郎闻酺不预 276

上皇西巡南京歌十首 277

窜夜郎于乌江留别宗十六璟 280

流夜郎永华寺寄寻阳群官 282

与史郎中钦听黄鹤楼上吹笛 283

望鹦鹉洲怀祢衡 283

赠别郑判官 285

放后遇恩不霑 285

流夜郎赠辛判官 286

上三峡 287

南流夜郎寄内 288

流夜郎题葵叶 288

望木瓜山 289

早发白帝城 289

六 晚年

自汉阳病酒归寄王明府　291

早春寄王汉阳　292

流夜郎半道承恩放还兼欣剋复之美书怀示息
　秀才　293

赠从弟南平太守之遥二首（选一）　295

江夏赠韦南陵冰　297

经乱离后天恩流夜郎忆旧游书怀赠江夏韦太守
　良宰　299

与夏十二登岳阳楼　308

巴陵赠贾舍人　309

陪族叔刑部侍郎晔及中书贾舍人至游洞庭五首　309

陪侍郎叔游洞庭醉后三首　311

荆州贼乱临洞庭言怀作　312

临江王节士歌　314

草书歌行　315

寄韦南陵冰余江上乘兴访之遇寻颜尚书笑有
　此赠　317

江夏使君叔席上赠史郎中　318

江上吟　319

峨眉山月歌送蜀僧晏入中京　320

天马歌　321

庐山谣寄卢侍御虚舟　324

豫章行　326

送内寻庐山女道士李腾空二首　327

赠升州王使君忠臣　328

对雪醉后赠王历阳　329

闻李太尉大举秦兵百万出征东南懦夫请缨冀申一割之用
　半道病还留别金陵崔侍御十九韵　330

献从叔当涂宰阳冰　333

游谢氏山亭　336

宣城见杜鹃花　337

九日龙山饮　338

九月十日即事　338

哭宣城善酿纪叟　339

临路歌　339

七　未编年

送杨少府赴选　341

长歌行　343

日出入行　344

把酒问月　346

长绳难系日(《拟古》其三)　347

月色不可扫(《拟古》其八)　347

待酒不至　348

对酒　348

送友人　349

春怨　349

陌上赠美人　350

代别情人　350

三五七言　351

前　言

公元8世纪中叶的唐玄宗开元、天宝年间,中国封建社会步入了它的黄金时代,经济发达、政治开明、思想解放、文化繁荣,都达到了空前的历史水平。在这堪称"盛世"的年代,天才诗人李白应运而出,以其独特的人格才情与艺术个性创造了既反映时代精神,又张扬人类本性的不朽诗篇,诗人因而站上了中国古典诗歌艺术的顶峰(与他并肩而立的是诗人杜甫),他的诗歌则成了中华民族,乃至全人类"垂辉映千春"的宝贵文化遗产。

李白(701—763),字太白。诗人在至德二载(757)写过一篇《为宋中丞自荐表》,自述"年五十有七",由此推算,他的出生年份是确定无疑的。他又在诗文中写到自己的出身家世:"白,陇西布衣。"(《与韩荆州书》)"本家陇西人,先为汉边将。"(《赠张相镐二首》)自谓汉"飞将军"李广的后代。关于李白家世,还有两条原始记载:一是李阳冰《草堂集序》(以下简称"李序"),曰:"李白,字太白,陇西成纪人,凉武昭王暠九世孙。蝉联珪组,世为显著。中叶非罪,谪居条支。……神龙之始,逃归于蜀,复指李树而生伯阳。惊姜之夕,长庚入梦,故生而名白,以太白字之。"一是范传正《唐左拾遗翰林学士李公新墓碑并序》(以下简称"范碑"),曰:"公名白,字太白,其先陇西成纪人。绝嗣之家,难求谱牒。公之孙女搜于箱箧中,得公之亡子伯禽手疏十数行,纸坏字缺,不能详备,约而计之,凉武昭王九代孙也。隋末多难,一房被窜于碎叶。流离散落,隐易姓名,故自国朝以来,漏于属籍。神龙初,潜还广汉,因侨为郡人。父客,以逋其邑,遂以客为名,高卧云林,不求禄仕。公之生也,先府君指天枝以复姓,先夫人梦长庚而告祥。"李阳冰,当涂县令,李白称之为"族叔",晚岁投靠其处,并托付李阳冰为自己编集文集。

所以,李阳冰所记李白家世乃出自诗人口述。范传正,宣、歙、池等州观察使,在李白去世五十五年后为其迁葬,所记李白家世出自诗人之子伯禽手疏。将以上资料加以梳理,得出关于李白家世的基本结论是:一,祖籍(族望)陇西,汉飞将军李广之后。二,凉武昭王李暠九世孙(李暠系李广之后。当晋安帝之末,据河西五郡,国号曰凉)。李唐王室也是李暠后裔,所以,李白与王室同宗。三,先世于隋末窜于碎叶(碎叶在隋代属西突厥,在唐代是安西都护府属下的一个军镇,碎叶城遗址在今吉尔吉斯斯坦的托克马克。条支在唐人心目中是个大概念,碎叶可包含于其中)。四,其家于中宗神龙之初(705)潜回蜀地,居住广汉(汉代郡名,唐为绵州)。李白的故乡江油,在唐代称昌明,系绵州属县。可以推想,李白先世长期在西域生活,诗人身上很可能有非汉族的血统,但有的研究者说李白是"胡人"则缺乏根据。

关于李白的出生地,时下主流看法,是碎叶,因为他的父辈是705年左右才来到蜀地,这一年诗人已经五岁。但细读李"序"和范"碑",按其叙事顺序,似李白之家归蜀在前,诗人出生在后。曾受李白之托为其编集文集的魏颢在《李翰林集序》(以下简称"魏序")中亦云:"身既生蜀,则江山英秀。"所以,学术界也有李白生于蜀地之说。

李白的生平经历可分为六个时期,即:蜀中时期、"酒隐安陆"时期及初入长安前后、移家东鲁及供奉翰林时期、去朝十年、从璘及长流夜郎前后、晚年。贯穿其一生的,是为了实现从政理想而发生过的初入长安、供奉翰林、北游幽州、入永王军幕、投李光弼军五次重大行动。

青少年时代,李白在故乡蜀中接受了多种文化的教育熏陶。他尝自述:"五岁诵六甲,十岁观百家。"(《上安州裴长史书》)"十五观奇书,作赋凌相如。"(《赠张相镐二首》)"十五游神仙,仙游未曾歇。"(《感兴八首》)"十五学剑术,遍干诸侯。"(《与韩荆州书》)还曾从赵蕤学习属于纵横术的《长短经》。这些内容总括起来,无非儒、道二家。

儒家文化引导李白积极用世,作赋、学剑术、学《长短经》,都是用世的准备。为了谋求政治前途,李白在出蜀前就开始了干谒活动,他曾向益州大都督府长史苏颋"路中投刺",又谒见过渝州刺史李邕。道家文化则引导李白出世而向往仙界,实质是引导他超越世俗功利而追求精神自由。儒、道二家文化相反相成,相互辉映,构成了李白堪称完美的"人生观"。他以《庄子》中的大鹏形象来寄寓自己的人生理想,企望乘运而起,并顺时而行藏。大约在二十五岁时,他"仗剑去国,辞亲远游",走向蜀中之外的广阔天地,踏上了为实现理想人生的奋斗历程。

李白出蜀后,漫游江汉、吴越,于开元十五年、二十七岁时来到安陆(今湖北安陆)。高宗时故相许圉师家"见招,妻以孙女"(《上安州裴长史书》),由此开始了"酒隐安陆,蹉跎十年"(《秋于敬亭送从侄耑游庐山序》)的生活。据研究者考证,李白之妻并非许圉师嫡孙女,而是许圉师安陆老家的一位他房孙辈。在《代寿山答孟少府移文书》中,李白对其人生理想有具体表述:"申管晏之谈,谋帝王之术,奋其智能,愿为辅弼,使寰区大定,海县清一。事君之道成,荣亲之义毕,然后与陶朱、留侯浮五湖,戏沧洲,不足为难矣。"即首先建功立业,然后归隐江湖。这种"功成身退"的人生理想,前半是儒,后半是道,实际上是儒、道二家观念糅合而成。李白于开元十八年"西入秦海,一观国风"(《上安州裴长史书》),即"初入长安"。他本欲通过干谒王公大人,扣开君门。但在长安遭到以卫尉卿张垍为代表的权贵的排斥,铩羽而归。初入长安的经历,是对李白天真而充满诗意的人生理想的严重打击,但他毕竟涉世未深,所以,对未来仍满怀期望。

大约在开元二十八年(740),李白携女平阳、子伯禽移居东鲁,许氏夫人去世应是诗人离开安陆的直接原因。在东鲁,李白与韩准、裴政、孔巢父等结为"竹溪六逸",隐于徂徕山。经故交元丹丘及玉真公主荐举,天宝元年(742)秋,李白奉玄宗诏入朝,为翰林供奉(天宝年间,翰林供奉也可称翰林学士)。入朝之初,玄宗对李白恩宠有加,"降辇步迎,如见绮、皓,以七宝床赐食,御手调羹以饭之。"("李序")当年十月,李白在《从驾温泉宫醉后赠杨山人》诗中写道:"待吾尽节报明主,然后相携卧白云。"在诗人看来,"功成身退"的美好人生理想距离他似乎只有一步之遥。据"李序"和"范碑"所记,李白在朝确曾担任过"潜草诏诰"、"专掌密命"等机要事务,李白自己在《为宋中丞自荐表》中也说当年"既润色于鸿业,或间草于王言,雍容揄扬,特见褒赏"。但身为翰林供奉的诗人,其主要职分乃是以其诗歌才能侍奉玄宗的风流生活,《清平调词三首》的创作即是典型例证。生性爱好自由的诗人很快厌倦了这种类似俳优的生活,再加上宫中奸佞之徒的谗毁,李白渐被疏远。当他意识到建功立业的理想不可能实现时,遂于天宝三载上疏请还。"天子知其不可留,乃赐金归之。"("李序")"魏序"云:"许中书舍人,以张垍谗逐,游海岱间",应是当时实情。供奉翰林既给李白留下了难以忘怀的记忆,也使他的从政理想经历了一次大幻灭。

去朝之初,李白一度被出世思想支配,他履行了加入道教的仪式,并沉迷于求仙幻想之中。但事实上他并不能放弃从政的理想。"遥望长安日,不见长安人。"(《单父东楼秋夜送族弟沇之秦》)"狂风吹我心,西挂咸阳树。"(《金乡送韦八之西京》)他仍期盼着君王的再顾。"一朝去京国,十载客梁园"(《书情赠蔡舍人雄》),去朝后的十年间,他四处漫游,约在天宝十载,于梁园所在地宋城(今河南商丘)与宗氏(武后时故相宗楚客的孙女)成婚。为了寻找政治出路,天宝十一载前后,李白曾怀着"且探虎穴向沙漠"(《留别于十一兄逖裴十三游塞垣》)的冒险心情,北游幽州。他在幽州看到安禄山叛逆势力坐大的危机形势,"心知不得语,却欲栖蓬瀛"(《赠江夏韦太守良宰》),只好逃离。幽州归来后,李白于天宝十二载春夏间似有"三入长安"之行,欲就时局危机向朝廷建言,无果而去。李白于天宝十二载秋来到宣州(今安徽宣城),

在皖南山水间休憩疲顿的心灵。

天宝十四载(755),"安史之乱"爆发。李白报国无门,暂在庐山隐居。十五载(即至德元载)岁末,奉永王李璘征召,下山入幕。"英王受庙略,秉钺清南边"(《在水军宴赠幕府诸侍御》),永王是接受了玄宗的任命,为江陵大都督,在南方经营水军,并沿江东巡。李白怀着"齐心戴朝恩,不惜微躯捐"(同上诗)的报国热忱入幕,却没有意识到朝廷内部政治斗争的复杂与险恶。已经在灵武登基的肃宗,认为永王有异志,发兵征讨,永王于至德二载(757)二月兵败丹阳,李白因从璘而获罪陷狱。虽经江南宣慰使崔涣及御史中丞宋若思营救,一度出狱,但朝廷最终还是判处李白流刑中最重的一种,即流放极为边远的夜郎(今贵州桐梓)。"魏序"云:"宗室有潭者,白陷焉。"李白乃是宗室斗争中无辜的牺牲品。李白于乾元元年(758)踏上流途,次年春行至巫山,朝廷因天旱颁发赦令,因而被侥幸放还(研究界也有认为李白是到达夜郎后遇赦的看法)。

晚年,李白在江南飘流,景况十分凄凉,但仍期待着见用于朝廷的机会。宝应元年(762)秋,李白作有《闻李太尉大举秦兵百万出征东南懦夫请缨冀申一割之用半道病还留别金陵崔侍御十九韵》,可知李白有一次请缨从军的行动,只是因病半途而废。贫病之中,李白来到当涂(今安徽当涂),投靠县令李阳冰。当年十一月,李白于"疾亟"之时"枕上授简",将编集及作序的后事托付给李阳冰。旧说以为李白这年冬即病逝,但李白《游谢氏山亭》诗开首即云"沦老卧江海,再欢天地清",显然是指代宗广德元年(即宝应二年,763)正月"安史之乱"彻底平定的时事,诗中又写了大病稍起的景况,所以,可以判定李白的生命延续到了这一年。广德元年冬,李白逝于当涂。次年初,朝廷尚不知李白死讯,曾为其授官,"范碑"记曰:"代宗之初,收罗俊逸,拜公左拾遗,制下于彤庭,礼降于玄壤,生不及禄,殁而称官,呜呼命与!"李白初葬于龙山,范传正为其迁葬谢家青山,成全了他的"终焉之志"。青山李白墓留存至今,系全国重点文物保护单位。

李白诗歌传世约千首。李白的优秀诗篇之所以不朽,说到底,是因为它张扬了人性。人性是永恒的,而在人类历史上,只有相对文明、进步的盛世,才能为人性的发展创造必要的环境和条件。人是社会之人,人性的基本内容,一是在生存温饱解决之后,希望生活得更幸福;二是要施展其才能抱负,谋求事业的发展与成功,在为社会群体做出贡献的同时,实现自己的人生价值;三是要维护人格独立和保持个人精神自由。有才有志之士,其人性的核心,是实现人生价值。对于中国古代的读书人来说,实现人生价值的唯一途径,就是步入仕途,将自己的才智贡献给朝廷,建功立业,济苍生,安社稷。这种家国情怀体现了儒家"达则兼济天下"的传统精神,这种精神实具有人性的合理内核。李白本分是诗人,他十分清醒地知道诗的久远价值远甚于现世功业,正所谓"屈平词赋悬日月,楚王台榭空山丘"(《江上吟》),但他仍把建功立业视为人生头等大事。李白赶上了一个好时代,这个时代纠正了此前数百年间朝廷用人选官唯豪门世族是举的"九品中正制",而代之以"考试面前人人平等"的科举制。李白那个时代的科举制度虽然尚不完善,而且每年录取的名额甚少,远不能在实际上解决士子们的出路问题,但毕竟体现了时代的进步,提高了读书人的用世热情,给他们带来了人生向上的希望。晋代诗人左思在《咏史》中曾无奈地感叹:"郁郁涧底松,离离山上苗。以彼径寸茎,荫此百尺条。世胄蹑高位,英俊沉下僚。地势使之然,由来非一朝。"李白则满怀解放感、幸运感地回答了"左思之叹",他在《送杨少府赴选》诗中朗声高咏:"时泰多美士,京国会缨簪。山苗落涧底,幽松出高岑。"时代既然给了士子们建功立业的机会,他们当然就要一显身手,踊跃攀上人生事业的高峰。李白正是这个时代广大士子的代言者。他之所以有资格担任这个代言者,是因为只有他把人人追求的功业理想发挥到了极致,他要做"辅弼"之臣,即姜尚、管仲、鲁仲连、谢安那样的人物,建立不世功业。李白企望的建功立业方式和途径是"大贤虎变愚不测,当年颇似寻常人"(《梁甫吟》)、"明月出海底,一朝开光曜"(《古风》其十)、"大鹏一日同风起,抟摇直上九万里"(《上李邕》)。李白终身未参加科考,其中一个重要原因,应是经由科举的上升途径与李白期望的"虎变"式进身有很大不同,此即"范碑"所说:"常欲一鸣惊人,一飞冲天,彼渐陆迁乔,皆不能也。由是慷慨自负,不拘常调,器度弘大,声闻于天。"这种绕过科举常规的"超现实"理想明显带着幻想性,但李白却并不觉得虚幻,他坚信"天生我材必有用"(《将进酒》),终生为其"大鹏之志"的实现而奋斗不舍。

李白的功业理想注定无法实现。这是因为他在追求功业的同时,又极端地坚持了人性之另一面,即人格独立和精神自由。"兰生谷底人不锄,云在高山空卷舒"(《赠从弟南平太守之遥》),他追求无拘无束、快意自在的生活。这里有道家思想的深刻影响,体现了道家文化以自然为宗的精髓。道家精神同样具有人性的合理内核。士人一旦步入仕途,或如李白那样进入朝廷,他便处在了皇权笼罩之下,进入了官场的人际"关系网"中。为了实现功业理想,他必得在一定程度上放弃独立人格、削减精神自由。然而这却是李白所不堪忍受的。他蔑视权贵,"黄金白璧买歌笑,一醉累月轻王侯"(《忆旧游寄谯郡元参军》),"安能摧眉折腰事权贵,使我不得开心颜"(《梦游天姥吟留别东鲁诸公》)。他甚至在皇帝面前也要保持平等的身份,居然"天子呼来不上船,自称臣是酒中仙"(杜甫《饮中八仙歌》)。不妨设想,李白入朝之初受到那样的宠遇,他如果能稍稍委屈、约束自己,功业理想当不无实现的可能。然而,他的态度却是"乍向草中耿介死,不求黄金笼下生"(《设辟邪伎鼓吹雉子斑曲辞》)。当李白意识到鱼与熊掌不可得兼时,把建功立业与精神自由放在人性的天平上衡量,他毅然决定放弃前者,于是上疏请还。功成身退的美妙人生理想遂成泡影。

李白终生都在追求建功立业与坚持精神自由的矛盾中跌荡拼搏，这种矛盾无法调和、克服，所以李白的遭遇始终是"大道如青天，我独不得出"，"欲渡黄河冰塞川，将登太行雪满山"(《行路难三首》)。由此造成了他的"万古愁"，造成了他满含悲壮色彩的诗意人生。"三杯拂剑舞秋月，忽然高咏涕泗涟"(《玉壶吟》)，李白那些悲慨豪纵、震撼人心的饮酒诗，有着共同的主题，就是宣泄人生之"愁"，或如范传正所说"取其昏以自富"。李白遇到的人生矛盾其实具有普遍性和恒久性，普通人也会遇到同样的矛盾，李白与普通人的区别，正如李长之所说："就质论，他其实是和一般人的要求无殊的，就量论，一般人却不如他要求得那样强大。"(《道教徒的诗人李白及其痛苦》)所以，李白的诗篇就产生了打动人心的力量，李白就成了从古到今人们心中的精神偶像。

当然，李白也有许多饮酒诗并非"举杯消愁"之作，这些诗篇抒写饮酒之乐，充溢着"人生得意须尽欢，莫使金樽空对月"的生活热情，这是对人性之另一侧面的表现，即人在世间总是希望生活得更幸福、更快乐。李白那些表现乡情、友情、亲情和爱情的诗篇，从本质上说，也是对追求生活幸福之人性的表达。

李白属于"主观之诗人"，他的作品大多是以"我"为主体的抒情诗。李白做人崇尚本真的人性，他的诗歌同样崇尚本真，绝去人工，绝去雕饰，追求天然真率之美。他抒写情感，一任真情流注，没有任何顾虑，不受任何成规约束，甚至看不出艺术上的追求而独臻大匠运斤之境。他最擅于歌行与绝句这两种利于自由抒写的诗体。他的歌行随手挥洒，恣意铺张，浑灏流转，起落无迹，正所谓"想落天外，局自变生。大江无风，波浪自涌；白云从空，随风变灭。此殆天授，非人可及"(沈德潜《唐诗别裁集》)。他的绝句脱口而出，信手而成，清澈如水，流转如珠，正如李攀龙所说："盖以不用意得之，即太白亦不自知其所至。"

(《选唐诗序》)李白的诗无从效仿,无法复制,真正是自由的艺术,解放的艺术,高度人性化的艺术。

这个选本主要以清代王琦注《李太白全集》(中华书局1977年版)为据,选诗289题343首,为李白传世诗作的三分之一强。诗歌文本偶有与王注本不同处,均做了说明。选诗的原则,一是最能体现李白精神与艺术风貌的作品,二是诗篇编排起来能比较完整地展现诗人的生平经历。为了方便读者对李白其人其诗的理解,诗的编排采用编年体(其中有些作品只是大体按写作时期安放,并非确切的编年),编年基本依据安旗主编、笔者亦为撰稿人之一的《李白全集编年笺注》(中华书局2015年版)。注释中对学界前辈及时贤的成果多有吸收,限于体例不能明确标示,特此说明并深致谢忱!欢迎读者诸君对注释文字的讨论与批评,以期我们共同走近更为真实的李白。

一　蜀中时期

访戴天山道士不遇[1]

犬吠水声中[2],桃花带雨浓。树深时见鹿,溪午不闻钟[3]。野竹分青霭[4],飞泉挂碧峰。无人知所去,愁倚两三松。

[1] 作于诗人故里昌明(唐绵州属县,今四川江油)。戴天山,在江油。杜甫《不见》诗写到李白在故里的"匡山读书处",戴天山与匡山相连,是位于匡山之后的另一座山峰。少年李白在读书的同时,即开始学道。道观多建于风景佳胜处,李白早年的学道经历亦培养了他热爱自然山水的情怀。这首诗仅诗题标明是一首访道之作,诗的内容纯然描写山中明丽清幽的风景,而不涉道教,因而更像一首写景诗。从形式看,这是一首标准的五律,存留至今的李白故里诗多用这种"时尚"诗体写成,可见诗人早年曾潜心研习过近体诗。

[2] "犬吠"句:流水声中夹杂着犬吠声,两种声音共同营造了清幽的氛围。

[3] "溪午"句:已到中午时分,等候在溪边的诗人仍听不到道观的钟声,表明道士还没有回来。

[4] 青霭:青色的云气。分:显露,呈现。句谓透过弥漫在山间的云气,看到一片野竹。

登峨眉山〔1〕

蜀国多仙山,峨眉邈难匹。周流试登览〔2〕,绝怪安可悉?青冥倚天开,彩错疑画出〔3〕。泠然紫霞赏,果得锦囊术。云间吟琼箫,石上弄宝瑟〔4〕。平生有微尚,欢笑自此毕。烟容如在颜,尘累忽相失。倘逢骑羊子,携手凌白日〔5〕。

〔1〕峨眉山:蜀中名山,唐代属嘉州峨眉县(今四川峨眉)。诗系李白青年时代登临所作,印证了他"十五游神仙,仙游未曾歇"(《感兴八首》)的自白。

〔2〕周流:"周流"与"试登览"倒置,意即游览了山中多处景致。

〔3〕青冥、彩错:均写山色,一则青翠,一则斑斓。

〔4〕"泠然"四句:写登山后产生的游仙幻想。泠然,轻快飞升的样子。紫霞,紫云,仙人飘飞于其间。锦囊术,成仙之术。"云间"、"石上"二句写成仙后的行为。

〔5〕"平生"六句:写游仙向往。微尚,深藏于心中的念头。欢笑,指世俗感情。烟容,仙人的容貌。仙人托身烟霞,因称烟客,江淹《杂体诗·郭弘农璞游仙》:"眇然万里游,矫掌望烟客。"尘累,世俗牵挂。骑羊子,仙人葛由,《列仙传》卷上:"葛由者,羌人也,周成王时,好刻木羊卖之,一旦骑羊而入西蜀,蜀中王侯贵人追之上绥山,绥山在峨眉山西南,高无极也。随之者不复还,皆得仙道。"凌白日,飞升入仙界。

登锦城散花楼[1]

日照锦城头,朝光散花楼。金窗夹绣户,珠箔悬琼钩。飞梯绿云中[2],极目散我忧。暮雨向三峡[3],春江绕双流[4]。今来一登望,如上九天游。

〔1〕锦城:成都的别称,又称锦官城。成都为益州(成都府)州治所在,是唐代极为繁华的都市,享有"扬(扬州)一益二"的美誉,见《资治通鉴》卷二五九。散花楼,在成都,隋代蜀王杨秀所建。李白在《上安州裴长史书》中写道:"前礼部尚书苏公出为益州长史,白于路中投刺,待以布衣之礼。"苏公,苏颋,据两《唐书》本传记载,开元四年为宰相,开元八年(720)正月任礼部尚书,随即转任益州大都督府长史。开元八年李白二十岁,干谒苏颋应在此年春,同时游览成都,诗或作于此时。诗写锦城风光,表现了与《登峨眉山》诗迥异的世俗情怀。

〔2〕飞梯:登楼的阶梯,"飞"形容其高,登楼有飞天之感。绿云:青云。

〔3〕三峡:长江三峡。诗句出之想象,隐约吐露了青年李白对出峡的向往之情。

〔4〕双流:县名,在今成都附近,因居二江之间而得名。

上李邕[1]

大鹏一日同风起,抟摇直上九万里[2]。假令风歇时下来,犹能簸却沧溟水[3]。世人见我恒殊调[4],见余大言皆冷笑。宣父犹能畏后生,丈夫未可轻年少[5]。

〔1〕约作于开元八年(720)在渝州(今重庆)干谒刺史李邕时,李白当年二十岁。李邕,历仕武后、中宗、玄宗朝,史书称他"词高行直","人间素有声称,后进不识,京、洛阡陌聚观"(见两《唐书》本传)。开元七八年之际,李邕在渝州刺史任(见《金石萃编》卷七一《修孔子庙碑》)。

〔2〕"大鹏"二句:用《庄子·逍遥游》"鹏之徙于南冥也,水击三千里,抟扶摇而上者九万里"句意,表现自己乘时而起,建立宏伟功业的抱负。同风起,乘风而起,意即乘时运而起。抟,犹乘。摇,即扶摇,旋风。

〔3〕"假令"二句:须看李白青年时代所作《大鹏赋》,赋中既写了大鹏腾飞时"激三千以崛起,向九万而迅征",又写了大鹏落下时"猛势所射,馀风所吹,溟涨沸渭,岩峦纷披"。风歇,风停下来。簸,激荡。沧溟,大海。

〔4〕殊调:为人的格调与众不同。

〔5〕"宣父"二句:借孔子的话表达对李邕的期待,希望对方重视自己。《论语·子罕》:"子曰:后生可畏,焉知来者之不如今也?"宣父,贞观十一年唐太宗诏尊孔子为宣父。丈夫,指李邕。

别匡山[1]

晓峰如画参差碧,藤影风摇拂槛垂。野径来多将犬伴,人间归晚带樵随。看云客倚啼猿树,洗钵僧临失鹤池[2]。莫怪无心恋清境,已将书剑许明时[3]。

〔1〕此诗出于李白故里四川江油唐大明寺遗址所存北宋熙宁元年（1068）刻立的《敕赐中和大明寺住持记》碑，原无题，清编《彰明县志》、《江油县志》收录时加了诗题《别匡山》。传世的北宋宋敏求所编《李太白文集》不载此诗，此集亦编成于熙宁元年，因此可以推断，虽然宋氏在《后序》中明言"刻石所传"是收录李白诗的来源之一，但他事实上没有机会看到《敕赐中和大明寺住持记》，所以《李太白文集》未收此诗。安旗主编《李白全集编年笺注》、詹锳主编《李白全集校注汇释集评》、郁贤皓校注《李太白全集校注》、陈尚君辑校《全唐诗续拾》均收录此诗。匡山，李白二十岁前后隐处读书的地方，参见前《访戴天山道士不遇》注〔1〕。诗作于李白即将离开故乡、漫游天下之际，其时约在开元十二年，当年二十四岁。

〔2〕失:《彰明县志》作"饲"。

〔3〕"莫怪"二句：申明离开故乡时的心志抱负。李白出蜀后所作《上安州裴长史书》写道："以为士生则桑弧蓬矢，射乎四方，故知大丈夫必有四方之志，乃仗剑去国，辞亲远游。"可与诗句互参。书剑，代表读书人文、武两方面的才能。李白"五岁诵六甲，十岁观百家"（《上安州裴长史书》），"十五学剑术"（《与韩荆州书》），又从赵蕤学纵横术，树立了"奋其智能，愿为辅弼"（《代寿山答孟少府移文书》）的宏伟抱负。出蜀之后，终生都在为实现这一抱负而不息地奋斗。明时，政治圣明的时代，此处李白赞美自己所生活的玄宗开元时期。

峨眉山月歌[1]

峨眉山月半轮秋，影入平羌江水流[2]。夜发清溪向三峡[3]，思君不见下渝州[4]。

〔1〕出蜀途中作,其时约在开元十二年秋。"峨眉山月"在诗中是故乡的象征和乡情的寄托。李白晚年所作《峨眉山月歌送蜀僧晏入中京》诗有句:"我在巴东三峡时,西看明月忆峨眉。月出峨眉照沧海,与人万里长相随。"正是《峨眉山月歌》的回声。

〔2〕"峨眉"二句:写月夜行舟情景。半轮,指上弦月,入夜时分月在中天,因而可见月影映入江流的景象,月随人行,殊有情谊。平羌江,即青衣江,流经峨眉山下,在嘉州(今四川乐山)汇入岷江。

〔3〕夜发:实为拂晓出发。清溪:清溪驿,在嘉州犍为县(今四川犍为)岷江边上。诗人的行程是前一夜舟行平羌江上,至嘉州转入岷江,当晚住宿在清溪,次日拂晓从清溪出发,沿岷江而下,向三峡进发。诗即写于从清溪出发时。

〔4〕"思君"句:君,即"峨眉山月"。上弦月已在半夜落下,诗人拂晓出发时天空不见月亮,所以诗中说"思君不见"。渝州,今重庆,诗人出三峡必经渝州。没有"峨眉山月"相伴,诗人独自前往渝州,不免怅然。同时也流露出对故乡的留恋之情。

宿巫山下[1]

昨夜巫山下,猿声梦里长[2]。桃花飞绿水,三月下瞿塘[3]。雨色风吹去,南行拂楚王。高丘怀宋玉,访古一沾裳[4]。

〔1〕出蜀途中行经三峡时作,其时约在开元十三年三月。三峡之中段为巫峡,巫峡北岸即巫山。

〔2〕"昨夜"二句:夜宿巫山下的实况描写。《水经注·江水》:"每至晴初霜旦,林寒涧肃,常有高猿长啸,属引凄异,空谷传响,哀转久绝。故渔者歌曰:'巴东三峡巫峡长,猿鸣三声泪沾裳。'"

〔3〕瞿塘:瞿塘峡,三峡自西向东之门户,峡中江流湍急,多险滩。

〔4〕"雨色"四句:用宋玉《高唐赋》典,写峡中景色,发思古之幽情。楚王,楚怀王。《高唐赋》:"昔者楚襄王与宋玉游于云梦之台,望高唐之观,其上独有云气,……王问玉曰:'此何气也?'玉对曰:'所谓朝云者也。'王曰:'何谓朝云?'玉曰:'昔者先王(怀王)尝游高唐,怠而昼寝,梦见一妇人曰:……妾在巫山之阳,高丘之阻。旦为朝云,暮为行雨。朝朝暮暮,阳台之下。'"高丘,即巫山。访古,寻访宋玉遗踪。

二 "酒隐安陆"时期及初入长安前后

渡荆门送别[1]

渡远荆门外,来从楚国游。山随平野尽,江入大荒流[2]。月下飞天镜,云生结海楼[3]。仍怜故乡水,万里送行舟[4]。

〔1〕出蜀后江行途中作,其时约在开元十三年(725)三月,李白当年二十五岁。荆门,指荆门山,位于峡州(今湖北宜昌)宜都县(今湖北宜都)西北,为荆楚之门。送别,据诗意,实为"故乡水"送别诗人。

〔2〕"山随"二句:船只出峡后进入江汉平原,眼中不见了两岸连山,视野顿时开阔起来。平野,平原;大荒,茫无边际的原野。

〔3〕"月下"二句:入夜时江行所见景象。以"镜"喻月,应是夏历三月十五日前后的圆月。以"楼"喻云,摹状在月光照耀下,夜空白云变幻之形。

〔4〕"仍怜"二句:将江水拟人化,表现对故乡依依不舍的感情。仍,却,表转折,心情由出峡后的兴奋转为对故乡的依恋。怜,包含了理解、领受、感激、矜悯等复杂意义,表达诗人被深深感动的一时心情。

荆门浮舟望蜀江[1]

春水月峡来,浮舟望安极?正是桃花流,依然锦江色[2]。江色绿且明,茫茫与天平。逶迤巴山尽,摇曳楚云行。雪照聚沙雁[3],花飞出谷莺。芳洲却已转,碧树森森迎。流目浦烟夕,扬帆海月生。江陵识遥火,应到渚宫城[4]。

〔1〕应作于《渡荆门送别》之次日,舟行将到江陵时。荆门,指荆门山以下的一段江面。蜀江,即长江,诗人在船上向上游遥望,心知江水是从蜀地流来,故称之为"蜀江",诗题即包含了依恋故乡的感情。

〔2〕"春水"四句:以描写江景抒发刚刚出蜀时依恋故乡时的心情。月峡,明月峡,在渝州巴县。桃花流,春天的江水。锦江,在成都。

〔3〕雪:指江岸的白沙似雪。

〔4〕"流目"四句:写傍晚时分,远望江陵城的景象。流目,放眼望去。江陵,县名,荆州州治所在(今湖北江陵)。遥火,远处的灯火。应到,表明诗人是根据知识作出推断。渚宫城,指江陵,渚宫为楚之别宫,在江陵故城南。

秋下荆门[1]

霜落荆门江树空,布帆无恙挂秋风[2]。此行不为鲈鱼脍,自爱名山入剡中[3]。

〔1〕约作于开元十三年秋由荆门往游江东之际。

〔2〕布帆无恙:意即旅程一帆风顺。晋人顾恺之给殷仲堪信中有"行人安稳,布帆无恙"语,见《晋书·顾恺之传》。

〔3〕"此行"二句:用晋人张翰故事而别出己意,表明此行是为游览

越中山水,而非美食。张翰在洛阳做官,见秋风起,因思吴中菰菜羹、鲈鱼脍,遂命驾而归。见《世说新语·识鉴》。剡(shàn善)中,即剡县(今浙江新昌、嵊州一带),属越州,因剡溪而得名。其地山水风光佳胜,晋代以来文人名士多向往而至,唐代诗人往游者众多,形成当代研究者所称的"浙东唐诗之路"。

望庐山瀑布二首[1]

西登香炉峰,南见瀑布水[2]。挂流三百丈,喷壑数十里。欻如飞电来,隐若白虹起[3]。初惊河汉落[4],半洒云天里。仰观势转雄,壮哉造化功。海风吹不断,江月照还空[5]。空中乱潈射[6],左右洗青壁。飞珠散轻霞,流沫沸穹石。而我乐名山,对之心益闲。无论漱琼液,且得洗尘颜[7]。且谐宿所好[8],永愿辞人间。

〔1〕约作于开元十三年秋,漫游江东初至庐山时。庐山,天下名山,在江州寻阳县(今江西九江)。详诗意,第二首应作于前,诗人始至山下,遥望香炉峰与瀑布;第一首则作于登上香炉峰后从对面望瀑布。第二首写对瀑布的整体印象和初始感受,用简括的七绝体;第一首对瀑布作更为具体形象的描写,用铺陈的五古体。

〔2〕香炉峰:在庐山南部秀峰寺左后方。瀑布水:庐山瀑布本名开先,又名黄岩,俗称瀑布水。

〔3〕欻(xū虚):忽然。隐:隐约。

〔4〕河汉:银河,天河。

〔5〕"江月"句:想象月光照射下瀑布水的空灵景象。

〔6〕潨(cóng丛):急流。

〔7〕"无论"二句:抒发面对瀑布水时引发的游仙之想。琼液,仙家所饮。尘颜,世俗之人的容颜。无论,犹不但。且,而且。

〔8〕且:将。谐:实现。宿所好:犹宿愿。

日照香炉生紫烟,遥看瀑布挂前川。飞流直下三千尺,疑是银河落九天〔1〕。

〔1〕"飞流"句可与第一首"挂流三百丈"句相印证;"疑是"句可与第一首"初惊河汉落,半洒云天里"二句相印证。

望庐山五老峰〔1〕

庐山东南五老峰,青天削出金芙蓉〔2〕。九江秀色可揽结〔3〕,吾将此地巢云松〔4〕。

〔1〕亦初游庐山时作。五老峰,庐山胜景之一,五峰耸峙,突兀雄伟。

〔2〕削出:状山势峭拔。金芙蓉:状山色明丽。芙蓉,莲花。

〔3〕九江:长江流经庐山下时,分为九派。秀色:山水美景。揽结:一望无馀,尽收眼底。

〔4〕巢云松:即隐居。

望天门山[1]

天门中断楚江开[2],碧水东流直北回[3]。两岸青山相对出,孤帆一片日边来[4]。

〔1〕约作于开元十三年江行途中。天门山,在当涂县西南长江上,东为博望山(又称东梁山),西为梁山(又称西梁山),二山夹江对峙,其形如门阙,故称。

〔2〕楚江:长江。

〔3〕直北:天门山下长江为自南而北流向,故曰"直北"。二字一作"至此",应系形近致误。

〔4〕"孤帆"句:写远望中江上明丽开阔的景象,远处一片白帆在阳光下闪耀,故曰"日边来"。

长干行[1]

妾发初覆额,折花门前剧。郎骑竹马来,绕床弄青梅。同居长干里,两小无嫌猜[2]。十四为君妇,羞颜未尝开。低头向暗壁,千唤不一回。十五始展眉,愿同尘与灰。常存抱柱信,岂上望夫台[3]。十六君远行,瞿塘滟滪堆。五月不可触,猿声天上哀[4]。门前迟行迹,一一生绿苔[5]。苔深不能扫,落叶秋风早。八月蝴蝶来,双飞西园草。感此伤妾心,坐愁红颜老〔6〕。早晚下三巴,预将书报家。相迎不道远,直至长风沙〔7〕。

〔1〕乐府古题有《长干曲》,古辞曰:"逆浪故相邀,菱舟不怕摇。妾家扬子住,便弄广陵潮。"见《乐府诗集·杂曲歌辞》。李白拟之为《长干行》,同样以"妾"为第一人称叙事主体。长干,金陵(今南京)地名,在城南,邻近秦淮河,当地称山冈间平地为"干"。今南京中华门外尚有长干桥。

〔2〕"妾发"六句:成语"青梅竹马,两小无猜"源出于此,指少年男女间纯真无邪的爱情。覆额,女孩发型,如同"刘海"。剧,游戏。床,水井的围栏。

〔3〕"十五"四句:抒写小夫妻永不分离的心愿。展眉,是对爱情和婚姻满意心情的表露。愿同尘与灰,犹言即使化做"尘与灰"(即死)也同在一起。抱柱信,谓对爱情的坚贞不渝,见《庄子·盗跖》:"尾生与女子期于梁(桥)下,女子不来,水至不去,抱梁柱而死。"望夫台,传说中有多处,故事都是男子久出不归,其妻登台而望,历久化为石。"岂上望夫台",表明女子相信他们小夫妻不会分离。

〔4〕"十六"四句:男子为生计而冒险远过三峡。瞿塘,见《宿巫山下》注〔3〕。滟滪堆,瞿塘峡口巨礁(今已炸除)。五月,江水盛涨的季节,也是行船危险之时。不可触,民谚:"滟滪大如马,瞿塘不可下。滟滪大如鳖,瞿塘行舟绝。滟滪大如龟,瞿塘不可窥。滟滪大如幞,瞿塘不可触。"猿声天上哀,《水经注·江水》载古渔者歌:"巴东三峡巫峡长,猿鸣三声泪沾裳。"

〔5〕"门前"二句:行人久出不归的情状。迟,历时很久。一作"旧",旧行迹指男子留下的足迹。生绿苔,旧足迹长满了绿苔,意谓行人历久不归。

〔6〕"苔深"六句：女子的伤感。蝴蝶双飞，与闺中人孤独无伴形成对比。坐，因为。

〔7〕"早晚"四句：女子对行人归来的期盼和想象。早晚，犹何时。三巴，巴、巴东、巴西三郡，指行人所在的地方。不道远，即不怕远、不以为远。长风沙，地名，在今安徽安庆江边，据陆游《入蜀记》所记，长风沙距离金陵有七百里之遥。

杨叛儿[1]

君歌杨叛儿，妾劝新丰酒[2]。何许最关人？乌啼白门柳[3]。乌啼隐杨花[4]，君醉留妾家。博山炉中沉香火，双烟一气凌紫霞[5]。

〔1〕杨叛儿：乐府古题名，在《乐府诗集·清商曲辞》中。古辞曰："暂出白门前，杨柳可藏乌。欢作沉水香，侬作博山炉。"李白此诗系拟作。

〔2〕新丰：美酒名。新丰在润州，地近金陵，以出产美酒闻名，陆游《入蜀记》引唐人诗云："再入新丰市，犹闻旧酒香。"

〔3〕"何许"二句：化用乐府旧辞，隐指男女交欢。白门，金陵城门名，代指金陵。

〔4〕"乌啼"句：与下句"君醉留妾家"意同，而以隐喻出之。

〔5〕"博山"二句：隐喻男女交欢。鲍照《拟行路难十八首之二》："洛阳名工铸为金博山，千斫复万镂，上刻秦女携手仙。承君清夜之欢娱，列置帷里明烛前。外发龙鳞之丹彩，内含麝芬之紫烟。"李白诗句由

此化出。

金陵酒肆留别[1]

风吹柳花满店香,吴姬压酒唤客尝[2]。金陵子弟来相送,欲行不行各尽觞[3]。请君试问东流水,别意与之谁短长[4]?

[1] 似初游金陵离去之际作,其时约在开元十四年春。
[2] 压酒:在酒槽中压榨取酒。唐代所饮酒为酿制而成的米酒,饮用时将酒糟压去,漉出酒浆。
[3] 欲行不行:"欲行"指被送者(即诗人自己),"不行"指送行者(即金陵子弟)。或以为指将行未行的时刻,亦通。
[4] "请君"二句:诗人给金陵子弟的留别赠言。谁短长,虽以问句出之,实谓"别意"更比"东流水"长。

夜下征虏亭[1]

船下广陵去[2],月明征虏亭。山花如绣颊[3],江火似流萤[4]。

[1] 由金陵往游扬州时作,其时约在开元十四年春。下,出发。征虏亭,在金陵,东晋征虏将军谢石所建,故名。
[2] 广陵:即扬州。

〔3〕绣颊:女子着了胭脂的面颊。绣,形容女子面容如锦绣般明艳。
〔4〕江火:江上渔火。

别储邕之剡中〔1〕

借问剡中道,东南指越乡。舟从广陵去,水入会稽长〔2〕。竹色溪下绿,荷花镜里香〔3〕。辞君向天姥〔4〕,拂石卧秋霜〔5〕。

〔1〕由广陵(扬州)往游越中时作。其时约在开元十四年。储邕,事迹无考。之,往,去。剡中,见《秋下荆门》注〔3〕。
〔2〕会稽:县名(今浙江绍兴),属越州。
〔3〕溪:指剡溪,在剡县。镜:指镜湖,在会稽。
〔4〕天姥:山名,在剡县。
〔5〕"拂石"句:预想入秋后人在越中情景,即隐居天姥山。

越中览古〔1〕

越王勾践破吴归〔2〕,义士还乡尽锦衣。宫女如花满春殿,只今惟有鹧鸪飞〔3〕。

〔1〕开元十四年初游越中时作。越中,指春秋时越国都城会稽(今浙江绍兴)。
〔2〕勾践:春秋时越国君主。初败于吴王夫差,后卧薪尝胆,休养生

息,终于灭吴。

〔3〕"宫女"二句:以越宫昔日之繁华与今日之荒凉相对照,抒发王朝兴亡的历史感慨。

苏台览古[1]

旧苑荒台杨柳新,菱歌清唱不胜春[2]。只今惟有西江月,曾照吴王宫里人[3]。

〔1〕开元十四年初游苏州时作。与前首《越中览古》如姊妹篇。苏台,即吴王宫,春秋时吴王阖闾所建,夫差又增修而成。
〔2〕不胜春:春光无限。
〔3〕"只今"二句:意谓西江月是历史的见证,曾经照临吴王宫的繁华景象,言外之意是除了西江月依旧,昔日繁华早已不存。西江,长江,江在苏州之西,故云。

采莲曲[1]

若耶溪旁采莲女[2],笑隔荷花共人语。日照新妆水底明[3],风飘香袂空中举[4]。岸上谁家游冶郎[5],三三五五映垂杨。紫骝嘶入落花去[6],见此踟蹰空断肠[7]。

〔1〕亦初游越中时作。采莲曲,乐府古题名,在《乐府诗集·清商

曲辞》中。

〔2〕若耶溪:在越州会稽(今浙江绍兴),北流与镜湖合。

〔3〕水底明:指水中采莲女的倒影,可见新妆之鲜亮。

〔4〕袂:衣袖。

〔5〕游冶郎:寻欢的风流少年。

〔6〕紫骝:良马名。

〔7〕踟蹰:徘徊留连,不忍离去。断肠:爱慕之意。

越女词五首(选三)〔1〕

耶溪采莲女〔2〕,见客棹歌回。笑入荷花去,佯羞不出来。

〔1〕似开元十四年初游越中时,仿民歌体作。

〔2〕耶溪:即上篇之"若耶溪"。

东阳素足女〔1〕,会稽素舸郎〔2〕。相看月未堕〔3〕,白地断肝肠〔4〕。

〔1〕谢灵运有《东阳溪中赠答二首》:"可怜谁家妇,缘流洗素足。明月在云间,迢迢不可得。""可怜谁家郎,缘流乘素舸。但问情若何,月就云中堕。"李白此诗化用其意而成。东阳,县名(今浙江东阳),与会稽相邻。素足,白皙的脚。

〔2〕素舸:不加修饰的船。

〔3〕月未堕:明月在天,迢迢不可得,兼喻二人不得亲近。

〔4〕白地:忽地,突然。训见《实用全唐诗词典》。

镜湖水如月,耶溪女似雪。新妆荡新波,光景两奇绝。

淮南卧病书怀寄蜀中赵徵君蕤[1]

吴会一浮云[2],飘如远行客。功业莫从就,岁光屡奔迫。良图俄弃捐,衰疾乃绵剧。古琴藏虚匣,长剑挂空壁[3]。楚怀奏钟仪,越吟比庄舃。国门遥天外,乡路远山隔。朝忆相如台,夜梦子云宅[4]。旅情初结缉[5],秋气方寂历[6]。风入松下清,露出草间白。故人不可见,幽梦谁与适?寄书西飞鸿,赠尔慰离析[7]。

〔1〕由越中返至扬州作,其时应在开元十四年暮秋。淮南,指淮南道,治所扬州。《上安州裴长史书》曰:"曩昔东游维扬,不逾一年,散金三十馀万,有落魄公子,悉皆济之。此则是白之轻财好施也。"金尽卧病,陷入困境,乃作此诗抒写思乡之情。徵君,不就朝廷征辟之人。赵蕤,蜀中梓州人,任侠之士,善为纵横学,著有《长短经》,太白曾从学岁馀,见北宋杨天惠《彰明逸事》。苏颋向朝廷上疏荐举人才,有"赵蕤术数,李白文章"之说,见明杨慎《李诗选题辞》。赵蕤对李白来说,实为亦师亦友的关系。

〔2〕吴会(kuài 快):吴郡及会稽郡,李白此前漫游所到之地。

〔3〕"功业"六句:抒写功业理想无从实现的苦闷。"岁光"句,犹言岁月逼人。绵剧,缠绵加剧。"古琴"、"长剑"二句,均指个人才能得不

19

到施展。

〔4〕"楚怀"六句:抒写思乡之情。"楚怀"句,楚人钟仪被晋国所俘,操琴时奏出南音,以示不忘旧,见《左传》成公九年。"越吟"句,越人庄舄(xī息)在楚国做官,病中因思念故乡而发越声,见《史记·张仪列传》。国门,都城之门,指长安。相如台,司马相如琴台;子云宅,扬子云旧宅。二者均在成都。

〔5〕结缉:盘结在心而不能化解。

〔6〕寂历:萧疏冷落。

〔7〕离析:分离,不能相聚。

山中问答〔1〕

问余何意栖碧山〔2〕?笑而不答心自闲。桃花流水窅然去〔3〕,别有天地非人间。

〔1〕似作于居家安陆之初。李白漫游至安州(今湖北安陆),许圉师(唐高宗时曾为宰相)家见招,遂与圉师家孙女成婚,其时约在开元十五年,由此开始了"酒隐安陆,蹉跎十年"(《秋于敬亭送从侄耑游庐山序》)的一段生活。研究者考证,李白之妻并非许圉师嫡孙女,而是许氏家族在安陆的一位他房孙辈。

〔2〕碧山:指李白居住地白兆山。

〔3〕桃花:白兆山西麓有桃花岩。

静夜思[1]

床前看月光[2],疑是地上霜。举头望山月[3],低头思故乡。

〔1〕似作于安陆。
〔2〕看月光:后世李白诗选本如明李攀龙《李诗选》、清蘅塘退士(孙洙)《唐诗三百首》均作"明月光"。
〔3〕望山月:上述选本均作"望明月"。诗中两个"明月"的出现,应是在诗的流传过程中广大读者"集体无意识"改动的结果,而为选家所吸纳。

安州应城玉女汤作[1]

神女殁幽境,汤池流大川。阴阳结炎炭,造化开灵泉[2]。地底烁朱火,沙傍歊素烟。沸珠跃明月,皎镜函空天。气浮兰芳满,色涨桃花然。精览万殊入,潜行七泽连[3]。愈疾功莫尚,变盈道乃全[4]。濯缨掬清泚,晞发弄潺湲[5]。散下楚王国,分浇宋玉田[6]。可以奉巡幸,奈何隔穷偏?独随朝宗水,赴海输微涓[7]。

〔1〕居安陆期间,"初入长安"之前作。应城,安州属县(今湖北应城)。玉女汤,当地温泉名。

〔2〕"神女"四句：传说中玉女汤的由来。神女，即题中"玉女"。贾谊《鵩鸟赋》："天地为炉兮造化为工，阴阳为炭兮万物为铜。""阴阳"二句由此化出。

〔3〕"地底"八句：玉女汤景色。歊（xiāo 消），水气升起貌。然，同"燃"。万殊入，万物映照在泉水中。七泽连，泉水与楚地七泽相通，司马相如《子虚赋》有"楚有七泽"句。

〔4〕"愈疾"二句：玉女汤的功用。"变盈"句，自《易·谦》"地道变盈而流谦"句化出，谓泉水流向低下处。

〔5〕"濯缨"二句：用泉水沐发。"濯缨"句，自《楚辞·渔父》"沧浪之水清兮，可以濯吾缨"句化出；清泚（cī 此），清亮的泉水。"晞发"句，自《楚辞·九歌·少司命》"与汝沐兮咸池，晞汝发兮阳之阿"句化出；晞（xī 西），晾晒。

〔6〕"散下"二句：谓泉水在楚地流淌。宋玉田，楚王曾赐给宋玉云梦之田，见宋玉《小言赋》。

〔7〕"可以"四句：借玉女汤抒发个人建立功业的怀抱。巡幸，帝王巡行外地；奉巡幸，供给帝王巡幸时的需要。即以唐玄宗而言，每年入冬即移驾温泉宫。"朝宗"句，融合《禹贡》"江汉朝宗于海"及《周礼·大宗伯》"诸侯见天子之礼，春见曰朝，夏见曰宗"二典，表明自己对长安的向往。独，犹但，强调唯有此心愿。微涓，细流，比喻个人才能。

玉真公主别馆苦雨赠卫尉张卿二首[1]

秋坐金张馆[2]，繁阴昼不开。空烟迷雨色，萧飒望中来。翳翳昏垫苦[3]，沉沉忧恨催。清秋何以慰？白酒盈吾杯。吟咏思管乐，此人已成灰[4]。独酌聊自勉，谁贵经纶才？弹剑谢公子,无鱼良可哀[5]。

[1] 作于开元十八年(730)秋,是年李白三十岁,有"初入长安"之行。行前,在《上安州裴长史书》中写道:"西入秦海,一观国风,永辞君侯,黄鹄举矣。何王公大人之门,不可以弹长剑乎?"由此可知,李白"初入长安"是欲通过干谒王公大人的途径,达到入仕目的,且抱有充分自信。到长安后,干谒的对象应是尚书左丞相、燕国公张说。据《新唐书》本传:"(张)说敦气节,立然诺,喜推藉后进,……善用人之长,多引天下知名士,以佐佑王化。"但张说本年已在病中,十二月即去世,因而未能接待李白。李白交接的直接对象是张说次子张垍。张垍系玄宗婿,尚宁亲公主,拜驸马都尉,时官卫尉卿,从三品。玉真,玉真公主,玄宗妹,喜好道教,有别馆在终南山。张垍凭借与玉真的裙带关系,将李白安置在别馆。苦雨,淫雨连绵。由诗意可知,李白是以门客身份,向主人张垍赠诗,发泄遭受冷遇的牢骚。

[2] 金张馆:指玉真别馆。金、张,汉宣帝时权贵金日䃅、张汤,后世成为权贵之家的代称。

[3] 翳翳:天色阴沉。昏垫:指水灾,语出《尚书·益稷》:"洪水滔天,浩浩怀山襄陵,下民昏垫。"《文选》谢灵运《游南亭》:"久痗昏垫苦",张铣注:"昏雾垫溺也,言病此霖雨之苦也。"昏,精神低迷;垫,沉陷。句谓淫雨使人陷于愁苦之境。

[4] "吟咏"二句:感叹自己不能成就管仲、乐毅一样的功业。管仲,春秋时名相,辅佐齐桓公,九合诸侯,一匡天下。乐毅,战国时燕昭王将,将兵伐齐,下七十馀城,齐国几乎被灭。

[5] "弹剑"二句:以门客身份向主人张垍发泄牢骚,希望改善自己的处境。弹剑,用战国人冯谖故事。冯谖为孟尝君门客,因不被重视而弹剑歌曰:"长铗归来乎,食无鱼。"孟尝君听后即改善其待遇。见《史

记·孟尝君传》。谢,以辞相告。此处用"弹剑"典故,宜与注〔1〕所引《上安州裴长史书》中使用同一典故相参。

苦雨思白日,浮云何由卷?稷契和天人,阴阳乃骄蹇[1]。秋霖剧倒井[2],昏雾横绝巘[3]。欲往咫尺途,遂成山川限。漎漎奔溜闻[4],浩浩惊波转。泥沙塞中途,牛马不可辨[5]。饥从漂母食[6],闲缀羽陵简[7]。园家逢秋蔬,藜藿不满眼[8]。蟏蛸结思幽[9],蟋蟀伤褊浅[10]。厨灶无青烟,刀机生绿藓[11]。投箸解鹔鹴,换酒醉北堂[12]。丹徒布衣者,慷慨未可量。何时黄金盘,一斛荐槟榔[13]。功成拂衣去,摇曳沧洲傍[14]。

〔1〕"稷契"二句:意谓当今政治清明,贤臣在位,想不到竟有此阴阳失调的情况(即淫雨)出现。稷、契,虞舜之贤臣。和天人,调和天与人的关系。乃,却,表示不可理解的反诘语气。骄蹇,不协调。

〔2〕剧:甚于。倒井:形容雨势之大,语出傅玄《雨诗》:"霖雨如倒井。"

〔3〕绝巘(yǎn 掩):指终南山。巘,山峰。

〔4〕漎(cóng 丛)漎:水流声。奔溜:湍急的流水。

〔5〕"牛马"句:语出《庄子·秋水篇》:"秋水时至,百川灌河,两涘渚崖之间不辨牛马。"形容水流浩大。

〔6〕"饥从"句:自谓曾向漂母乞食。用汉韩信故事,见《史记·淮阴侯列传》。漂母,河边洗衣的老妇。

〔7〕"闲缀"句:靠补缀旧书消磨时光。羽陵简,遭蠹虫破坏的书简,语出《穆天子传》:"天子曝蠹书于羽陵。"

〔8〕"园家"二句：谓遭遇秋霖，田家种植的蔬菜长势很差。藜藿，贱菜。

〔9〕"蟏蛸"句：看到蜘蛛在无人出入的门户上结网，引起人幽伤的情思。语出《诗经·豳风·东山》："蟏蛸在户。"蟏蛸（xiāo shāo 萧稍），长脚蜘蛛。

〔10〕"蟋蟀"句：听到蟋蟀的叫声，令人生出困顿失志的感伤。褊浅，困窘。

〔11〕"厨灶"二句：实写别馆内无人料理伙食。机，案板。

〔12〕"投箸"二句：没饭吃时，曾用衣裳换酒，用司马相如故事。司马相如与卓文君贫居成都，曾脱下鹔鹴裘换酒为欢，见《西京杂记》。投箸，扔下筷子，实即没有饭吃。鹔鹴，即鹔鹴裘，指名贵的衣物。

〔13〕"丹徒"四句：用南朝刘穆之故事，发泄对张垍的不满。刘穆之系东晋末年人，是辅佐宋武帝刘裕的重臣，官至相位。家贫时，常往妻兄江氏家乞食，江家有庆会，穆之食毕求槟榔，江氏兄弟戏之曰："槟榔消食，君乃常饥，何忽须此？"后穆之为丹阳尹，召江氏兄弟，乘醉命厨人以金盘贮槟榔一斛进之。事见《南史》、《宋书》本传。丹徒布衣，出自《刘穆之传》中诸葛长民语，此指刘穆之。刘裕在上晋安帝的表章中谓刘穆之"爱自布衣"，其家世居京口，在唐为润州丹徒县，故李白称其为"丹徒布衣"。

〔14〕"功成"二句：自言其功成身退的人生志向。沧洲，滨水之地，隐者居处。

长相思〔1〕

长相思，在长安，络纬秋啼金井栏〔2〕，微霜凄凄簟色寒〔3〕。

孤灯不明思欲绝,卷帷望月空长叹。美人如花隔云端[4],上有青冥之高天,下有渌水之波澜。天长路远魂飞苦,梦魂不到关山难。长相思,摧心肝。

〔1〕长相思:乐府古题,在《乐府诗集·杂曲歌辞》中。此诗开首即点明"长相思,在长安",则应作于"初入长安"时期,以古题抒写郁陶思君之情。其时宜在开元十八年秋。
〔2〕络纬:昆虫名,俗称纺织娘,鸣叫于秋季。
〔3〕簟(diàn 殿):竹席。
〔4〕美人:指皇帝。屈原在《离骚》中以"美人"指称君王,后世遂成传统,白居易诗云:"帝乡远于日,美人高在天。"(《答崔侍郎钱舍人书问因继以诗》)也可印证。

豳歌行上新平长史兄粲[1]

豳谷稍稍振庭柯[2],泾水浩浩扬湍波[3]。哀鸿酸嘶暮声急,愁云苍惨寒气多。忆昨去家此为客,荷花初红柳条碧[4]。中宵出饮三百杯,明朝归揖二千石[5]。宁知流寓变光辉[6],胡霜萧飒绕客衣[7]。寒灰寂寞凭谁暖,落叶飘扬何处归[8]?吾兄行乐穷曛旭,满堂有美颜如玉。赵女长歌入彩云,燕姬醉舞娇红烛[9]。狐裘兽炭酌流霞,壮士悲吟宁见嗟?前荣后枯相翻覆,何惜馀光及棣华[10]。

〔1〕开元十八年暮秋,自长安出游新平郡时作。新平,即豳州(今

陕西彬县),在长安西北。长史,州郡上佐。兄粲,难以详考;李白对同姓之人的称呼,多不能坐实其实际关系。

〔2〕豳谷:豳州古城,周朝先祖公刘立国之处。稍稍:风声。柯:树枝。

〔3〕泾水:流经豳州。

〔4〕"忆昨"二句:记述"初入长安"之事。去家,离开寓家之地安陆。此,指长安。"荷花"句,初夏景色,李白于此时启程。

〔5〕"中宵"二句:记述经历过的一段豪纵生活,意在与下四句描写的流寓生活作对比。揖,拱手,平交之礼。二千石,汉代太守禄秩二千石,后世遂以此指州郡长官。

〔6〕变光辉:指时令变迁,季节入秋。

〔7〕胡霜:从西北方袭来的风霜。胡,指西北边地。

〔8〕"寒灰"二句:"初入长安"失意之状,上句写心情,下句写处境。

〔9〕"吾兄"四句:铺写李粲奢华的生活,与上文描写自己流寓寒酸的境遇形成对比,进而引出下文希望得到照拂的意思。穷曛旭,从早到晚;曛旭,日落与日出。

〔10〕"狐裘"四句:企望李粲的照拂。兽炭,制成兽形的炭。流霞,指美酒。壮士,诗人自谓。嗟,叹息,意即同情。前荣后枯,以草木盛枯喻人情变化无常。何惜,岂惜,以反问语气表达肯定的意思,意即"应须"。馀光,指施人以小惠。棣华,代指兄弟,语出《诗经·小雅·常棣》:"常棣之华,鄂(萼)不韡韡。"此写兄弟之情,后世遂以指称兄弟。

赠新平少年[1]

韩信在淮阴,少年相欺凌。屈体若无骨,壮心有所凭。一遭龙颜君,啸咤从此兴。千金答漂母,万古共嗟称[2]。而我竟何为?寒苦坐相仍[3]。长风入短袂,内手如怀冰[4]。故友不相恤,新交宁见矜!摧残槛中虎,羁绁韝上鹰[5]。何时腾风云?搏击申所能。

〔1〕与上首为一时之作。

〔2〕"韩信"八句:叙写韩信由穷而达的遭际命运。韩信在故乡淮阴曾遭到屠中少年的欺凌,乃至屈身出其胯下,市人皆笑。又曾在饥饿时,受到一位漂母(洗衣妇)的救济,数十日间给他饭吃。后受汉高祖礼重,拜为大将,成就一番功业。富贵之后,他以千金答谢漂母。见《史记·淮阴侯列传》。龙颜君,汉高祖刘邦。

〔3〕坐:正,遂。相仍:相继,交加。

〔4〕内(nà 纳)手:把双手伸进袖筒以御寒。

〔5〕"摧残"二句:比喻自己处境的困厄。槛,笼子。羁绁,用绳子拴住。韝,猎人用皮制的护臂。

酬坊州王司马与阎正字对雪见赠[1]

游子东南来,自宛适京国[2]。飘然无心云,倏忽复西北[3]。访戴昔未偶,寻嵇此相得[4]。愁颜发新欢,终宴叙前识。阎公汉庭旧,沉郁富才力。价重铜龙楼,声高重门侧。宁期此相遇?华馆陪游息[5]。积雪明远峰,寒城锁春色。主人苍生望,假我青云翼。风水如见资,投竿佐皇极[6]。

〔1〕开元十九年早春作。坊州(今陕西黄陵),在长安北。司马,州郡佐职,位在长史之下。正字,太子府左春坊司经局职官。

〔2〕"游子"二句:记述"初入长安"途程。宛,秦汉县名,唐为南阳县(今河南南阳)。李白由安陆到长安,须经过南阳。

〔3〕"飘然"二句:以"无心云"比喻自己飘忽不定的行踪,并记述离开长安后的游历路径,先到西北面的豳州,又到北面的坊州。

〔4〕"访戴"二句:上句谓在豳州访友未获知遇,下句谓在坊州访友受到热情接待。访戴,王子猷居山阴,夜大雪,四望皎然,忽忆戴安道(逵),时戴在剡溪,便夜乘小船往访,经宿方至,至门却不入而返,人问其故,曰:"吾本乘兴而行,兴尽而返,何必见戴?"见《世说新语·任诞》。寻嵇,嵇康与吕安交情深厚,每一相思,千里命驾,见《世说新语·简傲》。

〔5〕"阎公"六句:颂美阎正字。汉庭,指唐朝廷。旧,做官的资历深。铜龙楼,指太子之宫,出《汉书·成帝纪》。重门,皇宫之门九重。华馆,坊州驿馆。陪游息,与阎正字一同游乐憩息。

〔6〕"主人"四句:期望王司马的援引。苍生望,在百姓中享有声望。风水,以鱼鸟对水或风的凭借,比喻人生不可缺少的机遇或援引,唐李群玉《雨夜呈长官》:"鳞翼俟风水,青云方阻修。"可参。见资,得到助力。投竿,用吕尚(即太公望)故事,吕尚垂钓于磻溪,后被周文王起用,终于成就佐周灭殷的功业,事见《韩诗外传》。

行路难三首(选二)〔1〕

大道如青天,我独不得出〔2〕。羞逐长安社中儿,赤鸡白狗赌梨栗〔3〕。弹剑作歌奏苦声,曳裾王门不称情〔4〕。淮阴市井笑韩信,汉朝公卿忌贾生[5]。君不见[6],昔时燕家重郭隗,拥篲折节无嫌猜。剧辛乐毅感恩分,输肝剖胆效英才。昭王白骨萦蔓草,谁人更扫黄金台[7]？行路难,归去来[8]。

〔1〕行路难,乐府古题名,在《乐府诗集·杂曲歌辞》中。《乐府古题要解》:"行路难,备言世路艰难及离别悲伤之意。"鲍照有《拟行路难》十八首,李白深受其影响。"大道如青天"一首作于"初入长安"干谒失败,决计离去之际,时在开元十九年春夏间。"金樽清酒"一首作于离开长安后,其时约在开元十九年冬。

〔2〕"大道"二句:以强烈感愤语气出之,表现了大惑不解及愤慨莫名的心情,可用今语译为:"眼前分明是一条条通天大道,眼见别人一个个飞黄腾达,为什么唯独我找不到出路呢？"独,兼有强调与反诘双重意义,即不仅表达"独我一人",而且反问"为什么独我一人"。此二句实为李白"初入长安"经历的自我总结,并切合《行路难》古题本旨。"行路难"遂成为这一时期李白抒情诗创作的中心主题。

〔3〕"羞逐"二句:表明自己不能追逐流俗、混迹市井。社中儿,市井少年。赤鸡白狗,玄宗时代长安盛行的斗鸡游戏。白狗,一作"白雉"。梨栗,代表赌资。

〔4〕"弹剑"二句:概括了"初入长安"欲以干谒求仕进所遭遇的失败结局。曳裾王门,投靠权贵之门,语出邹阳《上吴王书》:"饰固陋之心,则何王之门不可曳长裾乎？"不称情,未得到称心如意的结果。参见《玉真公主别馆苦雨赠卫尉张卿》(其一)注〔5〕,二诗并读,可见出李白干谒王公大人由失意到彻底失败的过程。

〔5〕"淮阴"二句:用韩信、贾谊故事,道出自己在长安遭受的屈辱和排挤。韩信事见《赠新平少年》注〔2〕。贾谊在朝,汉文帝欲任为公卿,绛侯周勃、颍阴侯灌婴等极力阻挠,后来遂被疏远,贬为长沙王太傅,

事见《史记·屈原贾生列传》。

〔6〕君不见:古乐府中常用语,起领起下文的作用。

〔7〕"昔时"六句:用燕昭王故事,表明对古代明君的向往和对当今朝廷的失望。燕昭王筑黄金台,置金于台上以招揽天下贤士。郭隗(wěi伟)曰:"王必欲致士,先从隗始,况贤于隗者,岂远千里哉!"于是燕王为隗改筑宫而师事之。果然乐毅自魏往,邹衍自齐往,剧辛自赵往,天下人才争相来到燕国。邹衍来燕时,燕昭王拥篲(huì慧)先驱。篲,扫帚;拥篲即以衣袖蒙住扫帚,为贤者遮挡尘埃。折节,曲折肢体,以示恭敬。无嫌猜,无保留地信任。事见《史记·燕世家》、《史记·孟子荀卿列传》。

〔8〕归去来:离开此地(长安)归家。李白"初入长安"至此结束。来,语末助词。

金樽清酒斗十千〔1〕,玉盘珍羞直万钱。停杯投箸不能食,拔剑四顾心茫然〔2〕。欲渡黄河冰塞川,将登太行雪满山〔3〕。闲来垂钓碧溪上,忽复乘舟梦日边〔4〕。行路难,行路难,多歧路〔5〕,今安在?长风破浪会有时,直挂云帆济沧海〔6〕。

〔1〕"金樽"句:由曹植《名都篇》"归来宴平乐,美酒斗十千"二句化出。清酒,美酒。

〔2〕"停杯"二句:由鲍照《拟行路难》"对案不能食,拔剑击柱长叹息"二句化出。

〔3〕"欲渡"二句:由鲍照《舞鹤赋》"冰塞长河,雪满群山"二句化出,比喻世路艰难。满山,一作"暗天"。

〔4〕"闲来"二句:分别用姜尚、伊挚故事,表明对未来的期望。姜尚曾垂钓磻溪,后被周文王起用,参见《酬坊州王司马与阎正字对雪见

31

赠》注〔6〕。《宋书·符瑞志》上:"伊挚将应汤命,梦乘船过日月之旁。"李白此期以"行路难"为主题的抒情诗中感情起伏波动,反映一种失望与希望交织,苦闷中尚能自我排解的心态。

〔5〕歧路:道路,犹前诗"大道如青天"之"大道",此指仕进之路。"歧路(或路歧)"一词在唐诗中常见,与道路同义,且往往用来喻指仕进之路。如骆宾王《叙寄员半千》:"嗟为刀笔吏,耻从绳墨牵。歧路情难狎,人伦地本偏。"吴商皓《宿山驿》:"歧路辛勤终日有,乡关音信隔年无。"杜荀鹤《下第东归别友人》:"年华落第老,歧路出关长。"曹邺《杏园即席上同年》:"歧路不在天,十年行不至。一旦公道开,青云在平地。"

〔6〕"长风"二句:用宗悫故事,表明对未来的向往。《宋书·宗悫传》:"悫年少时,(叔父)炳问其志,悫曰:'愿乘长风破万里浪。'"诗末这个"光明的尾巴"表明李白"初入长安"虽然失意,但对未来仍满怀信心。

燕昭延郭隗(《古风》其十五)〔1〕

燕昭延郭隗,遂筑黄金台。剧辛方赵至,邹衍复齐来〔2〕。奈何青云士〔3〕,弃我如尘埃!珠玉买歌笑,糟糠养贤才。方知黄鹤举,千里独徘徊〔4〕。

〔1〕与《行路难》(大道如青天)应为同时之作。
〔2〕"燕昭"四句:用燕昭王求贤故事,见《行路难》(大道如青天)注〔7〕。

〔3〕青云士:居于高位的权贵如张垍之类。
〔4〕"方知"二句:自谓将离开长安,浪游四方。黄鹤举,语出《韩诗外传》卷二:"臣将去君,黄鹄举矣。"

大车扬飞尘(《古风》其二十四)〔1〕

大车扬飞尘,亭午暗阡陌〔2〕。中贵多黄金,连云开甲宅〔3〕。路逢斗鸡者,冠盖何辉赫〔4〕。鼻息干虹蜺,行人皆怵惕〔5〕。世无洗耳翁,谁知尧与跖〔6〕?

〔1〕"初入长安"后期作,诗中所写宦官与斗鸡者飞扬跋扈的景象,是诗人在长安目睹。
〔2〕"大车"二句:权贵们的豪华车驾在长安大道上驰过,扬起的飞尘遮天蔽日,正午的天色都变得昏暗。亭午,正午。
〔3〕中贵:宦官。连云:形容宅第规模宏大。《新唐书·宦者传》等史籍记载,玄宗时京师甲第池园、良田美产被宦官所占者达十之六。
〔4〕"路逢"二句:写斗鸡者的气焰。关于玄宗宠幸斗鸡者的情况,唐陈鸿《东城老父传》有真实记述:玄宗做藩王时,就喜欢民间的斗鸡游戏。即位后,置鸡坊于两宫间,在长安索得雄鸡成千,选六军小儿五百人专事驯养。一次出游遇到精于驯鸡的贾昌,召入宫廷为五百小儿长。金帛之赐,日至其家。开元十三年,贾昌笼鸡三百,从封东岳,天下称之为"鸡神童"。当时谚语说"生儿不用识文字,斗鸡走马胜读书。贾家小儿年十三,富贵荣华代不如"。
〔5〕"鼻息"二句:宦官与斗鸡者的气焰,使行人无不恐惧。干虹

霓,上冲云霄。

〔6〕"世无"二句:意谓当今之世,没有人能如高士许由一样看清皇帝的昏聩,实即抒写自己不被朝廷所用的感慨。洗耳翁,上古高士许由。尧打算把天下让给他,不受而逃去。尧又召他为九州长,他不愿听,洗耳于颍水。见《高士传》卷上。跖,天下大盗。《史记·淮阴侯列传》:"跖之狗吠尧,尧非不仁,狗因吠非其主。"尧指玄宗,跖指宦官、斗鸡者之辈。此辈虽受君主恩宠,其实不可信用,可见君主的昏庸。

蜀道难〔1〕

噫吁嚱〔2〕,危乎高哉!蜀道之难,难于上青天。蚕丛及鱼凫〔3〕,开国何茫然。尔来四万八千岁,不与秦塞通人烟。西当太白有鸟道,可以横绝峨眉巅。地崩山摧壮士死,然后天梯石栈相钩连〔4〕。上有六龙回日之高标〔5〕,下有冲波逆折之回川。黄鹤之飞尚不得过,猿猱欲度愁攀援。青泥何盘盘,百步九折萦岩峦〔6〕。扪参历井仰胁息,以手抚膺坐长叹〔7〕。问君西游何时还?畏途巉岩不可攀〔8〕。但见悲鸟号古木,雄飞雌从绕林间。又闻子规啼夜月,愁空山〔9〕。蜀道之难,难于上青天,使人听此凋朱颜〔10〕。连峰去天不盈尺,枯松倒挂倚绝壁。飞湍瀑流争喧豗,砯崖转石万壑雷〔11〕。其险也若此,嗟尔远道之人胡为乎来哉〔12〕?剑阁峥嵘而崔嵬〔13〕,一夫当关,万夫莫开;所守或匪亲,化为狼与豺〔14〕。朝避猛虎,夕避长蛇。磨牙吮血,杀人如麻〔15〕。

锦城虽云乐,不如早还家[16]。蜀道之难,难于上青天,侧身西望长咨嗟[17]。

〔1〕蜀道难,乐府古题名,在《乐府诗集·相和歌辞》中。梁简文帝、刘孝威、阴铿等所作,均写由秦入蜀道路的艰险,阴铿诗云:"王尊奉汉朝,灵关不惮遥。高岷长有雪,阴栈屡经烧。轮摧九折路,骑阻七星桥。蜀道难如此,功名讵可要。"李白诗以蜀道之艰险寄寓仕途艰危之意,对阴铿诗意借鉴尤多。诗当作于"初入长安"失意后。其时有友人前往蜀地,李白作《送友人入蜀》诗(见下篇),继而又作《蜀道难》,以送友人口气抒写自己"初入长安"的感受。孟启《本事诗·高逸》:"李太白初自蜀至京师,舍于逆旅。贺监知章闻其名,首访之,既奇其姿,复请所为文。出《蜀道难》以示之,读未竟,称叹者数四。号为'谪仙',解金龟换酒,与倾尽醉。期不间日,由是称誉光赫。"李白同时代人殷璠编《河岳英灵集》,评曰:"至如《蜀道难》等篇,可谓奇之又奇,然自骚人以还,鲜有此体调也。"可见此诗一经问世即产生了巨大影响,获得时人激赏。

〔2〕噫吁嚱(yì xū xī 意虚希):表达强烈感叹的语气词。或谓"吁嚱"即"呜呼"。

〔3〕蚕丛、鱼凫:传说中古蜀帝之名,约当殷商时代。

〔4〕"尔来"六句:写蜀道开通的历史。四万八千岁,极言其久远。太白,秦岭主峰名。峨眉,指蜀道经过的蜀山。传说秦王献美女五人给蜀王,蜀王派遣五位力士迎接,路遇一大蛇入山穴中,力士共拽蛇尾,山崩被压,路遂通。见扬雄《蜀王本纪》。石栈,凿山破石开辟成的栈道。

〔5〕"上有"句:状蜀道之高峻难越。六龙,传说中羲和所驱使的六条龙,为太阳驾车,见《初学记》卷一。高标,高峰。

〔6〕"青泥"二句:实写青泥岭道路的难行。据《元和郡县志》,青泥岭在兴州长举县(今陕西略阳),"悬崖万仞,上多云雨,行者屡逢泥淖,

35

故号为青泥岭"。萦,盘旋。

〔7〕"扪参"二句:行人攀上蜀道最高处的感受。参(shēn 身)、井,皆星宿名;参为蜀之分野,井为秦之分野。扪,触摸;历,身处。仰,仰视天空。胁息,屏住呼吸,心情极度紧张。以手抚膺,手抚胸口,尽量抑制剧烈的心跳。

〔8〕"问君"二句:既是送友人之辞,也是诗人自问自答之辞,实含有自我惕厉之意。巉(chán 蝉)岩,险峻的山岩。

〔9〕"但见"四句:蜀道上的悲愁气氛。子规,即杜鹃,传说古蜀帝杜宇(号望帝)死后变化而成,暮春时节啼叫,其声哀切,直啼至嘴边流血,故有"杜鹃啼血"的说法。

〔10〕凋朱颜:因惊惧而容颜变老,极言心理负担之重。

〔11〕喧豗(huī 灰):瀑布的轰鸣声。砯(pēng 烹):拍击;砯崖转石:激流在山崖间汹涌奔泻的景象。

〔12〕"其险"二句:也是送友人而兼自问自答之辞。嗟,慨叹。胡为乎,为什么。

〔13〕剑阁:即剑阁道,由秦入蜀必经的一条栈道,在今四川剑阁县北。崔嵬(wéi 围):山势雄峻陡峭。

〔14〕"一夫"四句:由张载《剑阁铭》"一人荷戟,万夫趑趄。形胜之地,非亲勿居"四句化出。诗中实寓有权豪当道之意。

〔15〕"朝避"四句:滞留蜀地的艰危处境。猛虎、长蛇,喻指权势在握者。

〔16〕"锦城"二句:劝友人语,亦诗人自忖之辞,表明决心离开此地。

〔17〕侧身西望:由长安望成都。咨嗟:叹息。

送友人入蜀[1]

见说蚕丛路[2],崎岖不易行。山从人面起,云傍马头生。芳树笼秦栈,春流绕蜀城[3]。升沉应已定,不必问君平[4]。

[1] 与《蜀道难》为一时之作。李白同时还作有《剑阁赋》,题下注云"送友人王炎入蜀",此诗及《蜀道难》也应是送王炎之作。

[2] 蚕丛路:由秦入蜀之路,见《蜀道难》注[3]、[4]。

[3] "芳树"二句:上句写秦,下句写蜀,表明是在秦地送友人前往蜀地。由此可知,此诗及《蜀道难》均作于长安。

[4] "升沉"二句:忠告友人之辞,谓功名不可强求,实亦自警之辞。君平,严君平,汉代蜀郡人,隐居不仕,在成都市上卖卜,日得百钱即闭门下帘。见《汉书·王吉传》。

梁园吟[1]

我浮黄河去京阙,挂席欲进波连山。天长水阔厌远涉,访古始及平台间[2]。平台为客忧思多,对酒遂作梁园歌。却忆蓬池阮公咏,因吟渌水扬洪波[3]。洪波浩荡迷旧国,路远西归安可得[4]?人生达命岂暇愁,且饮美酒登高楼。平头奴子摇大扇,五月不热疑清秋[5]。玉盘杨梅为君设,吴盐如花皎白雪。持盐把酒但饮之,莫学夷齐事高洁[6]。昔人豪贵信陵君,今人耕种信陵坟。荒城虚照碧山月,古木尽入苍梧云[7]。梁王宫阙今安在?枚马先归不相待。舞影歌声散渌池,空馀汴水东流海[8]。沉吟此事泪满衣,黄金买醉未能归[9]。连呼五白行六博,分曹赌酒酣驰辉[10]。歌且谣,意方远。东山高卧时起来,欲济苍生未应晚[11]。

〔1〕"初入长安"出京后,行至宋城(今河南商丘)作,时在开元十九年五月。梁园,亦作梁苑,故址在宋州宋城县,汉梁孝王所建大型园林,为游赏延宾之所。

〔2〕"我浮"四句:记述离开长安的行程,即(出潼关后)沿黄河走了一段水路,舍舟后行至宋城,停留下来寻访梁孝王古迹。挂席,扬帆。平台,春秋时宋平公所筑,在宋州虞城县西。虞城在宋城之东,梁园规模宏大,复道向东达三十馀里,与平台相连。

〔3〕"却忆"二句:化用阮籍《咏怀诗》"徘徊蓬池上,还顾望大梁。渌水扬洪波,旷野莽茫茫。……羁旅无俦匹,俯仰怀哀伤"数句,情绪十分悲凉。阮诗所咏之"蓬池"在开封,诗中"大梁"即开封。开封与宋城地理相近,所以引起李白的联想。

〔4〕"洪波"二句:抒写对长安的牵挂之情。旧国,指长安;迷旧国,即望中不见长安。西归,再入长安。

〔5〕"人生"四句:情绪转为旷达,抛却愁烦,开怀畅饮。平头,不戴冠巾。

〔6〕"玉盘"四句:铺写饮酒情景。杨梅,佐酒之物,味酸。吴盐,吴地所产海盐。饮酒时以盐调和杨梅的酸味。注者亲见今苏州一带夏季产杨梅的地方,食用杨梅仍要用盐水中和酸味。夷齐,商朝末年孤竹君之二子伯夷、叔齐,商亡,耻食周粟,饿死于首阳山。诗以夷、齐为反衬,

表现及时行乐的人生态度。

〔7〕"昔人"四句:怀想战国时魏公子信陵君,情绪又转为悲凉。信陵君仁而下士,门下有食客三千为之用命,成就了却秦救赵等震惊天下的功业。见《史记·魏公子列传》。信陵坟,在开封府浚仪县。苍梧云,语出《归藏》:"有白云出苍梧,入于大梁。"

〔8〕"梁王"四句:怀想梁孝王,情绪更趋悲凉。梁孝王曾在平台宴会宾客,饮酒赋诗,著名文人枚乘、司马相如均在座,称为平台雅集,为一时盛事。汴水,流经开封、宋城。

〔9〕"沉吟"二句:感慨信陵君、梁孝王惜才用贤的故事皆成陈年往事,联想到自己"初入长安"干谒无门的遭遇,遂有"泪满衣"的感伤。未能归,不能归安陆之家。李白上年离开安陆时,曾有"何王公大人之门,不可以弹长剑乎"的大言放语,如今无所成就,所以无颜归去,只好买醉遣愁。

〔10〕"连呼"二句:纵酒狂放情景。呼五白、行六博,都是赌博的游戏。分曹,分成两拨为对手。驰辉,太阳西下。

〔11〕"歌且谣"四句:诗人酒后精神兴奋,情绪转为昂扬,又对未来充满了信心。东山高卧,用东晋名相谢安故事。谢安,字安石,出身东晋望族,隐居东山,朝廷屡请不出,时人相与言:"安石不肯出,将如苍生何!"出山后建立奇功,淝水之战大败强敌苻坚,保全了东晋王朝。事见《晋书·谢安传》《世说新语·排调》。李白常以谢安寄托自己的宏大功业抱负。此诗不仅感情起伏动荡一如《行路难》(金樽清酒斗十千),而且结尾也如《行路难》一样,拖了一个"光明的尾巴",反映了李白"初入长安"虽然失意,但对未来仍满怀希望的心态。

登广武古战场怀古[1]

秦鹿奔野草,逐之若飞蓬[2]。项王气盖世[3],紫电明双瞳[4]。呼吸八千人,横行起江东[5]。赤精斩白帝,叱咤入关中[6]。两龙不并跃,五纬与天同[7]。楚灭无英图,汉兴有成功。按剑清八极,归酣歌大风[8]。伊昔临广武,连兵决雌雄。分我一杯羹,太皇乃汝翁[9]。战争有古迹,壁垒颓层穹。猛虎啸洞壑,饥鹰鸣秋空。翔云列晓阵,杀气赫长虹。拨乱属豪圣,俗儒安可通？沉湎呼竖子,狂言非至公。抚掌黄河曲,嗤嗤阮嗣宗[10]。

〔1〕似作于开元十九年秋,自宋城往洛阳途中。广武,山名,在郑州荥泽县(今河南荥阳)。此地是楚汉相争两军对垒的古战场,《元和郡县志》郑州荥泽县:"东广武、西广武二城,各在一山头,相去二百馀步……汉高祖与项羽俱临广武而军,今东城有高坛,即是项羽坐太公于上,以示汉军处。"

〔2〕秦鹿:《史记·淮阴侯列传》:"秦失其鹿,天下共逐之,于是高材疾足者先得焉。"鹿,比喻帝位。

〔3〕气盖世:项羽《垓下歌》:"力拔山兮气盖世。"

〔4〕紫电:形容目光炯炯有神。双瞳:即重瞳,有两个黑眼珠。《史记·项羽本纪》:"闻项羽亦重瞳子。"

〔5〕呼吸:意同指挥。八千人:《史记·项羽本纪》:"籍(项羽)与江东子弟八千人渡江而西。"横行:即不可阻挡。

〔6〕赤精:汉高祖刘邦。斩白帝:赤帝子降生为刘邦,杀死白帝子变化而成的蛇,事见《史记·高祖本纪》。关中:长安所在的关中平原,其地东为函谷关,南为武关,西为散关,北为萧关,故名关中。

〔7〕两龙:刘邦与项羽。不并跃:不能并存。五纬:五星,五星相会是帝王应天受命之兆。

〔8〕歌大风:汉高祖《大风歌》首句曰"大风起兮云飞扬"。

〔9〕"分我"二句:《史记·项羽本纪》载,项羽将刘邦之父太公置于高俎(切肉的砧板)之上,欲烹之而威胁刘邦,刘邦曰:"吾与项羽俱北面而受命(楚)怀王,约为兄弟,吾翁即若翁,必欲烹而翁,则幸分我一杯羹。"

〔10〕"拨乱"六句:赞颂刘邦功业,鄙弃阮籍(嗣宗)对刘邦不敬的言论。拨乱,平定乱世,《史记·高祖本纪》:"高祖起微细,拨乱世反之正,平定天下。"豪圣,指高祖刘邦。俗儒,指阮籍。沉湎,沉溺于醉酒。呼竖子、狂言,阮籍酒后的狂放言行,《晋书·阮籍传》:"尝登广武而叹曰:'时无英雄,使竖子成名。'"竖子,卑贱之人,指刘邦。抚掌,大笑时的动作。黄河曲,指广武,在黄河南岸。嗤嗤,无知的样子。

冬夜醉宿龙门觉起言志〔1〕

醉来脱宝剑,旅憩高堂眠。中夜忽惊觉,起立明灯前。开轩聊直望,晓雪河冰壮。哀哀歌苦寒〔2〕,郁郁独惆怅。傅说版筑臣,李斯鹰犬人〔3〕。欻起匡社稷〔4〕,宁复长艰辛?而我胡为者,叹息龙门下。富贵未可期,殷忧向谁写〔5〕?去去泪满襟〔6〕,举声梁甫吟〔7〕。青云当自致,何必求知音〔8〕!

〔1〕开元十九年冬作于洛阳。龙门,山名,在洛阳,两山相对如门,伊水流过其间。李白"初入长安"干谒无成,《梁园吟》有句"黄金买醉未能归",遂在宋城、开封、洛阳一带徘徊,直至本年冬。觉起,睡醒。

〔2〕苦寒:即古乐府《苦寒行》,多因行役苦寒而作。

〔3〕傅说:起初为版筑的犯人,被殷帝武丁起用为相,使殷国大治。见《史记·殷本纪》。版筑,于夹版间填泥土,用杵夯实以筑墙。李斯:秦相,未发达时常牵黄犬、架苍鹰,出上蔡东门猎狐兔。见《太平御览》卷九百二十六。

〔4〕欻(xū 虚)起:忽然而起。

〔5〕写:宣泄。

〔6〕去去:犹言"一路走来"。

〔7〕"举声"句:自谓吟成《梁甫吟》一抒苦寒之情。梁甫吟,古乐府名,诸葛亮出山前常吟《梁甫吟》。参见下篇《梁甫吟》。

〔8〕"青云"二句:依靠自己的才能实现功业理想。知音,指赏识自己的人。篇末应是凭借酒力引起精神兴奋,因而焕发出对功业前景的自信。

梁甫吟〔1〕

长啸梁甫吟,何时见阳春〔2〕?君不见,朝歌屠叟辞棘津,八十西来钓渭滨。宁羞白发照渌水,逢时壮气思经纶。广张三千六百钓,风期暗与文王亲〔3〕。大贤虎变愚不测,当年颇似寻常人〔4〕。君不见,高阳酒徒起草中,长揖山东隆准公。入门不拜骋雄辩,两女辍洗来趋风。东下齐城七十二,指挥楚汉如旋蓬。狂生落魄尚如此,何况壮士当群雄〔5〕!我欲攀龙见明主,雷公砰訇震天鼓,帝旁投壶多玉女。三时大笑开电光,倏烁晦冥起风雨。阊阖九门不可通,以额叩关阍者怒〔6〕。白日不照吾精诚,杞国无事忧天倾。猰貐磨牙竞人肉,驺虞不折生草茎〔7〕。手接飞猱搏雕虎,侧足焦原未言苦〔8〕。智者可卷愚者豪,世人见我轻鸿毛。力排南山三壮士,齐相杀之费二桃。吴楚弄兵无剧孟,亚夫咍尔为徒劳〔9〕。梁甫吟,声正悲。张公两龙剑,神物合有时。风云感会起屠钓,大人岘屼当安之〔10〕。

〔1〕梁甫吟,乐府古题名,在《乐府诗集·相和歌辞》中。蔡邕《琴颂》谓"梁甫悲吟",可知其基调为悲。梁甫又作"梁父",《文选》张衡《四愁诗》:"我所思兮在泰山,欲往从之梁父艰。"李善注:"泰山以喻时君,梁父以喻小人。"李白此诗亦寄寓了与《四愁诗》类似的感慨。

〔2〕"长啸"二句:抒写"初入长安"仕进无路的郁愤。阳春,比喻得到人君的垂顾,语出宋玉《九辩》:"恐溘死不得见乎阳春。"

〔3〕"朝歌"六句:咏姜太公吕尚发迹的故事。吕尚本姜姓,又名望,人称太公望、姜太公。五十岁卖食于棘津,七十岁屠牛于朝歌,八十岁时西来,垂钓于渭水磻溪,九十岁被周文王举而用之,为天子师。事见《韩诗外传》卷七、卷八。经纶,治理天下的才能。三千六百钓,指垂钓十年的时光。风期,襟怀气度。

〔4〕"大贤"二句:以吕尚为榜样,表达对建功立业方式的美好期待,即不是渐进式的一步步向上攀登,而是所谓"一鸣惊人,一飞冲天"。虎变,出人意料的人生变化,语出《易·革》:"大人虎变,其文炳也。"愚,指常人。

〔5〕"高阳"八句:咏西汉初人郦食其(yì jī 亦基)故事。郦食其,秦末陈留高阳人,好读书,家贫落魄而胸怀大志,县中谓之狂生。刘邦为沛公时,过陈留,正倨床使两女子洗足,郦食其来谒,自称"高阳酒徒",入门长揖不拜,声言可聚诸侯诛秦,沛公于是辍洗,延于上座,郦生为言天

下事,沛公喜,封其为广野君。汉三年,郦生奉汉王命游说齐王,下齐七十余城,并在楚汉战争中为汉王出谋划策,多有建树。事见《史记·郦生陆贾列传》。长揖,相见时拱手自上而下以为礼,此为身份平等的相见之礼。山东,秦汉时称崤山、函谷关以东为山东。隆准公,刘邦,其人高鼻。趋风,近前、拜倒。旋蓬,风吹蓬草旋转,意即轻而易举。当群雄,在群雄中出类拔萃。以上接连举出吕尚及郦生故事,表明自己宏伟不凡的功业抱负,并期待着"大贤虎变"的机遇。

〔6〕"我欲"七句:回顾"初入长安"求仕失败的经历。明主,指时君,即唐玄宗。雷公、玉女,喻指君王身边的当权者。砰訇(pēng hōng 烹轰),震慑人心的鼓声。投壶,一种宴乐游戏。"三时"二句,写君王身边雷电交加、风雨变幻的景象,比喻朝政昏暗。三时,每天早、中、晚三个时辰。大笑开电光,指闪电,古人称闪电为"天笑"。倏烁,电光闪烁。晦冥,天色昏暗。"阊阖"二句,指"初入长安"未能叩开君门。阊阖,天门。九门,君门九重。阍者,守门人。《离骚》:"吾令帝阍开关兮,倚阊阖而望予。"此处化用其意。

〔7〕"白日"四句:写自己不为君王所用、朝中恶人当道的状况。白日,喻君王。"杞国"句用杞人忧天故事,表明自己无缘接近朝廷,空为朝廷操心。猰貐(yà yú 讶余),传说中食人的怪兽,《述异记》说猰貐"遇有道君即隐藏,无道君即出食人"。驺(zōu 邹)虞,传说中的仁兽,《埤雅》说驺虞"不践生草"。诗中"猰貐"指朝中恶人,"驺虞"是诗人自喻。

〔8〕"手接"二句:由张衡《思玄赋》"愿竭力以守谊兮,虽贫穷而不改。执雕虎而试象兮,阽焦原而跟趾"数语化出,自言其德行才能。《文选》李善注引《尸子》:"夫贫穷,太行之狝也;疏贱,义之雕虎也。"《尸子》又载:焦原,在莒国,广五十步,下临百仞之溪,有一勇者敢于"却行齐踵",因而称于世。焦原即是"义","贤者之于义必且齐踵"。二句说自己不惧贫穷、疏贱,为践行"义"而不惧安危。

〔9〕"智者"六句：言当时的世风及自身境遇。《论语·卫灵公》："君子哉，蘧伯玉！邦有道，则仕；邦无道，则可卷而怀之。""力排"二句用齐相晏婴"二桃杀三士"故事。齐国有三壮士，晏婴谋划除掉他们，就以二桃赠三人，三人争桃，结果同归于尽。见《晏子春秋·内篇·谏下》。此"三壮士"即诗人所谓盲目逞强的"愚者"。《史记·游侠列传》载，汉文帝时爆发七国之乱，周亚夫为太尉，在河南得大侠剧孟，喜曰："吴、楚举大事而不求孟，吾知其无能为已矣！"诗以剧孟喻己，自重身价。

〔10〕"张公"四句：用晋张华故事，表明对未来的信心，并期待命运转机的到来。《晋书·张华传》载，丰城县令雷焕掘地得二剑，将一剑送张华，张华写信给雷焕曰："详观剑文，乃干将也，莫邪何复不至？虽然，天生神物，终当合耳。"后张华被杀，宝剑不知去向。雷焕死后，其子雷华佩剑过延平津，剑从腰间跃入水中，只见两龙相蟠，光彩照水，波浪惊沸，雷华叹曰："张公终合之论，此其验乎！"风云感会，君臣遇合的机会，语出《后汉书·马武传论》："咸能感会风云，奋其智勇。"起屠钓，即吕尚故事。大人，富有才能抱负之人。岘屼(niè wù 聂务)，焦躁不安。此诗结尾与《行路难》(金樽清酒)、《梁园吟》相同，都拖了一个"光明的尾巴"，这正是李白"初入长安"过后的心态：虽感到强烈的失望和愤懑，但尚能自我排解，并对未来仍抱有充足的信心。

春夜洛城闻笛〔1〕

谁家玉笛暗飞声？散入春风满洛城。此夜曲中闻折柳〔2〕，何人不起故园情〔3〕！

〔1〕应作于开元二十年春。据前《冬夜醉宿龙门觉起言志》诗，李白开元十九年在洛阳过冬，次年春可能仍在此地，其时萌生思归之情，乃有此作。

〔2〕折柳：古曲《折杨柳》。古人有折柳送别的习惯，所以行人闻《折杨柳》往往勾动乡思。

〔3〕故园：指此时家室所在的安陆。

安陆白兆山桃花岩寄刘侍御绾〔1〕

云卧三十年，好闲复爱仙〔2〕。蓬壶虽冥绝，鸾鹤心悠然〔3〕。归来桃花岩〔4〕，得憩云窗眠。对岭人共语，饮潭猿相连〔5〕。时升翠微上，邈若罗浮巅〔6〕。两岑抱东壑，一嶂横西天〔7〕。树杂日易隐，崖倾月难圆。芳草换野色，飞萝摇春烟。入远构石室，选幽开山田。独此林下意，杳无区中缘〔8〕。永辞霜台客〔9〕，千载方来旋。

〔1〕"初入长安"归返安陆后作，其时应为开元二十年春或稍后之某年春。白兆山，在安陆县西，下有桃花岩及李白读书堂。刘侍御绾，应是李白初入长安期间所结识者，《御史台精舍碑》监察御史下有其题名。李白自谓"酒隐安陆，蹉跎十年"（《秋于敬亭送从侄耑游庐山序》），此诗即反映了闲居生活状况。

〔2〕"云卧"二句：概言自己三十年来的游仙学道经历。云卧，高卧山林，即游仙。三十年，设若此诗作于开元二十年，是年李白三十二岁，举其成数可曰"三十年"。

〔3〕"蓬壶"二句:谓仙界虽不能到达,但游仙生活亦颇自得。蓬壶,传说中的海上仙山蓬莱、方壶。鸾、鹤,仙人所乘驾。

〔4〕归来:第一次由长安、洛阳一带漫游归来。

〔5〕"饮潭"句:猿猴居高处,饮水时累累相接,直至水面。

〔6〕翠微:山色,代指青山。罗浮:道家名山,在广东增城。

〔7〕两岑:指白兆山两翼的青龙、白虎二岭。一嶂:即白兆山。

〔8〕林下意:隐居之意。区中缘:人世间的俗缘。

〔9〕霜台:御史台的别称。唐杜佑《通典》卷二十四:"御史为风霜之任,弹纠不法,百僚震恐。"霜台客,指刘侍御。

山中与幽人对酌[1]

两人对酌山花开,一杯一杯复一杯[2]。我醉欲眠卿且去[3],明朝有意抱琴来。

〔1〕似作于居家安陆时。

〔2〕"一杯"句:"一杯"重复者三,不但生动地再现了开怀畅饮的场景,而且表现了诗人的洒落气度和真率性情。

〔3〕"我醉"二句:陶渊明性嗜酒,朋友来访,不论贵贱,皆设酒相待,渊明若先醉,便语客曰:"我醉欲眠,卿可去。"见《宋书·陶潜传》。李白诗添加了"明朝"句,更觉兴味不尽。

赠内[1]

三百六十日,日日醉如泥。虽为李白妇,何异太常妻[2]?

〔1〕据诗意，应是戏赠许氏夫人。诗也反映了李白"酒隐安陆"时期家居无聊的状况。

〔2〕"虽为"二句：用东汉人周泽故事，在妻子面前，对自己日日醉酒表示惭愧。《后汉书·周泽传》载，周泽为官太常，常居斋宫，时人语曰："生世不谐，作太常妻，一岁三百六十日，三百五十九日斋。"《汉官仪》此下云："一日不斋醉如泥。"

酬崔五郎中[1]

朔云横高天，万里起秋色。壮士心飞扬[2]，落日空叹息。长啸出原野，凛然寒风生。幸遭圣明时[3]，功业犹未成。奈何怀良图，郁悒独愁坐[4]？杖策寻英豪，立谈乃知我[5]。崔公生民秀，缅邈青云姿[6]。制作参造化，托讽含神祇[7]。海岳尚可倾，吐诺终不移[8]。是时霜飙寒，逸兴临华池。起舞拂长剑，四座皆扬眉。因得穷欢情，赠我以新诗[9]。又结汗漫期，九垓远相待。举身憩蓬壶，濯足弄沧海[10]。从此凌倒景[11]，一去无时还。朝游明光宫，暮入阊阖关[12]。但得长把袂，何必嵩丘山[13]？

〔1〕与崔五郎中相会于南阳时作，其时约在开元二十年秋。崔五郎中，崔宗之，宰相崔日用之子，家族兄弟间排行第五，官右司郎中。见于杜甫《饮中八仙歌》："宗之潇洒美少年，举觞白眼望青天，皎如玉树临风前。"崔有《赠李十二》诗，见《全唐诗》卷二六一。李白此诗为酬答

之作。

〔2〕壮士:诗人自谓。

〔3〕圣明时:圣明天子在位的时代,指唐玄宗时。

〔4〕良图:美好人生抱负。郁悒(yì yì):抑郁。

〔5〕"杖策"二句:遇到知音崔五郎中。杖,作动词,手持。策,手杖。立谈,站着交谈;立谈知我,交谈投机,因而很快成为知音。

〔6〕"崔公"二句:自颜延年《五君咏》"仲容青云器,实禀生民秀"二句化出。生民秀,人中英杰。缅邈,高远。青云姿,兼指人的外表及内心,风神倜傥,襟怀高远。

〔7〕"制作"二句:赞美崔五郎中的诗文。"制作"句,出自《后汉书·张衡传论》:"制作侔造化。"制作,诗文作品。参造化,与造化等齐。托讽,指作品中的寓意。含神祇,与神祇相通;天神为神,地神为祇。

〔8〕"海岳"二句:即使高山大海翻转倾倒,朋友间做出的承诺都不会改变。赞赏崔五郎中重交情,有诚信。

〔9〕"赠我"句:指崔宗之《赠李十二》诗。

〔10〕"又结"四句:与崔五郎中相约游仙。《淮南子·道应》载,卢敖至北海,见一怪人,欲与为友,怪人曰:"吾与汗漫期于九垓之外,吾不可以久驻。"遂竦身入云中。汗漫,神仙的代称。九垓,九天。蓬壶,海上仙山蓬莱、方壶。

〔11〕凌倒景:即成仙。倒景,见《汉书·司马相如传》:"贯列缺之倒景。"服虔注:"人在天上,下向视日月,故景倒在下也。"景,即影。

〔12〕"朝游"二句:想象中漫游于仙界。明光宫,即丹丘,仙境,昼夜常明。阊阖关,天门。

〔13〕"但得"二句:应是崔五郎中邀请李白同隐于嵩山,李白婉言谢绝。把袂,牵住衣袖,表示朋友间的亲昵。嵩丘山,即嵩山。

49

襄阳歌[1]

落日欲没岘山西,倒著接䍦花下迷。襄阳小儿齐拍手,拦街争唱白铜鞮。傍人借问笑何事,笑杀山公醉似泥[2]。鸬鹚杓,鹦鹉杯[3],百年三万六千日,一日须倾三百杯。遥看汉水鸭头绿,恰似葡萄初酦醅。此江若变作春酒,垒麴便筑糟丘台[4]。千金骏马换少妾,醉坐雕鞍歌落梅。车傍侧挂一壶酒,凤笙龙管行相催[5]。咸阳市上叹黄犬,何如月下倾金罍[6]!君不见,晋朝羊公一片石,龟头剥落生莓苔。泪亦不能为之堕,心亦不能为之哀。谁能忧彼身后事,金凫银鸭葬死灰[7]。清风朗月不用一钱买,玉山自倒非人推[8]。舒州杓,力士铛[9],李白与尔同死生。襄王云雨今安在?江水东流猿夜声[10]。

〔1〕应作于开元二十三年春来游襄阳时。韩朝宗以荆州大都督府长史兼判襄州刺史,开元二十二年二月又为山南东道采访使,驻节襄阳(今湖北襄阳)。当时天下有"生不用封万户侯,但愿一识韩荆州"之说,李白来谒韩朝宗,作有《与韩荆州书》,书云:"君侯何惜阶前盈尺之地,不使白扬眉吐气,激昂青云耶?"但干谒无果。此诗借狂饮宣泄胸中郁闷,颓放的外表下掩藏着难言的悲凉。佚名《李诗直解》:"此白负才不偶,故纵饮放旷,言万事皆虚,独酒为真也。"深得此诗之旨。

〔2〕"落日"六句:用西晋人山简故事,比拟自己的醉态。岘山,在襄阳,东临汉水。山简好饮酒,任征南将军时镇守襄阳,常往汉侍中习郁

所造之习家池游观,称之为"高阳池"(用汉郦食其故事,见《梁甫吟》注〔5〕),未尝不大醉而归,儿童为之歌曰:"山公出何许?往至高阳池。日夕倒载归,酩酊无所知。复能乘骏马,倒著白接䍦。"见《晋书·山简传》。接䍦(lí离),头巾,平居所服。白铜鞮,即白铜蹄,梁武帝时童谣:"襄阳白铜蹄,反缚扬州儿。"白铜蹄是马的名字。

〔3〕鸬鹚杓、鹦鹉杯:均为酒具,前者柄如鸬鹚长颈,用来舀酒;后者有鹦鹉一样的尖嘴,用来饮酒。"鹦鹉杯"已见于前人之诗,如梁吴均《赠别新林诗》:"去去归去来,还倾鹦鹉杯。"隋薛道衡《和许给事》:"共酌琼酥酒,同倾鹦鹉杯。"

〔4〕"遥看"四句:醉后所发奇想。鸭头绿,古人比拟绿色的用语,见颜师古《急就篇注》卷二。葡萄,酿酒的原料。酦醅(pō pēi 泼胚),发酵成酒。麹,酿酒用的发酵剂。垒麹,把麹堆起来。糟丘,过滤酒液后的渣滓。

〔5〕"千金"四句:写放荡不羁的饮酒享乐。"千金"句用三国曹彰故事。曹彰性倜傥,曾用美妾换骏马,见《独异志》卷中。落梅,古曲《梅花落》。

〔6〕"咸阳"二句:用李斯故事,道出未能及时行乐的悔恨。秦丞相李斯被秦二世处死,临刑时对其子曰:"吾欲与若复牵黄犬,俱出上蔡东门逐狡兔,岂可得乎?"见《史记·李斯列传》。金罍,黄金装饰的酒樽。

〔7〕"晋朝"六句:说明人死之后一切虚名都将化为乌有。晋朝羊公,西晋名将羊祜,曾都督荆州诸军事十年之久,为官颇得人心,常登岘山,置酒言咏,终日不倦。死后,襄阳百姓在岘山其游憩之处建碑立庙,百姓望碑莫不流泪,其继任者杜预名此碑为"堕泪碑"。见《晋书·羊祜传》。一片石,指堕泪碑。龟头,负碑的赑屃(bì xì 闭戏)之头。金凫银鸭,陪葬的宝物。

〔8〕玉山自倒:自拟"竹林七贤"之一嵇康。《世说新语·容止》:

51

"山公曰:嵇叔夜(康)之为人也,岩岩若孤松之独立;其醉也,傀俄若玉山之将崩。"

〔9〕舒州杓、力士铛:均酒器。杓为舀酒具,《新唐书·地理志》载,舒州(今安徽潜山)产酒器,为进贡之物。铛为温酒器,《述异记》有"卿无温铛,安得饮酒"之说。

〔10〕襄王云雨:指代人生之享乐。参见《宿巫山下》注〔4〕。

赠孟浩然[1]

吾爱孟夫子,风流天下闻[2]。红颜弃轩冕,白首卧松云[3]。
醉月频中圣,迷花不事君[4]。高山安可仰,徒此揖清芬[5]。

〔1〕似作于开元二十三年来游襄阳时。孟浩然(689—740),盛唐著名诗人,襄阳人,曾往长安求仕,未果,遂在襄阳隐居至终老,唐人张祜诗谓"襄阳属浩然"(《题孟处士宅》)。

〔2〕风流:指其品格、风度,犹今所谓"人格魅力"。

〔3〕白首:孟浩然赴长安求仕未果,作《岁暮归南山》诗,诗有"白发催年老"句,李白诗故谓其"白首"。

〔4〕"醉月"二句:指孟浩然不赴韩朝宗之约的故事。据《新唐书·孟浩然传》:"(山南东道)采访使韩朝宗约浩然偕至京师,欲荐诸朝。会故人至,剧饮欢甚,或曰:'君与韩公有期。'浩然叱曰:'业已饮,遑恤他!'卒不赴。朝宗怒,辞行,浩然不悔也。"王士源《孟浩然集序》的记载则是二人"偕行"到长安后发生浩然爽约事。两相对照,《新唐书》说法似较近情理。中圣,即醉酒,古人称清酒为圣,《三国志·魏书·徐邈传》:"平日醉客谓清酒者为圣人,浊者为贤人。"李白《月下独酌》亦有

句:"已闻清比圣,复道浊如贤。"

〔5〕"高山"二句:由《诗经·小雅·车舝》"高山仰止,景行行止"二句化出,表明对孟浩然的极度景仰,并深感不可企及。李白此前刚有"初入长安"求仕的经历,虽然遭遇了挫折,但用世之心仍切。他由安陆来襄阳谒韩朝宗,作《与韩荆州书》,希求汲引的心情至为迫切。较之孟浩然鄙弃仕途的旷放行为,李白之干谒行为毕竟显得世俗,所以发出"高山安可仰,徒此揖清芬"之叹。清芬,指孟浩然的美好德行。

大堤曲[1]

汉水临襄阳,花开大堤暖。佳期大堤下,泪向南云满。春风复无情,吹我梦魂散。不见眼中人,天长音信断。

〔1〕大堤曲,乐府古题,在《乐府诗集·清商曲辞》中,起源于襄阳一带。诗中似寄寓了干谒失意的悲慨。

忆襄阳旧游赠马少府巨[1]

昔为大堤客,曾上山公楼[2]。开窗碧嶂满,拂镜沧江流。高冠佩雄剑[3],长揖韩荆州[4]。此地别夫子,今来思旧游。朱颜君未老,白发我先秋。壮志恐蹉跎,功名若云浮。归心结远梦,落日悬春愁。空思羊叔子,堕泪岘山头[5]。

〔1〕此诗回忆干谒韩朝宗事,表现了岁月蹉跎、壮志难酬的感慨。马少府巨,襄阳县尉,名巨。

〔2〕大堤客:大堤在襄阳,李白曾来襄阳干谒韩朝宗,故以"大堤客"自称。山公:山简,见《襄阳歌》注〔2〕。

〔3〕"高冠"句:自屈原《涉江》"带长铗之陆离兮,冠切云之崔嵬"二句化出。雄剑,李白《与韩荆州书》:"十五学剑术,遍干诸侯;三十成文章,历抵卿相。"《经乱离后天恩流夜郎忆旧游书怀赠江夏韦太守良宰》:"学剑翻自哂,为文竟何成?剑非万人敌,文窃四海声。"可知李白确有学剑之事。书、剑并列,分指文才、武略;但剑也往往被虚化,成为一种具有多重意义的象征物,不但表现诗人的气度,而且是其才能与抱负的外化。

〔4〕长揖:平交之礼,参见《梁甫吟》注〔5〕。

〔5〕羊叔子:羊祜,字叔子,见《襄阳歌》注〔7〕。岘山:见《襄阳歌》注〔2〕。

黄鹤楼送孟浩然之广陵〔1〕

故人西辞黄鹤楼,烟花三月下扬州〔2〕。孤帆远影碧空尽,唯见长江天际流。

〔1〕此诗作于李白寓家安陆期间来游江夏时。黄鹤楼,在武昌长江南岸龟山之上,滨临大江。广陵,即扬州。

〔2〕烟花:绮丽的春日景色,也兼指富丽繁华。唐代有天下"扬一益二"之说,见宋洪迈《容斋随笔》卷九。

太原早秋[1]

岁落众芳歇,时当大火流[2]。霜威出塞早,云色渡河秋。梦绕边城月,心飞故国楼[3]。思归若汾水,无日不悠悠[4]。

[1] 开元二十三年七月,应友人元演之邀来游太原时作。参见《忆旧游寄谯郡元参军》诗。

[2] 岁落:与陈子昂《感遇》诗"岁华尽摇落"句意同,谓季节变换,花草凋残。大火流:与《诗经·豳风·七月》"七月流火"句意同。大火,二十八宿之心宿,五月黄昏时在中天,六月以后渐渐西斜,七月西沉更明显。流,沉落。

[3] 故国:指许氏夫人所在的安陆。

[4] "思归"二句:一则汾水流向自北而南,二则水流悠悠,均切诗人乡思不绝之情状。

观放白鹰[1]

八月边风高,胡鹰白锦毛。孤飞一片雪,百里见秋毫[2]。

[1] 似作于北游太原时。白鹰,猎鹰。

[2] "百里"句:极言白鹰毛色之鲜亮。秋毫,鸟兽秋天生出的细毛。

将进酒[1]

君不见,黄河之水天上来,奔流到海不复回。君不见,高堂明镜悲白发,朝如青丝暮成雪[2]。人生得意须尽欢,莫使金樽空对月[3]。天生我材必有用[4],千金散尽还复来。烹羊宰牛且为乐,会须一饮三百杯[5]。岑夫子,丹丘生[6],将进酒,杯莫停。与君歌一曲,请君为我倾耳听。钟鼓馔玉不足贵[7],但愿长醉不用醒。古来圣贤皆寂寞[8],惟有饮者留其名。陈王昔时宴平乐,斗酒十千恣欢谑[9]。主人何为言少钱?径须沽取对君酌。五花马,千金裘[10],呼儿将出换美酒[11],与尔同销万古愁[12]。

〔1〕将进酒:乐府古题,在《乐府诗集·鼓吹曲辞》中。将(qiāng羌),请。此诗似作于开元二十四年,由太原南返至洛阳时。此为李白饮酒诗的代表作,于豪饮中抒发了岁月虚度而功业无成的深沉感慨。

〔2〕青丝:乌黑的头发。

〔3〕"人生"二句:与《把酒问月》"唯愿当歌对酒时,月光长照金樽里"二句意同,旨在肯定现世人生的美好,表达充分享受人生的愿望。

〔4〕"天生"句:对实现人生功业理想的充分自信。

〔5〕会须:应该。一饮三百杯:夸张饮酒的酣畅。

〔6〕岑夫子:友人岑勋。丹丘生:故交元丹丘。

〔7〕钟鼓馔玉:极言富贵。钟鼓,即钟鸣鼎食,富贵人家鸣钟列鼎而食。馔玉,食物精美如玉。

〔8〕"古来"句:谓古圣贤不论生前事业何等辉煌,身后都归于寂寞。

〔9〕"陈王"二句:以陈王为榜样,鼓吹尽情饮酒行乐。曹植封陈王,其《名都篇》有句:"归来宴平乐,美酒斗十千。"平乐,平乐观,汉明帝造,在洛阳。谑(xuè 穴去声),欢乐。

〔10〕五花马:五花毛色的名马,杜甫《高都护骢马行》:"五花散作云满身。"千金裘:出自《史记·孟尝君列传》:"孟尝君有一狐白裘,直千金,天下无双。"

〔11〕将:动词,持,拿。

〔12〕万古愁:极言"愁"的分量深重,难以排解。年华易逝而功业(事业)难成,是困惑人的千古难题,由此而产生的人生之愁正可谓"万古愁"。李白"奋其智能,愿为辅弼"的功业理想远超常人,因功业理想难于实现而产生的人生之愁也更为深钜。然而诗人并未被这"万古愁"所压倒,他要借着酒力来销愁,其豪饮显示了巨大的精神力量和郁勃不平的气势,故而论者称此"万古愁"为"强者之愁"。

经下邳圯桥怀张子房〔1〕

子房未虎啸,破产不为家。沧海得壮士,椎秦博浪沙。报韩虽不成,天地皆振动。潜匿游下邳,岂曰非智勇?我来圯桥上,怀古钦英风。惟见碧流水,曾无黄石公〔2〕?叹息此人去,萧条徐泗空〔3〕。

〔1〕约作于开元二十六年漫游江淮时。下邳,泗州属县(今江苏邳

县)。圯(yí移)桥,在下邳城郊沂水上,相传张良遇黄石公处。

〔2〕"子房"十二句:记张良故事。张良,字子房,汉高祖重臣。其先五世相韩,秦灭韩,张良倾其家财求客刺秦王,为韩报仇。得一壮士,持铁椎百二十斤,埋伏于博浪沙,狙击秦始皇,误中副车。虽大功未成,但天下振动。秦皇大为震怒,严令搜捕,张良变易姓名,亡匿下邳。后在圯桥上遇黄石公,得到所赠《太公兵法》。见《史记·留侯世家》。曾,表反诘语气,何,怎么。

〔3〕"叹息"二句:慨叹今无黄石公,隐以张良自喻。

夜泊牛渚怀古[1]

牛渚西江夜,青天无片云。登舟望秋月,空忆谢将军[2]。余亦能高咏,斯人不可闻[3]。明朝挂帆席,枫叶落纷纷。

〔1〕约作于开元二十七年秋,漫游江淮初到当涂时。题下原有注:"此地即谢尚闻袁宏咏史处。"牛渚,牛渚山,在当涂县北江滨,突出于江中,称牛渚矶,又名采石矶。

〔2〕谢将军:晋镇西将军谢尚。驻牛渚时,月夜泛舟江上,闻袁宏在运租船中讽咏其自作五言《咏史诗》,大相叹赏。见《世说新语·文学》。

〔3〕"余亦"二句:以袁宏自况而叹世无谢尚,实即感叹自己的才能无人赏识。

三　移家东鲁及供奉翰林时期

五月东鲁行答汶上翁[1]

五月梅始黄,蚕凋桑柘空。鲁人重织作,机杼鸣帘栊[2]。顾余不及仕,学剑来山东[3]。举鞭访前途,获笑汶上翁。下愚忽壮士,未足论穷通[4]。我以一箭书,能取聊城功。终然不受赏,羞与时人同[5]。西归去直道,落日昏阴虹[6]。此去尔勿言,甘心如转蓬[7]。

〔1〕开元二十八年(740)五月移居东鲁之初作。李白似因许氏夫人去世而不能再在安陆居留,遂携子女(平阳、伯禽姐弟)移家东鲁,其时约在开元二十八年(740)。东鲁,指鲁郡,即兖州,治所瑕丘县(今山东兖州)。汶,汶水,流经兖州北部;汶上,汶水之滨。汶上翁,据诗意可知,是鲁地一位迂腐的儒生。

〔2〕帘栊:窗帘,代指妇女居处。

〔3〕"顾余"二句:字面意思是学习剑术,实即求仕之意,剑代表个人才具与理想抱负。顾,发语词。

〔4〕"下愚"二句:回应汶上翁对自己的讥笑。下愚,指汶上翁。壮士,诗人自谓。穷通,指仕进之事或穷或达的变数。

〔5〕"我以"四句:以鲁仲连的功业及风范自许。参见下篇《古风》

(齐有倜傥生)。

〔6〕"西归"二句：意谓入朝之路被奸佞小人阻遮，实为诗人回忆"初入长安"经历时的心理活动。西归，归向长安，长安在东鲁之西。直道，通往长安的大道。落日，西望所见，日代表朝廷。阴虹，指代朝中奸佞小人，古人认为虹霓是阴气所生。

〔7〕"此去"二句：诗人回答汶上翁的话："你不要再对我说三道四，我既然选定了自己的道路，就甘愿如转蓬一样四处奔波，（再多的艰难险阻也在所不辞）。"

齐有倜傥生(《古风》其十)〔1〕

齐有倜傥生，鲁连特高妙。明月出海底，一朝开光曜。却秦振英声，后世仰末照。意轻千金赠，顾向平原笑〔2〕。吾亦澹荡人，拂衣可同调〔3〕。

〔1〕此诗在宋蜀本《古风》五十九首中列为"其九"。诗赞美鲁仲连，为自己设定了一个崇高的人生目标。

〔2〕"齐有"八句：讲述鲁仲连事迹。鲁仲连，又称鲁连，战国时齐人，好为奇谋为人排忧解难而不在意回报。游历赵国时，赶上秦国围赵，形势十分危急。鲁仲连主动出谋划策，帮助赵国的平原君。当时魏王派辛垣衍前来游说，劝赵国向秦国投降，拥戴秦为帝。鲁仲连向辛垣衍晓以利害，使其不敢再说拥秦为帝的话。秦将闻之，退兵五十里。正赶上魏公子无忌（即信陵君）前来救赵击秦，秦军于是撤去，赵国得以保全。平原君欲封鲁仲连，辞让再三而不受。平原君又为其置酒设千金，鲁仲连笑曰："所为贵于天下之士者，为人排患释难解纷乱而无所取也！"遂

告别平原君而去,终身不复见。见《史记·鲁仲连列传》。倜傥,特立独行,不同流俗。明月,明月珠。一朝,一旦,意即刹那间。开光曜,光芒四射。"明月"二句比喻鲁仲连功业的辉煌。仰,仰观,表示极其钦敬。末照,馀辉。顾,但。

〔3〕"吾亦"二句:表示要以鲁仲连为榜样,建立像他一样的宏伟功业,又像他一样不居功,不受赏。澹荡,襟怀开阔,行为洒脱。拂衣,潇洒而去的样子。

嘲鲁儒[1]

鲁叟谈五经,白发死章句。问以经济策,茫如坠烟雾[2]。足著远游履,首戴方山巾。缓步从直道,未行先起尘[3]。秦家丞相府,不重褒衣人[4]。君非叔孙通,与我本殊伦[5]。时事且未达,归耕汶水滨[6]。

〔1〕似为《五月东鲁行答汶上翁》之续篇,鲁儒即汶上翁。

〔2〕"鲁叟"四句:贬斥鲁儒的学识。自汉代以来,儒学中有齐学与鲁学之分,大体说来,鲁学好古而齐学趋时,鲁学重章句而齐学重世用。鲁叟即鲁学的代表人物。"鲁叟"二句谓其皓首穷经。五经,《诗》、《书》、《易》、《礼》、《春秋》,儒家传统经典。死章句,死守章句而不明其大义。"问以"二句谓其学问毫无实用价值。经济策,经国济世的策略。

〔3〕"足著"四句:讥笑鲁叟的形貌,虽为唐人却穿着汉代儒生的服装。远游履,汉代儒生所穿的鞋,汉末人繁钦《定情诗》有句"足下双远游"。方山巾,即《后汉书·舆服志》所记载的方山冠。汉代儒生服装宽

袍大袖,行走时拖于地面,所以"未行先起尘"。

〔4〕"秦家"二句:谓秦始皇丞相李斯黜儒术,罢百家,儒生不受重用。褒,衣襟宽大;褒衣人,指儒生。

〔5〕"君非"二句:以齐学一派的叔孙通为自己的榜样。君,指鲁儒。叔孙通,汉高祖时人,领命往鲁地征召儒生以共起朝仪,有两个儒生不肯前往,说"公所为不合古,吾不行",叔孙通笑道:"若(你们)真鄙儒也,不知时变。"遂带领应征的三十个儒生进京,为朝廷制订了成套的礼仪。汉高祖七年,长乐宫落成,高祖接受诸侯群臣朝贺,礼制毕张,高祖感叹:"吾乃今日知为皇帝之贵也。"拜叔孙通为太常,赐金五百斤。见《史记·刘敬叔孙通列传》。

〔6〕"时事"二句:谓鲁儒不通世务,不足与之讨论经国济世的大事,只配回到汶水之滨去种田。

客中作[1]

兰陵美酒郁金香[2],玉碗盛来琥珀光[3]。但使主人能醉客,不知何处是他乡。

〔1〕似作于移家东鲁之初。
〔2〕兰陵:唐代承县,属沂州,在今枣庄之南,旧称兰陵。郁金香:香草名,产于西域。
〔3〕琥珀光:用郁金香浸酒,酒色金黄如琥珀。

送韩准裴政孔巢父还山[1]

猎客张兔罝,不能挂龙虎。所以青云人,高歌在岩户[2]。韩生信英彦,裴子含清真。孔侯复秀出,俱与云霞亲[3]。峻节凌远松,同衾卧盘石。斧冰漱寒泉,三子同二屐[4]。时时或乘兴,往往云无心。出山揖牧伯,长啸轻衣簪[5]。昨宵梦里还,云弄竹溪月[6]。今晨鲁东门,帐饮与君别[7]。雪崖滑去马,萝径迷归人[8]。相思若烟草,历乱无冬春[9]。

〔1〕开元二十八年冬作于鲁郡。两《唐书·李白传》均载:李白与韩准、裴政、孔巢父、张叔明、陶沔隐居徂徕山,号"竹溪六逸"。据诗意,李白当时已在隐居中。还山,还归徂徕山,山在泰山东南数十里处。

〔2〕"猎客"四句:谓隐居者不入朝廷收揽人才的网罗。猎客,指朝廷。兔罝(jū居),猎兔的网。龙虎,即隐士。青云人,也指隐士。

〔3〕"韩生"四句:分别赞美韩准、裴政、孔巢父三人。英彦,一时之俊杰。清真,品性纯洁。秀出,挺拔不群。侯,对人的尊称,杜甫曾称李白为"李侯"。他们的共同性是向往隐居生活。

〔4〕"峻节"四句:隐居者的生活。峻节,高峻的节操。卧盘石、漱寒泉,语出晋成公绥《啸赋》:"坐盘石,漱清泉。"斧冰,斫冰以取水。二屐,登山之屐。

〔5〕"出山"二句:指韩准三人短暂离开隐居地徂徕山。揖,即长揖,参见《梁甫吟》注〔5〕。牧伯,州郡长官。衣簪,指穿着官服的人。

〔6〕竹溪:在徂徕山中。

〔7〕帐饮:设帐饯别。

〔8〕"雪崖"二句:冬季景象,想象三人还山路上的情况。

〔9〕历乱:心情撩乱。

答友人赠乌纱帽[1]

领得乌纱帽[2],全胜白接䍦[3]。山人不照镜[4],稚子道相宜[5]。

〔1〕诗人隐处时作。乌纱帽,并非后世所谓官帽,而是各种身份的唐人日常所着便帽。五代后周马缟《中华古今注》:"武德九年十一月,太宗诏曰:'自今以后,天子服乌纱帽,百官士庶皆同服之。'"

〔2〕领得:从友人手中接过。

〔3〕全:程度副词,更加。白接䍦:白色便帽。参见《襄阳歌》注〔2〕。

〔4〕山人:诗人自称。

〔5〕稚子:年幼的孩子,应指伯禽。

赠从弟冽[1]

楚人不识凤,重价求山鸡。献主昔云是,今来方觉迷[2]。自居漆园北,久别咸阳西[3]。风飘落日去,节变流莺啼。桃李寒未开,幽关岂来蹊[4]?逢君发花萼,若与青云齐[5]。及此桑叶绿,春蚕起中闺。日出布谷鸣,田家拥锄犁。顾余乏尺土,东作谁相携[6]?傅说降霖雨,公输造云梯[7]。羌戎事未息,君子悲涂泥[8]。报国有长策,成功羞执珪。无由谒明主,杖策还蓬藜[9]。他年尔相访,知我在磻溪[10]。

〔1〕开元二十九年(741)春作于东鲁。李洌,见于《新唐书·宗室世系表》,出于李氏姑臧房。

〔2〕"楚人"四句:对"初入长安"经历的回顾与反思。"楚人"二句,谓朝廷不辨贤愚。楚人有担山鸡卖者,欺路人曰"凤凰",路人竟以重金买去,并献给楚王,楚王召见买凤人,赐给他十倍之价。见《太平广记》卷四六一引《笑林》。献主,指"初入长安"。昔云是,当时自以为正确。方觉迷,方才认识到当初的迷蒙无知。

〔3〕漆园:在曹州,庄子曾为漆园吏,此代指隐居之地。咸阳:指长安。

〔4〕"桃李"二句:翻用谚语"桃李不言,下自成蹊",意谓天气尚寒,桃李未开花,更加上住处幽僻,不可能有人来访。并逗起下文"逢君"二句。蹊,小路。

〔5〕"逢君"二句:表达对李洌来访的感激之情。君,李洌。君之来到竟催使桃李花发,花枝上与云齐。兼有以"花萼"比喻兄弟情意的意思,参见《幽歌行上新平长史兄粲》注〔10〕。

〔6〕"顾余"二句:自言寄居东鲁没有田产。顾,回看,即自顾。东作,春耕,语出《尚书·尧典》:"寅宾出日,平秩东作。"孔安国注:"岁起于东,而始就耕,谓之东作。"谁相携,反问语气,表示自己因为"乏尺土",不能与他人一样地从事耕作。

〔7〕"傅说"二句:分言朝廷之事,或清平,或战争。傅说,殷之贤相。霖雨,比喻宰相对百姓的泽惠,语出《尚书·说命》:"若岁大旱,用汝作霖雨。"公输,春秋时人公输班,传说曾为楚国造云梯以攻宋。

〔8〕"羌戎"二句：唐王朝与吐蕃战争不断，君子地位卑下，只能徒发悲慨。羌戎，指吐蕃。君子，诗人自谓。涂泥，即泥涂，指低下的地位，语出《左传》襄公三十年："使吾子辱在泥涂久矣。"史书记载，开元二十五年以来，朝廷与吐蕃战事频繁。

〔9〕"报国"四句：诗人自抒其志，愿将政治才能贡献给国家而不求回报，但如无缘谒见皇帝，就只好选择隐处。长策，善策。羞，不愿。执珪，春秋时诸侯赐给功臣的爵位。还蓬藜，隐居。

〔10〕"他年"二句：对李冽的嘱咐，意谓自己将隐处以待朝廷起用。磻溪，用吕尚故事，见《梁甫吟》注〔3〕。

凤笙篇[1]

仙人十五爱吹笙，学得昆丘彩凤鸣[2]。始闻炼气餐金液[3]，复道朝天赴玉京[4]。玉京迢迢几千里，凤笙去去无穷已。欲叹离声发绛唇，更嗟别调流纤指。此时惜别讵堪闻？此地相看未忍分。重吟真曲和清吹，却奏仙歌响绿云。绿云紫气向函关[5]，访道应寻缑氏山[6]。莫学吹笙王子晋，一遇浮丘断不还[7]。

〔1〕凤笙篇，由乐府古题之《凤吹笙曲》化出，《凤吹笙曲》在《乐府诗集·相和歌辞》中。此诗系送一道教人物奉诏入京而作，所送之人应为元丹丘。李白诗云："吾将元夫子，异姓为天伦"（《颍阳别元丹丘之淮阳》），可知二人关系至为亲密；又称之为"故交元丹"（《上安州裴长史书》），可知二人结交甚早。天宝元年，玉真公主奉诏朝谒谯郡真源宫，

元丹丘随从,建碑《玉真公主朝谒谯郡真源宫受道王屋山仙人台灵坛祥应记》,碑末署"西京大昭成观威仪臣元丹丘奉敕修建",见清王昶编著《金石萃编》卷八。可知元丹丘早于李白入朝,其时应在开元二十九年,李白作此诗以送。

〔2〕"仙人"二句:以仙人王子乔喻元丹丘。王子乔,即周灵王太子晋,好吹笙,作凤凰鸣。道士浮丘公接上嵩高山,三十馀年后,语人曰:"告我家,七月七日待我于缑氏山巅。"举手谢时人而去。见《列仙传》卷上。昆丘,昆仑山。

〔3〕炼气餐金液:道教修炼服食之术。

〔4〕朝天赴玉京:奉诏入朝。玉京,道家所谓天庭,此指长安。

〔5〕"绿云"句:用老子故事,谓所送之人将西行入秦。绿云,即青云。函关,即函谷关,故址在今河南灵宝县。传说老子西行过函谷关时,关令尹喜登楼望见有紫气东来。见《艺文类聚》卷七十八引《关令内传》。

〔6〕缑氏山:在河南府缑(gōu 钩)氏县(今河南偃师),王子晋得仙处。

〔7〕"莫学"二句:似有嘱对方勿忘故旧之意。

游泰山六首(选二)[1]

四月上泰山,石平御道开。六龙过万壑[2],涧谷随萦回。马迹绕碧峰,于今满青苔。飞流洒绝巘,水急松声哀。北眺崿嶂奇,倾崖向东摧[3]。洞门闭石扇,地底兴云雷[4]。登高望蓬瀛,想象金银台[5]。天门一长啸[6],万里清风来。玉女四五人,飘飘下九垓。含笑引素手,遗我流霞杯。稽首再拜之,自愧非仙才^[7]。旷然小宇宙,弃世何悠哉^[8]!

〔1〕诗题一作"天宝元年四月从故御道上泰山"。《旧唐书·玄宗纪》载,开元十三年十月东封泰山。故御道,即玄宗登山之道。泰山,一名岱宗,在今山东泰安境。古代帝王有登泰山封禅的惯例。

〔2〕六龙:天子车驾。龙,《春秋公羊传》何休注:"天子马曰龙,高七尺以上。"

〔3〕崿嶂:重叠的山峰。摧:倒塌,形容山岩奇险欲坠。

〔4〕"洞门"二句:人在登山盘道上的感受。《初学记》卷五引《泰山记》:"盘道屈曲而上,凡五十馀盘,经小天门、大天门,仰视天门,如从穴中视天窗矣。"洞门,即天窗。地底,脚下深谷。

〔5〕蓬瀛:蓬莱、瀛州,传说中的海上仙山。金银台:仙境宫阙。《梦游天姥吟留别东鲁诸公》亦有"日月照耀金银台"之句。

〔6〕天门:泰山南天门,在"泰山十八盘"最高处。

〔7〕"玉女"六句:想象之辞。玉女,仙女。九垓,九重天。遗(wèi),赠。流霞,云霞,传说仙人饮流霞。

〔8〕"旷然"二句:诗人登上天门,如入仙界,仿佛置身天地之外,因而觉得宇宙为小,并产生出世之念。

平明登日观^[1],举手开云关^[2]。精神四飞扬,如出天地间。黄河从西来,窈窕入远山^[3]。凭崖揽八极^[4],目尽长空闲^[5]。偶然值青童,绿发双云鬟。笑我晚学仙,蹉跎凋朱颜。踌躇忽不见,浩荡难追攀^[6]。

〔1〕日观:峰名,在泰山山顶东南部,可于此观日出。

〔2〕云关:云气拥蔽,如天上门户。

〔3〕"黄河"二句:《初学记》卷五引《泰山记》:"黄河去泰山二百馀里,于祠(山上神庙)所瞻黄河如带,若在山阯。"

〔4〕八极:八方极远之地。

〔5〕闲:空旷。

〔6〕"偶然"六句:想象之辞。青童,仙童。绿发,黑发,仙人不老,所以称仙人之发为"绿发"。浩荡,指飘渺的天空。

南陵别儿童入京[1]

白酒新熟山中归[2],黄鸡啄黍秋正肥[3]。呼童烹鸡酌白酒,儿女嬉笑牵人衣[4]。高歌取醉欲自慰,起舞落日争光辉。游说万乘苦不早[5],著鞭跨马涉远道。会稽愚妇轻买臣[6],余亦辞家西入秦[7]。仰天大笑出门去,我辈岂是蓬蒿人[8]。

〔1〕天宝元年(742)秋,奉诏入京之际作。南陵,李白在东鲁寓家之地。李白有《酬张卿夜宿南陵见赠》(见"去朝十年"时期)诗,开首写道:"月出鲁城东,明如天上雪。鲁女惊莎鸡,鸣机应秋节。"可知南陵在东鲁。李白友人魏颢所作《李翰林集序》记:"与丹丘因持盈法师达,白亦因之入翰林",持盈法师即玉真公主,可知玉真公主的荐举是李白入朝的直接动因。

〔2〕山中:徂徕山中,李白作为"竹溪六逸"中人,当时在此隐居。

参见《送韩准裴政孔巢父还山》诗。

〔3〕黍：北方称为黄米，小米的一种，性黏，古时用来酿酒。杜甫《羌村三首》："莫辞酒味薄，黍地无人耕。"

〔4〕儿女：女儿平阳及其弟伯禽。

〔5〕游说万乘：向皇帝献上自己的治国方略。

〔6〕"会稽"句：用汉代朱买臣故事。朱买臣家贫，好读书，靠打柴为生，常挑着柴边行走边诵书，其妻感到羞耻而加以劝阻，买臣说："我年五十当富贵，今已四十馀，等我富贵了一定报答你。"妻不听，弃他而去。买臣贵显后，任会稽太守，其妻羞愧而自缢。见《汉书·朱买臣传》。愚妇，魏颢《李翰林集序》记"次合于鲁一妇人"，应即此人。

〔7〕西入秦：由鲁郡往长安，自东而西。

〔8〕蓬蒿人：埋没在草野之人，即平民；李白《书怀赠长安崔少府叔封昆季》有句："余亦草间人，颇怀拯物情。"蓬蒿人即草间人。

从驾温泉宫醉后赠杨山人[1]

少年落魄楚汉间，风尘萧瑟多苦颜。自言管葛竟谁许？长吁莫错还闭关[2]。一朝君王垂拂拭，剖心输丹雪胸臆[3]。忽蒙白日回景光，直上青云生羽翼[4]。幸陪鸾辇出鸿都，身骑飞龙天马驹[5]。王公大人借颜色，金章紫绶来相趋[6]。当时结交何纷纷，片言道合惟有君。待吾尽节报明主，然后相携卧白云[7]。

〔1〕诗题从敦煌写本唐诗残卷，宋本题为《驾去温泉宫后赠杨山

人》。李白于天宝元年(742)十月入朝,玄宗宠遇非常,"降辇步迎,如见绮皓(按,秦末有绮里季等商山四皓),以七宝床赐食,御手调羹以饭之","置于金銮殿,出入翰林中"(李阳冰《草堂集序》)。温泉宫:即华清宫,在京兆府昭应县(今陕西临潼)。史书记载,玄宗天宝元年十月曾往温泉宫,李白其时颇受宠遇,故在侍从之列,并作此诗。杨山人:名播,玄宗时曾授为谏议大夫,后弃官,故李白称其"杨山人";山人,隐居不仕者。

〔2〕"少年"四句:回忆奉诏入朝前景况。楚汉间,泛指长江中游地域,包括安陆。管葛,春秋时齐桓公相管仲及三国时蜀汉相诸葛亮,均为功业盖世的政治家。李白在安陆时作《代寿山答孟少府移文书》,书中自抒其政治抱负是"奋其智能,愿为辅弼",意即做管、葛一样的辅弼之臣。竟谁许,无人认可。莫错,空虚寂寞。闭关,意为闲居。

〔3〕"一朝"二句:对君王的期盼,假设之辞。拂拭,除去尘垢,意即被君王简拔、器重。剖心输丹,表示感激与报效君王的心愿。雪胸臆,一洗胸中积年郁气。

〔4〕"忽蒙"二句:奉诏入朝。白日,指玄宗皇帝。景光,太阳的光辉,指玄宗的恩顾。

〔5〕"幸陪"二句:侍从玄宗出游。鸾辇,帝王车驾;鸾,鸾旗,车驾前的仪仗。鸿都,国都长安,唐诗中多见其例。飞龙,皇家养马的御厩。天马,御厩之马。李白入朝为翰林供奉,当时亦称翰林学士,唐李肇《翰林志》:"凡学士⋯⋯飞龙司借马一匹。"

〔6〕"王公"二句:受到朝中权贵的敬重。借,乞求;颜色,脸色。"借颜色"犹言"希望给个好脸看"。金章紫绶,指官位显达者。章,官印;绶,系印的绶带。唐制,"二品、三品紫绶"(《旧唐书·舆服志》)。相趋,犹今俗语"套近乎"。

〔7〕"待吾"二句:李白人生理想的概括,首先建功立业以报答英明

君主,然后即拂衣而去,归返自然。

温泉侍从归逢故人[1]

汉帝长杨苑,夸胡羽猎归。子云叨侍从,献赋有光辉[2]。激赏摇天笔,承恩赐御衣[3]。逢君奏明主,他日共翻飞[4]。

〔1〕天宝元年十一月,侍从玄宗游温泉宫归长安后作。故人,姓名不可确知。

〔2〕"汉帝"四句:以扬雄从汉成帝羽猎并献《长杨赋》事,喻指自己从游温泉宫。长杨,汉代宫名,在长安西盩厔县(今陕西周至)。夸胡,语出《汉书·扬雄传》:"上将大夸胡人以多禽兽。"羽猎,帝王狩猎时,将士负羽箭跟从。子云,扬雄字。李白此次从游温泉宫,应有献赋之事,今传《大猎赋》或即此时所作。

〔3〕"激赏"二句:所献赋受到玄宗赞赏。天笔,皇帝之笔,当时玄宗应写下过赞美的话语。御衣,皇帝赐给的衣服。

〔4〕"逢君"二句:诗人正当在朝得意之时,故欲向玄宗荐举此故人。翻飞,即飞黄腾达。

效古二首[1]

朝入天苑中,谒帝蓬莱宫。青山映辇道,碧树摇苍空。谬题金闺籍,得与银台通。待诏奉明主,抽毫颂清风[2]。归时落日晚,蹀躞浮云骢[3]。人马本无意,飞驰自豪雄。入门紫鸳鸯,金井双梧桐。清歌弦古曲,美酒沽新丰。快意且为乐,列筵坐群公[4]。光景不可留,生世如转蓬。早达胜晚遇,羞比垂钓翁[5]。

[1] 待诏翰林前期,约天宝二年春作。《唐宋诗醇》云:"凡效古拟古之作,皆非空言,必中有所感,藉以寄意。故质言之不得,则以寓言明之。"第一首直抒"所感",展示了李白入朝之初志得意满的心理状态;第二首"以寓言明之",可知李白在朝已遭人嫉妒,但当时尚有心理优势。

[2] "朝入"八句:清晨入朝景况。天苑,皇家禁苑,在皇城北部,唐皇宫的核心部位,翰林院也在其中。蓬莱宫,即大明宫,天子坐朝处。辇道,可以乘辇而行的宫中道路;辇,皇帝所乘车。"谬题"句,自谓记名于宫廷门籍,可以进出宫门。谬,谦词。金闺,即金门,皇宫之门。银台门,进入翰林院的右银台门。抽毫,运笔。清风,清明政治。由"待诏"二句可知,李白在翰林院曾承担起草诏诰等事。

[3] "归时"二句:傍晚下朝途中景况。蹀躞(xiè dié泄蝶),马放松小步行走,显出骑者的气度轩昂而优雅。浮云,良马名。

[4] "入门"六句:下朝后宴乐景况,华贵而潇洒。紫鸳鸯,池中所养。双梧桐,园中所植。新丰,在长安东,产美酒。

[5] "光景"四句:庆幸于眼前的显荣,意欲及时行乐。垂钓翁,指吕尚,见《梁甫吟》注[3]。

自古有秀色,西施与东邻。蛾眉不可妒,况乃效其颦[1]?所以尹婕妤,羞见邢夫人。低头不出气,塞默少精神[2]。寄语无盐子,如君何足珍[3]!

〔1〕"自古"四句:以西施、东邻自喻,回敬朝中嫉妒自己的人。西施,春秋时越国美女,为吴王妃。效其颦,西施有心病而颦(皱眉),其邻女貌丑,却仿效西施捧心而颦,乡里的富人闭门不出,贫人携家出走,都不愿看见她。见《庄子·天运》。东邻,宋玉《登徒子好色赋》所描写的东家之子,所谓"增之一分则太长,减之一分则太短;著粉则太白,施朱则太赤……嫣然一笑,惑阳城,迷下蔡"的绝世美人。蛾眉,指西施。

〔2〕"所以"四句:以邢夫人自喻,以尹夫人比喻并告诫嫉妒者。尹夫人和邢夫人同时为汉武帝所宠幸,武帝却不许她们相见。尹夫人自请望见邢夫人,一望则低头而泣,自痛不如。见《史记·外戚世家》。婕妤,宫中女官名。塞默,无言。

〔3〕"寄语"二句:诗人对朝中嫉妒者的警告。无盐子,战国时丑女,名钟离春。见《列女传》卷六。

朝下过卢郎中叙旧游〔1〕

君登金华省,我入银台门〔2〕。幸遇圣明主,俱承云雨恩〔3〕。复此休浣时〔4〕,闲为畴昔言〔5〕。却话山海事,宛然林壑存。明湖思晓月,叠嶂忆清猿。何由返初服?田野醉芳樽〔6〕。

〔1〕似作于天宝二年春。郎中,尚书省官名;卢郎中,名字不详。

〔2〕金华省:朝廷省署泛称,此指尚书省。银台门:指翰林院,参见《效古二首》第一首注〔2〕。

〔3〕云雨恩:皇帝的知遇之恩。

〔4〕休浣:也称休沐,即例行休假。唐制,官员十日一休沐,称旬休。

〔5〕畴昔言:当初心事。

〔6〕"却话"六句:表明二人虽然身在朝堂,但却向往山野生活。山海、林壑、明湖、叠嶂,均指自然山水。初服,未入仕时的服装。

侍从宜春苑奉诏赋龙池柳色初青听新莺百啭歌[1]

东风已绿瀛洲草[2],紫殿红楼觉春好。池南柳色半青青[3],萦烟袅娜拂绮城[4]。垂丝百尺挂雕楹,上有好鸟相和鸣,间关早得春风情[5]。春风卷入碧云去,千门万户皆春声。是时君王在镐京,五云垂晖耀紫清[6]。仗出金宫随日转,天回玉辇绕花行。始向蓬莱看舞鹤,还过茝若听新莺[7]。新莺飞绕上林苑,愿入箫韶杂凤笙[8]。

〔1〕天宝二年春作。此诗及下篇《清平调词三首》是李白作为"翰林供奉"奉命写作的代表性篇章。"龙池柳色初青听新莺百啭歌",玄宗所命诗题。宜春苑,即曲江,又名芙蓉园,唐长安著名园林。龙池,在兴庆宫。兴庆宫,本为兴庆坊,玄宗为藩王时府邸所在地,登基后改名兴庆宫,并进行了大规模扩建,于开元十六年(728)竣工,成为与太极宫、大明宫并列的三大宫殿群之一,称为"南内"。开元二十年又修筑了夹城(两边筑有高墙的通道),通往曲江芙蓉园。唐玄宗和杨贵妃长期在此居住。玄宗此日出游目的地是曲江,车驾启动时见兴庆宫龙池景色,诏命李白作此诗。今西安兴庆公园即建于兴庆宫遗址。

〔2〕瀛洲:海上仙山,此指兴庆宫。

〔3〕池南:龙池之南。

〔4〕紫烟:早春时节朦胧的柳色萦绕如烟。绮城:兴庆宫的夹城。

〔5〕垂丝百尺:切诗题"柳色初青";"上有好鸟"二句:切诗题"新莺百啭"。间关,鸟鸣声。

〔6〕镐京:长安。五云:五色祥云,天子之气。紫清:紫微清都,天帝所居,此指皇宫。

〔7〕"仗出"四句:天子出游情景。仗,仪仗。蓬莱,海上仙山;苾若,汉宫殿名,均代指兴庆宫。

〔8〕"新莺"二句:篇末再回应诗题,谓莺鸣可入宫廷之乐。上林苑,汉代长安著名园林,代指唐宫园林。箫韶,宫廷之乐;韶,舜乐。凤笙,仙乐。

清平调词三首〔1〕

云想衣裳花想容〔2〕,春风拂槛露华浓〔3〕。若非群玉山头见,会向瑶台月下逢〔4〕。

〔1〕天宝二年春作。唐李濬《松窗杂录》载有此诗本事:"开元中,禁中初种木芍药,即今牡丹也。得四本,红、紫、浅红、通白者,上因移植于兴庆池东沉香亭前。会花方繁开,上乘照夜白,太真妃以步辇从。诏特选弟子中尤者,得乐十六部。李龟年以歌擅一时之名,手捧檀板,押众乐前,将歌之,上曰:'赏名花,对妃子,焉用旧词为!'遂命龟年持金花笺,宣赐李白,立进《清平调词》三章。白欣然承旨,犹苦宿醒未解,因援笔赋之……龟年遂以词进。上命梨园弟子约略调抚丝竹,遂促龟年以

歌。太真妃持玻璃七宝盏,酌西凉州蒲桃酒,笑领歌,意甚厚。上因调玉笛以倚曲。每曲遍将换,则迟其声以媚之。太真饮罢,敛绣巾重拜上。……上自是顾李翰林尤异于他学士。"任半塘谓《清平调》创始于玄宗天宝年间,乐律在古清调与平调之间;又谓李白三章乃倚声而成,李龟年之歌乃循谱而发,见《唐声诗》下编。

〔2〕想:犹像,比喻之辞。

〔3〕露华:露珠。"露华浓"承上句"花想容",花上着露,形容杨妃之容光焕发。

〔4〕"若非"二句:以仙人西王母喻杨妃。群玉山、瑶台,均为传说中西王母居处。《仙传拾遗》:"群玉山,西王母所居。"(见《太平广记》卷二)《登真隐诀》:"昆仑瑶台,是西王母之宫。"(见《太平御览》卷六六〇)

一枝红艳露凝香〔1〕,云雨巫山枉断肠〔2〕。借问汉宫谁得似?可怜飞燕倚新妆〔3〕。

〔1〕"一枝"句:以牡丹喻杨妃。

〔2〕"云雨"句:将巫山神女故事与今日之美事相比较。云雨巫山,见《宿巫山下》注〔4〕。枉断肠,意为巫山云雨故事虚妄,只能作为今日美事的反衬。

〔3〕"借问"二句:将赵飞燕与杨妃相比较,飞燕靠装扮才能显示美丽,意即杨妃之美胜过她。飞燕,汉成帝皇后,善歌舞,身轻如燕。可怜,可爱,兼有赞叹的意思。倚,凭借。

名花倾国两相欢〔1〕,长得君王带笑看。解释春风无限恨,沉香亭北倚阑干〔2〕。

〔1〕"名花"句:即第一首注〔1〕所说的"赏名花,对妃子"。倾国,指美貌无比的杨妃。汉武帝时李延年歌:"北方有佳人,绝世而独立。一顾倾人城,再顾倾人国。"见《汉书·外戚传》。

〔2〕"解释"二句:写"赏名花,对妃子"的无限快意。解释,消解。春风无限恨,即古人所谓"春愁"、"春恨"。沉香亭,见第一首注〔1〕。倚,斜靠,玄宗与杨妃一起倚靠着沉香亭的阑干赏花。

阳春歌[1]

长安白日照春空,绿杨结烟垂袅风[2]。披香殿前花始红[3],流芳发色绣户中。绣户中,相经过,飞燕皇后轻身舞[4],紫宫夫人绝世歌[5]。圣君三万六千日,岁岁年年奈乐何[6]!

〔1〕天宝二年春作于长安。阳春歌,乐府古题,在《乐府诗集·清商曲辞》中。

〔2〕袅风:随风摆动。

〔3〕披香殿:汉宫殿名,借指唐宫。

〔4〕飞燕皇后:见《清平调词三首》第二首注〔3〕。

〔5〕紫宫夫人:汉武帝皇后李夫人,借指杨妃。绝世歌:世上罕有之歌,指杨妃所歌,即上篇第一首注〔1〕"太真妃持玻璃七宝盏,酌西凉州蒲桃酒,笑领歌"。

〔6〕"圣君"二句:为玄宗享乐助兴,但似有讽意。三万六千日,即

百年,人的一生。奈乐何,乐不可支,尽情享乐。

乌栖曲[1]

姑苏台上乌栖时,吴王宫里醉西施。吴歌楚舞欢未毕,青山欲衔半边日[2]。银箭金壶漏水多,起看秋月坠江波,东方渐高奈乐何[3]!

〔1〕乌栖曲:乐府古题,在《乐府诗集·清商曲辞》中。南朝如梁简文帝、梁元帝、萧子显、徐陵等所作,俱写男女欢宴。李白此诗沿袭了传统题旨,但寓有讽意。孟启《本事诗·高逸》载,贺知章"见其《乌栖曲》,叹赏苦吟曰:'此诗可以哭鬼神矣。'"

〔2〕"姑苏台"四句:写吴王与西施竟日之欢。据《述异记》记载,吴王夫差筑姑苏台,用时三年,大兴土木,耗尽财力人力。又凿大池,池中造青龙舟,陈妓乐,日与西施游乐。乌栖时,黄昏时。

〔3〕"银箭"三句:接着写吴王与西施的长夜之欢。夜以继日,寻欢无度。银箭、金壶,古代计时器,壶中盛水,水中插箭,箭有刻度。壶水缓缓下滴,随着时间推移,漏下的水渐渐增多,箭上的刻度渐渐下降。漏水多,漫漫长夜将尽。东方渐高,日将出;高,同"杲(gǎo 搞)",日出光明。奈乐何,与上篇《阳春歌》末句"奈乐何"意同。

君子有所思行[1]

紫阁连终南,青冥天倪色[2]。凭崖望咸阳,宫阙罗北极[3]。

万井惊画出,九衢如弦直[4]。渭水银河清,横天流不息[5]。朝野盛文物,衣冠何翕赩[6]。厩马散连山,军容威绝域[7]。伊皋运元化,卫霍输筋力[8]。歌钟乐未休,荣去老还逼。圆光过满缺,太阳移中昃。不散东海金,何争西辉匿。无作牛山悲,恻怆泪沾臆[9]。

〔1〕似作于天宝二年。君子有所思行,乐府古题,在《乐府诗集·杂歌谣辞》中。陆机、鲍照、沈约等所作,"其旨言雕室丽色,不足为久欢,晏安酖毒,满盈所宜敬忌"(《乐府古题要解》)。此诗着力表现唐王朝的盛世景象,但对传统题旨亦有所发挥。

〔2〕紫阁:终南山峰名;终南:山名,属秦岭山脉,在京兆府万年县(今陕西西安)南五十里。"青冥"句谓终南山横在天际,山色与天色相接。青冥:青天。天倪,天边。

〔3〕"凭崖"二句:从终南山上向北俯瞰长安城之景。咸阳,指长安。罗,罗列,分布。北极,北辰星,下临天子之居,唐朝廷的宫殿在长安城北部。

〔4〕"万井"二句:诗人用"空中摄影"一样的手法,展现了唐长安城的全景。万井,唐长安城有东西大街十四条,南北大街十一条,纵横交错的大道画出一个个规整的"井"字;万,形容其多。惊,用以表达诗人心灵的震撼。九衢,条条大道。弦,弓弦。

〔5〕渭水:在长安城之北。银河清:在阳光照耀下,河水闪耀着银河一样的波光。横天:横在天际。

〔6〕"朝野"二句:国家的文治。朝野,朝堂与民间。文物,礼乐制度。衣冠,官员的被服,此指朝中人物。翕赩(xī xì希细),色泽光鲜。

〔7〕"厩马"二句:国家的武功。厩马,朝廷所养的战马。散连山,

散开来满山满谷,形容其多。绝域,最远的地方。《新唐书·兵志》:"天宝后,诸军战马动以万计……议谓秦汉以来,唐马最盛,天子又锐志武事,遂弱西北蕃。"

〔8〕"伊皋"二句:朝廷中贤人在位,文武人物盛极一时。伊皋,商汤宰相伊尹、舜名臣皋陶(yáo摇)。运元化,意即治理天下。卫霍,汉武帝名将卫青、霍去病。输筋力,贡献军事才能。

〔9〕"歌钟"八句:回应传统题旨,发出盛极而衰的警醒之语。歌钟,指富贵荣华。荣,青春。逼,迫近。圆光,月亮。中昃(zé仄),日西斜。"不散"二句,用汉疏广故事,警告人们不要贪恋钱财。疏广,东海兰陵人,官太傅,在位五年,上疏求退休,皇帝赐给他黄金二十斤,皇太子赠五十斤。疏广归家后,每日张设酒宴,与乡党宗族共同享乐,多次问家中剩馀黄金还有多少,催促赶快卖掉以供日用。见《汉书·疏广传》。西辉匿,太阳下山,指岁月流逝。"无作"二句,用齐景公故事,树立一个反面例子与疏广相对比。齐景公登上牛山,向北看到都城,感伤流涕,害怕死后失去眼前的一切。大臣艾孔、梁丘据跟着景公一起哭,晏子却在一旁笑。景公不解而问,晏子说:"你的先人太公、桓公、庄公、灵公,都是贤者、勇者,如果他们守着国君的位子不肯离去,哪能轮到你?所以,一代代国君前后替代,才是正常的,只有你为此痛哭,谄谀之臣又从旁煽动,这就是我窃笑的原因。"见《晏子春秋·谏上》。

少年行三首(选一)〔1〕

五陵年少金市东〔2〕,银鞍白马度春风。落花踏尽游何处?笑入胡姬酒肆中〔3〕。

〔1〕少年行,乐府古题,在《乐府诗集·杂曲歌辞》中。诗写长安市井饮乐,应作于天宝二年春。

〔2〕五陵年少:指长安贵公子。五陵,西汉五个皇帝的陵墓,在咸阳,是唐代贵族子弟游宴赏乐之地,"五陵年少"也成为贵公子的代称。金市:长安西市。长安有东、西二市,是最繁华的商业区。

〔3〕胡姬:来自西域的女子。唐代长安西市多有西域胡人所开的酒店,前往饮酒成为一种消费时尚。

白鼻䯄[1]

银鞍白鼻䯄,绿地障泥锦[2]。细雨春风花落时,挥鞭直就胡姬饮[3]。

〔1〕与上篇《少年行》情景类似,应为一时之作。白鼻䯄(guā 瓜),乐府古题,在《乐府诗集·横吹曲辞》中。白鼻䯄,良马名。

〔2〕"绿地"句:马的豪华装饰,衬托人的豪贵。障泥,马鞍两旁下坠的织物,用来遮挡尘泥。绿地,障泥的颜色。锦,障泥的质地。

〔3〕胡姬:指代胡人所开的酒店,胡姬侍酒是其特色。

前有一樽酒行二首(选一)[1]

琴奏龙门之绿桐[2],玉壶美酒清若空。催弦拂柱与君饮[3],看朱成碧颜始红[4]。胡姬貌如花,当垆笑春风。笑春风,舞罗衣,君今不醉将安归[5]?

〔1〕前有一樽酒行,乐府古题,在《乐府诗集·杂曲歌辞》中。诗写长安市井间的饮乐情景,抒发纵情享乐的心理。

〔2〕龙门之绿桐:制琴的材料,显示琴之名贵,语出《枚乘·七发》:"龙门之桐,高百尺而无枝,使琴挚斫斩以为琴。"

〔3〕"催弦"句:酒店有奏乐伴饮。

〔4〕看朱成碧:醉眼朦胧的样子。

〔5〕"胡姬"五句:长安西域胡人酒店有胡姬的舞蹈表演,来此饮酒、听乐、观看胡姬舞,成为当时人们最美的享受。当垆,卖酒,用卓文君故事,见《汉书·司马相如传》。垆,用土做成,四边隆起、一面高出,像锻铁炉一样,用来安放酒瓮。将安归,还想到哪里去呢?即没有比此处更令人享受的地方了!杜甫《饮中八仙歌》写李白"长安市上酒家眠",此诗可做注脚。

送窦司马贬宜春[1]

天马白银鞍,亲承明主欢。斗鸡金宫里,射雁碧云端。堂上罗中贵,歌钟清夜阑[2]。何言谪南国,拂剑坐长叹[3]。赵璧为谁点?隋珠枉被弹[4]。圣朝多雨露,莫厌此行难[5]。

〔1〕应作于天宝二年。窦司马,名字不详,司马是州刺史的属官。宜春,袁州州治所在(今江西宜春)。

〔2〕"天马"六句:窦氏在朝中的生活状况。"斗鸡"二句,侍从玄宗

白日游乐。斗鸡、射雁,均为玄宗所好。"堂上"二句,写夜生活。中贵,宦官。清夜阑,夜将尽。

〔3〕谪:贬官。南国:指宜春。"拂剑"句:表现心情的郁结。

〔4〕"赵璧"二句:谓窦司马在朝中因遭人谗毁而被贬。赵璧,即和氏璧,原为楚人所有,战国时,璧归赵惠文王,故称"赵璧"。隋珠,隋侯见大蛇伤断,以药敷之,后大蛇于江中衔大珠来报答,称"隋侯之珠",即明月珠。见《淮南子·览冥》高诱注。此以赵璧、隋珠比拟窦司马。点,玷污。弹,抛弃。

〔5〕"圣朝"二句:安慰窦司马之辞,表明诗人对朝廷政治的肯定。雨露,皇帝的恩泽。

塞上曲[1]

大汉无中策,匈奴犯渭桥[2]。五原秋草绿[3],胡马一何骄。
命将征西极,横行阴山侧[4]。燕支落汉家,妇女无花色[5]。
转战渡黄河,休兵乐事多。萧条清万里,瀚海寂无波[6]。

〔1〕应作于在朝时期,反映了诗人的非战思想及对和平生活的向往。塞上曲,唐代新乐府辞,写征战生活,与《塞下曲》同出于汉代的《出塞》、《入塞》曲。

〔2〕"大汉"二句:汉朝与匈奴的战事不断。唐人诗中多"以汉代唐",实即唐朝廷与胡族的战事不断。中策,据《汉书·匈奴传下》载,严允上书称,周宣王将入侵的戎狄驱逐于境外,天下称明,是为"中策";汉武帝与匈奴作战,兵连祸结三十余年,虽有克获,但中国疲耗,匈奴也遭

受重创,而天下称武,是为"下策"。渭桥,在咸阳;犯渭桥,即入侵中土。

〔3〕 五原:五原郡,在长安西北今陕西定边一带,与匈奴接壤。

〔4〕 阴山:在五原之北。

〔5〕 "燕支"二句:汉兵打败了匈奴,即唐军打了胜仗。匈奴在战争中失去祁连、焉支二山,歌曰:"亡我祁连山,使我六畜不蕃息。失我焉支山,使我妇女无颜色。"见《史记·匈奴列传》张守节正义。燕支,即焉支。

〔6〕 "转战"四句:战争过后边境的和平景象。瀚海,大漠,泛指西北边地。

塞下曲六首(选三)〔1〕

五月天山雪,无花只有寒。笛中闻折柳,春色未曾看〔2〕。晓战随金鼓,宵眠抱玉鞍。愿将腰下剑,直为斩楼兰〔3〕。

〔1〕 塞下曲,参见上篇《塞上曲》注〔1〕。组诗以边塞题材抒写建立军功的豪情。

〔2〕 "笛中"二句:虽然曲奏"折杨柳",实际却无杨柳可折,因为春色尚未来到边塞。折柳,即"折杨柳",乐府"鼓角横吹"曲名。

〔3〕 "愿将"二句:用汉傅介子故事,表现立功疆场的豪情。楼兰,汉代西域国名,其地在今新疆若羌一带。汉昭帝时,楼兰经常遮杀通西域的汉使,傅介子受命赴楼兰,刺杀其王,建功封侯。见《汉书·西域传》。

骏马似风飙,鸣鞭出渭桥〔1〕。弯弓辞汉月,插羽破天骄〔2〕。

阵解星芒尽,营空海雾消[3]。功成画麟阁,独有霍嫖姚[4]。

　　[1] 渭桥:在咸阳,代指长安。
　　[2] 插羽:腰间悬箭;羽,羽箭。天骄:即"天之骄子",匈奴自称,见《汉书·匈奴传》。
　　[3] "阵解"二句:战争得胜。阵,敌方的军阵。解,被击破。星芒,《后汉书·天文志》:"客星芒气白为兵。"星芒尽,兵气消失。营,敌营;营空,敌人已被消灭。海雾,边地的战争氛围;海即瀚海,指西北边地的大漠。
　　[4] "功成"二句:将军建立了辉煌战功。麟阁,麒麟阁,汉高祖时造,汉宣帝为了表彰霍光等十一位功臣,将他们的图像画于麒麟阁上。独有,唯此一人,无与伦比。霍嫖姚,汉武帝名将霍去病,曾为嫖姚校尉,征伐匈奴,屡建奇功。

烽火动沙漠,连照甘泉云[1]。汉皇按剑起,还召李将军[2]。
兵气天上合,鼓声陇底闻[3]。横行负勇气,一战净妖氛[4]。

　　[1] 烽火:古代边地燃火举烟以报告敌情。甘泉:秦、汉宫名,指代朝廷。
　　[2] "汉皇"二句:将军奉命出征。汉皇,汉武帝。李将军,西汉名将李广,匈奴称之为"飞将军"。
　　[3] "兵气"二句:双方激烈交战。天上合,上冲天空。陇底闻,下震大地。
　　[4] "横行"二句:战争获胜。横行,无所阻挡。妖氛,敌人的气焰;净妖氛,打败了敌人。

关山月[1]

明月出天山[2],苍茫云海间。长风几万里,吹度玉门关[3]。汉下白登道,胡窥青海湾[4]。由来征战地,不见有人还。戍客望边色[5],思归多苦颜。高楼当此夜,叹息未应闲[6]。

〔1〕与《塞上曲》、《塞下曲》应为一时之作。关山月,乐府古题,在《乐府诗集·横吹曲辞》中,梁元帝、陈后主等所作皆写征夫思妇离别之苦,李白此诗继承了传统题旨。

〔2〕天山:即今之天山,横亘于新疆中部,唐代又称白山、折罗漫山。

〔3〕"长风"二句:长风吹送明月度过玉门关,系诗人的想象之辞。

〔4〕"汉下"二句:边地发生胡、汉之间的战争。白登,山名,在今山西大同,山上有白登台,汉高祖曾被匈奴冒顿单于困于此地达七天之久;青海,即青海湖,唐代属吐蕃领地。白登、青海都是经常发生战争的边塞之地。

〔5〕边色:此指边地的月色。

〔6〕"高楼"二句:由徐陵《关山月》"思妇高楼上,当窗未应眠"句化出。闲,停息。

子夜吴歌四首(选二)[1]

长安一片月,万户捣衣声[2]。秋风吹不尽,总是玉关情[3]。

何日平胡虏？良人罢远征[4]。

〔1〕应作于长安。子夜吴歌,乐府古题,在《乐府诗集·清商曲辞》中,题作《子夜四时歌》,分标春歌、夏歌、秋歌、冬歌。此首为秋歌,下首为冬歌。诗以思妇口吻写成。
〔2〕捣衣:在砧石上捣击制衣的原料(唐朝一般为帛,即丝织品),使之柔软,以便裁制衣服。传世有唐张萱《捣练图》,图中女子所持木杵与人等高,两端粗而中腰较细,竖握在手,以端部捣击衣料。
〔3〕玉关:玉门关,代指边塞。
〔4〕良人:妻子对丈夫的称呼。

明朝驿使发[1],一夜絮征袍。素手抽针冷,那堪把剪刀？裁缝寄远道,几日到临洮[2]？

〔1〕驿使:在驿站间传送文书、物件的人。唐朝制度,每三十里设一处驿站。
〔2〕临洮:即洮州(今甘肃临潭),属陇右道。诗中代称西北边地。

西岳云台歌送丹丘子[1]

西岳峥嵘何壮哉！黄河如丝天际来。黄河万里触山动,盘涡毂转秦地雷[2]。荣光休气纷五彩[3],千年一清圣人在[4]。巨灵咆哮擘两山,洪波喷流射东海[5]。三峰却立如欲摧,翠崖丹谷高掌开[6]。白帝金精运元气,石作莲花云作台[7]。

云台阁道连窈冥[8],中有不死丹丘生。明星玉女备洒扫,麻姑搔背指爪轻[9]。我皇手把天地户,丹丘谈天与天语[10]。九重出入生光辉,东求蓬莱复西归[11]。玉浆倘惠故人饮,骑二茅龙上天飞[12]。

〔1〕在长安送元丹丘去朝时作,其时应在天宝二年。此前元丹丘为西京大昭成观威仪,参见《凤笙篇》注〔1〕。西岳,华山,五岳之一,在华州(今陕西华阴市),西距长安百馀里。云台,华山北峰,又名云台峰。

〔2〕"西岳"四句:由华山远望黄河的雄阔景象。如丝,宋周密《癸辛杂识·华岳阿房基》:"五岳惟华山极峻,直上四十五里……有西岳庙在山顶,望黄河一衣带水耳。"所记景象即"如丝"。"盘涡毂转",语出郭璞《江赋》:"盘涡毂转,凌涛山颓。"《文选》张铣注:"盘涡言水深风壮,流急相冲,盘旋作深涡,如毂之转。"毂,车轮。秦地雷,如雷声震撼秦地。

〔3〕荣光休气:语出《尚书中候》:"荣光出河,休气四塞。"(《初学记》卷六引)。荣光,五色云气。休气,祥瑞之气。

〔4〕"千年"句:出自古语"黄河千年一清,至圣之君以为大瑞"(《拾遗记》卷一)。

〔5〕"巨灵"二句:由写黄河过渡到写西岳。传说有一座大山,挡住黄河去路,河水只能曲行而过。河神巨灵以手擘开其上,以足蹋离其下,山分而为二,河西为华山,河东为首阳山,河水乃从两山之间奔泻而下,直射东海。华山上留有巨灵神的掌印,首阳山下留有其脚迹。见《文选·西京赋》薛综注。

〔6〕"三峰"二句:华山三座高峰的形势,西为莲花峰、南为落雁峰、东为朝阳峰。却立,(从黄河岸边)退后而立。如欲摧,三峰耸立于河西,似有倾倒之势。高掌,朝阳峰有仙掌崖,岩壁黑色,石髓从石缝流出,黄白相间,凝成五指状,人称巨灵擘山之手迹。

89

〔7〕"白帝"二句:远望华山形势。白帝,即少昊,据《洞天记》所载,白帝治西岳。金精,即白帝,《拾遗记》:"少昊以金德王。"华山外围诸山如莲瓣,中间三峰突出如莲心,其下为云台峰,自远处望,宛如青色莲花开于云台之上。

〔8〕阁道:登山栈道。窈冥:青天。

〔9〕"明星"二句:想象华山诸神女侍奉丹丘。明星玉女,《集仙录》:"明星、玉女者,居华山,服玉浆,白日升天。"(《太平广记》卷五九引)麻姑,亦神女,《神仙传》记,东汉桓帝时,神仙王方平召麻姑至蔡经家,蔡经见麻姑手指细长如鸟爪,心中自念"背大痒时,得此爪以爬背,当佳"(《太平广记》卷六十引)。

〔10〕"我皇"二句:丹丘在朝时,曾与玄宗谈论关于天地的玄妙话题。我皇,指玄宗。手把天地户,语出《汉武帝内传》:"(王母)又命侍女法安婴歌《元灵之曲》,其词曰:'大象虽寥廓,我把天地户。'"谈天,战国时齐人邹衍善于论辩天地之事,齐人称其"谈天衍",见《史记·孟子荀卿列传》。

〔11〕"九重"二句:丹丘在朝的经历。九重,君主之门。东求蓬莱,指丹丘于天宝元年随玉真公主朝谒谯郡真源宫事,见《凤笙篇》注〔1〕。复西归,回到长安。

〔12〕"玉浆"二句:希望丹丘提携自己学仙。玉浆,神仙所饮。茅龙,仙人所骑。关下有位叫子先的卜师,老寿百馀岁,临去时,有仙人持二茅狗来,子先与一酒家妪各骑一只,化为茅龙,飞上华阴山。见《列仙传》卷下。

望终南山寄紫阁隐者[1]

出门见南山,引领意无限。秀色难为名,苍翠日在眼[2]。有时白云起,天际自舒卷。心中与之然,托兴每不浅[3]。何当造幽人,灭迹栖绝巘[4]。

[1] 天宝二年作。终南山,在长安之南。紫阁,终南山峰名。参见《君子有所思行》注[2]。
[2] "秀色"二句:望中所见终南山景色。难为名,景色之美无法用语言表述。苍翠,山色。
[3] "有时"四句:天边舒卷的白云引发诗人对自由生活的向往。与之然,像白云那样。托兴,寄托情怀。
[4] "何当"二句:意欲与紫阁隐者一同隐居于终南山中。造,登门拜访。灭迹,绝迹于人间。绝巘(yǎn 掩),高峻的山峰。

下终南山过斛斯山人宿置酒[1]

暮从碧山下,山月随人归。却顾所来径[2],苍苍横翠微[3]。相携及田家[4],童稚开荆扉。绿竹入幽径,青萝拂行衣。欢言得所憩,美酒聊共挥[5]。长歌吟松风,曲尽河星稀[6]。我醉君复乐,陶然共忘机[7]。

[1] 天宝二年作。诗写终南山竟日之游,反映了李白供奉翰林期间,在宫廷之外的生活情景。过,即做客。斛斯,复姓。宿,住所。
[2] 却顾:回头望。
[3] 翠微:形容山气青翠缥缈,后泛指青山。
[4] 相携:诗人与友人一起。田家:斛斯山人家。

91

〔5〕聊:且。挥:郑玄注《礼记·曲礼》:"振去馀酒曰挥",意即倾杯畅饮。

〔6〕河星:银河中的星星。

〔7〕忘机:忘却机巧,即抛开人间俗事。

秋夜独坐怀故山[1]

小隐慕安石,远游学子平[2]。天书访江海,云卧起咸京[3]。入侍瑶池宴,出陪玉辇行。夸胡新赋作,谏猎短书成[4]。但奉紫霄顾,非邀青史名[5]。庄周空说剑,墨翟耻论兵[6]。拙薄遂疏绝,归闲事耦耕[7]。顾无苍生望,空爱紫芝荣[8]?寥落暝霞色,微茫旧壑情。秋山绿萝月,今夕为谁明[9]?

〔1〕天宝二年秋作。故山,入京前隐居处,当指徂徕山。

〔2〕"小隐"二句:奉诏入朝前生活状况,一面隐居,一面漫游。小隐,隐于山林,语出晋王康琚《反招隐诗》:"小隐隐陵薮,大隐隐朝市。"安石,东晋谢安,出仕前隐居东山。参见《梁园吟》注〔11〕。子平,东汉向长,隐居不仕,安于贫贱,子女婚嫁后,即了断家事,与同好游五岳名山,竟不知所终。见《后汉书·逸民传》。

〔3〕"天书"二句:天宝元年奉诏入朝。天书,朝廷诏书。江海,远离朝廷的地方。云卧,高卧。咸京,长安。

〔4〕"入侍"四句:供奉翰林的生活状况,既侍从游宴,又如扬雄、司马相如一样草拟辞赋。参见《温泉侍从归逢故人》。瑶池宴,天子之宴,语出《穆天子传》:"天子觞西王母于瑶池之上。"玉辇,天子之车。夸胡,

92

扬雄《长杨赋》有句："上将大夸胡人以多禽兽。"谏猎，《史记·司马相如列传》谓相如作《子虚赋》，"其卒章归之于节俭，因以风谏"，又云"是时天子方好自击熊罴，驰逐野兽，相如上疏谏之"。今存李白《大猎赋》，应作于在朝时。

〔5〕"但奉"二句：只是为了报答朝廷的恩遇，并不图个人青史留名。紫霄，朝廷。顾，恩遇。

〔6〕"庄周"二句：用反问语气，自己的文才武略不为朝廷所用。庄周说剑，昔时赵文王喜剑术，剑士三千人日夜相击，每年死伤百馀，直至国衰。太子悝请庄周说王止剑，庄周向赵王讲了"天子剑、诸侯剑、庶人剑"的区别，批评赵王"有天子之位而好庶人之剑"，剑术无所用于国事，赵王采纳了庄周的意见。见《庄子·说剑》。墨翟论兵，墨子善用兵，公输班造云梯助楚王攻宋，墨子前往劝阻，与公输班多次较量而战胜之，楚王遂放弃攻宋。空、耻，均是不能作为之意。

〔7〕"拙薄"二句：自己被君王疏远，遂起了退隐田园的念头。拙薄，性拙才薄，自谦之辞。疏绝，被疏远而恩宠断绝。耦耕，两人并肩耕作，语出《论语·微子》："长沮、桀溺耦而耕。"

〔8〕"顾无"二句：用反问语气，表明自己选择隐退，并非因为没有匡济苍生之志而仅仅希图高隐的名声。顾，岂。苍生望，拯济苍生之志。空，徒然，仅仅。紫芝荣，用秦汉间高士商山四皓故事，其《采芝操》有"晔晔紫芝，可以疗饥"之句。参见《过四皓墓》诗。

〔9〕"寥落"四句：抒写怀念故山之情。旧壑、秋山，均指故山。

赠裴十四[1]

朝见裴叔则，朗如行玉山[2]。黄河落天走东海，万里写入胸怀间[3]。身骑白鼋不敢度[4],金高南山买君顾[5]。徘徊六合无相知,飘若浮云且西去[6]。

〔1〕似作于长安。裴十四,名字不详。

〔2〕"朝见"二句:用裴楷事,赞美裴十四仪表风神。晋名士裴楷,字叔则。《世说新语·容止》:"裴令公有俊容仪,脱冠冕,粗服乱头皆好,时人以为玉人,见者曰:'见裴叔则如玉山上行,光映照人。'"

〔3〕"黄河"二句:以黄河为喻,赞美裴十四胸襟抱负。写,同"泻"。

〔4〕身骑白鼋:语出《楚辞·九歌·河伯》:"乘白鼋兮逐文鱼。"不敢度:不敢渡过黄河。上文以黄河比喻裴十四之胸襟,此句以不敢渡河喻指裴之不可企及,表达对裴的追慕敬仰之情。

〔5〕金高:谓裴十四风标志趣极高,我欲以最高代价换取他的青睐。金高南山,黄金堆得如南山一样高,极言其多。

〔6〕"徘徊"二句:谓裴十四未能找到知遇之人,只好离开长安西去漫游。

翰林读书言怀呈集贤诸学士[1]

晨趋紫禁中,夕待金门诏[2]。观书散遗帙,探古穷至妙。片言苟会心,掩卷忽而笑[3]。青蝇易相点[4],白雪难同调[5]。本是疏散人,屡贻褊促诮[6]。云天属清朗,林壑忆游眺。或时清风来,闲倚栏下啸[7]。严光桐庐溪,谢客临海峤[8]。功成谢人间,从此一投钓[9]。

〔1〕天宝二年秋,作于翰林院中。据《新唐书·百官志》、李肇《翰林志》、韦执谊《翰林院故事》等史籍记载,翰林院是"待诏之所",院中有文词、经学之士,也有卜、医、伎术之流。玄宗初年,置翰林待诏,掌四方表疏批答、应和文章。既而又选文学之士,号翰林供奉,与集贤学士分掌制诰书敕。开元二十六年,又改翰林供奉为学士,别置学士院,专掌内命;留在翰林院如李白者,"但假其名,而无所职",即虽有翰林学士之名,却并不担任"专掌内命"的职事。故而李白在朝为翰林供奉,也可称翰林学士,但未曾授过正式官职。集贤诸学士,集贤殿书院中的学士、直学士,掌刊缉经籍、侍讲、侍读等职事。

〔2〕"晨趋"二句:待诏翰林的生活常规,每天清晨入朝,日夕还要等待朝廷的召唤。紫禁,天子之宫。金门,即金马门,汉代宫门名,代称唐朝廷。

〔3〕"观书"四句:在翰林院中读书情景。散,打开。遗帙,前代之书。

〔4〕"青蝇"句:在朝遭受了谗言的中伤。青蝇,语出《诗经·小雅·青蝇》:"营营青蝇,止于樊。岂弟君子,无信谗言。"点,蝇屎的玷污。

〔5〕"白雪"句:在朝缺少相知。白雪,即阳春白雪,语出宋玉《对楚王问》:"客有歌于郢中者,其始曰《下里》、《巴人》,国中属而和者数千人。其为《阳阿》、《薤露》,国中属而和者数百人。其为《阳春》、《白雪》,国中属而和者不过数十人。……是其曲弥高,其和弥寡。"

〔6〕"本是"二句:自己生性疏放而不受拘束,因而不被人理解,屡屡招来"褊促"的讥笑。贻,招致。褊(biǎn 贬)促,器量狭小,不能容人。诮,讽刺。

〔7〕"云天"四句:抒写对隐居自由生活的向往。

〔8〕"严光"二句:用严子陵、谢灵运故事,抒写归隐之志。严光,字

95

子陵,会稽人,少时与光武帝刘秀一同游学,光武即位后,隐身不仕,耕于富春山。其垂钓处在故乡桐庐溪,后人称严陵濑。今浙江桐庐仍存有严子陵渔钓处。谢客,南朝刘宋著名山水诗人谢灵运,小名客儿,作有《登临海峤初发彊中作与从弟惠连见羊何共和之》诗,抒写入山求仙之志。峤,锐而高的山峰。

〔9〕"功成"二句:与《从驾温泉宫醉后赠杨山人》诗中"待吾尽节报明主,然后相携卧白云"二句意同,意谓建立功业后即归隐自然,表明李白当时虽然遭受了谗毁,但并未放弃功业理想。

郢客吟白雪(《古风》其二十一)〔1〕

郢客吟白雪,遗响飞青天。徒劳歌此曲,举世谁为传?试为巴人唱,和者乃数千〔2〕。吞声何足道〔3〕?叹息空凄然。

〔1〕此诗发挥上篇"白雪难同调"句意,应为一时之作。
〔2〕"郢客"六句:参见上篇《翰林读书言怀呈集贤诸学士》注〔5〕。
〔3〕何足道:即何可道,痛心疾首而不能言。

玉壶吟〔1〕

烈士击玉壶〔2〕,壮心惜暮年。三杯拂剑舞秋月,忽然高咏涕泗涟。凤凰初下紫泥诏,谒帝称觞登御筵。揄扬九重万乘主,谑浪赤墀青琐贤。朝天数换飞龙马,敕赐珊瑚白玉鞭〔3〕。世人不识东方朔，大隐金门是谪仙〔4〕。西施宜笑复宜颦，丑女效之徒累身。君王虽爱蛾眉好，无奈宫中妒杀人〔5〕！

〔1〕天宝二年秋作。《玉壶吟》诗题应出于《世说新语·豪爽》："王处仲（敦）每酒后辄咏'老骥伏枥，志在千里。烈士暮年，壮心不已'，以如意打唾壶，壶口尽缺。""老骥伏枥"四句为曹操《步出夏门行》诗句。

〔2〕烈士：壮怀激烈之士。

〔3〕"凤凰"六句：自述初入翰林院时受到的宠遇及一时得意情状。"凤凰"句，北朝后赵石季龙皇后用五色纸制诏书，以木制凤凰，衔诏书飞下，见陆翙《邺中记》（《初学记》卷三十引）。紫泥诏，汉代用紫泥封诏书，后世因称诏书为"紫泥诏"。称觞，举觞。揄扬，宣扬。谑浪，戏谑。赤墀，亦称丹墀，天子宫殿，以丹漆涂地。青琐，朝廷之门，刻以连环纹，涂以青色。贤，指朝中大臣。飞龙马，翰林学士所乘，参见《从驾温泉宫醉后赠杨山人》注〔5〕。

〔4〕"世人"二句：以东方朔自喻。东方朔为汉武帝近臣，酒酣后据地而歌："陆沉于俗，避世金马门。宫殿中可以避世全身，何必深山之中，蒿庐之下。"见《史记·滑稽列传》。金门，即金马门，参见《翰林读书言怀呈集贤诸学士》注〔2〕。又传说东方朔是岁星谪降人世，《太平广记》卷六"东方朔"条载：朔卒后，有善占星历的王公对汉武帝说："诸星具，独不见岁星十八年，今复见耳。"帝仰天叹曰："东方朔在朕旁十八年，而不知是岁星哉！"

〔5〕"西施"四句：自述在朝遭人嫉妒谗毁。西施、蛾眉，均以美人自况。宜笑复宜颦，语出梁简文帝《鸳鸯赋》："亦有佳丽自如神，宜羞宜笑复宜颦。"丑女，参见《效古二首》第二首，指朝中小人。

设辟邪伎鼓吹雉子斑曲辞[1]

辟邪伎作鼓吹惊,雉子斑之奏曲成,喔咿振迅欲飞鸣。扇锦翼,雄风生,双雌同饮啄,趫悍谁能争[2]?乍向草中耿介死,不求黄金笼下生[3]。天地至广大,何惜遂物情[4]?善卷让天子,务光亦逃名[5]。所贵旷士怀,朗然合太清[6]。

〔1〕设辟邪伎鼓吹雉子斑曲辞,由乐府古题《雉子斑》变化而成。《雉子斑》在《乐府诗集·鼓吹曲辞》中,"题解"曰:"宋何承天《雉子游原泽篇》则言避世之士抗志清霄,视卿相功名犹冰炭之不相入也。"李白诗对何诗题旨有明显继承。辟邪,神兽名;设辟邪伎,装扮成辟邪的舞蹈;伎,舞者。雉子斑,鸟名。此诗似为在朝观乐舞的即兴之作。

〔2〕"雉子斑"六句:描写乐舞情景。趫(qiáo 桥)悍,勇捷。

〔3〕"乍向"二句:以描写雉子斑寄寓个人情怀,反映了李白对供奉翰林生活的厌倦和否定。上句表明将主动选择回归山野以求得精神的独立自由,下句谓鄙弃在朝的荣华富贵。耿介死,语出《礼记·檀弓》孔颖达疏:"今时人谓之雉或为雉鸟,耿介,被人所获,必自屈折其头而死。"何承天《雉子游原泽篇》有句:"雉子游原泽,幼怀耿介心。饮啄虽勤苦,不愿栖园林。"也为李白诗句所借鉴。

〔4〕"天地"二句:谓生存于至广至大的天地间的万物,都应保全自身的天然本性。何惜,岂惜,实即"应须"的意思。遂,顺应、满足。物情,万物的天然本性。嵇康《释私论》:"情不系于所欲,故能审贵贱而通物情。物情顺通,故大道无违。"

〔5〕善卷:上古高士。舜以天下让善卷,善卷不受,避入深山,莫知

其处。见《庄子·让王》。务光:商代高士。商汤灭夏桀,欲以天下让务光,务光以无道之世而拒绝。见《庄子·让王》。

〔6〕"所贵"二句:表达对远离朝廷的向往之情。旷士,即善卷、务光。太清,天道,自然之道。

鞠歌行〔1〕

玉不自言如桃李,鱼目笑之卞和耻〔2〕。楚国青蝇何太多?连城白璧遭谗毁。荆山长号泣血人,忠臣死为刖足鬼〔3〕。听曲知甯戚,夷吾因小妻〔4〕。秦穆五羊皮,买死百里奚〔5〕。洗拂青云上,当时贱如泥〔6〕。朝歌鼓刀叟,虎变磻溪中。一举钓六合,遂荒营丘东。平生渭水曲,谁识此老翁〔7〕?奈何今之人,双目送征鸿〔8〕。

〔1〕鞠歌行:乐府古题,在《乐府诗集·相和歌辞》中。陆机《鞠歌行序》:"虽七宝名器,不遇知己,终不见重。愿逢知己,以托意焉。"本篇诗旨与此相同,应作于供奉翰林后期。

〔2〕"玉不"二句:美玉如桃李,虽有美质而不自炫,所谓"桃李不言"也。鱼目却以假乱真,居然讥笑美玉,而使怀抱美玉的卞和深以为耻。谚语:"桃李不言,下自成蹊。"见《史记·李将军列传》。

〔3〕"楚国"四句:发挥卞和故事,抒写在朝遭受谗毁而被玄宗疏远的愤懑。连城白璧,秦昭王愿以十五城换取赵惠文王的和氏璧,见《史记·廉颇蔺相如列传》。"荆山"二句,《韩非子·和氏》载,楚人卞和于楚山中得玉璞,献给厉王,王以为诳,刖其左足。武王即位后,卞和又献,

又以为诳,刖其右足。文王即位,卞和抱其璞哭于楚山之下,三日三夜,泣尽而继之以血。文王使玉人理其璞而得宝,命为"和氏之璧"。荆山,即楚山。

〔4〕"听曲"二句:用春秋时甯(nìng佞)戚故事。甯戚欲见齐桓公,没有门路,就在齐国东门外击牛角而歌,歌曰"浩浩乎白水"。齐相管仲(名夷吾)不解其意,其小妾解释说:古有《白水》之诗,诗云"浩浩白水,儵儵之鱼。君来召我,我将安居? 国家未定,从我焉如?"此甯戚欲出仕以报效国家也。桓公重用了甯戚,齐国以治。见《列女传·辩通传》。

〔5〕"秦穆"二句:用春秋时百里奚故事。百里奚本为虞国大夫,晋献公灭虞,俘虏了百里奚,把他作为陪嫁的媵臣送给秦穆公。百里奚逃到楚国,秦穆公欲重金赎回他,又怕楚人不与,就用五张羊皮来赎,楚人果然同意了。当时百里奚已七十馀岁,穆公授以国政,人称"五羖(gǔ古,黑色公羊)大夫"。见《史记·秦本纪》。

〔6〕"洗拂"二句:概括上文甯戚与百里奚事迹。青云上,犹成语青云直上,获得显要官职。

〔7〕"朝歌"六句:用吕尚故事,见《梁甫吟》注〔3〕。钓六合,取得天下。荒,据有,《诗经·鲁颂·閟宫》:"奄有龟蒙,遂荒大东。"毛传:"荒,有也。"营丘,周武王给吕尚的封地。渭水曲,渭水之滨。

〔8〕"奈何"二句:讽刺玄宗不珍惜贤才。今之人,指玄宗。"双目"句,语出《史记·孔子世家》:"卫灵公……与孔子语,见飞雁,仰视之,色不在孔子,孔子遂行。"

惧谗〔1〕

二桃杀三士,讵假剑如霜〔2〕! 众女妒蛾眉,双花竞春芳〔3〕。

魏姝信郑袖,掩袂对怀王。一惑巧言子,朱颜成死伤[4]。行将泣团扇,戚戚愁人肠[5]。

〔1〕天宝二年,在朝遭谗后作。

〔2〕"二桃"二句:杀人不必用利剑(引出下文的嫉妒谗毁伤人)。参见《梁甫吟》注〔9〕。讵(jù 剧),表反诘,何,岂;讵假,哪里用得着,即用不着。

〔3〕"众女"二句:朝中嫉妒之风大盛。众女,谓朝中群小。蛾眉,诗人自谓。语出《离骚》:"众女嫉余之蛾眉兮,谣诼谓余以善淫。"双花,众女与蛾眉。

〔4〕"魏姝"四句:自己被谗言所伤,犹魏姝被郑袖所害。姝,美女。《战国策·楚策》载,魏王送给楚王美女,深得楚王爱悦。楚王夫人郑袖着意善待魏姝,楚王误以为郑袖不嫉妒魏姝。郑袖已得计,便对魏姝说:"大王虽然喜欢你,但并不喜欢你的鼻子。你见到大王时一定要把鼻子掩起来。"魏姝信以为真。楚王不解魏姝为何对着自己掩鼻,郑袖中伤说:"她不愿意闻到你身上的气味。"楚王一怒就割去了魏姝的鼻子。掩袂,用衣袖盖住鼻子。巧言子,指郑袖。朱颜,指魏姝。

〔5〕"行将"二句:用班婕妤故事,表明玄宗对自己的恩宠已经衰减。汉成帝时,班婕妤被赵飞燕夺宠,作《怨歌行》以自伤,辞曰:"新裂齐纨素,皎洁如霜雪。裁为合欢扇,团团似明月。出入君怀袖,动摇微风发。常恐秋节至,凉风夺炎热。弃捐箧笥中,恩情中道绝。"

于阗采花[1]

于阗采花人,自言花相似[2]。明妃一朝西入胡,胡中美女多羞死。乃知汉地多名姝，胡中无花可方比[3]。丹青能令丑者妍，无盐翻在深宫里[4]。自古妒蛾眉，胡沙埋皓齿[5]。

〔1〕诗人在朝遭遇谗毁后，抒发不平之气而作。于阗采花，乐府古题，在《乐府诗集·杂曲歌辞》中。本辞云："山川虽异所，草木尚同春。亦如溱洧地，自有采花人。"于阗，汉代西域国名。

〔2〕"于阗"二句：由乐府本辞化出。自言，自以为。花相似，像花一样美。

〔3〕"明妃"四句：化用王昭君故事。明妃，汉元帝妃子王嫱，字昭君。元帝妃子既多，不得常见，便命画工绘成图形，按图形召幸。众妃子皆贿赂画工，昭君不肯，便没有被召的机会。匈奴向元帝求美人为阏氏（yān zhī 烟支，即王后），元帝按图画指定昭君前往，召见时才知道她美貌后宫第一，而且举止闲雅，但已后悔莫及。见《西京杂记》卷二。此处以明妃自拟，而以"胡中美女"指代朝廷中群小。

〔4〕"丹青"二句：图画能变丑为美，朝廷就被蒙骗过去了。丹青，画工绘成的图形。无盐，丑女名，参见《效古二首》其二注〔3〕。翻，事情被倒过来。

〔5〕"自古"二句：自古以来，朝廷上总是贤才因遭嫉妒而埋没。胡沙，即"胡中美女"。皓齿，美女，指昭君。

白头吟[1]

锦水东北流，波荡双鸳鸯[2]。雄巢汉宫树，雌弄秦草芳[3]。宁同万死碎绮翼，不忍云间两分张[4]。此时阿娇正娇妒，独坐长门愁日暮。但愿君恩顾妾深,岂惜黄金买词赋！相如作赋得黄金,丈夫好新多异心。一朝将聘茂陵女,文君因赠白头吟[5]。东流不作西归水,落花辞条羞故林[6]。兔丝固无情,随风任倾倒。谁使女萝枝,而来强萦抱？两草犹一心,人心不如草[7]。莫卷龙须席,从他生网丝。且留琥珀枕,或有梦来时[8]。覆水再收岂满杯,弃妾已去难重回。古来得意不相负,只今惟见青陵台[9]。

[1] 白头吟:乐府古题,在《乐府诗集·相和歌辞》中。《西京杂记》卷三载:"(司马)相如将聘茂陵人女为妾,卓文君作《白头吟》以自绝,相如乃止。"李白诗敷演司马相如、文君故事,似有自况之意,伤君恩有始无终。

[2] "锦水"二句:追述相如与文君在成都曾经有过的一段美好生活。锦水,即锦江,在成都。鸳鸯,比喻相如与文君。

[3] "雄巢"二句:喻指相如在朝廷做官,文君相随来到长安。

[4] "宁同"二句:仍以鸳鸯为喻,二人曾经立下生死不分离的誓愿。

[5] "此时"八句:爱情发生变故。据司马相如《长门赋序》的记述,汉武帝陈皇后因性情嫉妒而失宠,独居长门宫,听说司马相如是天下文章高手,就以黄金百斤聘他写了《长门赋》以感动武帝,果然又得到武帝亲幸。阿娇,陈皇后名。"相如作赋"四句,即《西京杂记》所载故事。

[6] "东流"二句:文君对失去的爱情不再抱有希望。"东流"句出自《子夜歌》:"不见东流水,何时复西归？"落花,文君自喻。

[7] "兔丝"六句:文君对当初爱情的悔恨。兔丝、女萝,都是蔓生之草;兔丝喻指相如,女萝是文君自喻。

[8] "莫卷"四句:文君心事的自白。龙须席、琥珀枕,都是当日爱情的见证。卷,珍藏之意。从他,任凭他。生网丝,结上尘网。龙须席和琥珀枕的

不同处理,似表现了文君的矛盾心理,对美好的过去仍有所留恋。

〔9〕"覆水"四句:仍表示已经失去的爱情不可挽回。青陵台,用韩朋夫妇故事。宋康王见韩朋妻子美貌,遂夺为己有,又强逼韩朋筑青陵台,并杀死了他。妻子请求为他送葬,从青陵台上投下而死。康王把他们分埋在青陵台左右,一年后,各生出一棵梓树,树的枝条相交,有二鸟哀鸣其上,因此名为"相思树"。见《搜神记》卷十一,又见敦煌变文《韩朋赋》。

长门怨二首〔1〕

天回北斗挂西楼〔2〕,金屋无人萤火流〔3〕。月光欲到长门殿,别作深宫一段愁〔4〕。

〔1〕长门怨,乐府古题,在《乐府诗集·相和歌辞》中,后人咏陈皇后故事而作。李白诗亦有自况之意,应作于天宝二年秋。
〔2〕"天回"句:季节入秋。北斗,北斗七星。挂西楼,北斗星斗柄指向西方,天下皆秋。
〔3〕金屋:华美的宫室,语出班固《汉武故事》:汉武帝为太子时,长公主欲以女配之,问他"阿娇好否",答曰:"好!若得阿娇作妇,当作金屋贮之。"此指陈皇后得宠时的住处。
〔4〕"月光"二句:陈皇后失宠后独居长门宫的凄凉和愁苦。

桂殿长愁不记春〔1〕,黄金四屋起秋尘〔2〕。夜悬明镜青天上〔3〕,独照长门宫里人。

〔1〕桂殿:长门宫。不记春:时光已过了很久,兼有因情怀恶劣而不关心时令变化的意思。

〔2〕四屋:屋内四壁。起秋尘:意即无人料理,任其布满灰尘。

〔3〕明镜:月亮。

玉阶怨[1]

玉阶生白露,夜久侵罗袜[2]。却下水晶帘,玲珑望秋月[3]。

〔1〕玉阶怨,乐府古题,在《乐府诗集·相和歌辞》中。谢朓有《玉阶怨》:"夕殿下珠帘,流萤飞复息。长夜缝罗衣,思君此何极。"李白诗拟谢诗,与上篇《长门怨》似有相同意蕴。

〔2〕"玉阶"二句:人在阶前望月。生白露,表明夜已深。侵,打湿。

〔3〕"却下"二句:回到住室,仍不能入睡,直至夜深放下帘子后,仍在隔帘望月。却,还,仍。水晶帘,即下篇《怨情》的"珠帘",用珍珠串成。玲珑,月光明亮。

怨情[1]

美人卷珠帘[2],深坐颦蛾眉[3]。但见泪痕湿,不知心恨谁。

〔1〕与上篇《玉阶怨》作意相近。

〔2〕卷:与上篇"却下水晶帘"之"下"成反意,将帘子卷起,更便于向外望。

〔3〕深坐:久坐。颦:皱眉。

夜坐吟[1]

冬夜夜寒觉夜长,沉吟久坐坐北堂[2]。冰合井泉月入闺[3],金釭青凝照悲啼[4]。青釭灭,啼转多。掩妾泪,听君歌。歌有声,妾有情。情声合,两无违。一语不入意,从君万曲梁尘飞[5]。

〔1〕夜坐吟:乐府古题,在《乐府诗集·杂曲歌辞》中,鲍照所创,其辞云:"冬夜沉沉夜坐吟,含情未发已知心。霜入幕,风度林。朱灯灭,朱颜寻。体君歌,逐君音。不贵声,贵意深。"李白拟鲍照诗,以男女之情寄托君臣际遇的感慨,应作于天宝二年冬。

〔2〕北堂:妇女居处。

〔3〕冰合:冰冻。

〔4〕釭(gāng 缸):灯。青凝:指灯的光焰。

〔5〕"一语"二句:君妾之间已不能知心,所以歌声也不能使人感动。从,任凭,哪管。梁尘飞,歌声美妙的效果,《太平御览》卷五七二引刘向《别录》:"汉兴以来,善歌者鲁人虞公,发声清哀,盖动梁尘。"陆机《拟东城一何高》:"一唱万夫叹,再唱梁尘飞。"

美人出南国(《古风》其四十九)[1]

美人出南国[2],灼灼芙蓉姿。皓齿终不发,芳心空自持[3]。

由来紫宫女,共妒青蛾眉[4]。归去潇湘沚,沉吟何足悲[5]。

〔1〕在朝廷遭妒后作。
〔2〕"美人"句:出自曹植《杂诗七首》"南国有佳人",亦继承了《楚辞》以来所谓"香草美人"的传统,以"美人"喻君子。诗中是诗人自喻。
〔3〕"皓齿"二句:抒写不见用于君王的怨望之情。"皓齿"句,出自曹植《杂诗七首》"谁为发皓齿"。皓齿、芳心,美人的风姿才具。终不发、空自持,即未获君王欢心。
〔4〕紫宫女:喻指宫中的逸谤者。青蛾眉:即美人。
〔5〕"归去"二句:透露离开朝廷的心思。"归去"句,出自曹植《杂诗七首》"夕宿潇湘沚"。潇湘,即南国。沚,水中小洲。

宋玉事楚王(《感遇》其四)[1]

宋玉事楚王[2],立身本高洁。巫山赋彩云[3],郢路歌白雪。举国莫能和,巴人皆卷舌[4]。一惑登徒言,恩情遂中绝[5]。

〔1〕被玄宗疏远后作。诗以战国时楚国辞赋家宋玉自喻,又用宋玉作品中的典故抒发己意,表白自己立身高洁,文才出众,所以在朝廷中没有知音。
〔2〕"宋玉"句:宋玉为顷襄王大夫,但始终郁郁不得志。
〔3〕"巫山"句:指宋玉作《高唐赋》,参见《宿巫山下》注〔4〕。
〔4〕"郢路"三句:参见《翰林读书言怀呈集贤诸学士》注〔5〕。
〔5〕"一惑"二句:玄宗听信谗言而疏远了自己。登徒言,宋玉《登徒子好色赋》:"大夫登徒子侍于楚王,短宋玉曰:'玉为人体貌闲丽,口

多微辞,又性好色,愿王勿与出入后宫。'"

齐瑟弹东吟(《古风》其五十五)[1]

齐瑟弹东吟,秦弦弄西音[2]。慷慨动颜魄,使人成荒淫[3]。
彼美佞邪子,婉娈来相寻[4]。一笑双白璧,再歌千黄金[5]。
珍色不贵道,讵惜飞光沉[6]?安识紫霞客,瑶台鸣素琴[7]!

〔1〕亦遭玄宗疏远后作。

〔2〕"齐瑟"二句:音乐繁盛动人。曹植《赠丁翼》:"秦筝发西气,齐瑟扬东讴。"《野田黄雀行》:"秦筝何慷慨,齐瑟和且柔。"李白诗句由此化出。

〔3〕"慷慨"二句:音乐使人迷醉。慷慨,音乐美妙动人。颜魄,神色。荒淫,心意迷乱。

〔4〕"彼美"二句:朝中的佞邪小人施展伎俩,迷惑君主。语出阮籍《咏怀》:"婉娈佞邪子,随利来相欺。"婉娈,容色姣好。

〔5〕"一笑"二句:君主厚赐献歌献笑者,亦即佞邪子在朝得势。

〔6〕"珍色"二句:君主沉湎于享乐之中而背离了正道。色,美色,包括乐舞。道,做人主的原则。讵惜,岂惜,实即不惜。飞光,日月;飞光沉,时光流逝。

〔7〕"安识"二句:诗人似在表明自己去朝游仙的意向。紫霞客,学道游仙者。瑶台,仙境。

月下独酌四首[1]

花间一壶酒,独酌无相亲。举杯邀明月,对影成三人[2]。月既不解饮,影徒随我身。暂伴月将影[3],行乐须及春。我歌月徘徊,我舞影零乱[4]。醒时同交欢,醉后各分散。永结无情游,相期邈云汉[5]。

〔1〕诗歌反映了李白供奉翰林后期的心情,应作于天宝三载(744)春。天宝三年正月朔改纪年之"年"为"载",至肃宗乾元元年始恢复。

〔2〕"花间"四句:借饮酒抒写孤独之感,即《唐诗三百首》所评:"题本独酌,诗偏幻出三人,月影伴说,反复推勘,愈形其独。"对影,陶渊明《杂诗》:"欲言无予和,挥杯劝孤影。"李白诗思或受其影响。

〔3〕将:连词,和、与。

〔4〕"我歌"二句:月似在听歌,影似在共舞,即下句"同交欢"的情景。

〔5〕"永结"二句:实为诗人醉后对月和影所说的话,意思是现在我们虽然"醉后各分散"了(诗人醉倒了,月不徘徊了,影也不起舞了),但我们可以相约在天上再聚。无情,忘情,超越世俗之情。云汉,银河,即天上。

天若不爱酒,酒星不在天。地若不爱酒,地应无酒泉[1]。天地既爱酒,爱酒不愧天。已闻清比圣,复道浊如贤[2]。贤圣既已饮,何必求神仙?三杯通大道,一斗合自然[3]。但得酒中趣[4]，勿为醒者传。

〔1〕"天若"四句：《三国志·魏书·崔琰传》裴松之注引张璠《汉纪》："天有酒旗之星，地列酒泉之郡，人有旨酒之德。"李白诗句由此化出。
〔2〕"已闻"二句：《三国志·魏书·徐邈传》："平日醉客谓酒清者为圣人，浊者为贤人。"李白诗句由此化出。
〔3〕大道、自然：意思相同，指饮酒达到的美好境界，即下句所谓"酒中趣"。
〔4〕酒中趣：语出陶渊明《晋故征西大将军长史孟府君传》："明公但不得酒中趣耳。"

三月咸阳城[1]，千花昼如锦。谁能春独愁？对此径须饮。穷通与修短，造化夙所禀[2]。一樽齐死生，万事固难审[3]。醉后失天地，兀然就孤枕。不知有吾身[4]，此乐最为甚。

〔1〕三月：应为天宝三载三月。咸阳：长安。
〔2〕穷通：仕途或穷或达。修短：年命或长或短。造化：即天命、命运。
〔3〕"一樽"二句：后句为因，前句为果。因为人生万事难于把握，最通达的办法，就是用一樽酒来化解包括生死在内的人生一切矛盾与痛苦。齐死生，把生与死看得没有区别，《庄子·齐物论》："方生方死，方死方生。"审，犹言"弄明白"。
〔4〕"不知"句：忘掉了自身生命的存在，亦即"齐死生"。《老子》第十五章："吾所以有大患者，为吾有身。及吾无身，吾有何患？"

穷愁千万端,美酒三百杯。愁多酒虽少,酒倾愁不来。所以知酒圣[1],酒酣心自开。辞粟卧首阳,屡空饥颜回。当代不乐饮,虚名安用哉[2]!蟹螯即金液,糟丘是蓬莱[3]。且须饮美酒,乘月醉高台。

〔1〕酒圣:酒是最美好的东西。
〔2〕"辞粟"四句:拒绝"乐饮"享受而追求无用的虚名,这种人生态度实不可取。"辞粟"句,伯夷、叔齐事迹。伯夷、叔齐系孤竹君之二子,因不肯继承王位而往归周文王。文王卒,周武王东伐殷纣,伯夷、叔齐叩马谏阻而不听。武王灭殷,天下宗周,伯夷、叔齐耻之,义不食周粟,隐于首阳山,采薇而食,最终饿死。见《史记·伯夷列传》。"屡空"句,孔子弟子颜回事迹。《论语·雍也》:"子曰:'贤哉,回也。一箪食,一瓢饮,在陋巷,人不堪其忧,回也不改其乐。'"又,《论语·先进》:"子曰:回也其庶乎!屡空。"空,一贫如洗。当代,人生在世时。
〔3〕"蟹螯"二句:意谓饮酒胜过神仙。蟹螯,《世说新语·任诞》:"毕茂世云:'一手持蟹螯,一手持酒杯,拍浮酒池中,便足了一生。'"金液,求仙者所饮。糟丘,见《襄阳歌》注〔4〕。蓬莱,仙境。

越客采明珠(《古风》其五十六)[1]

越客采明珠,提携出南隅。清辉照海月,美价倾皇都[2]。献君君按剑,怀宝空长吁[3]。鱼目复相哂,寸心增烦纡[4]。

〔1〕遭玄宗疏远后作。

〔2〕"越客"四句:以明珠比喻自己的才具。越,古国名,其地相当于今两广,汉代设日南、合浦等九郡,盛产名珠。庾信《拟连珠》:"日南枯蚌,犹含明月之珠。"《后汉书·孟尝传》:"合浦……郡不产谷实,而海出珠宝。"倾皇都,惊动了长安。

〔3〕"献君"二句:欲将个人才具贡献给君主,不料却遭到拒绝,只好怀宝长叹。按剑,语出邹阳《狱中上梁王书》:"臣闻明月之珠,夜光之璧,以暗投人于道路,众莫不按剑相眄者,何则,无因而至前也。"表示心存怀疑、警惕。

〔4〕"鱼目"二句:明珠遭弃,反而被得势的鱼目讥笑,使献宝者、即诗人自己心中充满忧烦。鱼目,朝中群小。

桃花开东园(《古风》其四十七)〔1〕

桃花开东园,含笑夸白日。偶蒙春风荣,生此艳阳质〔2〕。岂无佳人色,但恐花不实〔3〕。宛转龙火飞〔4〕,零落早相失。讵知南山松,独立自萧瑟〔5〕!

〔1〕似对供奉翰林经历的反思,应作于在朝后期。

〔2〕"桃花"四句:以桃花盛开比喻自己供奉翰林之初的荣耀。白日,喻指朝廷。春风荣,喻指玄宗的恩宠。艳阳质,桃花在春日的阳光下盛开,喻指自己的美好品质。

〔3〕"岂无"二句:桃花虽美但未必能结果实,比喻人之徒有虚荣而无真正的人生建树。

〔4〕"宛转"句:秋天到来。龙火,星名,东方心宿三星之主星,又称鹑火、大火。飞,龙火星西移,即《诗经·豳风·七月》所谓"七月流火",

时令入秋。

〔5〕"讵知"二句:以松比喻人的节操。萧瑟,风吹松声。

登高望四海(《古风》其三十九)〔1〕

登高望四海,天地何漫漫!霜被群物秋,风飘大荒寒〔2〕。荣华东流水,万事皆波澜〔3〕。白日掩徂辉,浮云无定端。梧桐巢燕雀,枳棘栖鸳鸾〔4〕。且复归去来,剑歌行路难〔5〕。

〔1〕似作于天宝二年秋,去朝之志已决时。

〔2〕"登高"四句:写秋日登高远望所见景象,一片萧瑟,反映了诗人心绪的悲凉。被,覆盖。

〔3〕"荣华"二句:对供奉翰林生活的理性反思,与出朝后所作《梦游天姥吟留别东鲁诸公》中"世间行乐亦如此,古来万事东流水"二句含义相同。荣华,应指入朝之初体会过的荣宠富贵。东流水,即逝水,奔流而过,不足留恋。波澜,与"东流水"同义。

〔4〕"白日"四句:对朝廷中形势的概括。沈德潜云:"'白日'二语,喻谗邪惑主;'梧桐'二语,喻小人得志,君子失所。"(《唐诗别裁集》卷二)白日,指玄宗。徂辉,落日之光。浮云,指玄宗身边的奸佞之辈。梧桐,本为凤凰所栖,指朝中高位。燕雀,指朝中群小。枳棘,多刺的恶木,指下位。鸳鸾,指君子、贤才。

〔5〕"且复"二句:披露离开朝廷的意向。且复,如同"还是"。归去来,陶渊明辞官归隐,赋《归去来兮辞》。剑歌,此处含义与弹剑作歌的冯谖故事(见《玉真公主别馆苦雨赠卫尉张卿》第一首注〔5〕)不同,剑是个人才能抱负的象征,剑歌即仗剑而歌。鲍照《拟行路难》有"拔剑击柱

长叹息"句,白诗情绪同此。

松柏本孤直(《古风》其十二)[1]

松柏本孤直,难为桃李颜[2]。昭昭严子陵,垂钓沧波间。身将客星隐,心与浮云闲。长揖万乘君,还归富春山[3]。清风洒六合,邈然不可攀。使我长叹息,冥栖岩石间[4]。

〔1〕似作于去朝前夕。唐汝询曰:"太白始为玄宗所重,已而见疏,遂傲放求还,无复恋宠,此盖以子陵自负云。"(《唐诗解》卷三)

〔2〕"松柏"二句:即前《桃花开东园》诗意的凝缩。难为桃李颜,不能像桃李一样求媚于人。

〔3〕"昭昭"六句:咏严子陵故事,参见《翰林读书言怀呈集贤诸学士》注〔8〕。严子陵曾与光武帝共卧,以足加帝腹上,次日,太史奏客星犯帝座。见《后汉书·严光传》。长揖,平交之礼,参见《梁甫吟》注〔5〕,此处是告别的意思。

〔4〕"清风"四句:表达对严子陵的仰慕之情,并产生归隐的想法。六合,天地之间,前、后、左、右、上、下六个方位。不可攀,心存敬仰而不敢攀比。"冥栖"句,即归隐于山岩之间。

题东溪公幽居[1]

杜陵贤人清且廉,东溪卜筑岁将淹[2]。宅近青山同谢朓,门垂碧柳似陶潜[3]。好鸟迎春歌后院,飞花送酒舞前檐。客到但知留一醉,盘中只有水精盐[4]。

〔1〕似作于天宝三载春。东溪公,隐士。

〔2〕杜陵:在长安东南,因汉宣帝陵得名。岁将淹:岁月已经很久。

〔3〕"宅近"二句:不仅描写幽居环境,而且以谢、陶赞美东溪公。南齐诗人谢朓做宣城太守时,筑室于当涂县(属宣城郡,今安徽当涂)东南三十里的青山,后世称此地为"谢家青山"。陶渊明《五柳先生传》:"宅边有五柳树,因以为号焉。闲静少言,不慕荣利。"

〔4〕"盘中"句:唐人有以盐佐酒的习惯,参见《梁园吟》注〔6〕。水精盐,唐段成式《酉阳杂俎》卷十载"白盐崖有盐如水精,名为君王盐"。

白云歌送刘十六归山[1]

楚山秦山皆白云,白云处处常随君。长随君,君入楚山里,云亦随君渡湘水[2]。湘水上,女萝衣[3],白云堪卧君早归。

〔1〕长安作。白云是隐者的象征,南朝著名道教人物陶弘景有答齐高帝《诏问山中何所有赋诗以答》:"山中何所有,岭上多白云。只可自怡悦,不堪持赠君。"李白诗借送人寄寓了对归山的向往之情。诗的语词重沓往复,句式三、五、七言交错,富有民歌风,与向往归山、寻求精神解脱的心境相表里。刘十六,名字不详。归山,卸去官职回归山林。

〔2〕湘水:在湖南,其地古属楚国。

〔3〕女萝衣:隐者之服,《楚辞·九歌·山鬼》:"若有人兮山之阿,披薜荔兮带女萝。"

送裴十八图南归嵩山二首[1]

何处可为别？长安青绮门[2]。胡姬招素手,延客醉金樽[3]。临当上马时,我独与君言[4]。风吹芳兰折[5],日没鸟雀喧[6]。举手指飞鸿,此情难具论[7]。同归无早晚,颍水有清源[8]。

[1] 似天宝三载春作。图南,裴十八之名,王昌龄有《送裴图南》诗,所送或即此人。嵩山,五岳之"中岳",在河南。

[2] 青绮门:汉代长安东出十二门,第三门名霸城门,因门色青,民间称青城门,或曰青绮门,亦曰青门。见《水经注·渭水》。唐代则以代称东门。

[3] "胡姬"二句:参见《前有一樽酒行》注[5]。

[4] "我独"句:包含有说知心话的意思。以下六句即诗人对裴十八所说的话。

[5] "风吹"句:王琦注"喻君子被抑不得伸其志也"。

[6] "日没"句:王琦注"喻君暗而谗言竞作也"。

[7] "举手"二句:用晋郭瑀故事,表示自己将离开朝廷。郭瑀多才艺,善属文,隐于临松薤谷。前凉国主张天锡遣使者孟公明持节备礼征聘出山,他指着飞鸿对使者说:"此鸟也,安可笼哉?"遂逃往深山而绝迹。见《晋书·郭瑀传》。难具论,难以用语言表达。

[8] "同归"二句:明确表白自己归隐的打算。无早晚,早晚都一样。颍水,源出嵩山。句用高士许由的故事,详见下首。

君思颍水绿,忽复归嵩岑[1]。归时莫洗耳,为我洗其心。洗心得真情,洗耳徒买名[2]。谢公终一起,相与济苍生[3]。

〔1〕颍水:源出嵩山西南。嵩岑:嵩山。

〔2〕"归时"四句:用许由故事,并对其有所批判。许由,上古高士,尧让天下给他,不受而逃去,隐于中岳颍水之阳,箕山之下。尧又招他为九州长,他不愿听,就到颍水边去洗耳。见《高士传》卷上。李白认为许由洗耳的行为是博取虚名。洗心,洗去功名富贵的俗念。

〔3〕"谢公"二句:用谢安故事,见《梁园吟》注〔11〕。李白决意去朝之际,仍念念不忘如谢安一样建功立业,表明其用世之心并未泯灭,换句话说,李白从来不曾认同隐士,他只是在人生失意时以归向山林来获取一时的精神安慰。

送贺宾客归越[1]

镜湖流水漾清波[2],狂客归舟逸兴多[3]。山阴道士如相见,应写黄庭换白鹅[4]。

〔1〕天宝三载(744)正月作。贺宾客,贺知章(659—744),字季真,会稽人,曾任太子宾客、秘书监,李白诗中称之为"贺宾客"、"贺监"。对李白其人其诗极为推重,参见《蜀道难》注〔1〕、《乌栖曲》注〔1〕。与李白均列于杜甫《饮中八仙歌》。天宝二年十二月,贺知章请度为道士还乡,三载正月,玄宗遣左、右相以下官员在长乐坡为其饯行。李白此诗在敦煌写本唐诗选残卷中题为《阴盘驿送贺监归越》,阴盘驿在长安之东的

昭应县,贺知章出长安后,应从那里经过,李白写了此诗相送。

〔2〕镜湖:在会稽(今浙江绍兴),即山阴南湖,白水翠岩,若镜若画。《新唐书·贺知章传》载:贺知章还乡时,"有诏赐镜湖剡川一曲"。

〔3〕狂客:《旧唐书·贺知章传》载:"知章晚年尤加纵诞,无复规检,自号'四明狂客'。"

〔4〕"山阴"二句:用东晋王羲之故事。《太平御览》卷二三八引何法盛《晋中兴书》:"山阴有道士养群鹅,羲之意甚悦,道士云:'为写《黄庭经》,当举群鹅相赠。'乃为写讫,笼鹅而去。"《黄庭经》系道家书,贺知章好道,又是书法家,《旧唐书·贺知章传》:"善草隶书,好事者供其笺翰,每纸不过数十字,共传宝之。"诗中用典十分切合贺知章的实际。

灞陵行送别[1]

送君灞陵亭,灞水流浩浩[2]。上有无花之古树,下有伤心之春草。我向秦人问路歧[3],云是王粲南登之古道[4]。古道连绵走西京,紫阙落日浮云生[5]。正当今夕断肠处,骊歌愁绝不忍听[6]。

〔1〕天宝三载春送人之作。灞陵,亦作霸陵,即白鹿原,在长安东,汉文帝陵墓所在。

〔2〕灞陵亭:设在灞陵的驿亭,送别行人之处。灞水:今名灞河,在白鹿原下。

〔3〕路歧:指眼前这条道路。

〔4〕"云是"句:出自王粲《七哀诗》:"南登霸陵岸,回首望长安。"

汉献帝初平三年(192),董卓部将李傕、郭汜在长安作乱,王粲逃离长安前往荆州,作《七哀诗》。

〔5〕"紫阙"句:以落日景象喻朝廷的昏暗。紫阙,宫阙,此指朝廷。落日,喻帝王。浮云,喻朝中奸佞。

〔6〕骊歌:即《骊驹歌》,告别之歌。其辞云:"骊驹在门,仆夫具存。骊驹在路,仆夫整驾。"见《汉书·儒林传》服虔注。

凤饥不啄粟(《古风》其四十)〔1〕

凤饥不啄粟,所食唯琅玕〔2〕。焉能与群鸡,刺蹙争一餐〔3〕!
朝鸣昆丘树,夕饮砥柱湍〔4〕。归飞海路远,独宿天霜寒〔5〕。
幸遇王子晋,结交青云端〔6〕。怀恩未得报,感别空长叹〔7〕。

〔1〕去朝前夕作。

〔2〕"凤饥"二句:以凤自喻,自矜超凡脱俗的品质。琅玕(láng gān 郎竿),珠玉。《艺文类聚》卷九十:"庄子曰:南方有鸟,其名为凤……以璆琳琅玕为实。"

〔3〕"焉能"二句:以"群鸡"喻朝中群小。刺蹙,急迫紧张貌。

〔4〕"朝鸣"二句:出自《淮南子·览冥》:"凤皇之翔……曾逝万仞之上,翱翔四海之外,过昆仑之疏圃,饮砥柱之湍濑。"昆丘,即昆仑。砥柱,山名,当黄河中流。

〔5〕"归飞"二句:以凤喻人,想象去朝后将要面对艰难、孤独的人生景况。

〔6〕"幸遇"二句:想象去朝后游仙学道,结识仙人。王子晋,见《凤笙篇》注〔2〕。

〔7〕"怀恩"二句：真实展露了李白此际的矛盾心理。即将随仙人而去时，又生出对朝廷的眷念之情，兼寓怀抱不得施展之遗憾。怀恩，指入朝后所受玄宗的恩宠。

还山留别金门知己[1]

好古笑流俗，素闻贤达风[2]。方希佐明主，长揖辞成功[3]。白日在青天，回光烛微躬。恭承凤凰诏，欻起云萝中[4]。清切紫霄迥，优游丹禁通[5]。君王赐颜色，声价凌烟虹[6]。乘舆拥翠盖，扈从金城东。宝马骤绝景，锦衣入新丰[7]。倚岩望松雪，对酒鸣丝桐。方学扬子云，献赋甘泉宫。天书美片善，清芬播无穷[8]。归来入咸阳，谈笑皆王公。一朝去金马，飘落成飞蓬。宾友日疏散，玉尊亦已空[9]。才力犹可倚，不惭世上雄[10]。闲作东武吟[11]，曲尽情未终。书此谢知己，吾寻黄绮翁[12]。

〔1〕天宝三载春，去朝之际作。宋本、王琦题下俱注："一本作《出金门后书怀留别翰林诸公》。"关于李白去朝之事，杜甫《寄李十二白二十韵》的说法是"乞归优诏许"，即李白请求归山，得到玄宗的许可。而李白"乞归"的原因及结局，则如李阳冰《草堂集序》所记："丑正同列，害能成谤，格言不入，帝用疏之。……天子知其不可留，乃赐金归之。""乞归"是李白主动选择的行为，对他来说，因为"待吾尽节报明主"的理想未能实现，虽然满怀着失望，但他离开朝廷时毕竟是体面而且潇洒的。金门，金马门的省称，汉武帝时东方朔、主父偃等皆待诏金马门，李白曾

待诏翰林院,故而诗中以金门称之。

〔2〕"好古"二句:立身原则是崇尚古道,鄙弃流俗,仰慕古之贤达的精神风概。

〔3〕"方希"二句:人生目标是辅佐当今君主,建立功业,功成即辞别朝廷而去。这是李白反复宣扬的人生理想,与《从驾温泉宫醉后赠杨山人》"待吾尽节报明主,然后相携卧白云"二句义同。长揖,平交之礼,参见《梁甫吟》注〔5〕。

〔4〕"白日"四句:追忆奉诏入朝事。白日,指玄宗。回光,白日特意照临之光。烛,照。微躬,自己。凤凰诏,朝廷诏书,参见《玉壶吟》注〔3〕。欻(xū虚),忽然。云萝,隐者所居处。

〔5〕"清切"二句:步入宫廷。清切,清静严肃。紫霄、丹禁,均指帝王宫殿。迥、通,形成对比,看似高不可攀的朝廷禁地,居然畅通无阻。优游,从容漫步。

〔6〕"君王"二句:玄宗的恩顾,使自己身价陡增。赐颜色,看重,犹言"给面子"。烟虹,云霓;凌烟虹,高过烟虹。

〔7〕"乘舆"四句:回忆天宝元年十月侍从游温泉宫事。乘舆,天子车驾。翠盖,用翠鸟羽毛装饰的车盖。金城,长安,温泉宫在其东。绝景(yǐng影),快得能追上阳光,用作良马名。新丰,温泉宫所在的新丰县。

〔8〕"方学"四句:诗人当时应有献赋之事,并得到玄宗的赞赏,参见《温泉侍从归逢故人》诗。甘泉,汉代宫名,扬雄曾奉成帝诏作《甘泉赋》。天书,皇帝所书。片善,小善,指自己的作品。清芬,美好声誉。

〔9〕"一朝"四句:预言出朝之后的凄凉境况。

〔10〕"才力"二句:表明诗人去朝之际,仍不失自信。

〔11〕东武吟:李白此诗题目又作《东武吟》,乐府古题有《东武吟行》。闲作,从容而作。

〔12〕黄绮翁:商山四皓中的夏黄公、绮里季。诗人出朝后经商山,

作有咏四皓的《山人劝酒》诗。句谓自己将追步四皓而隐居。

初出金门寻王侍御不遇咏壁上鹦鹉[1]

落羽辞金殿[2],孤鸣托绣衣[3]。能言终见弃[4],还向陇西飞[5]。

〔1〕去朝时作,以鹦鹉自喻。侍御,御史台官员。王侍御,其人无考。

〔2〕落羽:自喻仕途受挫。

〔3〕孤鸣:因寻王侍御不遇而生的感慨。绣衣:指王侍御,绣衣是其官服,《汉书·百官公卿表》:"侍御史有绣衣直指。"

〔4〕能言:以鹦鹉能言比喻自己的才能。

〔5〕陇西:《禽经注》载,"鹦鹉出陇西,能言鸟也"。

秦水别陇首(《古风》其二十二)[1]

秦水别陇首,幽咽多悲声[2]。胡马顾朔雪,躞蹀长嘶鸣[3]。感物动我心,缅然含归情。昔视秋蛾飞,今见春蚕生。嫋嫋桑结叶,萋萋柳垂荣[4]。急节谢流水[5],羁心摇悬旌[6]。挥涕且复去,恻怆何时平?

〔1〕天宝三载春,去朝之际作。

〔2〕"秦水"二句:出自《陇头歌辞》:"陇头流水,鸣声呜咽。遥望秦川,心肝断绝。"

〔3〕"胡马"二句:由《古诗十九首》"胡马依北风"句化出。顾,回头看。躞蹀(xiè dié泄蝶),小步行走。

〔4〕"昔视"句:指前年秋入朝时。"今见"三句:指今春去朝时。嫋:同"袅"。

〔5〕"急节"句:时节变换,如流水一样急。谢,即变换。

〔6〕"羁心"句:谓心绪不能平静。羁心,客游者之心。摇悬旌,出自《战国策·楚策》:"楚王曰:'寡人卧不安席,食不甘味,心摇摇如悬旌。'"

山人劝酒[1]

苍苍云松,落落绮皓[2]。春风尔来为阿谁,胡蝶忽然满芳草。秀眉霜雪颜桃花,骨清髓绿长美好。称是秦时避世人,劝酒相欢不知老[3]。各守麋鹿志,耻随龙虎争。欻起佐太子,汉皇乃复惊。顾谓戚夫人,彼翁羽翼成。归来商山下,泛若云无情[4]。举觞酹巢由,洗耳何独清?浩歌望嵩岳,意气还相倾[5]。

[1] 山人劝酒,李白自创乐府新辞,在《乐府诗集·琴曲歌辞》中。天宝三载春出朝后,取道商山途中作。商山在长安东南商州商洛县(今陕西丹凤),其地有"商山四皓"墓。诗借吟咏"商山四皓",抒写建立奇功而功成不居的人生理想。山人,指"商山四皓"。劝酒,"四皓"在山中

123

劝酒相欢。

〔2〕落落:气度高超不凡。绮皓:"四皓"之一绮里季,代表"四皓"。另三位是东园公、甪(lù)里先生、夏黄公。

〔3〕"秀眉"四句:"四皓"的容貌风神及山中生活情景。眉如霜雪却颜如桃花,表明"四皓"虽高寿却不衰老。骨清髓绿,"四皓"的气质风度。"称是"句,"四皓"自谓。"劝酒"句,"四皓"山中生活情景。

〔4〕"各守"八句:"四皓"事迹。"四皓"于秦汉易代之际耻于卷入天下纷争,隐于商山,义不为汉臣。汉高帝欲以戚夫人子赵王如意代太子刘盈,太子母吕后用张良计策,使人奉太子书,卑辞厚礼,迎"四皓"至。汉十二年,高帝疾甚,欲易太子,及宴会上见太子身边有从者四人,皆八十有馀,须眉皓白,衣冠甚伟,问之,知为一直逃避自己的"商山四皓",闻太子为人仁孝,恭敬爱士,故来辅佐太子。高帝目送四人去后,召戚夫人曰:"我欲易之,彼四人辅之,羽翼已成,难动矣。"终于未易太子。见《史记·留侯世家》。"四皓"事成复归商山。在李白心目中,四皓是功成不居的典型。麋鹿志,隐者之志。龙虎争,夺取天下的战争。欻起,忽然而起。泛,飘浮。

〔5〕"举觞"四句:赞美"四皓"之节操不让巢由。巢由,巢父、许由。巢父为尧时隐士,筑巢于树上而居,时人号其"巢父"。尧以天下让之,不受。见晋皇甫谧《高士传》。许由,即"洗耳翁",见《大车扬飞尘》注〔6〕。独清,独擅清高之名;何独清,岂能独擅清高之名,"何"表反问,因为"四皓"也与巢由一样清高。嵩岳,嵩山,传说巢、由所居。

四　去朝十年

赠崔侍御[1]

长剑一杯酒,男儿方寸心。洛阳因剧孟,托宿话胸襟。但仰山岳秀,不知江海深[2]。长安复携手,再顾重千金。君乃輶轩佐,予叨翰墨林[3]。高风摧秀木,虚弹落惊禽[4]。不取回舟兴,而来命驾寻[5]。扶摇应借力,桃李愿成阴[6]。笑吐张仪舌,愁为庄舄吟[7]。谁怜明月夜?肠断听秋砧。

〔1〕天宝三载秋作于洛阳。崔侍御,名成甫,时官监察御史。

〔2〕"长剑"六句:回忆与崔侍御的初次交往,应在李白"初入长安"过后,开元二十年春盘桓于洛阳时。剧孟,汉代大侠,洛阳人,参见《梁甫吟》注〔9〕,此指崔侍御,赞美其侠义。山岳秀,崔的风标。江海深,崔的胸襟。

〔3〕"长安"四句:回忆天宝初在长安与崔侍御的再次交往。"再顾"句,出自曹植诗句:"一顾千金重,何必珠玉钱。"輶(yóu由)轩,使者所乘轻车;輶轩佐,指崔任监察御史。"余叨"句,指自己供奉翰林;叨,谦词。

〔4〕"高风"二句:自己在朝中遭遇摧折。"高风"句,出自李康《运命论》:"木秀于林,风必摧之。""虚弹"句,出自袁朗《秋夜独坐》:"危弦

断客心,虚弹落惊禽。"所用为更赢射雁故事。更赢,古之善射者,曾于京台之下为魏王射雁,弓虚发而雁落,魏王奇之,更赢回答说:那只雁飞徐而鸣悲,飞徐是因为疮痛,鸣悲是因为失群,它闻弓弦之声惊恐地高飞,旧伤发作就坠落了。见《战国策·楚策》。

〔5〕"不取"二句:反用王子猷雪夜访戴故事,参见《酬坊州王司马与阎正字对雪见赠》注〔4〕。

〔6〕"扶摇"二句:希望得到崔侍御的提携。"扶摇"句出自《庄子·逍遥游》:"抟扶摇而上者九万里……风之积也不厚,则其负大翼也无力,故九万里则风斯在下矣。""桃李"句,指崔的感召力,谚云"桃李不言,下自成蹊",见《汉书·李广传》。

〔7〕"笑吐"二句:以张仪、庄舄自况,表明自己处境的困窘及有家难回的苦衷。张仪,战国时著名说客,在楚国曾遭遇凌辱,归家后其妻曰:"子无读书游说,安得此辱乎?"仪曰:"视吾舌尚在否?"妻笑曰:"尚在也。"仪曰:"足矣。"见《史记·张仪列传》。庄舄(xī 息),越人,仕于楚,病中思乡,吟为越声,亦见《史记·张仪列传》。

秋猎孟诸夜归置酒单父东楼观妓[1]

倾晖速短炬,走海无停川[2]。冀餐圆丘草,欲以还颓年。此事不可得,微生若浮烟[3]。骏发跨名驹,雕弓控鸣弦。鹰豪鲁草白,狐兔多肥鲜。邀遮相驰逐,遂出城东田。一扫四野空,喧呼鞍马前[4]。归来献所获,炮炙宜霜天[5]。出舞两美人,飘飘若云仙。留欢不知疲,清晓方来旋[6]。

〔1〕天宝三载秋,与杜甫、高适同游梁宋时作。宋州,州治宋城(今河南商丘)。孟诸,大泽名,在宋城东北数十里。单父,宋州属县(今山东单县),又在孟诸泽东北数十里。李白天宝三载出朝后,在洛阳与杜甫相遇,杜甫《寄李十二白二十韵》、《赠李白》诗均记其事。本年秋冬之际,又与杜甫、高适同游梁宋,杜甫《昔游》诗云:"昔者与高李,晚登单父台。寒芜际碣石,万里风云来。桑柘叶如雨,飞藿去徘徊。清霜大泽冻,禽兽有馀哀。"高适也有《同群公秋登琴台》(琴台在单父)等诗。观妓,观歌舞。

〔2〕"倾晖"二句:岁月流逝之速如短炬将尽,又如河川赴海无所止息。倾晖,西斜之日。炬,蜡烛。

〔3〕"冀餐"四句:欲以学仙求长寿,但不可得。圆丘草,《文选》载郭璞《游仙诗》:"圆丘有奇草。"李善注:"圆丘有不死树,食之乃寿。"颓年,衰退的生命。

〔4〕"骏发"八句:打猎情景。骏发,迅疾。邀遮,拦截。田,同畋,打猎。

〔5〕炮炙:肉置火中为炮,近火烤之为炙。

〔6〕"清晓"句:谓置酒观妓通宵达旦。旋,回归住处。

送蔡山人〔1〕

我本不弃世,世人自弃我〔2〕。一乘无倪舟,八极纵远舵〔3〕。燕客期跃马,唐生安敢讥〔4〕?采珠勿惊龙,大道可暗归〔5〕。故山有松月,迟尔玩清晖〔6〕。

〔1〕出朝之初作。高适有《送蔡山人》诗云:"山东布衣明古今,自

言独未逢知音。……看书学剑长辛苦,近日方思谒明主。……我今蹭蹬无所恃,看尔崩腾何若为。"鼓励其积极求仕,与李白所送当为一人。

〔2〕"我本"二句:李白被朝廷遗弃的激愤之语。

〔3〕"一乘"二句:弃世远去。无倪舟,不受约束、无远弗届之舟。八极,八方极远之地,《淮南子·墬形》:"八纮之外,乃有八极。"

〔4〕"燕客"二句:谓蔡山人仕途无可限量。燕客,燕人蔡泽,四处游学干诸侯,不遇,求唐举为他相面,遭到唐举的讥笑,但后来果然做了秦相。见《史记·范雎蔡泽列传》。

〔5〕"采珠"二句:劝蔡山人勿贸然躁进,以免招致灾祸。"采珠"句出于《庄子·列御寇》:河上有人于深渊中采得千金之珠,其父说:千金之珠必在九重之渊骊龙颔下,你能得珠,一定是骊龙睡了,不然,你就没命了。龙,指国君。大道,此指仕进之道。暗归,不动声色地悄然获得。

〔6〕"故山"二句:退一步的打算,即便求仕不得,也可以回归故山。此时李白刚离开朝廷,所以用自身经历来告诫和宽慰对方。迟,等待。

奉饯高尊师如贵道士传道箓毕归北海[1]

道隐不可见[2],灵书藏洞天[3]。吾师四万劫,历世递相传[4]。别杖留青竹,行歌蹑紫烟[5]。离心无远近,长在玉京悬[6]。

〔1〕天宝三载岁末作于齐州(今山东济南)。李阳冰《草堂集序》:"天子知其不可留,乃赐金归之。遂就从祖陈留采访大使彦允,请北海高天师授道箓于齐州紫极宫,将东归蓬莱,仍羽人,驾丹丘耳。"此前,李白有《访道安陵遇盖寰为予造真箓临别留赠》诗,高尊师如贵为他所传道

箓即盖寰所造真箓。李白出朝后,出世思想占据上风,一心求仙学道,高尊师授道箓后,他就由"十五游神仙"的道教爱好者变成了真正的道教徒。北海,郡名,郡治所益都县(今山东益都)。

〔2〕"道隐"句:《老子》:"道隐无名。"《庄子·知北游》:"道不可闻,闻而非也。道不可见,见而非也。"

〔3〕灵书:道家的神秘典籍。《后圣道君列记》:"刻以紫玉为简,青金为文,龟母按笔,真童拂筵,玉童结编,名之曰灵书。"(《太平御览》卷六七六)洞天:神仙居处,道教有十大洞天、三十六洞天之说。

〔4〕吾师:高尊师。四万劫:犹言四万世。这里借用了佛教的概念,佛教谓世界生成至毁灭之一周期为一劫。

〔5〕"别杖"二句:想象得道后的神异形迹。"别杖"句用费长房故事。长房从一仙翁入深山,辞归时,翁与一竹杖,曰:"骑此任所之,则自至矣。既至,可以杖投葛陂之中。"长房骑杖,须臾归家,以杖投陂,化为龙。见《后汉书·费长房传》。蹑紫烟,乘云烟而行。

〔6〕玉京:道家所谓天庭。

怀仙歌[1]

一鹤东飞过沧海[2],放心散漫知何在？仙人浩歌望我来,应攀玉树长相待[3]。尧舜之事不足惊,自馀嚣嚣直可轻[4]。巨鳌莫戴三山去,我欲蓬莱顶上行[5]。

〔1〕诗写想象中游仙情景,应作于授道箓之初。

〔2〕"一鹤"句:诗人想象自己成仙后乘鹤而行。传说周灵王太子王子乔被道士接上嵩高山,三十馀年后果乘白鹤驻山头,望之不可到,举

手辞别世人而去。见汉刘向《列仙传》。

〔3〕玉树:仙境之树。《淮南子·墬形》:"昆仑虚中有增城九重,上有……玉树。"

〔4〕"尧舜"二句:对人世功业的彻底否定。尧、舜之功业尚且不足为奇,其馀世间事当然更不足道。嚣嚣,自得无欲的样子,语出《孟子·尽心上》:"人知之,亦嚣嚣;人不知,亦嚣嚣。"

〔5〕巨鳌:《列子·汤问》载,渤海之东,有五座仙山,常随波上下往还,天帝命十五巨鳌轮番举首戴之。龙伯之国有大人,一举钓得六鳌,导致二山流于北极,没入海中,尚馀三山,即方壶、瀛洲、蓬莱。

朝弄紫泥海(《古风》其四十一)〔1〕

朝弄紫泥海〔2〕,夕披丹霞裳〔3〕。挥手折若木,拂此西日光〔4〕。云卧游八极〔5〕,玉颜已千霜。飘飘入无倪,稽首祈上皇〔6〕。呼我游太素〔7〕,玉杯赐琼浆。一餐历万岁〔8〕,何用还故乡?永随长风去,天外恣飘扬。

〔1〕亦游仙想象,似作于授道箓之初。

〔2〕紫泥海:游仙所到之地。《洞冥记》载,东方朔离家出游,曾到此地,见《太平广记》卷六。

〔3〕丹霞裳:仙人之服。谢朓《七夕赋》:"霏丹霞而为裳。"

〔4〕"挥手"二句:出自《楚辞·离骚》:"折若木以拂日兮,聊逍遥以相羊。"王逸注:"若木在昆仑西极,其华照下地。"

〔5〕云卧:乘云而行。鲍照《代升天行》:"云卧恣天行。"

〔6〕无倪:无边际,此指天界。上皇:天帝。

〔7〕太素:天上宫阙,王琦注引《真诰》有"晨游太素宫"句。

〔8〕"一餐"句:饮上皇所赐琼浆后,生命将万岁不老。

仙人骑彩凤(《拟古》其十)[1]

仙人骑彩凤,昨下阆风岑[2]。海水三清浅[3],桃源一见寻[4]。遗我绿玉杯,兼之紫琼琴。杯以倾美酒,琴以闲素心[5]。二物非世有,何论珠与金!琴弹松里风,杯劝天上月。风月长相知,世人何倏忽[6]!

〔1〕与上篇诗旨、诗意相同,或为一时之作。

〔2〕阆风:山名,在昆仑之上。《楚辞·离骚》:"登阆风而绁马。"

〔3〕"海水"句:出自《神仙传》:"麻姑自说云:'接待以来,已见东海三为桑田,向到蓬莱,水又浅于往者会时略半也,岂将复还为陵陆乎?'"(《太平广记》卷六十)

〔4〕桃源:用陶渊明《桃花源记》事,此指仙境。见寻:相寻。

〔5〕闲素心:使素心为之清静;素心,人之本心。

〔6〕倏忽:生命短暂。

对雪奉饯任城六父秩满归京[1]

龙虎谢鞭策,鹓鸾不司晨。君看海上鹤,何似笼中鹑[2]?独用天地心[3],浮云乃吾身[4]。虽将簪组狎,若与烟霞亲[5]。季父有英风[6],白眉超常伦[7]。一官即梦寐,脱屣归西秦[8]。窦公敞华筵[9],墨客尽来臻。燕歌落胡雁,郢曲回阳春[10]。征马百度嘶,游车动行尘。踌躇未忍去,恋此四座人。饯离驻高驾,惜别空殷勤。何时竹林下,更与步兵邻[11]?

〔1〕天宝三载冬作于任城。任城,兖州属县(今山东济宁)。六父,名不详,称"六父",或为李白本家,时官任城县令。秩满,任职已满规定年限。

〔2〕"龙虎"四句:自谓因不甘受朝廷中的约束而选择了离去。谢鞭策,拒绝鞭策。鹓鸾,凤鸟。不司晨,语出《金楼子·立言》:"凤无司晨之善,麟乏警夜之功。"海上鹤,比喻去朝后的自己。笼中鹑,比喻在朝时的自己。

〔3〕天地心:即自然本性。

〔4〕"浮云"句:一身自由自在,如白云一样随意飘荡变化而不受约束。语出《维摩诘经》卷上:"是身如浮云,须臾变灭。"

〔5〕"虽将"二句:自己虽然一度入朝,但夙心却向往着隐处的生活。簪组,官员的冠带,指朝廷中官宦。狎,接近。若,尚。烟霞,山林草野,隐居者所在。

〔6〕季父:叔父,即六父。

〔7〕白眉:用马良故事,比拟六父。马良,字季常,兄弟五人,并有才名,乡里谚云:"马氏五常,白眉最良。"马良眉中有白毛,故称白眉。见《三国志·蜀书·马良传》。

〔8〕"一官"二句:赞美六父做官与去官的态度,做官如做了一场

梦,去官如脱掉敝屣。脱屣,语出《孟子·尽心上》:"舜视弃天下犹弃敝屣也。"

〔9〕窦公:似即鲁郡瑕丘县令窦薄华,参见《鲁郡尧祠送窦明府薄华还西京》。

〔10〕燕歌、郢曲:分言南北之乐。王琦注:"落胡雁,谓其声之精妙,能令飞鸟感之而下集;回阳春,谓其音之美善,能令阳气应之而潜动。"

〔11〕"何时"二句:期待与六父再会。步兵,指阮籍,曾为步兵校尉,世称阮步兵。其兄子阮咸,"任达不拘,与叔父籍为竹林之游",见《晋书·阮籍传》。此以步兵拟六父,以阮咸自谓。

东鲁门泛舟二首〔1〕

日落沙明天倒开〔2〕,波摇石动水萦回。轻舟泛月随溪转,疑是山阴雪后来〔3〕。

〔1〕天宝四载(745)春作于鲁郡瑕丘。东鲁门,瑕丘东门。泗水流经瑕丘城东,泛舟即泛于泗水。

〔2〕天倒开:天光倒映于水中。

〔3〕"轻舟"二句:用王子猷雪夜于剡溪乘舟访戴故事,见《酬坊州王司马与阎正字对雪见赠》注〔4〕。

水作青龙盘石堤〔1〕,桃花夹岸鲁门西〔2〕。若教月下乘舟去,何啻风流到剡溪〔3〕!

〔1〕石堤:指泗水上的金口坝。
〔2〕鲁门西:泗水自城东流向城西南。
〔3〕"若教"二句:与第一首"轻舟"二句意同。

寻鲁城北范居士失道落苍耳中见范置酒摘苍耳作[1]

雁度秋色远,日静无云时。客心不自得,浩漫将何之[2]?忽忆范野人,闲园养幽姿。茫然起逸兴[3],但恐行来迟。城壕失往路,马首迷荒陂。不惜翠云裘,遂为苍耳欺[4]。入门且一笑,把臂君为谁[5]?酒客爱秋蔬,山盘荐霜梨。他筵不下箸,此席忘朝饥[6]。酸枣垂北郭,寒瓜蔓东篱。还倾四五酌,自咏猛虎词[7]。近作十日欢[8],远为千载期。风流自簸荡,谑浪偏相宜[9]。酣来上马去,却笑高阳池[10]。

〔1〕天宝四载秋,与杜甫同游东鲁时作。鲁城,瑕丘城。范居士,即杜甫《与李十二白同寻范十隐居》诗题中的范十,杜甫诗云:"李侯有佳句,往往似阴铿。予亦东蒙客,怜君如弟兄。醉眠秋共被,携手日同行。更想幽期处,还寻北郭生。入门高兴发,侍立小童清。落景闻寒杵,屯云对古城。向来吟橘颂,谁欲讨莼羹。不愿论簪笏,悠悠沧海情。"诗中描写的情景与李白此诗可互相印证。苍耳,草名,果实多刺,容易着人衣上。

〔2〕浩漫:谓心态迷茫。
〔3〕茫然:突然;茫,同"忙"。

〔4〕"城壕"四句:"失道落苍耳中"的狼狈状。城壕,护城河。荒陂,城壕边长满荒草的斜坡。

〔5〕君为谁:明知故问,朋友间的玩笑话。

〔6〕"他筵"二句:夸张描写在范居士家吃饭的情景。"他筵"句,在其他地方做客,面对筵席总是无处下箸,意即没有食欲;"此席"句,与上句成鲜明对比,意即胃口大开,饱餐一顿。朝饥,没吃早饭;忘朝饥,这一顿饱餐连缺了的早饭都补上了。

〔7〕猛虎词:即《猛虎行》,古乐府名,古辞有句:"饥不从猛虎食。"诗人咏之似有开玩笑的意思。

〔8〕十日欢:十日欢饮,语出《史记·范雎列传》:"寡人愿与君为十日之饮。"

〔9〕"风流"二句:写朋友间欢乐、轻松、无拘无束的气氛。风流,洒脱放逸的风度。簸荡,意同荡漾。谑浪,开玩笑,放达不拘的言行。

〔10〕"酣来"二句:用晋人山简醉酒故事,见《襄阳歌》注〔2〕。

鲁郡东石门送杜二甫〔1〕

醉别复几日?登临遍池台〔2〕。何时石门路,重有金樽开?秋波落泗水,海色明徂徕〔3〕。飞蓬各自远,且尽手中杯〔4〕。

〔1〕天宝四载秋送别杜甫作。鲁郡东石门,即瑕丘城东泗水上的金口坝,坝上行人,坝口流水。

〔2〕"醉别"二句:表达惜别之情,意谓在即将分别的那些日子里,天天一起饮酒,一起游览。复几日,犹言"还能有几天呢"?

〔3〕海色:天光晓色。明:动词,犹"照亮"。徂徕:徂徕山,在瑕丘

东北约百里处。

〔4〕飞蓬：比喻自己与杜甫的漂泊身世。杜甫将往长安求仕，而自己正作游仙出世之想，当时所取人生目标不同，故曰"各自远"。

单父东楼秋夜送族弟况之秦〔1〕

尔从咸阳来〔2〕，问我何劳苦？沐猴而冠不足言，身骑土牛滞东鲁〔3〕。况弟欲行凝弟留〔4〕，孤飞一雁秦云秋。坐来黄叶落四五，北斗已挂西城楼〔5〕。丝桐感人弦亦绝，满堂送客皆惜别。卷帘见月清兴来，疑是山阴夜中雪〔6〕。明日斗酒别，惆怅清路尘。遥望长安日，不见长安人。长安宫阙九天上，此地曾经为近臣。一朝复一朝，发白心不改。屈平憔悴滞江潭，亭伯流离放辽海〔7〕。折翮翻飞随转蓬，闻弦虚坠下霜空〔8〕。圣朝久弃青云士，他日谁怜张长公〔9〕？

〔1〕天宝四载秋作。单父东楼，参见《秋猎孟诸夜归置酒单父东楼观妓》注〔1〕。族弟况，据诗意系由长安暂来东鲁，此时又归返长安。

〔2〕咸阳：指长安。

〔3〕"沐猴"二句：对族弟况"问我何劳苦"的回答，系自嘲之语。"沐猴"句用项羽故事。项羽入秦后，思欲东归，时人说他是"沐猴而冠"，即如同猕猴一样不能久着冠带，见《史记·项羽本纪》。不足言，即不堪回首。"身骑"句用州泰故事。州泰做官三十六天即升为新城太守，尚书钟繇调侃他如"乞儿乘小车，一何驶乎"，州泰回敬道："君，名公之子，少有文采，故守吏职，猕猴骑土牛，又何迟也！"见《三国志·魏

书·邓艾传》裴松之注。诗人说自己在长安待诏翰林,却不堪着衣冠供奉君王,遂自请放还,正如项羽不能久居咸阳而思欲东归一样。回到东鲁,就像身骑土牛,陷入了困顿之境。

〔4〕凝弟:在场的另一位族弟李凝。

〔5〕"北斗"句:北斗星斗柄指向西方,谓季节入秋,参见《长门怨》其一注〔2〕。

〔6〕"疑是"句:以雪光比喻眼前的月光,参见《酬坊州王司马与阎正字对雪见赠》注〔4〕。

〔7〕"遥望"八句:送族弟况往长安之际,勾起了诗人对长安和玄宗的怀念,表明李白去朝之后并未放弃功业理想。"屈平"句出自《楚辞·渔父》:"屈原既放,游于江潭,行吟泽畔,颜色憔悴,形容枯槁。"江潭,江边。"亭伯"句用东汉崔骃故事,骃字亭伯,曾为车骑将军窦宪下属,因直言遭窦宪排挤,被远放为长岑长,长岑县在辽东。见《后汉书·崔骃传》。此以屈平、崔骃自拟。

〔8〕"折翮"二句:用更嬴射雁故事,比喻自己如受伤又离群的雁,内心充满了惊恐。参见《赠崔侍御》注〔4〕。

〔9〕张长公:诗人自喻。张挚,字长公,因不能取容于当世,官至大夫而遭免,故终身不仕。见《史记·张释之列传》。

金乡送韦八之西京[1]

客自长安来,还归长安去。狂风吹我心,西挂咸阳树[2]。此情不可道,此别何时遇?望望不见君,连山起烟雾[3]。

〔1〕天宝四载秋作。金乡,兖州属县(今山东金乡)。韦八,名字

不详。

〔2〕"狂风"二句:抒写对长安的苦苦思念之情。

〔3〕"连山"句:出自鲍照《吴兴黄浦亭庾中郎别》:"连山眇烟雾,长波迥难依。"

酬张卿夜宿南陵见赠〔1〕

月出鲁城东,明如天上雪。鲁女惊莎鸡,鸣机应秋节〔2〕。当君相思夜,火落金风高〔3〕。河汉挂户牖,欲济无轻舠〔4〕。我昔辞林丘,云龙忽相见〔5〕。客星动太微,朝去洛阳殿〔6〕。尔来得茂彦,七叶仕汉馀〔7〕。身为下邳客,家有圯桥书〔8〕。傅说未梦时,终当起岩野。万古骑辰星,光辉照天下〔9〕。与君各未遇,长策委蒿莱。宝刀隐玉匣,锈涩空莓苔。遂令世上愚,轻我土与灰〔10〕。一朝攀龙去,蛙黾安在哉〔11〕!故山定有酒,与尔倾金罍。

〔1〕天宝四载秋作。张卿,或即"竹溪六逸"之一张叔明。南陵,即李白天宝元年作《南陵别儿童入京》之南陵。味诗意,张卿来访时,李白恰好不在南陵家中,张作夜宿南陵诗相赠,诗人遂有此酬答之作。

〔2〕"月出"四句:明言南陵在鲁地,节令在秋。鲁城,瑕丘。莎鸡,俗名纺织娘,秋夜不住啼鸣。鸣机,纺织。

〔3〕火落:大火星向西方坠落,时令入秋。参见《桃花开东园》注〔4〕。金风:秋风。

〔4〕"河汉"二句:夜深时分,银河已经西沉,诗人遥望夜空,想象渡

过银河,却没有渡船。轻舸,小船。

〔5〕"我昔"二句:回忆天宝初奉诏入朝事。林丘,山野。"云龙"句即"云从龙"之意,指自己与玄宗的遇合。

〔6〕"客星"二句:用严子陵故事,记去朝事。客星,自喻。太微,星名,《晋书·天文志》:"太微,天子庭也。"洛阳殿,东汉朝廷。参见《翰林读书言怀呈集贤诸学士》注〔8〕、《松柏本孤直》(《古风》其十二)注〔3〕。

〔7〕"尔来"二句:用张汤故事拟张卿家世,即左思《咏史》所谓"金张藉旧业,七叶珥汉貂"。茂彦,茂才彦士,国之俊杰。《汉书·张汤传》载,张汤子孙相继,自宣、元以来,为侍中、中常侍、诸曹散骑,列校尉者凡十馀人。

〔8〕"身为"二句:以张良故事拟张卿家世。参见《经下邳圮桥怀张子房》诗及注。

〔9〕"傅说"四句:以傅说故事喻张卿必将得到朝廷重用。见《冬夜醉宿龙门觉起言志》注〔3〕。骑辰星,傅说死后托精于辰尾之星,见《淮南子·览冥》。

〔10〕"与君"六句:自己与张卿均未被朝廷重视,抱负不得伸展。李白天宝初供奉翰林,并未实现功业抱负,所以诗中说"未遇"。长策,经国济世的方略。委蒿莱,埋没于民间。宝刀,比喻怀才之士。"锈涩"句,比喻人才被弃置;莓苔,青苔,指宝刀上的锈色如青苔一样。

〔11〕"一朝"二句:抒写对未来仕途的信心。攀龙,依附帝王建立功业。蛙黾,比喻凡夫俗子。

鲁郡尧祠送窦明府薄华还西京[1]

朝策犁眉骝,举鞭力不堪。强扶愁疾向何处?角巾微服尧祠南[2]。长杨扫地不见日[3],石门喷作金沙潭[4]。笑夸故人指绝境[5],山光水色青于蓝。庙中往往来击鼓,尧本无心尔何苦[6]?门前长跪双石人[7],有女如花日歌舞。银鞍绣縠往复回,簸林蹶石鸣风雷[8]。远烟空翠时明灭,白鸥历乱长飞雪。红泥亭子赤阑干,碧流环转青锦湍。深沉百丈洞海底[9],那知不有蛟龙蟠?君不见,绿珠潭水流东海,绿珠红粉沉光彩。绿珠楼下花满园,今日曾无一枝在[10]。昨夜秋声闻阊阖来,洞庭木落骚人哀[11]。遂将三五少年辈,登高远望形神开。生前一笑轻九鼎[12],魏武何悲铜雀台[13]?我歌白云倚窗牖[14],尔闻其声但挥手[15]。长风吹月度海来,遥劝仙人一杯酒。酒中乐酣宵向分,举觞酹尧尧可闻[16]?何不令皋繇拥篲横八极,直上青天扫浮云[17]。高阳小饮真琐琐,山公酩酊何如我[18]?竹林七子去道赊,兰亭雄笔安足夸[19]!尧祠笑杀五湖水,至今憔悴空荷花[20]。尔向西秦我东越,暂向瀛洲访金阙[21]。蓝田太白若可期,为余扫洒石上月[22]。

〔1〕天宝五载(746)秋作。鲁郡,指瑕丘。尧祠,祭祀唐尧的神庙,建于汉熹平四年(175),位于瑕丘城东南七里处。窦明府薄华,瑕丘县令窦薄华,唐人称县令为明府。

〔2〕"朝策"四句:久病初起,前往尧祠为窦明府送行。犁眉䯁(guā),良马名,黄毛,黑嘴。角巾,一种头巾,隐者所戴。微服,平民的装束。

〔3〕长杨扫地:高大的杨树枝叶遮天蔽日。语出梁简文帝《江南

曲》:"长杨扫地桃花飞。"

〔4〕石门:泗水上的金口坝,参见《鲁郡东石门送杜二甫》注〔1〕。金沙潭:河水从石门流泻而出,冲击成潭,潭水清澈,水底金色沙砾历历可见。

〔5〕绝境:景色绝佳之地。

〔6〕"庙中"二句:有人来尧祠击鼓,尧的神像却没有响应,似尧无心听取击鼓者的诉求。此处及下文均以尧喻指当今帝王(玄宗)。

〔7〕双石人:1993年3月,在金口坝附近曾出土一汉代石人像,呈跪姿,与李白诗所写完全一致。见武秀《从兖州近年出土的四件文物看李白在山东寓家地点》(载《中国李白研究》1994年集)。

〔8〕"银鞍"二句:尧祠前车马喧阗的景象。银鞍绣毂,语出王勃《临高台》:"银鞍绣毂盛繁华。"簸林蹶石,车马声动荡在林木、石坝之间。

〔9〕"深沉"句:金口坝下的金沙潭。洞海底,潭水渊深与海相通。

〔10〕"君不见"五句:用绿珠故事,谓人生之富贵荣华不足恃。绿珠,晋石崇爱妓,美而艳,孙秀欲夺之,石崇不许,孙秀乃假赵王伦之手加害石崇。捕人甲士到门时,石崇正宴于楼上,绿珠投于楼下而死。见《晋书·石崇传》。绿珠潭,石崇家池。绿楼,在池南。曾,却,转折语气。

〔11〕"昨夜"二句:自《楚辞·九歌·湘夫人》"袅袅兮秋风,洞庭波兮木叶下"化出。阊阖,西方。

〔12〕"生前"句:谓权力不足恃。九鼎,国家权力的象征,此指高官厚禄。

〔13〕"魏武"句:以魏武帝身后之悲,道出人生难免的悲哀。魏武帝建铜雀台于邺下,留下遗令:婕妤(宫中女官)、妓人皆置台上,每月初一、十五,在帐中表演歌舞,朝臣时时登铜雀台,眺望魏武帝西陵,以示不忘之意。见陆机《吊魏武帝文》。

〔14〕我歌白云:西王母在瑶池宴上以歌赠周穆王,歌辞有"白云在天"的句子。

〔15〕挥手:谓窦明府闻歌而舞。

〔16〕"酒中"二句:醉中向尧致意。宵向分,将近夜半时分。

〔17〕"何不令"二句:"举杯酹尧"的祝词,实即诗人向玄宗进言,期待其以皋繇一类人执法,除奸佞,清君侧。皋繇,舜时法官。簹,扫帚。八极,指天下。扫浮云,扫荡朝中奸佞。

〔18〕"高阳"二句:诗人酒后狂言,自谓饮酒风流可小视晋人山简。参见《襄阳歌》注〔2〕。

〔19〕"竹林"二句:谓前贤风流已被岁月荡尽。竹林七子,曹魏时代的名士"竹林七贤"。去道赊,离开我们已经很遥远。兰亭雄笔,东晋书法家王羲之所书《兰亭帖》。

〔20〕"尧祠"二句:谓美景不能持久。

〔21〕"尔向"二句:与窦明府作别,对方将还长安,自己将往东越游仙。瀛洲,海上仙山。金阙,仙宫。

〔22〕"蓝田"二句:表明对即将还西京的窦明府的系念。蓝田、太白,秦地山名。扫洒石上月,想象与窦明府相聚于秦地的美好情景。

沙丘城下寄杜甫[1]

我来竟何事?高卧沙丘城。城边有古树,日夕连秋声。鲁酒不可醉,齐歌空复情[2]。思君若汶水,浩荡寄南征[3]。

〔1〕天宝五载秋作,其时杜甫在长安。沙丘城,即瑕丘城,李白寓家之地。

〔2〕"鲁酒"二句:对杜甫的思念之苦无法排解。鲁酒,典出《庄子·胠箧》:"鲁酒薄而邯郸围。"庾信《哀江南赋序》:"楚歌非取乐之方,鲁酒无忘忧之用。"此处鲁酒、齐歌天然成对,又切合诗人所在之地,所以不将"鲁酒"视为用典亦可。

〔3〕"思君"二句:汶水流经瑕丘城北,西南行,入大野泽,流向与杜甫去向相同,故以汶水寄托思念之情。南征,南流之水。

鲁中送二从弟赴举之西京〔1〕

鲁客向西笑,君门若梦中。霜凋逐臣发,日忆明光宫〔2〕。复羡二龙去〔3〕,才华冠世雄。平衢骋高足,逸翰凌长风〔4〕。舞袖拂秋月,歌筵闻早鸿。送君日千里,良会何由同?

〔1〕天宝五载秋作。二从弟,名字不详。唐制,每年十月,各州府选送的士子汇聚长安,准备应科举考试。

〔2〕"鲁客"四句:抒写怀念朝廷的感情。鲁客、逐臣,均为诗人自谓。向西笑,向往帝京,语出桓谭《新论》:"人闻长安乐,则出门西向而笑。"明光宫,汉明光殿,指代唐朝廷。

〔3〕二龙:指"二从弟",语出《世说新语·赏誉》:"谢子微见许子将兄弟,曰:'平舆之渊有二龙焉。'"

〔4〕"平衢"二句:谓二从弟到长安后施展才华,如在平坦的大道上奔驰,如乘长风展翅高翔。逸翰,高飞的羽翼。

鲁中都东楼醉起作[1]

昨日东楼醉,还应倒接䍦[2]。阿谁扶上马?不省下楼时[3]。

　　[1] 中都,兖州属县(今山东汶上)。
　　[2] 倒接䍦:用山简故事,见《襄阳歌》注[2]。
　　[3] "阿谁"二句:写醉态之深。阿谁,不知为谁。

别中都明府兄[1]

吾兄诗酒继陶君[2],试宰中都天下闻。东楼喜逢连枝会[3],南陌愁为落叶飞。城隅渌水明秋日,海上青山隔暮云。取醉不辞留夜月[4],雁行中断惜离群[5]。

　　[1] 天宝五载秋,将去鲁游越时作。中都明府兄,中都县令,名字不详。
　　[2] 陶君:陶渊明。渊明曾任彭泽县令,以之喻中都明府,赞其善饮酒写诗。
　　[3] 连枝:兄弟。
　　[4] "取醉"句:为尽酒兴,夜来仍于月下饮之。
　　[5] 雁行:谓兄弟,《礼记·王制》:"兄之齿雁行。"

登单父陶少府半月台[1]

陶公有逸兴,不与常人俱。筑台像半月,迥出高城隅。置酒望白云,商飙起寒梧[2]。秋山入远海,桑柘罗平芜。水色渌且明,令人思镜湖[3]。终当过江去,爱此暂踟蹰。

〔1〕天宝五载秋作。单父,在瑕丘东南约二百里处。陶少府,单父县尉,其人或即"竹溪六逸"之一的陶沔。半月台,相传为陶沔所筑,半月谓其形状。

〔2〕"商飙"句:秋风似起于寒桐之间,即一叶落而知天下秋之意。商飙(biāo标),秋风;古人将宫、商、角、徵、羽五音与四季相配,商音凄清,与秋天的肃杀气氛相应,故称秋风为商风;飙,劲风。

〔3〕镜湖:即会稽鉴湖,见《送贺宾客归越》注〔2〕。

梦游天姥吟留别东鲁诸公[1]

海客谈瀛洲,烟涛微茫信难求。越人语天姥,云霓明灭或可睹[2]。天姥连天向天横,势拔五岳掩赤城。天台四万八千丈,对此欲倒东南倾[3]。我欲因之梦吴越,一夜飞度镜湖月[4]。湖月照我影,送我至剡溪[5]。谢公宿处今尚在[6],渌水荡漾清猿啼。脚著谢公屐[7],身登青云梯[8]。半壁见海日[9],空中闻天鸡[10]。千岩万转路不定,迷花倚石忽已暝[11]。熊咆龙吟殷岩泉,栗深林兮惊层巅[12]。云青青兮欲雨,水澹澹兮生烟[13]。列缺霹雳,丘峦崩摧。洞天石扉,訇然中开[14]。青冥浩荡不见底,日月照耀金银台。霓为衣兮风为马,云之君兮纷纷而来下。虎鼓瑟兮鸾回车,仙之人兮列如麻[15]。忽魂悸以魄动,怳惊起而长嗟。惟觉时之枕席,失向来之烟霞[16]。世间行乐亦如此,古来万事东流水[17]。别君去兮何时还?且放白鹿青崖间,须行即骑访名山[18]。安能摧眉折腰事权贵,使我不得开心颜[19]!

〔1〕天宝五载秋冬之际将由东鲁赴越时作。诗题从胡震亨《李诗通》。宋蜀本诗题作《梦游天姥吟留别》,题下注云:"一作别东鲁诸公。"古今各家注本及选本均依宋蜀本,但诗题中"留别"之后无施与对象,因而不符合李白及其他唐代诗人写作歌行类诗篇的命题方式,成为唯一的"个例",实为误题。若依其题下注,自题中"别"字起作"别东鲁诸公",则与《李诗通》同。天姥(mǔ 母),山名,在越州剡县(今浙江新昌),清《一统志》载:"天姥山,在新昌县东五十里,高三千五百丈,周六十里……东接天台华顶峰……《寰宇记》:'登此山者,或闻天姥歌谣之声,道书以为第十六福地。'"《诗比兴笺》曰:"太白被放以后,回首蓬莱宫殿(朝廷宫阙),有若梦游,故托天姥以寄意。"深得其诗旨(《诗比兴笺》的作者,旧署陈沆,近时学者考证实为魏源)。

〔2〕"海客"四句:谓传说中的海上仙山难求,而天姥山仙境或可一睹。瀛洲,海上仙山名。

〔3〕"天姥"四句:极言天姥山势之高峻雄伟。势拔五岳,压倒了天下著名的五岳(东岳泰山,西岳华山,北岳恒山,南岳衡山,中岳嵩山)。赤城,山名,在台州。天台,山名,在台州,清《一统志》载:山高一万八千

丈,周八百里,山有八重,四面如一,当斗牛之分,上应台宿,故曰天台。四万八千丈,夸张之辞。东南倾,倾倒于东南,天台山位于天姥山之东南方。

〔4〕"我欲"二句:由此开始,进入"梦游"之境。镜湖,见《送贺宾客归越》注〔2〕。

〔5〕剡溪:在越州剡县(今新昌、嵊州一带),《元和郡县志》:"剡溪,出(剡)县西南,北流入上虞县界,为上虞江。"

〔6〕"谢公"句:写南朝刘宋诗人谢灵运登天姥山事,其《登临海峤初发彊中与从弟惠连见羊何共和之》诗云:"暝投剡中宿,明登天姥岑。高高入云霓,还期那可寻。"

〔7〕谢公屐:《宋书·谢灵运传》:"寻山陟岭,必造幽峻,岩嶂千重,莫不备尽。登蹑常著木屐,上山则去前齿,下山去其后齿。"

〔8〕"身登"句:出自谢灵运《登石门最高顶》:"惜无同怀客,共登青云梯。"

〔9〕半壁:半山腰。

〔10〕天鸡:《初学记》卷三十引《元中记》:"桃都山有大树曰桃都,枝相去三千里,上有天鸡,日出照木,天鸡即鸣,天下鸡皆鸣。"

〔11〕忽已暝:梦境中天色转暗。

〔12〕"熊咆"二句:梦境中出现的可怖景象。殷岩泉,熊咆龙吟之声震荡于山水之间;殷,洪大。

〔13〕云青青:乌云升起。水澹澹:水波动荡。

〔14〕"列缺"四句:梦中进入仙境。列缺,闪电。霹雳,雷鸣。洞天石扉,仙境之门。訇(hōng轰)然,声音巨大。

〔15〕"青冥"六句:梦中美妙辉煌的仙境。青冥,青天。浩荡,深远。金银台,仙台,《游泰山》诗有"登高望蓬瀛,想象金银台"句。云之君,仙人。

147

〔16〕"忽魂悸"四句：梦醒之后，沉甸甸的身体仍在枕席之上，梦中的奇幻景象顿时消失，不由得发出一声长叹。悦，同恍。向来之烟霞，即梦中仙境。

〔17〕"世间"二句：全诗之主脑，意谓世间一切美事（包括供奉翰林这样的荣耀），都如东流逝水，最终像一场好梦一样虚幻。即清沈德潜所云："因梦游推开，见世事皆成虚幻也。"（《唐诗别裁集》卷六）

〔18〕"别君"三句：回应诗题"留别东鲁诸公"。由此至诗末为诗人留别之际对"东鲁诸公"所说的话，表明自己要到名山胜水间寻找精神寄托。白鹿，隐者所乘。青崖，代表自然山水。

〔19〕"安能"二句：对供奉翰林经历的反思，表示不能向权贵低首下心而使精神遭遇约束。

鸣皋歌送岑徵君〔1〕

若有人兮思鸣皋〔2〕，阻积雪兮心烦劳。洪河凌兢不可以径度，冰龙鳞兮难容舠〔3〕。邈仙山之峻极兮，闻天籁之嘈嘈。霜崖缟皓以合沓兮，若长风扇海涌沧溟之波涛。玄猿绿罴，舔䑛崟岌。危柯振石，骇胆栗魄，群呼而相号。峰峥嵘以路绝，挂星辰于岩嶅〔4〕。送君之归兮，动鸣皋之新作。交鼓吹兮弹丝，觞清泠之池阁。君不行兮何待？若反顾之黄鹤〔5〕。扫梁园之群英，振大雅于东洛〔6〕。巾征轩兮历阻折，寻幽居兮越巘崿〔7〕。盘白石兮坐素月，琴松风兮寂万壑〔8〕。望不见兮心氛氲〔9〕，萝冥冥兮霰纷纷〔10〕。水横洞以下渌，波小声而上闻。虎啸谷而生风，龙藏溪而吐云。寡鹤清唳，饥鼯颦呻。块独处此幽默兮,愀空山而愁人[11]。鸡聚族以争食,凤孤飞而无邻。蝘蜓嘲龙,鱼目混珍。嫫母衣锦,西施负薪[12]。若使巢由桎梏于轩冕兮,亦奚异乎夔龙蹩躠于风尘[13]!哭何苦而救楚,笑何夸而却秦?吾诚不能学二子沽名矫节以耀世兮,固将弃天地而遗身[14]。白鸥兮飞来,长与君兮相亲[15]。

[1] 似作于天宝五载冬赴越途中,行经宋城时。题下原有注:"时梁园三尺雪,在清泠池作。"据《元和郡县志》,清泠池在宋城县东二里。鸣皋,山名,在洛州陆浑县(今河南嵩县)。岑徵君,似即岑广成,与唐诗人岑参同族,年齿长于李白约十岁。徵君,亦称徵士,不就朝廷徵聘者。据诗意,岑徵君将归其隐居地鸣皋山,李白作此诗送之。诗旨则如唐汝询所说:"此送岑徵君归隐,因发衰世之慨也。"(《唐诗解》卷十三)

[2] "若有人"句:谓岑徵君将归鸣皋山。若,犹今。

[3] "洪河"二句:想象征途之艰险。洪河,大河。凌兢,令人寒凉战栗之地,语出《汉书·扬雄传》:"驰闾阖而入凌兢。"冰龙鳞,河上结冰,参差如龙鳞。难容舠(dāo刀),语出《诗经·卫风·河广》:"谁谓河广,曾不容刀。"舠,即刀,小船。

[4] "邈仙山"十一句:想象鸣皋山中景象,幽险高峻,且气氛恐怖。天籁之嘈嘈,大自然中的各种声音。缟皓,一片素白。合沓,重叠。玄猿绿熊,长着黑色长毛的雄猿和长着绿色长毛的熊。舚舕(tián tàn 恬探),猿和熊吐舌的样子。崟岌(yín jí 银及),高峻的山峰。"危柯振石"三句,山中动物的号叫声使林木山石为之震颤,人心为之惊惧。"挂星辰"句,高峰直插云天,星辰像挂在山岩上。嶅(áo 熬),山多小石。按:以上为第一段,唐汝询曰:"君思鸣皋,乃为冰雪所阻,河不可蹈,山不易陟,其

149

间惟天籁悲鸣,霜崖稠叠,猿罴哀号,峰岩险绝,四者非人所居也,君曷为而归此乎?良有所不得已也。"

〔5〕"君不行"二句:岑徵君心中似有所牵挂。若返顾之黄鹤,出自庾信《别周尚书弘正诗》:"黄鹄一反顾,徘徊应怆然。"

〔6〕"扫梁园"二句:岑徵君文采出众,压倒群英,且胸存大志,欲振起东洛诗坛。梁园之群英,用汉梁孝王在梁园宴集宾客故事,参见《梁园吟》注〔8〕。大雅,诗之正声。东洛,梁园在洛阳之东,故称。按:以上为第二段,唐汝询曰:"我于是作歌以送之,且张乐设饮于清泠之阁,君复有待而不行,若黄鹤之反顾,何哉?其意欲扫梁园之群英而振大雅于东洛,必布名天下而后归隐,然终不可为也。"

〔7〕"巾征轩"二句:岑徵君踏上归返鸣皋山之路。巾,车衣。巚崿(yǎn è 掩扼),山崖。

〔8〕"盘白石"二句:想象岑徵君月下坐于山间白石,听松风如琴,万窍俱寂。

〔9〕"望不见"句:想象别后对岑徵君的思念。氛氲,愁思烦盛。

〔10〕"萝冥冥"句:远望鸣皋山,一片烟萝迷茫,云遮雾罩。

〔11〕"水横洞"八句:想象岑徵君在山中所处的环境,令人忧惧而生愁。横洞,同"潢洞",水势汹涌。"寡鹤"二句,出自谢朓《游敬亭山诗》:"独鹤方朝唳,饥鼯此夜啼。"鼯(wú 无),飞鼠,似蝙蝠。块,孤独。幽默,寂寞。愀(qiǎo 巧),忧惧。

〔12〕"鸡聚族"六句:朝中一片黑暗,是非颠倒,贤不肖易位(这正是岑徵君、也是诗人自己不得不远离朝廷的原因)。鸡,喻朝中群小。凤,喻贤士。"螭蜓"句,出自荀子《赋》:"螭龙为螭蜓,鸱枭为凤皇。"螭蜓,蜥蜴之属。嫫母,丑女,《楚辞·九章·惜往日》:"妒佳冶之芬芳兮,嫫母姣而自好。"负薪,处于下位而辛苦劳作。

〔13〕"若使"二句:申明贤者不能处于朝廷中的原因。王注:"巢由

以隐居自乐为志,夔龙以行道济时为志。若使巢由羁身于轩冕之中,与夔龙废弃于风尘之内无异,是皆不适其志愿也。"巢由,巢父、许由,上古高士;轩冕,指在朝做官。夔龙,虞舜之二臣,夔为乐官,龙为谏官。蹩躠(bié xiè 别屑),跛足而行。风尘,指不为官而在野。按:以上为第三段,唐汝询曰:"于是巾车入山,栖迟岩壑,使我望不可见,中心繁乱者,以君之所居藤萝杳冥,洪波冲击,是龙虎之所居也,寡鹤饥鼯之所吟唳也,君奈何处此幽默而愀然愁人乎?正以群小在位,贤者无依,真伪混淆,妍媸失所,是以厌世之浊,感此穷栖耳。藉令君恋世荣而不去,则是巢、由桎梏于轩冕是也,其奚异乎夔龙舍维清之任,力作于风尘哉?"

〔14〕"哭何苦"四句:申明自己不能为了求取功名而付出牺牲自由的代价。"哭何苦"句,用申包胥故事。吴伐楚,申包胥求救于秦,秦不许,申包胥立于秦庭哭七日七夜,感动了秦哀公,遂发兵救楚,楚得秦助而围解。见《史记·伍子胥列传》。"笑何夸"句,用鲁仲连故事,见《齐有倜傥生》(《古风》其十)诗及注。沽名矫节,为了邀取功名而故意做出有节操的样子。弃天地,即弃世。遗身,忘却自己的存在。

〔15〕"白鸥"二句:与白鸥为友,即寄身大自然。《列子·黄帝》:"海上之人有好沤鸟者,每旦之海上,从沤鸟游,沤鸟之至者百住而不至。"按:以上为第四段,唐汝询曰:"至若包胥、连子,排患解纷,庶几可以自显,君又谓其沽名矫节而不为,则惟弃世遗身而与白鸥相亲耳。"

对雪献从兄虞城宰[1]

昨夜梁园雪,弟寒兄不知[2]。庭前看玉树,肠断忆连枝[3]。

〔1〕天宝五载冬作于梁园。虞城,宋州属县(今河南虞城)。虞城

宰,李锡,李白作有《虞城县令李公去思颂碑》。

〔2〕据诗意,李白在梁园似未得到其兄应有的关照,所以心有怨望。

〔3〕"庭前"二句:诗人触景生情,看到庭院里披雪的树木枝叶相连相依,联想到兄弟之情,不免生出许多感慨。玉树,披雪之树。连枝,兄弟。

淮海对雪赠傅霭[1]

朔雪落吴天,从风渡溟渤[2]。海树成阳春[3],江沙皓明月[4]。兴从剡溪起[5],思绕梁园发[6]。寄君郢中歌[7],曲罢心断绝[8]。

〔1〕天宝五载岁暮自宋城到扬州时作。淮海,扬州。傅霭,应是李白在宋城的友人。

〔2〕"朔雪"二句:意谓雪夹着风,雪似跟着风渡海而来,落在扬州。吴天,指扬州,属古吴地。溟渤,大海。

〔3〕"海树"句:树上着雪,好象春天到了,枝头花开了。

〔4〕"江沙"句:江边沙滩被雪覆盖,一片银白,好像铺满了月光。

〔5〕"兴从"句:表明此行目的地是剡溪。

〔6〕"思绕"句:所思之人在梁园。

〔7〕郢中歌:即《阳春白雪》,参见《郢客歌白雪》(《古风》其二十一)诗及注。

〔8〕心断绝:极度伤痛,形容思念之切。

留别广陵诸公[1]

忆昔作少年,结交赵与燕[2]。金羁络骏马,锦带横龙泉[3]。寸心无疑事,所向非徒然[4]。晚节觉此疏,猎精草太玄[5]。空名束壮士,薄俗弃高贤[6]。中回圣明顾,挥翰凌云烟。骑虎不敢下,攀龙忽堕天[7]。还家守清真,孤洁励秋蝉[8]。炼丹费火石,采药穷山川[9]。卧海不关人,租税辽东田[10]。乘兴忽复起,棹歌溪中船[11]。临醉谢葛强,山公欲倒鞭[12]。狂歌自此别,垂钓沧浪前[13]。

〔1〕天宝六载(747)离开扬州时作。广陵,郡名,即扬州。

〔2〕"忆昔"二句:谓少年时喜结交游侠。赵与燕,赵、燕多游侠之士。

〔3〕"金羁"二句:游侠的装束。金羁,马笼头。锦带,锦缎制做的腰带。龙泉,宝剑名。《越绝书》载欧冶子铸宝剑三枚,其一名龙渊。唐代避李渊讳改作龙泉。

〔4〕"寸心"二句:游侠的行事风度,心地坦荡,存交重义,胸怀大志,执着不移。疑事,犹豫不决之事。所向,所追求的目标。非徒然,不会放弃追求而使言诺成空;徒然,意即"说话不算数"。

〔5〕"晚节"二句:针对"忆昔"六句所述少年情怀,后来觉得未免疏阔,遂效法扬子云致力于著书之事。《汉书·扬雄传》:"时雄方草《太玄》,有以自守,泊如也。"猎精,猎取精华。

〔6〕"空名"二句:入朝前的低迷心态。徒有空名而壮心未酬,世俗

浇薄,贤才得不到重视。壮士、高贤,李白自许。

〔7〕"中回"四句:对供奉翰林经历的回忆。中,中年,天宝元年奉诏入朝时,李白四十二岁。回圣明顾,应读为"圣明回顾",得到玄宗眷顾。"挥翰"句,供奉翰林期间的文字生涯。骑虎、攀龙,比喻在玄宗身边的生活状况和心理感受,虽然地位颇高,但充满惊险与危机。堕天,指最终被放还。

〔8〕"还家"二句:被朝廷放还后,坚守孤高的情操如秋蝉。秋蝉,王琦注:"蝉出于土壤,升于高木之上,吟风饮露,不见其食。"蝉在唐人诗中是高洁的象征,如骆宾王《在狱咏蝉》:"无人信高洁,谁为表予心。"

〔9〕"炼丹"二句:还山后的学道生活。

〔10〕"卧海"二句:用管宁故事,表明远离朝廷的态度。东汉末,天下大乱,管宁闻公孙度令行于海外,往辽东见之,遂庐于山谷,魏帝屡次征召不就。见《三国志·魏书·管宁传》。"卧海"句,自谓远离朝廷乃时势使然,并非有意为之。"租税"句,出自鲍照《郡内登望》:"方弃汝南诺,言税辽东田。"谓隐居于辽东。

〔11〕"乘兴"二句:用王子猷雪夜访戴故事,见《酬坊州王司马与阎正字对雪见赠》注〔4〕。

〔12〕"临醉"二句:用山简故事。《晋书·山简传》载,山简镇襄阳,常醉于高阳池,时有童儿歌曰:"山公出何许?往至高阳池。日夕倒载归,酩酊无所知。时时能骑马,倒著白接䍦。举鞭向葛强,何如并州儿?"葛强,山简爱将,家在并州。

〔13〕"垂钓"句:隐居于自然山水间。

金陵歌送别范宣[1]

石头巉岩如虎踞,凌波欲过沧江去。钟山龙盘走势来,秀色横分历阳树[2]。四十馀帝三百秋[3],功名事迹随东流。白马小儿谁家子?泰清之岁来关囚[4]。金陵昔时何壮哉,席卷英豪天下来!冠盖散为烟雾尽,金舆玉座成寒灰[5]。扣剑悲吟空咄嗟,梁陈白骨乱如麻。天子龙沉景阳井,谁歌玉树后庭花[6]?此地伤心不能道,目下离离长春草。送尔长江万里心,他年来访南山皓[7]。

〔1〕似作于天宝六载春。范宣,其人无考。

〔2〕"石头"四句:写金陵天然形胜。石头山,今称清凉山,唐时北临大江。"凌波"句,虎踞江边的石头山似欲过江而去。钟山,即今南京钟山。《吴录》:"刘备曾使诸葛亮至京,因睹秣陵(金陵)山阜,叹曰:'钟山龙蟠,石头虎踞,此帝王之宅。'"(《太平御览》卷一五六)秀色,钟山林木的葱茏之色。横分历阳树,谓远望江对岸也是绿树葱茏,好似钟山横江而过把秀色分给了历阳。历阳,县名,和州州治所在,即今安徽和县,南临大江,与金陵隔江相望。

〔3〕"四十"句:自吴大帝建都金陵,至南朝陈亡,历三十八主,三百三十二年,此举其成数。

〔4〕"白马"二句:言南朝梁武帝时侯景叛乱事。白马小儿,指侯景,作乱前童谣唱道"青丝白马寿阳来"。太清二年(548)秋八月,侯景举兵反,梁武帝被困于台城,忧愤寝疾,泰清三年五月死于净居殿。关囚,囚梁武帝。

〔5〕冠盖、金舆玉座:均指上句之"英豪",即三百年来金陵的历史人物。

〔6〕"天子"二句:记陈亡国事。《陈书·后主纪》载,隋兵至时,陈后主从十馀宫人出后堂景阳殿,欲自投于井,群臣苦谏不果,后主自沉井

中,及夜,为隋军所执。《陈书·张贵妃传》载,后主常引宾客对贵妃等宴游,使诸贵人及女学士共赋新诗,采其尤艳丽者以为曲词,被以新声,令众宫女歌之,其曲有《玉树后庭花》等。

〔7〕"此地"四句:回应诗题之"送别",抒写由咏史引发的出世之情,欲追步四皓走向隐居。南山皓,商山四皓,见《山人劝酒》诗及注,此以"南山皓"自居。

登金陵凤凰台[1]

凤凰台上凤凰游,凤去台空江自流[2]。吴宫花草埋幽径,晋代衣冠成古丘[3]。三山半落青天外[4],一水中分白鹭洲[5]。总为浮云能蔽日,长安不见使人愁[6]。

〔1〕作时或在天宝六载。凤凰台,宋张表臣《珊瑚钩诗话》:"金陵凤凰台,在城之东南,四顾江山,下窥井邑,古题咏惟谪仙为绝唱。"诗于登临揽胜之际,将感怀历史与关切时政的心事打成一片,内涵极为厚重。

〔2〕"凤凰台"二句:传说(南朝)宋元嘉十六年,有三鸟翔集山间,文采五色,状如孔雀,音声谐和,众鸟群附,时人谓之凤凰,起台于山,谓之凤凰台,山曰凤凰山。见《太平寰宇记》卷九十。凤凰是祥瑞的象征,凤去台空,则盛世不再。江自流,以江水依旧反衬下文的人事代谢。二句扣住"凤凰台"反复咏唱,不避语词重复,成七律之特例。

〔3〕"吴宫"二句:曾经建都金陵的吴国及东晋,都变成了历史陈迹。发思古之幽情,表达世事沧桑的感慨。

〔4〕三山:在南京西南长江东岸,滨于大江,三峰排列,南北相连,故称"三山"。半落,望中只见一半山色,状景物之迷蒙。

〔5〕白鹭洲:唐时在金陵城西大江中,分江水为两道,故曰"中分"。

〔6〕"总为"二句:诗人将目光转向遥远而不可见的长安,抒写对玄宗的思念之情,并表达对朝政的关注。浮云,喻朝中奸佞。日,喻玄宗。

劳劳亭[1]

天下伤心处,劳劳送客亭[2]。春风知别苦,不遣柳条青[3]。

〔1〕劳劳亭:在金陵城南十五里,古送别之所。

〔2〕劳劳:忧伤貌。古诗《孔雀东南飞》:"举手长劳劳,二情同依依。"

〔3〕唐人有折柳送别的习俗。诗中情景,当在早春,柳条尚未泛青,诗将春风拟人化,意谓春风也能体谅人情,有意不使"柳条青",则离人无柳可折,离别之苦或许就不存在了。清李锳评曰:"若直写别离之苦,亦嫌平直,借春风以写之,转觉苦语入骨。"(《诗法易简录》)

丁督护歌[1]

云阳上征去[2],两岸饶商贾。吴牛喘月时[3],拖船一何苦[4]!水浊不可饮,壶浆半成土。一唱督护歌[5],心摧泪如雨。万人系盘石,无由达江浒[6]。君看石芒砀,掩泪悲千古[7]。

〔1〕丁督护歌：乐府古题，在《乐府诗集·清商曲辞》中。古辞写殡埋死者，见《宋书·乐志》。李白此诗借古题写眼前所见事，与古题诗旨无关。诗或作于天宝六载夏，诗人在旅途中。

〔2〕云阳：润州属县，即今江苏丹阳，在长江南岸，滨大运河。上征，溯运河上行。

〔3〕"吴牛"句：指盛夏季节。吴牛喘月，形容天气炎热，吴地的水牛把月亮当成了太阳，惧热而喘。《世说新语·言语》："满奋谓晋武帝曰：'臣犹吴牛，见月而喘。'"

〔4〕"拖船"句：指运河漕运，转输东南之粟入长安。

〔5〕督护歌：应是用乐府古调所唱的拖船号子。

〔6〕系盘石：拖着重如盘石的船。无由：难于。江浒：长江南岸。

〔7〕"君看"二句：诗人看到岸边巨石，想到拖船之重如斯，感物起兴，悲慨无限。石芒砀，石头又大又多。

答湖州迦叶司马问白是何人〔1〕

青莲居士谪仙人〔2〕，酒肆藏名三十春〔3〕。湖州司马何须问？金粟如来是后身〔4〕。

〔1〕天宝六载，自吴赴越，途经湖州作。湖州，州治所乌程县（今浙江湖州）。迦叶，西域姓氏；又是佛弟子之名，《文选·头陀寺碑》李善注："大迦叶比丘，是释迦牟尼佛大弟子。"

〔2〕青莲居士：李白自号。青莲，佛家语，梵语优钵罗，青色莲花，取以比喻佛眼。谪仙人：李白别号，参见下篇《对酒忆贺监》。

〔3〕三十春：泛言之辞。

〔4〕金粟如来：即维摩诘大士。诗人说自己是"金粟如来"的后身，而对方名"迦叶"，同在佛门，本应相识，今却不识而问"白是何人"，殊为可笑，诗有打趣的意思。

对酒忆贺监二首(选一)[1]

四明有狂客，风流贺季真。长安一相见，呼我谪仙人[2]。昔好杯中物，今为松下尘。金龟换酒处[3]，却忆泪沾巾。

〔1〕天宝六载游越时作。诗前有序："太子宾客贺公于长安紫极宫一见余，呼余为谪仙人，因解金龟换酒为乐。没后对酒，怅然有怀，而作是诗。"贺知章天宝三载归乡不久即卒，年八十六。

〔2〕"四明"四句：回忆长安往事，参见《蜀道难》注〔1〕。四明狂客，贺知章晚年自号。季真，贺知章字。

〔3〕金龟换酒：贺知章初见李白时风流趣事，亦见《蜀道难》注〔1〕。

登高丘而望远海[1]

登高丘，望远海，六鳌骨已霜，三山流安在[2]？扶桑半摧折，白日沉光彩[3]。银台金阙如梦中，秦皇汉武空相待[4]。精卫费木石，鼋鼍无所凭[5]。君不见，骊山茂陵尽灰灭，牧羊之子来攀登。盗贼劫宝玉，精灵竟何能[6]？穷兵黩武今如此，鼎湖飞龙安可乘[7]！

〔1〕登高丘而望远海:李白自创乐府新题,《乐府诗集》以之入《相和歌辞》。萧士赟注:"唐明皇亦好神仙、喜边功者,此诗其有所讽欤?"史书记载,天宝四、五载玄宗屡有迷信神仙之事,李白之诗或作于此期。

〔2〕六鳌、三山:均见《怀仙歌》注〔5〕。骨已霜、流安在:意谓神物均归于虚妄。

〔3〕"扶桑"二句:在诗人惊人的想象中,连太阳也并非永恒的存在(何况短暂的人生)。扶桑,大木名,据《山海经·海外东经》所记,汤谷上有扶桑,十日所浴,九日居下枝,一日居上枝。

〔4〕"银台"二句:讽刺秦皇、汉武求仙的虚妄。银台金阙,海上之仙山宫阙。《史记·封禅书》载,秦始皇曾使人带童男童女入海求三神山,汉武帝也曾遣方士入海求蓬莱仙山及仙人安期生。

〔5〕"精卫"二句:意谓大海大江不可征服,仙山也不可能到达。精卫,《山海经·北山经》载,炎帝之少女名女娃,游于东海,溺而不返,化为精卫鸟,常衔西山之木石填东海。鼋鼍(yuán tuó 元陀),巨龟,《竹书纪年》载,周穆王伐越,曾架鼋鼍为桥以渡江。

〔6〕"君不见"五句:秦皇、汉武身后的悲剧。骊山,秦始皇陵墓。茂陵,汉武帝陵墓。据《汉书·刘向传》,秦始皇陵曾遭项羽发掘,此后又有牧羊儿持火进入寻羊,烧其棺椁。《晋书·索靖传》记,茂陵曾被赤眉军入内取物,墓中死者的精灵对之竟无计可施。

〔7〕"穷兵黩武"二句:由讽古转而刺今。秦皇、汉武的求仙固然虚妄,当今皇帝则不但迷信神仙,而且穷兵黩武(参见《答王十二寒夜独酌有怀》、《战城南》、《胡关饶风沙》等诗),伤害生灵,成仙就更是妄想了。鼎湖飞龙,黄帝飞升成仙故事,《史记·封禅书》:"黄帝采首山铜,铸鼎于荆山下,鼎既成,有龙垂胡髯,下迎黄帝。黄帝上骑,群臣后宫从上者七十馀人,龙乃上去。"诗讽刺玄宗不能成仙。

秦王扫六合(《古风》其三)[1]

秦王扫六合[2],虎视何雄哉[3]!挥剑决浮云,诸侯尽西来[4]。明断自天启[5],大略驾群才。收兵铸金人[6],函谷正东开[7]。铭功会稽岭,骋望琅琊台[8]。刑徒七十万,起土骊山隈[9]。尚采不死药,茫然使心哀。连弩射海鱼,长鲸正崔嵬。额鼻象五岳,扬波喷云雷。鬐鬣蔽青天,何由睹蓬莱!徐市载秦女,楼船几时回[10]?但见三泉下,金棺葬寒灰[11]。

〔1〕诗旨与上篇相近,或亦作于此期。

〔2〕"秦王"句:语出贾谊《过秦论》"及至始皇……履至尊以制六合"。六合,上下四方,即天下。

〔3〕虎视:语出《后汉书·班固传》:"秦以虎视。"

〔4〕"挥剑"二句:秦始皇灭六国。决浮云,语出《庄子·说剑》:"天子之剑,上决浮云,下决地纪。此剑一用,匡诸侯,天下服矣。"诸侯尽西来,六国诸侯被虏,西入于秦。

〔5〕"明断"句:由鲍照《代放歌行》"明虑自天断"句化出,谓秦始皇的雄才大略得自天赋。

〔6〕"收兵"句:《史记·秦始皇本纪》载,秦始皇收天下兵器,聚之咸阳,铸为金人十二,重各千石,置宫廷中。兵,兵器。

〔7〕函谷:函谷关,长安的东大门,号曰天险。东开:向东敞开。六国未灭时,函谷关守备森严;六国已灭,天下统一,函谷关也就开放了。

〔8〕"铭功"二句：秦始皇巡游天下。铭功，刻石纪功。《史记·秦始皇本纪》及司马贞《索隐》载：三十七年，秦始皇上会稽，祭大禹，望于南海，立石刻，颂秦德。又，二十八年，南登琅琊，立层台于山上，谓之琅琊台，孤立众山之上。留三月，立石山上，颂秦德。

〔9〕"刑徒"二句：秦始皇大举人力，造骊山陵墓。《史记·秦始皇本纪》载，三十五年，秦始皇发刑徒七十馀万，分建阿房宫及骊山陵墓。隈，山边。

〔10〕"尚采"十句：秦始皇遣人入海求不死药而被长鲸阻断，没有结果。《史记·秦始皇本纪》载，二十八年，方士徐市(fú 扶)上书，请得童男女数千人，入海求仙人；三十七年，又入海求神药，数年无获，乃诈称海上有巨鱼阻挡采蓬莱药路，于是令入海者以连弩射之。崔嵬，形容长鲸的巨大。"额鼻"四句，夸张描写巨鲸，额鼻如五岳一样高大，搅动的波浪如云起雷动，鬐鬣(qí liè 齐列)高耸遮蔽了青天。

〔11〕"但见"二句：秦始皇终不免一死。三泉，墓穴深穿三重之泉。结尾的悲凉结局恰与开端的辉煌功业形成鲜明对比，意味极为深长。

送杨燕之东鲁[1]

关西杨伯起，汉日旧称贤。四代三公族，清风播人天[2]。夫子华阴居，开门对玉莲[3]。何事历衡霍[4]？云帆今始还。君坐稍解颜，为君歌此篇。我固侯门士，谬登圣主筵。一辞金华殿，蹭蹬长江边[5]。二子鲁门东，别来已经年[6]。因君此中去，不觉泪如泉。

162

〔1〕天宝六载岁暮由越中返至金陵作。杨燕,据诗意系汉杨震之后。东鲁,李白寓家之地。

〔2〕"关西"四句:谓杨燕先祖为东汉杨伯起。杨震,字伯起,华阴人,汉代大儒,时称"关西孔子",其家族于震、秉、彪、赐四代出过司空、司徒、太尉三公。关西,函谷关之西,指华阴的地理位置。清风,美誉。人天,人间天上,指民间与朝廷。

〔3〕华阴:县名(今陕西华阴),在华山北麓。玉莲,华山玉女峰、莲花峰。

〔4〕衡霍:霍山,在今安徽。汉武帝南巡时,以南岳衡山辽远,曾在霍山为南岳之祀,故称。

〔5〕"我固"四句:自道供奉翰林及出朝后的经历,目下则困居长江之滨的金陵,没有出路。侯门士,指入朝前干谒侯门的经历。

〔6〕二子:李白的女儿平阳、儿子伯禽。李白于天宝五载秋离开寓家之地瑕丘南游,至此时已过去了一年。

闻王昌龄左迁龙标遥有此寄〔1〕

杨花落尽子规啼〔2〕,闻道龙标过五溪〔3〕。我寄愁心与明月〔4〕,随风直到夜郎西〔5〕。

〔1〕天宝七载暮春作。王昌龄,盛唐诗人,天宝六载秋自江宁丞贬为龙标尉,七载春离武陵(今湖南常德)赴贬所,李白诗作于获知其行程后。左迁,贬官。龙标,巫州属县(今湖南黔阳)。

〔2〕杨花落尽、子规啼:均为暮春风物。杨花落尽则春光凋残,加之子规啼声悲切,诗句渲染悲愁的气氛。

〔3〕闻道:犹言"听说"。五溪:酉、辰、巫、武、陵五溪,过五溪即到龙标。

〔4〕"我寄"句:愁心,实即对友人被贬的同情心。寄愁心,希望"愁心"为友人所知。"愁心"无形,实不能寄,便付诸想象。明月,在诗人们的想象中历来是超越空间、寄托情思的载体,如鲍照:"朱城九门门九开,愿逐明月入君怀。"(《代淮南王二首》)南朝民歌《读曲歌》:"春风难期信,托情明月光。"王昌龄《送柴侍御》也有句:"明月何曾是两乡。"

〔5〕随风:明月在天空西移,原不凭借外力,诗人却想象月是被风吹着移动,"直到"友人所在的地方。这样以来,"风"于"寄愁心"也预有力焉。李白诗中多有此例,如"狂风吹我心,西挂咸阳树"(《金乡送韦八之西京》),"南风吹归心,飞堕酒楼前"(《寄东鲁二稚子》)。夜郎西,即龙标,夜郎指隋代夜郎县(今湖南辰溪),龙标在其西南。

金陵凤凰台置酒〔1〕

置酒延落景〔2〕,金陵凤凰台。长波写万古〔3〕,心与云俱开。借问往昔时,凤凰为谁来〔4〕?凤凰去已久,正当今日回。明君越羲轩〔5〕,天老坐三台〔6〕。豪士无所用,弹弦醉金罍。东风吹山花,安可不尽杯〔7〕!六帝没幽草,深宫冥绿苔。置酒勿复道,歌钟但相催〔8〕。

〔1〕凤凰台,见《登金陵凤凰台》注〔1〕。
〔2〕延:揽取。落景:落日馀辉。
〔3〕长波:望中所见长江。写:同泻。

〔4〕"借问"二句:参见《登金陵凤凰台》注〔2〕。

〔5〕明君:指玄宗。越:超过。羲轩:上古所谓三皇之伏羲、轩辕。

〔6〕天老:黄帝三相之一,此指朝廷重臣。三台:本为星名,照应朝廷三公之位。

〔7〕"豪士"四句:"豪士"系诗人自谓,即才能抱负不凡的士人。朝廷人才济济,自己得不到施展才能抱负的机会,那就开怀畅饮,尽情享受吧! 诗句表达了自我解脱的心情。

〔8〕"六帝"四句:意谓往时帝王功业都成了陈迹,可见人生唯有选择及时行乐,也是自我解脱之辞。六帝,建都金陵的六朝帝王。歌钟,歌乐之声。

酬崔侍御〔1〕

严陵不从万乘游,归卧青山钓碧流〔2〕。自是客星辞帝座〔3〕,元非太白醉扬州〔4〕。

〔1〕崔侍御:崔成甫,参见《赠崔侍御》诗及注〔1〕。天宝七载被贬湘阴,南来时与李白相遇于金陵,并作《赠李十二》:"我是潇湘放逐臣,君辞明主汉江滨。天外常求太白老,金陵捉得酒仙人。"署"摄监察御史崔成甫"。李白此诗为酬答之作。

〔2〕"严陵"二句:用严子陵故事自喻天宝三载去朝事,参见《翰林读书言怀呈集贤诸学士》注〔8〕。

〔3〕客星辞帝座:仍用严子陵故事自喻,参见《松柏本孤直》(《古风》其十二)注〔3〕。

〔4〕"元非"句:回应崔诗"金陵捉得酒仙人"句。扬州:指三国时代

的扬州,即唐代金陵。

挂席江上待月有怀[1]

待月月未出,望江江自流。倏忽城西郭,青天悬玉钩[2]。素华虽可揽,清景不同游[3]。耿耿金波里,空瞻鸤鹊楼[4]。

〔1〕天宝七载秋金陵作。席:船帆。有怀:怀人。
〔2〕"倏忽"二句:指月初黄昏时分出现于西方天空的一弯新月。
〔3〕"素华"二句:与所怀之人此刻虽然同时看到月光,却不能在一起游赏美景。素华,月光。
〔4〕"耿耿"二句:出自谢朓诗句"金波丽鸤鹊"(《暂使下都夜发新林至京邑赠西府同僚》)。金波,月光。鸤(zhī 支)鹊楼,汉观名,此指金陵楼观。

玩月金陵城西孙楚酒楼达曙歌吹日晚乘醉著紫绮裘乌纱巾与酒客数人棹歌秦淮往石头访崔四侍御[1]

昨玩西城月,青天垂玉钩[2]。朝沽金陵酒,歌吹孙楚楼[3]。忽忆绣衣人[4],乘船往石头。草裹乌纱巾,倒被紫绮裘[5]。两岸拍手笑,疑是王子猷[6]。酒客十数公,崩腾醉中流[7]。谑浪棹海客,喧呼傲阳侯[8]。半道逢吴姬,卷帘出揶揄[9]。

我忆君到此,不知狂与羞[10]。月下一见君,三杯便回桡。舍舟共连袂,行上南渡桥。兴发歌绿水,秦客为之摇。鸡鸣复相招,清宴逸云霄[11]。赠我数百字,字字凌风飙。系之衣裘上,相忆每长谣[12]。

〔1〕与上诗情景相接,为一时之作。据诗题所述,此次宴乐已历一夜一天。孙楚酒楼,唐代金陵酒楼名,在城西。秦淮,秦淮河,流经金陵,六朝以来为逐欢游乐之地。石头,石头山,参见《金陵歌送别范宣》注〔2〕。崔四侍御,即崔成甫。此诗是李白纵乐生活的典型写照。

〔2〕"昨玩"二句:与上诗"倏忽城西郭,青天悬玉钩"二句情景相接。

〔3〕"朝沽"二句:此次游乐通宵达旦,至此已进入第二日。

〔4〕绣衣人:指崔侍御。参见《初出金门寻王侍御不遇咏壁上鹦鹉》注〔3〕。

〔5〕"草裹"二句:诗人醉后衣冠不整的样子。乌纱巾,唐人平时所戴的便帽。紫绮裘,一种有道家色彩的衣着。

〔6〕两岸:指观者。王子猷,参见《酬坊州王司马与阎正字对雪见赠》注〔4〕。王子猷乘兴访戴,诗人则"乘醉"访崔侍御,从心所欲的行为固有相同之处。

〔7〕"酒客"二句:指李白一行。崩腾,手舞足蹈。

〔8〕"谑浪"二句:诗人此刻傲视一切的心理感受。樟海客,谢安,曾与孙绰等泛海,风起浪涌,诸人皆惧,安吟啸自若。阳侯,波涛之神。

〔9〕"半道"二句:实写当时遇见吴姬的情景,吴姬似为酒家。揶揄,犹今语"开玩笑"。

〔10〕"我忆"二句:诗人回答吴姬的话,意即特意来寻。

〔11〕"月下"八句:见到吴姬后,舍船登岸,继续宴乐通宵,直至鸡

鸣天亮。绿水,曲名。秦客,应指崔侍御,以其来自长安。摇,心神摇荡。

〔12〕"赠我"四句:当时崔侍御赠李白百字长诗,李白系于衣裘,十分珍爱。

叙旧赠江阳宰陆调[1]

泰伯让天下,仲雍扬波涛。清风荡万古,迹与星辰高。开吴食东溟,陆氏世英髦。多君秉古节,岳立冠人曹[2]。风流少年时,京洛事游遨。腰间延陵剑,玉带明珠袍[3]。我昔斗鸡徒,连延五陵豪。邀遮相组织,呵吓来煎熬[4]。君开万丛人,鞍马皆辟易。告急清宪台,脱余北门厄[5]。间宰江阳邑,剪棘树兰芳。城门何肃穆,五月飞秋霜。好鸟集珍木,高才列华堂[6]。时从府中归,丝管俨成行。但苦隔远道,无由共衔觞[7]。江北荷花开,江南杨梅鲜[8]。挂席候海色,乘风下长川。多沽新丰醑,满载剡溪船。中途不遇人,直到尔门前。大笑同一醉,取乐平生年[9]。

〔1〕天宝八载五月作于金陵。江阳,县名,扬州治所(今江苏扬州)。宰,县令。

〔2〕"泰伯"八句:陆调的高贵出身。《史记·吴太伯世家》载,泰(太)伯及弟仲雍,皆周太王之子。二人为了将天下让给小弟季历,乃奔荆蛮,自号句吴,被荆蛮之人立为吴太伯,由此在东海之滨建立了吴国。陆氏家族乃是吴国大族,英俊辈出,陆调秉承了乃祖之风,挺出于人群之中。英髦,英俊。多,赞美之词。岳立,如山岳一样特立。

〔3〕"风流"四句:陆调少年时在长安、洛阳一带漫游。延陵剑,吴太伯二十代孙延陵季子的佩剑,友人徐君爱此剑,徐君死后延陵季子挂剑于其墓前,见《史记·吴太伯世家》。诗以"延陵剑"美称陆调的佩剑。

〔4〕"我昔"四句:诗人自述"初入长安"期间被斗鸡徒围困的遭遇。开元年间因玄宗的喜爱,京城盛行斗鸡游戏,斗鸡徒因而显赫一时,炙手可热。连延,勾结。五陵豪,长安的豪贵子弟。邀遮,拦截。组织,纠集成一帮。呵吓,恫吓。煎熬,攻击、迫害。

〔5〕"君开"四句:幸有陆调当时解救了自己。万丛人,围观的人群。辟易,退避。清宪台,御史台,纠察京城不法行为的机构。北门,长安城北门,即玄武门,李白与斗鸡徒的冲突可能发生于此。

〔6〕"间宰"六句:赞美陆调任江阳县令的政绩。间,近来。剪棘,剪除恶人。树兰芳,扶植善者。五月,李白写此诗的季节。飞秋霜,法令严明如秋霜肃杀。"好鸟"句,祥瑞的象征。"高才"句,人才济济。

〔7〕"时从"四句:陆调公馀在府中宴乐,诗人感慨自己因道路间隔不能参与盛宴。丝管,管弦乐。

〔8〕江北:指江阳。江南:指诗人寓居的金陵。

〔9〕"挂席"八句:期待好天气乘船往访陆调,欢饮一场。挂席,扬帆。海色,将晓的天色。长川,长江。新丰酿,美酒。剡溪船,访友之船,见《酬坊州王司马与阎正字对雪见赠》注〔4〕。

寄东鲁二稚子[1]

吴地桑叶绿[2],吴蚕已三眠。我家寄东鲁,谁种龟阴田[3]?春事已不及[4],江行复茫然。南风吹归心,飞堕酒楼前[5]。楼东一株桃,枝叶拂青烟。此树我所种,别来向三年[6]。桃今与楼齐,我行尚未旋。娇女字平阳,折花倚桃边。折花不见我,泪下如流泉。小儿名伯禽,与姊亦齐肩。双行桃树下,抚背复谁怜[7]?念此失次第[8],肝肠日忧煎。裂素写远意[9],因之汶阳川[10]。

〔1〕天宝八载春夏之际作于金陵。二稚子,女儿平阳及儿子伯禽。

〔2〕吴地:指诗人所在的金陵。

〔3〕龟阴田:龟山之北的田地,语出《左传·定公十年》:"齐人来归龟阴之田",此指李白在东鲁的田产。此前所作《赠从弟冽》诗,有"顾余乏尺土,东作谁相携"之叹,可知"龟阴田"应是李白用出朝时玄宗所赐金购置。

〔4〕春事:春季农事。陶渊明《归去来兮辞》:"农人告余以春及,将有事于西畴。"

〔5〕酒楼:据诗意,李白东鲁家中有酒楼,应是用玄宗所赐金建造。

〔6〕三年:李白于天宝五载去东鲁南游,至八载已历三年。

〔7〕"双行"二句:可知李白当时无妻室,故二稚子缺失母爱。

〔8〕失次第:心情烦乱。

〔9〕素:生帛,其色白,用以书写。

〔10〕汶阳川:即汶水,流经李白寓家之地瑕丘。参见《沙丘城下寄杜甫》注〔3〕。

送萧三十一之鲁中兼问稚子伯禽[1]

六月南风吹白沙,吴牛喘月气成霞[2]。水国郁蒸不可处,时炎道远无行车。夫子如何涉江路？云帆袅袅金陵去。高堂倚门望伯鱼，鲁中正是趋庭处[3]。我家寄在沙丘傍[4]，三年不归空断肠[5]。君行既识伯禽子，应驾小车骑白羊[6]。

〔1〕接上诗后，作于金陵。萧三十一，名字不详；三十一，家族兄弟间的排行。

〔2〕吴牛喘月：见《丁都护歌》注〔3〕。

〔3〕"高堂"二句：萧三十一家在鲁中，父母望其归。高堂，父母；伯鱼，孔子之子，名鲤，此代指萧三十一。趋庭处，子承父教处，语出《论语·季氏》："（孔子）尝独立，鲤趋而过庭。"

〔4〕沙丘：李白寓家之地，即瑕丘，参见《沙丘城下寄杜甫》诗。

〔5〕三年：见上《寄东鲁二稚子》注〔6〕。

〔6〕"应驾"句：用卫玠故事，谓伯禽正在童年。卫玠龆龀（七八岁）时，于洛阳市上乘白羊车，见《世说新语·容止》刘孝标注。设若开元二十八年李白移家东鲁时，伯禽初生，至天宝八载为十岁。

秋夜板桥浦泛月独酌怀谢朓[1]

天上何所有？迢迢白玉绳。斜低建章阙，耿耿对金陵[2]。汉水旧如练，霜江夜清澄[3]。长川泻落月，洲渚晓寒凝。独酌板桥浦，古人谁可征[4]？玄晖难再得，洒酒气填膺[5]！

〔1〕天宝八载秋作于金陵。板桥浦，在金陵西南。泛月，泛舟江上览月。谢朓，字玄晖，南齐诗人，曾官宣城太守、中书郎、吏部尚书郎，文

才清丽,最受李白景慕。

〔2〕"天上"四句:由谢朓《暂使下都夜发新林至京邑赠西府同僚》诗"玉绳低建章"句衍化而成。玉绳,星名。建章,南朝宫阙名。

〔3〕"汉水"二句:由谢朓《晚登三山还望京邑》诗"澄江静如练"句衍化而成。汉水、霜江,均指长江。

〔4〕"古人"句:哪位古人是我心中追慕的对象? 征,寻求、追慕。

〔5〕洒洒:浇酒。气填膺:心情难以平静。

金陵城西楼月下吟[1]

金陵夜寂凉风发,独上高楼望吴越。白云映水摇空城[2],白露垂珠滴秋月[3]。月下沉吟久不归,古来相接眼中稀[4]。解道澄江净如练[5],令人长忆谢玄晖。

〔1〕与上诗情景相接,似一时之作。

〔2〕"白云"句:白云与城西楼的倒影映于水中,城楼如在水中与白云一起摇荡;空城,城西楼上除诗人外再无他人,一片寂静,故云。

〔3〕"白露"句:露珠映着月光,月光与露珠一起滴下。

〔4〕"古来"句:意谓心所仰慕的古人寥寥可数。相接,两心相交。

〔5〕"解道"句:参见上诗注〔3〕。解道,深深懂得。澄江,月光照耀下江水泛着清亮的波光,故云;澄,清澈。净,亦清澈意。练,白色丝织品。

答王十二寒夜独酌有怀[1]

昨夜吴中雪,子猷佳兴发。万里浮云卷碧山,青天中道流孤月。孤月沧浪河汉清,北斗错落长庚明。怀余对酒夜霜白,玉床金井冰峥嵘[2]。人生飘忽百年内,且须酣畅万古情[3]。君不能,狸膏金距学斗鸡,坐令鼻息吹虹霓[4]。君不能,学哥舒,横行青海夜带刀,西屠石堡取紫袍[5]。吟诗作赋北窗里,万言不直一杯水。世人闻此皆掉头,有如东风射马耳[6]。鱼目亦笑我,谓与明月同[7]。骅骝拳跼不能食,蹇驴得志鸣春风[8]。折杨皇华合流俗[9],晋君听琴枉清角[10]。巴人谁肯和阳春[11],楚地由来贱奇璞[12]。黄金散尽交不成[13],白首为儒身被轻。一谈一笑失颜色[14],苍蝇贝锦喧谤声[15]。曾参岂是杀人者?谗言三及慈母惊[16]。与君论心握君手,荣辱于余亦何有!孔圣犹闻伤凤麟[17],董龙更是何鸡狗[18]!一生傲岸苦不谐,恩疏媒劳志多乖[19]。严陵高揖汉天子,何必长剑拄颐事玉阶[20]!达亦不足贵,穷亦不足悲。韩信羞将绛灌比,祢衡耻逐屠沽儿[21]。君不见,李北海,英风豪气今何在[22]?君不见,裴尚书,土坟三尺蒿棘居[23]。少年早欲五湖去,见此弥将钟鼎疏[24]。

〔1〕天宝八载冬作于金陵。王十二,名字不详。据诗题,王十二先

有赠诗《寒夜独酌有怀》,李白作此答之。此诗由个人遭际扩展而批评时政,是李白诗中涉及现实的重要篇章。

〔2〕"昨夜"八句:王十二寒夜赠诗情景。吴中,指金陵。"子猷"句,用王子猷雪夜访戴故事,参见《酬坊州王司马与阎正字对雪见赠》注〔4〕,此处用子猷拟王十二。沧浪,月色冰凉。床,井栏。

〔3〕酣畅万古情:包括了畅饮酒及痛快抒情,此为万古不变的人之天然真情,故曰"万古情"。以下至篇末均为诗人所抒"万古情"。

〔4〕"狸膏"二句:发泄对斗鸡而得宠者的蔑视与愤慨。参见《大车扬飞尘》注〔4〕。狸膏,狐狸油,涂在雄鸡头上,使敌方鸡闻到气味而畏惧。金距,金属做的套子,加在雄鸡爪上以增加威力。

〔5〕"学哥舒"三句:言哥舒翰取石堡城战事,对其以数万人命换取功名的行为痛加批判。青海,唐代为吐蕃所据。石堡,城名,唐与吐蕃之交通要冲。《资治通鉴·唐纪》天宝八载记:石堡城三面险绝,唯有一条路可上。天宝六载,玄宗诏问攻取之略,河西、陇右节度使王忠嗣主张休兵秣马,寻机而取,不愿以数万人命换取一官。玄宗不悦,王忠嗣被贬汉阳太守。哥舒翰代王忠嗣为陇右节度,八载六月,以十万众攻石堡城,拔之,获吐蕃兵四百人,唐士卒死者数万。玄宗录哥舒功,拜特进、鸿胪员外卿,加摄御史大夫。取紫袍,唐制三品以上服紫,特进为正二品。

〔6〕"世人"二句:吟诗作赋的文学才华不被世人看重。掉头,不屑一顾。东风射马耳,东风吹过马耳,比喻充耳不闻,无动于衷。

〔7〕"鱼目"二句:即成语"鱼目混珠"的意思,指得志小人的狂妄,本是鱼目而自谓明月。明月,明月珠。

〔8〕"骅骝"二句:贤才被抑,小人得志。骅骝,骏马。拳跼(jú局),不能伸展。蹇驴,跛驴。

〔9〕折杨、皇华:《庄子·天地》:"大声不入于里耳,折杨、皇华,则嗑然而笑。"折杨、皇华皆古之俗曲,为流俗所赏。

〔10〕"晋君"句:讽玄宗德薄。清角,古五音之一。《韩非子·十过》载:晋平公欲听清角,师旷认为清角是黄帝合鬼神于泰山之上所作,"今主君德薄,不足听之,听之将恐有败",平公坚持要听,师旷不得已而鼓之,果然风雨大作,平公恐惧伏于廊室之间,晋国大旱,赤地三年,平公之身遂癃病。

〔11〕"巴人"句:见《翰林读书言怀呈集贤诸学士》注〔5〕。阳春,阳春白雪。

〔12〕"楚地"句:用卞和献玉故事,见《鞠歌行》注〔3〕。

〔13〕黄金散尽:李白一向有"散金"之举,如《上安州裴长史书》云:"曩昔东游维扬,不逾一年,散金三十馀万,有落魄公子,悉皆济之。"《醉后赠从甥高镇》诗也有"黄金逐手快意尽"之句。天宝三载出朝后,容或也有散金之事。

〔14〕"一谈"句:犹言动辄得咎。一谈一笑,谓自己的寻常言行。失颜色,无意间得罪了他人,对方脸色难看。

〔15〕"苍蝇"句:出自《诗经·小雅·青蝇》:"营营青蝇,止于樊。岂弟君子,无信谗言。"又,《小雅·巷伯》:"萋兮斐兮,成是贝锦。"句谓谗谤之起,如苍蝇之喧;构人罪过,如编织贝锦。

〔16〕"曾参"二句:谓谗言终于得逞。曾参,孔子弟子。《战国策·秦策》载:曾参居于费,当地有与他同名的人杀了人,人告曾母:"曾参杀人。"母正织布,曰:"吾子不杀人。"但在被三次告知时,惊惧,丢掉织布的梭子越墙而走。

〔17〕"孔圣"句:谓世道衰落,君主非明王。《论语·子罕》:"子曰:'凤鸟不至,河不出图,吾已矣夫!'"《孔子家语·辩物》:叔孙氏之车士获麟,折其前左足,叔孙氏弃之郭外,孔子往观,曰:"麟也,胡为来哉!胡为来哉!"泣涕沾襟,子贡问之,孔子曰:"麟之至为明王,出非其时而见害,吾是以伤焉。"

〔18〕董龙：即董荣，前秦佞臣。司空王堕性情刚峻，不与董龙讲话，有人劝之，王堕曰："董龙是何鸡狗，而令国士与之言乎！"见《资治通鉴·晋纪》。

〔19〕恩疏：朝廷见弃。媒劳：引荐者徒劳。语出《楚辞·九歌·湘君》："心不同兮媒劳，恩不甚兮轻绝。"

〔20〕"严陵"二句：自道天宝三载上疏请还事，参见《翰林读书言怀呈集贤诸学士》注〔8〕。高揖，平交之礼。长剑拄颐，双手持长剑而立，下巴支在剑柄上，是人臣面对君主的恭敬之貌，语出《战国策·齐策》："齐婴儿谣曰：'大冠若箕，修剑拄颐。'"玉阶，朝堂。

〔21〕"韩信"二句：申明"达亦不足贵，穷亦不足悲"的意思，韩信、祢衡均为诗人自喻，绛灌、屠沽儿则是诗人耻于与之为伍的富贵达者。韩信，汉初功臣，封淮阴侯。绛灌，绛侯周勃、颍阴侯灌婴。《史记·淮阴侯列传》载，韩信失去汉王信任后，常称病不朝，日夜怨望，羞与绛、灌同列。《后汉书·祢衡传》载，祢衡尚气刚傲，矫时慢物，有人问："盍从陈长文、司马伯达乎？"对曰："吾焉能从屠沽儿耶？"屠沽儿：屠夫及卖酒的人，实即小人得志者。参见《望鹦鹉洲怀祢衡》诗及注。

〔22〕李北海：北海太守李邕，开元八年为渝州刺史，李白曾谒见，作《上李邕》诗。天宝六载被奸相李林甫构陷杖杀，事见《新唐书·李邕传》。

〔23〕裴尚书：裴敦复，曾为刑部尚书，与李邕同时遇害，事见《旧唐书·玄宗纪》。蒿棘居，长满了蒿草荆棘。

〔24〕"少年"二句：用春秋时范蠡故事，表明自己早有归隐的夙志，如今看到李北海、裴尚书的悲惨结局，更感到政治险恶，因而下定了远离朝廷的决心。范蠡为越大夫，辅佐越王勾践，灭吴兴越，功成之后即隐退，泛舟于五湖。

醉后赠从甥高镇[1]

马上相逢揖马鞭[2],客中相见客中怜。欲邀击筑悲歌饮[3],正值倾家无酒钱。江东风光不借人[4],枉杀落花空自春。黄金逐手快意尽,昨日破产今朝贫。丈夫何事空啸傲?不如烧却头上巾[5]。君为进士不得进[6],我被秋霜生旅鬓。时清不及英豪人,三尺童儿唾廉蔺[7]。匣中盘剑装䱹鱼,闲在腰间未用渠[8]。且将换酒与君醉[9],醉归托宿吴专诸[10]。

〔1〕约天宝八载前后作于吴地。高镇,事迹不详。

〔2〕揖马鞭:手持马鞭作揖致意。

〔3〕"欲邀"句:《史记·刺客列传》:"荆轲嗜酒,日与狗屠及高渐离饮于燕市,酒酣以往,高渐离击筑,荆轲和而歌于市中,相乐也。已而相泣,旁若无人。"筑,弦乐器,形如琴,演奏时以左手扼之,右手以竹尺击之,故称"击筑"。句意是欲慷慨痛饮以发泄胸中郁闷。

〔4〕不借人:犹"不待人",即春光易逝。

〔5〕"丈夫"二句:愤激之辞。丈夫,即李白所属的"士"(儒生);头上巾,便帽,儒生的身份象征。啸傲,以宣泄情绪。烧却头上巾,表示愤而放弃了儒生身份。

〔6〕进士:科举考试未及第者称"进士"(及第者称"前进士")。高镇应是科场失意者。

〔7〕"时清"二句:发泄不得志的愤懑。时清,太平年月。不及,得

不到机会,不被重视。英豪人,有抱负才干之人,包括诗人及高镇。三尺童儿,小孩子。唾,唾弃,轻视。廉蔺,战国时赵国重臣廉颇、蔺相如,事见《史记·廉颇蔺相如列传》。

〔8〕"匣中"二句:宣泄才能不得发挥的愤懑。匣,剑鞘。剑,代表着人的才能抱负。鲭(cuò 错)鱼,即沙鱼,皮粗厚,可制剑鞘。渠,指剑,实即诗人自指,包含了自我伤感的意思。

〔9〕"且将"句:以剑换酒,以自暴自弃的极端行为来宣泄牢骚。

〔10〕"醉归"句:醉酒之后向侠客寻找精神寄托,实即精神仍不倒。专诸:春秋时吴国大侠,事见《史记·刺客列传》。

战城南[1]

去年战,桑乾源[2];今年战,葱河道[3]。洗兵条支海上波,放马天山雪中草[4]。万里长征战,三军尽衰老。匈奴以杀戮为耕作,古来唯见白骨黄沙田[5]。秦家筑城备胡处,汉家还有烽火燃。烽火燃不息,征战无已时[6]。野战格斗死,败马号鸣向天悲。乌鸢啄人肠,衔飞上挂枯树枝[7]。士卒涂草莽,将军空尔为[8]。乃知兵者是凶器,圣人不得已而用之[9]。

〔1〕战城南,乐府古题,在《乐府诗集·鼓吹曲辞》中。古辞曰:"战城南,死郭北,野死不葬乌可食。……枭骑战斗死,驽马徘徊鸣。"李白此诗扩展其意以刺时事,表明了反战的思想。

〔2〕"去年战"二句:概言东北边地战事。桑乾(gān 甘)源,即今永

定河上游。

〔3〕"今年战"二句:概言西北边地战事。葱河道,葱岭一带的河流,葱岭即今帕米尔高原。

〔4〕"洗兵"二句:化自左思《魏都赋》"洗兵海岛,刷马江洲"句,指发生在西北边地的战事。汉有条支国,唐有条支都督府,但诗中"条支"并非实指,而是泛指西北边地。

〔5〕"匈奴"二句:化自汉王褒《四子讲德论》语:"匈奴,百蛮之最强者也,其耒耜则弓矢鞍马,播种则捍弦掌拊,收秋则奔狐驰兔,获刈则颠倒殪仆。"

〔6〕"秦家"四句:边地战争自秦至汉,无有已时,诗人意中其实包括了唐王朝。

〔7〕"野战"四句:化自注〔1〕所引乐府古辞。

〔8〕"士卒"二句:边地战争徒有牺牲而无所获得。涂草莽,血洒草莽之中,即战死边地。空尔为:未获战功。

〔9〕"乃知"二句:化自《老子》语:"兵者,不祥之器,非君子之器,不得已而用之。"(第三十一章)又,《六韬》:"圣人号兵为凶器,不得已而用之。"

胡关饶风沙(《古风》其十四)[1]

胡关饶风沙,萧索竟终古[2]。木落秋草黄,登高望戎虏。荒城空大漠,边邑无遗堵[3]。白骨横千霜,嵯峨蔽榛莽。借问谁凌虐?天骄毒威武。赫怒我圣皇,劳师事鼙鼓[4]。阳和变杀气,发卒骚中土。三十六万人,哀哀泪如雨。且悲就行

179

役,安得营农圃[5]？不见征戍儿,岂知关山苦！李牧今不在,边人饲豺虎[6]。

〔1〕此诗似因哥舒翰攻石堡城战事而发。参见《答王十二寒夜独酌有怀》注〔5〕。

〔2〕胡关:西北边城。萧索,荒凉,没有生气。

〔3〕无遗堵:没有一处完好的建筑,即被战争夷为平地。

〔4〕"借问"四句:引发战争的原因虽在敌方,但朝廷大动干戈则带来了一场灾难。凌虐,施暴。天骄,本指匈奴,此指吐蕃。威武,张扬武力。圣皇,指玄宗。劳师,大举出征。

〔5〕"阳和"六句:朝廷大举征兵,百姓的农业生产被破坏。阳和,祥和气氛。发卒,征兵。骚,惊扰,即正常生活被打破。中土,内地。

〔6〕"李牧"二句:讽刺边将无能。李牧,战国时赵之良将,曾大破匈奴十馀万骑,单于奔走。其后十馀岁,匈奴不敢靠近赵边城。见《史记·廉颇蔺相如列传》。

大雅久不作(《古风》其一)[1]

大雅久不作,吾衰竟谁陈[2]？王风委蔓草[3],战国多荆榛[4]。龙虎相啖食,兵戈逮狂秦[5]。正声何微茫,哀怨起骚人[6]。扬马激颓波,开流荡无垠[7]。废兴虽万变,宪章亦已沦[8]。自从建安来,绮丽不足珍[9]。圣代复元古,垂衣贵清真[10]。群才属休明,乘运共跃鳞。文质相炳焕,众星罗秋旻[11]。我志在删述,垂辉映千春[12]。希圣如有立,绝笔于获麟[13]。

[1] 此诗是李白用诗的形式写成的诗歌演变史,表达了李白的诗歌发展观及崇尚"清真"的审美思想,并宣言了在大唐盛世以振兴诗歌为己任的宏伟抱负。诗当作于五十岁之后。

[2] "大雅"二句:由孔子说起,展开诗歌史的论述。大雅,《诗经》之"大雅",产生于西周时代,被视为"正声"。"吾衰",语出《论语·述而》:"甚矣吾衰也,久矣吾不复梦见周公。"周公的时代,即产生大雅的西周时代。孔子感叹那个时代和那个时代的诗歌已经成为遥远的、不可企及的过去。竟谁陈,找不到同道和知音,没有倾诉的对象,犹言"说给谁听呢?"

[3] "王风"句:春秋时代诗歌衰退,雅正之声消亡。王风,《诗经》"十五国风"之一,产生于周室东迁后的东都洛邑一带。这里代表春秋时代的诗歌。委蔓草,如同一片荒草。

[4] 多荆榛:战国时代动荡不安的局势。

[5] "龙虎"二句:战国时代七雄相争,战争不断,最终被秦国用武力统一。龙虎,指战国七雄秦、楚、燕、韩、赵、魏、齐。啖食,比喻各国之间的相互攻伐。狂,指秦的暴政。

[6] "正声"二句:战国时代,"大雅"正声已成绝响,产生在这个时代的诗歌是发泄哀怨的楚骚。骚人,以屈原为代表的"楚辞"作者。《史记·屈原列传》:"屈平之作《离骚》,盖自怨生也。"

[7] "扬马"二句:汉代以扬雄、司马相如为代表的汉赋作家,遏制了文学衰微的颓势,开创了一代新的文学之流。激,阻遏,遏制。颓波,诗歌走向凋敝的趋势。开流,开创了"赋"这种新的文学样式。荡无垠,对扬、马大赋特点的概括,即李白《大猎赋序》所云:"白以为赋者,古诗之流,辞欲壮丽,义归博远,不然,何以光赞盛美,感天动神?"荡无垠即

"辞欲壮丽,义归博远"。

〔8〕"废兴"二句:对西周至两汉诗歌(即文学)发展史的总结。这个发展过程有废(如"王风委蔓草")有兴(如"扬马激颓波"),经历了不断的变迁,但总起来看,"大雅"所树立的最高典范已经沉沦不再。宪章,诗歌的最高典范。

〔9〕"自从"二句:对建安开始的魏晋南北朝诗歌发展状况的概括。自从,表示纵向的比较,上比建安之前,下比唐代。建安来,建安以来。从建安起,诗歌开始由古体向新体演进,讲求形式、声韵、辞藻的趋势日益明显,至南朝达到极点。绮丽,追求人工雕饰的华美。

〔10〕"圣代"二句:对唐代政治与诗歌特点的概括。圣代,当今时代。复元古,政治上恢复了西周盛世,诗歌则可上追大雅正声。垂衣,指政治局面,语出《易·系辞》:"黄帝、尧、舜,垂衣裳而天下治。"清真,政治清明,世风质朴,诗歌则屏弃了建安以来对绮丽诗风的追求,而崇尚天然之美。

〔11〕"群才"四句:大唐盛世人才辈出、诗歌振兴繁荣的局面。群才,诗人群体。属休明,赶上了政治清明的好时代。乘运,应运而起。跃鳞,如鱼龙腾跃,各逞其才。"文质"句,既指诗人们在人格修养上达到了"文质彬彬"(《论语·雍也》)的君子境界,也指他们在诗歌创作方面达到了"文质彬彬,尽善尽美"(《隋书·文学传序》)的境界。相炳焕,光彩相辉映。众星,比喻诗人群体。罗秋旻,遍布秋天的夜空。

〔12〕"我志"二句:古有孔子删诗之说(见《史记·孔子世家》),李白自述其志,欲效法孔子,编成一部类似于《诗三百》的"圣代诗"即当代的"大雅"以流传后世。删述,对诗歌文献的加工、整理。映千春,光照千秋。

〔13〕"希圣"二句:希望踵武先圣孔子而有成,编就不朽的"圣代(即当今时代)诗"。希圣,力求达到圣人的境界。绝笔,搁笔,杀青,即

"删述"之事完成。获麟,语出《春秋·哀公十四年》:"春,西狩获麟。"相传孔子作《春秋》至此绝笔。

丑女来效颦(《古风》其三十五)[1]

丑女来效颦,还家惊四邻[2]。寿陵失本步,笑杀邯郸人[3]。一曲斐然子[4],雕虫丧天真[5]。棘刺造沐猴,三年费精神。功成无所用,楚楚且华身[6]。大雅思文王,颂声久崩沦[7]。安得郢中质?一挥成斧斤[8]。

〔1〕此诗追思大雅,抨击绮丽诗风,与《大雅久不作》似为一时之作。

〔2〕"丑女"二句:用丑女效颦故事,讽刺人为追求诗歌的绮丽之美。西施病心而颦(促眉),其邻里之丑女见而美之,亦学西施的样子捧心而颦,其邻里之富人见而闭门不出,贫人见而挈妻子出走。见《庄子·天运》。

〔3〕"寿陵"二句:用邯郸学步故事,与上二句意同。寿陵有人觉得邯郸人走路好看,于是效仿而未学得,结果连原来的行走都不会了,只得爬着回来。见《庄子·秋水》。

〔4〕斐然子:似为乐曲名,汉《郊祀歌》:"九歌毕奏斐然殊,鸣琴竽瑟会轩朱。"

〔5〕雕虫:雕章琢句的文章技巧。扬雄《法言》:"或问:'吾子少而好赋?'曰:'然,童子雕虫篆刻。'俄而曰:'壮夫不为也。'"天真,诗之天然本色。

〔6〕"棘刺"四句：意谓写诗苦心孤诣追求形式华美，作品却没有用处，作者只能用来邀取个人功名富贵。棘刺造猴，犹今之"微雕"，出自《韩非子·外储说左》："宋人有请为燕王以棘刺之端为母猴者，必三月斋然后能观之。"三年，极言其耗时之长。费精神，耗尽心力而徒劳无益。

〔7〕"大雅"二句：期望诗歌向大雅正声的传统回归。文王，《诗经·大雅》首篇。颂声，《诗经》的"颂"诗，包括在"大雅"的传统之中。崩沦，沦丧。

〔8〕"安得"二句：向往诗歌绝去人工，获致大匠运斤般的天然纯真之美。《庄子·徐无鬼》载，郢人在鼻尖上涂了如蝇翼一样薄的白灰，匠石运斤成风斫之，白灰斫去而鼻不伤，郢人立不失容。质，被斫的对象。斤，斧头。

忆旧游寄谯郡元参军[1]

忆昔洛阳董糟丘，为余天津桥南造酒楼。黄金白璧买歌笑，一醉累月轻王侯[2]。海内贤豪青云客，就中与君心莫逆。回山转海不作难，倾情倒意无所惜[3]。我向淮南攀桂枝，君留洛北愁梦思[4]。不忍别，还相随。相随迢迢访仙城，三十六曲水回萦。一溪初入千花明，万壑度尽松风声[5]。银鞍金络到平地，汉东太守来相迎[6]。紫阳之真人[7]，邀我吹玉笙。餐霞楼上动仙乐[8]，嘈然宛似鸾凤鸣。袖长管催欲轻举，汉东太守醉起舞。手持锦袍覆我身，我醉横眠枕其股[9]。当筵意气凌九霄，星离雨散不终朝，分飞楚关山水遥[10]。余既还山寻故巢，君亦归家渡渭桥[11]。君家严君勇貔虎,作尹并州遏戎虏。五月相呼度太行,摧轮不道羊肠苦[12]。行来北京岁月深[13],感君贵义轻黄金。琼杯绮食青玉案,使我醉饱无归心。时时出向城西曲,晋祠流水如碧玉。浮舟弄水箫鼓鸣,微波龙鳞莎草绿。兴来携妓恣经过,其若杨花似雪何! 红妆欲醉宜斜日,百尺清潭写翠娥。翠娥婵娟初月辉,美人更唱舞罗衣。清风吹歌入空去,歌曲自绕行云飞[14]。此时行乐难再遇,西游因献长杨赋[15]。北阙青云不可期,东山白首还归去[16]。涡水桥南一遇君,酂台之北又离群[17]。问余别恨知多少? 落花春暮争纷纷。言亦不可尽,情亦不可极。呼儿长跪缄此辞[18],寄君千里遥相忆。

〔1〕天宝十载(751)暮春作于东鲁家中。谯郡,即亳州,州治谯县(今安徽亳州)。元参军,名演;参军,郡守属官。此诗以"忆旧游"为线索,记述与元演的交游,叙事与抒情相兼,层次清晰,声情并茂,是李白长篇歌行的代表作。

〔2〕"忆昔"四句:回忆开元十九年出长安后,盘桓洛阳,黄金买醉情景。董糟丘,应是酒家。天津桥,在洛阳。"黄金"二句是表现李白豪纵而傲岸性格的名句。

〔3〕"海内"四句:结识元演,遂成莫逆之交。青云客,尊贵的宾客。"回山"二句极写友情之珍重。以上第一段,回顾与元演结交之始。

〔4〕"我向"二句:诗人自己返回安陆家中,元演留在洛阳。淮南,指安陆(属淮南道)。攀桂枝,隐居待仕,语出淮南小山《招隐士》:"攀援桂枝兮聊淹留。"

〔5〕"相随"四句:诗人与元演同游随州仙城山。仙城,即仙城山,

在随州。"三十六曲"三句写仙城山景致。

〔6〕"银鞍"二句:游仙城山过后来至随州,受到太守的热情接迎。魏颢《李翰林集序》谓李白"所适二千石(太守)郊迎",此诗可以验证。银鞍金络,称美太守鞍马。汉辛延年《羽林郎》:"银鞍何煜爚。"汉乐府《陌上桑》:"黄金络马头。"汉东,郡名,即随州,州治随县(今湖北随州)。

〔7〕紫阳之真人:即胡紫阳,道家人物。

〔8〕餐霞楼:胡紫阳所建,李白《冬夜于随州紫阳先生餐霞楼送烟子元演隐仙城山序》云:"胡公身揭日月,心飞蓬莱,起餐霞之孤楼,炼吸景之精气。"

〔9〕"手持"二句:主(汉东太守)客(李白)醉态,主人好客而客人略无拘谨,行为放诞。股,大腿。

〔10〕"星离"二句:诗人与元演同游随州结束,二人在随州分别。不终朝,比喻时间短暂,出自《老子》第二十三章:"飘风不终朝,骤雨不终日。"分飞,犹"分别"。楚关,指随州,属古楚地。

〔11〕"余既"二句:诗人返安陆家中,元演回长安。渭桥,在长安。以上第二段,回忆随州之游。

〔12〕"君家"四句:诗人与元演往游太原。严君,指元演之父。貔虎,指武将,语出《书·牧誓》:"如虎如貔。"尹,即长史。并州,太原府(今山西太原)。《新唐书·百官志》:"(开元)十一年,太原府亦置尹及少尹,以尹为留守,少尹为副留守。"可知元演之父时任太原府留守。羊肠,羊肠坂,在太行山,曹操《苦寒行》:"北上太行山,艰哉何巍巍。羊肠坂诘曲,车轮为之摧。"

〔13〕北京:太原,《元和郡县志》河东道太原府:"天宝元年,改北都(即太原)为北京。"因太原是李唐王朝龙兴之地,所以有此殊荣。岁月深:岁月长久。

〔14〕"时时"十二句:出游晋祠的惬意情景。晋祠,《元和郡县志》

河东道太原府晋阳县："晋祠，一名王祠，周唐叔虞祠也，在县西南十二里。"《水经注》称"晋中之川，最为胜处"。龙鳞，水波。杨花似雪，暮春时节杨花飘落如雪。其若……何，表达强烈抒情语气，抒写沉醉于享乐中的心理感受。红妆、翠娥，即上文之"妓"（歌妓），下文之"美人"。写，映照。婵娟，姿态美好。以上第三段，写应元演之邀同游太原的情景。

〔15〕"此时"二句：漫游太原的生活结束，诗人后来奉诏入京。"西游"句，指供奉翰林；西游，西入长安。《汉书·扬雄传》载，扬雄从汉成帝狩猎长杨宫，归来后奏上《长杨赋》。李白《温泉侍从归逢故人》诗亦云："汉帝长杨苑，夸胡羽猎归。子云叨侍从，献赋有光辉。"以扬雄自拟，可知李白在朝确有献赋之事。

〔16〕"北阙"二句：概括供奉翰林的经历，上句谓青云之志、即宏伟抱负未能实现，下句谓上疏请还。东山，用谢安故事，见《梁园吟》注〔11〕。

〔17〕"涡水"二句：诗人与元演曾在谯郡重会，旋又相别。涡水，《元和郡县志》河南道亳州谯县："涡水，在县西四十八里。"鄡台，应在鄡县，鄡县为谯郡属县，在谯县东北七十里。李白应是天宝九载自江东归返东鲁时途经谯郡，得与元演重会。

〔18〕呼儿长跪：语出《饮马长城窟行》："呼儿烹鲤鱼，中有尺素书。长跪读素书，书中竟何如。"儿，伯禽，当年十二岁左右。长跪，直身而跪（古人的坐姿如今之跪，平常是以臀部着脚跟，身体前倾，比较放松，长跪则直起身来，表示庄重）。缄此辞，把这首诗封存起来，见其珍重。

羽檄如流星(《古风》其三十四)〔1〕

羽檄如流星〔2〕，虎符合专城〔3〕。喧呼救边急，群鸟皆夜鸣[4]。白日曜紫微,三公运权衡。天地皆得一,澹然四海清[5]。借问此何为?答言楚征兵[6]。渡泸及五月[7],将赴云南征。怯卒非战士[8],炎方难远行。长号别严亲,日月惨光晶。泣尽继以血,心摧两无声[9]。困兽当猛虎,穷鱼饵奔鲸。千去不一回,投躯岂全生[10]!如何舞干戚?一使有苗平[11]!

〔1〕诗为天宝十载云南战事而作。《资治通鉴》天宝十载:"夏四月,剑南节度使鲜于仲通讨南诏蛮,大败于泸南。……进军至西洱河,与阁罗凤战,军大败,士卒死者六万人,仲通仅以身免。杨国忠掩其败状,仍叙其战功。……制大募两京及河南、北兵以击南诏;人闻云南多瘴疠,未战士卒死者十八九,莫肯应募。杨国忠遣御史分道捕人,连枷送诣军所。……于是行者愁怨,父母妻子送之,所在哭声振野。"此诗的纪实价值及诗人悲悯苍生的情怀实与杜甫名篇《兵车行》等同。

〔2〕羽檄:插着羽毛的军情文书,表示紧急。

〔3〕虎符:调兵的虎形符信,分为两半,一半给郡守,一半留朝廷。合:发兵时,朝廷使者与郡守互相勘验符信。专城:郡守,此指统兵之将。

〔4〕"喧呼"二句:信使喧腾,天下惊扰,连宿鸟都不得安宁。

〔5〕"白日"四句:战前朝廷及天下本是一片和平景象。白日,帝王。紫微,朝廷。三公,唐代指太尉、司徒、司空,代表朝中重臣。权衡,政柄。"天地"句,出自《老子》:"天得一以清,地得一以宁。"四海清,天下无战事。今存云南大理市太和村建于唐代宗大历元年(766)的《南诏德化碑》,系1961年公布的第一批全国重点文物保护单位,碑文记载了发生于天宝时期的这次南诏与唐朝廷的战争,以及此前南诏接受唐王朝德政教化的情况。

〔6〕"借问"二句：诗人故意设问，表示对战争忽然发生的不解。楚，指南方，即云南。

〔7〕泸：泸水，在云南，诸葛亮《出师表》："五月渡泸，深入不毛。"

〔8〕怯卒：没有打过仗而内心胆怯的士兵。

〔9〕"长号"四句：出征者与亲人分别的惨痛场景。严亲，父母。惨光晶，犹言"日月无光"。心摧，痛苦到极点。两无声，行者与送者都难过得说不出话来。

〔10〕"困兽"四句：预言出征者有去无回的悲惨命运。困兽、穷鱼，指唐军；猛虎、奔鲸，指南诏。

〔11〕"如何"二句：用虞舜故事，表示对朝廷发动征南诏战争的质疑。有苗氏不服，禹请征之，舜曰："我德不厚而行武，非道也。吾前教由未也。"乃修教三年，执干戚而舞之，有苗请服。"见《艺文类聚》卷十一引《帝王世纪》。如何，向往之辞。干戚，盾牌及大斧，代表武力。

留别于十一兄逖裴十三游塞垣〔1〕

太公渭川水，李斯上蔡门。钓周猎秦安黎元，小鱼魏兔何足言〔2〕！天张云卷有时节，吾徒莫叹羝触藩〔3〕。于公白首大梁野〔4〕，使人怅望何可论！既知朱亥为壮士，且愿束心秋毫里！秦赵虎争血中原，当去抱关救公子〔5〕。裴生览千古，龙鸾炳天章。悲吟雨雪动林木，放书辍剑思高堂〔6〕。劝尔一杯酒，拂尔裘上霜。尔为我楚舞，吾为尔楚歌〔7〕。且探虎穴向沙漠，鸣鞭走马凌黄河〔8〕。耻作易水别，临歧泪滂沱〔9〕。

189

〔1〕天宝十载暮秋,北游幽州于开封首途时作。于逖,开元天宝间诗人,终身未仕。裴十三,名字不详。塞垣,指幽州(今北京)。李白北游幽州,是在强烈功业热情驱使下的一次冒险行动。安禄山盘踞幽州,天宝十载已领平卢、范阳、河东三镇节度使,拥天下兵力之半,并罗致可为其所用之人。然其反迹尚未暴露,众多士人为报国立功的热情驱使,一时竞相赴边。杜甫《后出塞》诗写道:"召募赴蓟门,军动不可留。"王嗣奭《杜臆》曰:"召赴蓟门者,禄山也。势已盛而逆未露,且以重赏要士,故壮士喜功者,乐于从之。"此即李白北游幽州的背景及动机。

〔2〕"太公"四句:以吕尚、李斯寄托其功业抱负。"太公"句,见《梁甫吟》注〔3〕。李斯,秦丞相,未仕前有出上蔡东门行猎事。钓周、猎秦,分指太公、李斯为周、秦建立的宏伟功业。鵔(jùn俊)兔,狡兔。小鱼、鵔兔,与"钓周"、"猎秦"对比,指微不足道的作为。

〔3〕"天张"二句:应该静候建功立业时机的到来,不要埋怨命运不济。天张云卷,天开云收,即人生机遇到来。羝触藩,语出《易·大壮》:"羝羊触藩,羸其角。"公羊冲击藩篱,比喻人的处境困厄。

〔4〕大梁:古城名,战国时魏都城,故址在今开封西北,此代称开封。

〔5〕"既知"四句:以白首建功的侯嬴拟于逖,鼓励其乘时而起,有所作为。侯嬴,战国时魏之隐士,年七十,家贫,为大梁夷门抱关者(守门人)。受到魏公子信陵君礼遇,待为上客。朱亥,侯嬴友人,屠夫。秦攻赵,围赵都城邯郸,信陵君欲救赵,侯嬴、朱亥俱为效命,建立了奇功。见《史记·魏公子列传》。"且愿"句,谓侯嬴岂能在笔砚间讨生活而无所作为? 且,岂。束心,拘束壮心。秋毫,毛笔。

〔6〕"裴生"四句:裴十三的文才气质。览千古,读千古之书,饱学。龙鸾,华美的文章。"悲吟"二句,裴当场吟诗,抒发思念父母之情,出自《琴操》:"曾子耕于太山之下,天雨雪冻,旬日不得归,思其父母,作《梁山歌》。"

〔7〕"劝尔"四句:针对裴十三"悲吟雨雪"而发。"尔为"二句,出自《史记·留侯世家》:"为我楚舞,吾为若楚歌。"

〔8〕"且探"二句:明言自己将冒险北上幽州。探虎穴,出自《三国志·吴书·吕蒙传》:"且不探虎穴,安得虎子?"沙漠,指幽州。

〔9〕"耻作"二句:用荆轲故事,抒发北游之际的豪情。荆轲往刺秦王,燕太子丹及宾客送至易水之上,高渐离击筑,荆轲和而歌,士皆垂泪涕泣。见《史记·刺客列传》。此谓不作临行之悲,则其豪气更盖过荆轲。

登邯郸洪波台置酒观发兵[1]

我把两赤羽,来游燕赵间。天狼正可射,感激无时闲[2]。观兵洪波台,倚剑望玉关[3]。请缨不系越,且向燕然山[4]。风引龙虎旗,歌钟昔追攀。击筑落高月,投壶破愁颜[5]。遥知百战胜,定扫鬼方还[6]。

〔1〕天宝十一载,北游幽州途经邯郸作。邯郸,磁州属县(今河北邯郸)。洪波台,在县西北五里,见《元和郡县志》。

〔2〕"我把"四句:抒写北游建立武功的壮志。赤羽,箭。天狼,星名,主侵掠。《楚辞·九歌·东君》:"举长矢兮射天狼。""感激"句,立功的激情时时在胸中澎湃。

〔3〕玉关:泛指边关,非西北之玉门关。

〔4〕"请缨"句:用汉代终军故事,但明言此行目的地是北方边地,故曰"不系越"。《汉书·终军传》载,终军自请于朝曰:"愿受长缨,必羁

南越王而致之阙下。"燕然山,今蒙古境内之杭爱山,东汉车骑将军窦宪大败匈奴,曾在此铭石纪功。

〔5〕"风引"四句:想象军中生活情景。龙虎旗,主将大旗。歌钟、击筑,军中乐。"投壶"句,用祭遵故事,《后汉书·祭遵传》:"遵为将军,取士皆用儒术,对酒设乐,必雅歌投壶。"投壶,游戏名,以箭投壶中,胜者饮酒。

〔6〕"遥知"二句:必胜的信心。鬼方,殷周时居于西北的异族,此指侵扰唐北方边境的胡族。

行行且游猎篇〔1〕

边城儿,生年不读一字书,但知游猎夸轻趫〔2〕。胡马秋肥宜白草,骑来蹑影何矜骄〔3〕。金鞭拂云挥鸣鞘〔4〕,半酣呼鹰出远郊。弓弯满月不虚发,双鸧迸落连飞髇〔5〕。海边观者皆辟易〔6〕,猛气英风振沙碛。儒生不及游侠人,白首下帷复何益〔7〕。

〔1〕行行游且猎篇,乐府古题,在《乐府诗集·杂曲歌辞》中,始创于梁刘孝威,咏天子游猎。李白此诗则咏边城儿游猎,似天宝十一载秋幽州作。

〔2〕轻趫(qiáo 桥):迅捷。

〔3〕蹑影:能追上日影,语出曹植《七启》:"忽蹑景而轻骛,逸奔骥而超逸风。"影,同景,日影。矜骄,意气外露,目中无人。

〔4〕鞘:鞭梢。

〔5〕"弓弯"二句:边城儿的高超射术,语出《列子·汤问》:"弱弓纤缴,乘风振之,连双鸧于青云之际。"鸧(cāng仓),鸟名。髇(xiāo消):鸣镝。

〔6〕海:沙漠。辟易:惊惧而后退。

〔7〕"儒生"二句:诗人的感叹,表达了对游侠、亦即对建立武功的向往之情。游侠人,即"边城儿"。下帷,诵读经典之意。

出自蓟北门行[1]

虏阵横北荒,胡星曜精芒。羽书速惊电,烽火昼连光。虎竹救边急,戎车森已行[2]。明主不安席,按剑心飞扬。推毂出猛将[3],连旗登战场。兵威冲绝幕[4],杀气凌穹苍。列卒赤山下[5],开营紫塞傍[6]。孟冬风沙紧,旌旗飒凋伤。画角悲海月[7],征衣卷天霜。挥刃斩楼兰[8],弯弓射贤王[9]。单于一平荡[10],种落自奔亡[11]。收功报天子,行歌归咸阳[12]。

〔1〕出自蓟北门行,乐府古题,在《乐府诗集·杂曲歌辞》中。前有鲍照所作,叙征战苦辛,李白拟鲍照诗,亦写塞垣征战之事,兼抒立功报国之情。

〔2〕"虏阵"六句:北方边地有战事发生。虏阵,敌方布下的军阵。北荒,北方边地。胡星,即昴星、旄头星,《史记·天官书》张守节正义:"(胡星)摇动若跳跃者,胡兵大起。"羽书,边地报警的军书。虎竹,朝廷用兵的符信。森已行,森然成阵。

〔3〕推毂:君主派遣将军出征。《汉书·冯唐传》:"臣闻上古王者遣将也,跪而推毂曰:阃(门中央所竖短木)以内寡人制之,阃以外将军制之。"毂,车轮中央贯轴的圆木。

〔4〕绝幕:即绝漠,大漠极远处。

〔5〕赤山:《后汉书·乌桓传》:"赤山在辽东西北数千里。"

〔6〕紫塞:北方边塞。

〔7〕画角:军中号角,外施彩绘。

〔8〕楼兰:汉代西域国名,唐诗中多代称边地敌国。

〔9〕贤王:匈奴置有左、右贤王,此指敌酋。

〔10〕单于:匈奴君主。

〔11〕种族:胡族部落。

〔12〕咸阳:秦都咸阳,借指京都长安。

幽州胡马客歌[1]

幽州胡马客,绿眼虎皮冠。笑拂两只箭[2],万人不可干[3]。弯弓若转月,白雁落云端。双双掉鞭行[4],游猎向楼兰[5]。出门不顾后[6],报国死何难?天骄五单于[7],狼戾好凶残[8]。牛马散北海[9],割鲜若虎餐[10]。虽居燕支山[11],不道朔雪寒[12]。妇女马上笑,颜如赪玉盘[13]。翻飞射鸟兽,花月醉雕鞍。旄头四光芒[14],争战若蜂攒。白刃洒赤血,流沙为之丹。名将古谁是?疲兵良可叹。何时天狼灭,父子得安闲[15]!

〔1〕幽州胡马客歌:《乐府诗集·横吹曲辞》有《幽州马客吟歌辞》,李白改造古题而创此题。

〔2〕拂:拔。

〔3〕干:冒犯。

〔4〕掉鞭:挥鞭。

〔5〕楼兰:敌国,参见上篇《出自蓟北门行》注〔8〕。

〔6〕"出门"句:意即义无反顾,一往直前。

〔7〕天骄:天之骄子,匈奴自称,见《汉书·匈奴传》。五单于:匈奴曾分立为五单于,即呼韩邪单于、屠耆单于、呼揭单于、车犁单于、乌藉单于,亦见《汉书·匈奴传》。

〔8〕狼戾:贪残而凶暴。

〔9〕北海:汉苏武曾被徙于此,即贝加尔湖地区。

〔10〕鲜:新杀的鸟兽。

〔11〕燕支山:参见《塞上曲》注〔5〕。

〔12〕不道:不知,不以为然。

〔13〕赪(chēng撑):红色。

〔14〕旄头:胡星,参见《出自蓟北门行》注〔2〕。

〔15〕"名将"四句:诗人表明对战争的态度,希望良将出现,迅速打败敌人,结束战争,使久困沙场的兵士得以解脱。古谁是,意即今无良将。疲兵,厌战之兵。天狼,星名,主侵掠,指敌人。得安闲,过上和平生活。

北风行[1]

烛龙栖寒门,光曜犹旦开[2]。日月照之何不及此?惟有北风号怒天上来〔3〕。燕山雪花大如席,片片吹落轩辕台〔4〕。幽州思妇十二月,停歌罢笑双蛾摧。倚门望行人,念君长城苦寒良可哀。别时提剑救边去,遗此虎文金鞞靫。中有一双白羽箭,蜘蛛结网生尘埃。箭空在,人今战死不复回。不忍见此物,焚之已成灰。黄河捧土尚可塞,北风雨雪恨难裁〔5〕。

〔1〕北风行,乐府古题,在《乐府诗集·杂曲歌辞》中。古题的源头,应是《诗经·卫风》之《北风》,诗云"北风其凉,雨雪其雱"。鲍照有《代北风凉行》:"北风凉,雨雪雱,京洛女儿多妍妆。遥艳帷中自悲伤,沉吟不语若有望。问君何行何当归,苦使妾坐自悲伤。虑年至,虑颜衰,情易复,恨难追。"李白拟鲍照诗,实暗喻幽州危机,作于天宝十一载冬。

〔2〕烛龙、寒门:均出自《淮南子·墬形》,一曰"烛龙在雁门北,蔽于委羽之山,不见日,其神人面龙身而无足",一曰"北方曰北极之山,曰寒门"。高诱注曰:"龙衔烛以照太阴,盖长千里,视为昼,瞑为夜,吹为冬,呼为夏。""积寒所在,故曰寒门。"犹旦开,烛龙尚且有睁开眼睛带来白昼光曜的时候,并引起下二句。

〔3〕"日月"二句:幽州形势已陷入一片黑暗,连烛龙"旦开"的那点"光曜"都消失了。意谓朝廷对此地已失去控制,唯见边将一手遮天,肆虐横行。日月,实喻朝廷。北风,实喻边将。

〔4〕"燕山"二句:既写北地大雪,亦喻北地形势。前句见边将势力之盛,后句隐喻朝廷掌控之式微。燕山,在幽州。轩辕台,在幽州西北,故址在今河北怀来县。

〔5〕"幽州思妇"句至篇末:拟鲍照诗,写行人不归,思妇坐伤。鞞靫(bèi chāi 备钗),箭囊。

倚剑登高台(《古风》其五十四)[1]

倚剑登高台,悠悠送春目。苍榛蔽层丘,琼草隐深谷[2]。凤鸟鸣西海,欲集无珍木[3]。鹥斯得所居,蒿下盈万族[4]。晋风日已颓,穷途方恸哭[5]。

〔1〕似作于天宝十二载(753)春,即将离开幽州时。倚剑,佩剑。

〔2〕"苍榛"二句:喻指朝廷内外形势,小人得势而君子在野。苍榛,丛生杂草。琼草,珍贵的草木。

〔3〕"凤鸟"二句:朝廷上没有贤才的位置。凤鸟,喻贤才。西海,指长安。珍木,凤栖于梧桐,指朝廷上的官位。

〔4〕"鹥(yù 豫)斯"二句:乌鸦之俦呼朋引类,势力日盛。鹥斯,乌鸦,指朝中杨国忠辈。蒿下,与"珍木"相对,指奸佞窃据的官位。万族,极言其多。

〔5〕"晋风"二句:以阮籍自喻,以晋风喻时局。《晋书·阮籍传》:"时率意独驾,不由径路,车迹所穷,辄恸哭而返。"

戏赠杜甫[1]

饭颗山头逢杜甫[2],头戴笠子日卓午[3]。借问别来太瘦生?总为从前作诗苦[4]。

〔1〕天宝十二载春夏,李白北游幽州罢,似有长安之行。其时杜甫客居长安,二人得再次相会,白有此作。此诗首见于唐孟启《本事诗》,又见于五代王定保《唐摭言》。欧阳修《六一诗话》引"借问别来太瘦生,只为从来作诗苦"二句。

〔2〕饭颗山头:清乾隆丙子(1756)雅雨堂本《摭言》作"长乐坡前"。饭颗山,实即其上有太仓之长乐坡。坡下广运潭,即漕运码头。太仓之米炊而为饭,可堆积如山,故百姓俗称其地为饭颗山。长乐坡,在今西安东北朝阳门外七公里处。

〔3〕卓午:正午。

〔4〕"借问"二句:上句是李白所问,下句是杜甫所答。太瘦生,欧阳修曰:"唐人语也,至今犹以为语助,如作么生、何似生之类是也。"

殷后乱天纪(《古风》其五十一)〔1〕

殷后乱天纪,楚怀亦已昏〔2〕。夷羊满中野〔3〕,菉葹盈高门〔4〕。比干谏而死,屈平窜湘源〔5〕。虎口何婉娈〔6〕?女媭空婵媛〔7〕。彭咸久沦没,此意与谁论〔8〕!

〔1〕应作于天宝后期,抒发对朝政的忧虑。

〔2〕"殷后"二句:以殷纣王、楚怀王比拟时君。殷后,即纣王,暴虐无道,为周所灭,见《史记·殷本纪》。楚怀,即楚怀王,听信奸佞,疏远屈原,国政腐败,后与秦盟会,被扣押不返,卒死于秦,见《史记·楚世家》。

〔3〕"夷羊"句:谓国运危亡,语出《国语·周语》:"(商)其亡也,夷羊在牧(郊野)。"夷羊,神兽。

198

〔4〕"菉葹"句:谓奸邪在朝。语出《离骚》:"薋菉葹以盈室兮,判独离而不服。"菉、葹,两种恶草。

〔5〕"比干"二句:向朝廷直言进谏的忠臣都没有好结局。比干,殷纣王诸父,纣淫乱,比干强谏,为纣所杀。见《史记·殷本纪》。屈原直谏遭谗,被楚怀王疏远,继而顷襄王又迁屈原于湘江之南,屈原被发行吟泽畔,颜色憔悴,形容枯槁,渔父见而问之,屈原曰:"举世混浊而我独清,众人皆醉而我独醒,是以见放。"见《史记·屈原列传》。

〔6〕"虎口"句:用叔孙通事,说明对昏庸之君不必依恋,否则可能招致祸灾。秦二世召诸生问陈胜事,诸生谓反,二世怒,令御史按之。叔孙通谓盗,不足忧,二世喜,拜为博士。叔孙通出宫曰:"我几不脱于虎口!"何,表反问;婉娈,依恋不舍。

〔7〕"女媭"句:出自《离骚》"女媭之婵媛兮,申申其詈予"二句,说明对昏庸的君主不能抱有幻想。女媭(xū 须),屈原之姊。婵媛,《楚辞集注》:"眷恋牵持之意。"女媭欲调和屈原与楚王的关系,但无济于事。

〔8〕"彭咸"二句:诗人痛感自己对时局的忧虑无人理解。彭咸,殷大夫,谏其君不听,自投水而死。

三季分战国(《古风》其二十九)[1]

三季分战国,七雄成乱麻。王风何怨怒,世道终纷拏[2]。至人洞玄象,高举凌紫霞。仲尼欲浮海,吾祖之流沙[3]。圣贤共沦没,临歧胡咄嗟[4]?

〔1〕天宝后期,李白预感天下将乱时作,并表示了远行的意向。

〔2〕"三季"四句:以战国形势比拟唐王朝面临的危机。三季,三代

之末,即周末。王风,平王东迁后,产生于东都王城的诗歌,表现了怨怒的情绪,即《诗·大序》所谓"乱世之音怨以怒"。纷挐(ná 拿),《汉书·卫青霍去病传》颜师古注:"乱相持搏也。"。

〔3〕"至人"四句:乱世将临,至圣至贤之人如孔子、老子都选择了避世。洞玄象,洞知天数。高举,脱身远去。"仲尼"句,出自《论语·公冶长》:"子曰:道不行,乘桴浮于海。"吾祖,指老子;老子名李耳,被唐王室祀为始祖,李白自以为唐之宗室,故称老子为"吾祖"。《列仙传》载,老子西游流沙,莫知其所终。

〔4〕"圣贤"二句:表明自己欲追步孔子、老子而高举远引。沦没,销声匿迹。临歧,将上路时;歧,道路。胡咄嗟,为什么还要依恋不舍而感叹一番?意即不须犹豫。

战国何纷纷(《古风》其五十三)〔1〕

战国何纷纷,兵戈乱浮云。赵倚两虎斗,晋为六卿分〔2〕。奸臣欲窃位,树党自相群。果然田成子,一旦杀齐君〔3〕。

〔1〕与上篇作意相同。

〔2〕"赵倚"二句:指国家内乱。倚,(所)倚靠(的);两虎,廉颇、蔺相如。《史记·廉颇蔺相如列传》:"相如曰:强秦之所以不敢加兵于赵者,徒以吾两人在也。今两虎共斗,其势不俱生。"六卿,春秋时晋国的范、中行、知、赵、韩、魏六大家族,世代为晋卿,《史记·太史公自序》:"六卿专权,晋国以耗。"

〔3〕田成子:齐大夫陈恒,鲁哀公十四年弑其君简公而据其位自立,《庄子·胠箧》:"田成子一旦杀齐君而盗其国。"

一百四十年(《古风》其四十六)[1]

一百四十年,国容何赫然! 隐隐五凤楼,峨峨横三川[2]。王侯象星月,宾客如云烟。斗鸡金宫里,蹴鞠瑶台边。举动摇白日,指挥回青天[3]。当途何翕忽,失路长弃捐[4]。独有扬执戟,闭关草太玄[5]。

〔1〕天宝十二载(753)作于洛阳。诗人深感国家貌似强盛而危机四伏,决计隐退。本年距唐王朝开国之武德元年(618)为一百三十六年,"一百四十年"乃举其成数。

〔2〕"隐隐"二句:洛阳风光。五凤楼,在洛阳,见《新唐书·元德秀传》:"玄宗在东都,酺五凤楼下。"三川,洛阳的河、洛、伊三条河流。

〔3〕"王侯"六句:写洛阳豪贵。星月、云烟,形容其多。斗鸡,见《大车扬飞尘》(《古风》其二十四)注〔4〕。蹴鞠,球戏,类似于后世的足球。举动、指挥,豪贵们的一举一动。摇白日、回青天,形容声势炽盛,犹言气焰薰天。

〔4〕"当途"二句:诗人的冷眼旁观。当途,在位掌握权力者。翕忽,气焰煊赫。失路,不得志者,包括了李白自己。弃捐,被抛弃。

〔5〕"独有"二句:以扬雄自喻,打算闭门著书,远离政治而以道自守。扬执戟,扬雄,语出曹植《与杨德祖书》:"昔扬子云,先朝执戟之臣耳。"太玄,书名,扬雄仿《周易》而作,《汉书·扬雄传》:"时扬雄方造《太玄》,有以自守,泊如也。"

书情赠蔡舍人雄[1]

尝高谢太傅,携妓东山门。楚舞醉碧云,吴歌断清猿。暂因苍生起,谈笑安黎元。余亦爱此人,丹霄冀飞翻[2]。遭逢圣明主,敢进兴亡言。白璧竟何辜?青蝇遂成冤。[3]一朝去京国,十载客梁园[4]。猛犬吠九关,杀人愤精魂。皇穹雪冤枉,白日开氛昏[5]。泰阶得夔龙,桃李满中原[6]。倒海索明月,凌山采芳荪[7]。愧无横草功,虚负雨露恩。迹谢云台阁,心随天马辕[8]。夫子王佐才,而今复谁论!层飙振六翮,不日思腾骞[9]。我纵五湖棹,烟涛恣崩奔[10]。梦钓子陵湍,英风缅犹存。徒希客星隐,弱植不足援[11]。千里一回首,万里一长歌。黄鹤不复来,清风奈愁何[12]!舟浮潇湘月,山倒洞庭波。投汨笑古人,临濠得天和[13]。闲时田亩中,搔背牧鸡鹅。别离解相访,应在武陵多[14]。

〔1〕天宝十二载作。蔡舍人雄,事迹不详;舍人,应指中书舍人,朝廷中掌撰拟诏诰之事。

〔2〕"尝高"八句:用东晋谢安故事,表达仰慕之情,寄托自己的功业抱负。谢太傅,谢安,字安石,卒后赠太傅。《世说新语·识鉴》:"谢公在东山畜妓,简文曰:'安石必出。既与人同乐,亦不得不与人同忧。'"东山,在今浙江上虞县。"楚舞"二句,谢安携妓纵乐的闲逸生活情景。"暂因"二句,出自《晋书·谢安传》:"安石不肯出,将如苍生何!"苍生、黎元,天下百姓。此人,指谢安。"丹霄"句,冀望有所作为,为朝

廷建立功业;丹霄,朝廷。

〔3〕"遭逢"四句:回忆供奉翰林遭遇谗毁事。圣明主,玄宗。"敢进"句,因受到圣明君主的奖用而勇于进言;兴亡言,涉及朝廷政治的言论。"白璧"句,自谓清白。"青蝇"句,谓小人的谗毁,参见《翰林读书言怀呈集贤诸学士》注〔4〕。

〔4〕"一朝"二句:概言天宝三载去朝后经历。十载,天宝三载至十二载,历时十年。梁园,在宋城(今河南商丘)。李白于天宝十载前后在梁园婚于宗氏,遂以梁园为中心漫游四方。

〔5〕"猛犬"四句:诗人当时似遭到一次政治陷害,蒙玄宗为之洗雪解脱,具体所指不明。"猛犬"二句,出自宋玉《九辩》:"岂不郁陶而思君兮,君之门以九重。猛犬狺狺而迎吠兮,关梁闭而不通。"又《楚辞·招魂》:"虎豹九关,啄害下人。"愤精魂,贤者被谗害而郁愤难平。皇穹、白日,朝廷。开,荡涤。氛昏,阴霾。

〔6〕"泰阶"二句:朝廷贤相在位,国中广有贤才。泰阶,朝中三公之位。夔、龙,舜之二贤臣。

〔7〕"倒海"二句:朝廷广搜天下人材。倒海、凌山,指搜寻人材的大规模行动。明月、芳荪,指贤材。

〔8〕"愧无"四句:自己虽然对朝廷无所贡献,也没有机会报效朝廷,但仍心系朝堂。横草功,微不足道的功劳,语出《汉书·终军传》。云台阁,指朝廷,《后汉书·樊宏阴识列传》:"受顾命于云台广室。"李贤注:"洛阳南宫有云台广德殿。"天马,为天子驰驱效力的马。

〔9〕"夫子"四句:赞美蔡舍人,谓其乘风直上,前途无量。王佐才,辅佐帝王之才,语出《汉书·董仲舒传》。层飙,高风。振六翮,振翅飞翔,出自《古诗十九首》:"高举振六翮。"腾骞(qiān 谦),飞升。

〔10〕"我纵"二句:用春秋时范蠡故事,申明隐退之志。参见《答王十二寒夜独酌有怀》注〔24〕。恣崩奔,随心所欲地游弋;崩奔,水流

203

奔涌。

〔11〕"梦钓"四句：用严子陵故事，申明远离朝廷的心事。参见《翰林读书言怀呈集贤诸学士》注〔8〕、《松柏本孤直》(《古风》其十二)注〔3〕。弱植，志弱不能树立之人，语出《左传》襄公三十年："子产曰：'陈，亡国也，其君弱植。'"此指玄宗不足与有为，自己只能选择隐退。

〔12〕"黄鹤"二句：黄鹤为仙人所乘，此谓求仙无望。

〔13〕"投汨"二句：自谓不欲如屈原那样为政治理想而殉身，而欲效法庄子得天和之乐。投汨，屈原投汨罗江而死。临濠，庄子与惠子游于濠梁之上，庄子曰："鯈(tiáo 条)鱼出游从容，是鱼乐也。"见《庄子·秋水》。天和，顺应天然，《庄子·天道》："与天和者，谓之天乐。"

〔14〕"别离"二句：自谓将避世而隐居。武陵，桃花源所在，见陶渊明《桃花源记》。

远别离[1]

远别离，古有皇英之二女[2]，乃在洞庭之南，潇湘之浦[3]。海水直下万里深，谁人不言此离苦？日惨惨兮云冥冥，猩猩啼烟兮鬼啸雨。我纵言之将何补？皇穹窃恐不照余之忠诚[4]。雷凭凭兮欲吼怒[5]，尧舜当之亦禅禹[6]。君失臣兮龙为鱼，权归臣兮鼠变虎[7]。或云尧幽囚，舜野死[8]，九疑联绵皆相似，重瞳孤坟竟何是[9]？帝子泣兮绿云间[10]，随风波兮去无还。恸哭兮远望，见苍梧之深山。苍梧山崩湘水绝，竹上之泪乃可灭[11]。

〔1〕《楚辞·九歌·少司命》:"悲莫悲兮生别离。"梁简文帝有《生别离》,江淹有《古别离》,吴迈远有《长别离》,《远别离》则为李白自创之题,在《乐府诗集·杂曲歌辞》中。此诗句式参差,文气断续跌宕,元范德机《李翰林诗选》批曰:"此篇最有楚人风。所贵乎楚言者,断如复断,乱如复乱,而词意反复屈折,行乎其间者,实未尝断而乱也。使人一唱三叹而有遗音。"又曰:"此太白伤时君子失位,小人用事,以致丧乱,身在江湖之上,欲往救而不可,哀忠谏之无从,纾愤疾而作也。"诗借舜与二妃生死之别,抒写对朝廷政局的担忧及系念君国之意,应作于天宝十二载李白将南游之际。

〔2〕皇英之二女:娥皇、女英,尧之二女,舜之二妃。

〔3〕"乃在"二句:出自《水经注·湘水》:"大舜之陟方(巡守)也,二妃从征,溺于湘江,神游洞庭之渊,出入潇湘之浦。"

〔4〕"我纵"二句:此处疑有错简,以致失韵,文理亦欠顺;如将上下句颠倒过来,"皇穹窃恐不照余之忠诚,我纵言之将何补?"则文理、韵脚皆安。自谓欲向朝廷建言,但忠不见察,言之亦无济于事。皇穹,天,指朝廷。

〔5〕"雷凭凭"句:谓祸乱将起。雷凭凭,出自《左传》昭公五年:"震雷凭怒。"凭,盛。《庄子·外物》:"阴阳错行,天地大骇,于是有雷有霆。"

〔6〕"尧舜"句:尧禅位于舜,舜禅位于禹,意谓当今君主亦将失去皇位。

〔7〕"君失臣"二句:实谓安禄山势力坐大,已对帝位造成威胁。君失臣,君主失去对权臣的控制。龙为鱼,君主沦落。权归臣,国家权力落入奸臣之手。鼠变虎,权奸得势。

〔8〕"或云"二句:君主失去权力的可悲结局。尧幽囚,《史记·五帝本纪》张守节《正义》引《括地志》:"《竹书》云:昔尧德衰,为舜所囚

也。"舜野死,《国语·鲁语》:"舜勤民事而野死。"野死,流离在外而死。

〔9〕"九疑"二句:舜之孤坟难觅。九疑,山名,《山海经·海内经》:"南方有苍梧之丘,苍梧之渊,其中有九疑山,舜之所葬。"郭璞注:"其山九溪皆相似,故云九疑。"重瞳,指舜,传说舜有两个瞳人。

〔10〕帝子:娥皇、女英。绿云:竹林。

〔11〕"恸哭"四句:抒写舜与二妃的生死别情。竹,指洞庭斑竹,传说娥皇、女英泪洒竹上而成,见《述异记》。

留别曹南群官之江南〔1〕

我昔钓白龙,放龙溪水傍。道成本欲去,挥手凌苍苍〔2〕。时来不关人,谈笑游轩皇〔3〕。献纳少成事,归休辞建章〔4〕。十年罢西笑,揽镜如秋霜〔5〕。闭剑琉璃匣,炼丹紫翠房〔6〕。身佩豁落图,腰垂虎盘囊〔7〕。仙人借彩凤,志在穷遐荒〔8〕。恋子四五人〔9〕,徘徊未翱翔。东流送白日,骤歌兰蕙芳。仙宫两无从,人间久摧藏〔10〕。范蠡脱勾践,屈平去怀王〔11〕。飘飘紫霞心〔12〕,流浪忆江乡。愁为万里别,复此一衔觞。淮水帝王州,金陵绕丹阳〔13〕。楼台照海色,衣马摇川光。及此北望君〔14〕,相思泪成行。朝云落梦渚,瑶草空高唐〔15〕。帝子隔洞庭,青枫满潇湘〔16〕。怀君路绵邈,览古情凄凉。登岳眺百川,杳然万恨长。却恋峨眉去,弄景偶骑羊〔17〕。

〔1〕天宝十二载自东鲁往江南时作。曹南,指曹州(济阴郡),州治

所济阴县,县境有曹南山。

〔2〕"我昔"四句:自述入朝前学道游仙的经历。钓白龙、凌苍苍,用陵阳子明事。陵阳子明好钓鱼,于旋溪钓得白龙,拜而放之。后得白鱼,腹中有书,教子明服食之法,子明遂上黄山采五石脂,服食三年,龙来迎去。见《列仙传》卷下。

〔3〕"时来"二句:奉诏入朝。时,时运。不关人,不由人,即顺时而起。轩皇,指玄宗。

〔4〕"献纳"二句:功业无所成就而去朝。献纳,建言于朝廷。归休,还山。建章,汉宫名,指朝廷。

〔5〕十年:李白自天宝三载去朝,至此时恰为十年。西笑,语出桓谭《新论》:"人闻长安乐,则出门西向而笑。"秋霜,指白发。

〔6〕"闭剑"二句:去朝后学道游仙的经历。剑为个人才具的象征,"闭剑"意谓搁置用世之志。紫翠房,仙境,《海内十洲记》载,昆仑有"碧玉之堂,琼华之室,紫翠丹房,锦云烛日,朱霞九光,西王母之所治也"。此指炼制仙药之所。

〔7〕"身佩"二句:学道的装束。豁落图,即《豁落七元真箓》。李白出朝之初,作《访道安陵遇盖寰为余造真箓临别留赠》,诗中有句"七元洞豁落"。唐代上清部法箓有《豁落七元真箓》,即盖寰为李白所造,此时佩带在身。虎盘囊,虎头形盘囊,道教徒所带。

〔8〕"仙人"二句:游仙的向往。借彩凤,参见《凤笙篇》诗及注。遐荒,游仙所至极远之地。

〔9〕四五人:即曹南群官。

〔10〕"仙宫"二句:求仙与从政俱无所成,心情为之忧伤。仙,仙界。宫,宫阙。两无从,两者都不能到达。摧藏,《文选》刘琨《扶风歌》:"抱膝独摧藏。"吕向注:"摧藏,忧伤也。"

〔11〕"范蠡"二句:表明自己将远离朝廷。"范蠡"句,参见《答王十

207

二寒夜独酌有怀》注〔24〕。"屈平"句,参见《殷后乱天纪》注〔2〕。

〔12〕紫霞心:游仙之心。

〔13〕"淮水"二句:谓此行将到达金陵。淮水,指秦淮河。帝王州:谓金陵。丹阳,即润州,今镇江,在金陵之东。

〔14〕北望:自江南望曹南。君:诗题之"曹南群官"。

〔15〕"朝云"二句:用宋玉《高唐赋》典,谓平生壮志已成梦幻。参见《宿巫山下》注〔4〕。

〔16〕"帝子"二句:用舜之二妃故事,表现离别愁恨。"青枫"句,出自《楚辞·招魂》:"湛湛江水兮上有枫。"

〔17〕"却恋"二句:用仙人葛由故事,寄托学仙的心愿。参见《登峨眉山》注〔5〕。

横江词六首(选三)〔1〕

横江西望阻西秦,汉水东连扬子津〔2〕。白浪如山那可渡?狂风愁杀峭帆人〔3〕。

〔1〕横江词,李白自创乐府新辞。横江,又名横江浦,故址在今安徽和县江边,与采石矶隔江对峙。长江自西向东流至芜湖,经天门山后,转向北流,到南京又转为东流,故而这一段长江称为"横江"。

〔2〕西秦:长安。汉水:长江最大支流,源出汉中。扬子津:在横江下游。

〔3〕峭帆人:张挂高帆的舟子。

横江馆前津吏迎〔1〕,向余东指海云生。郎今欲渡缘何事?

如此风波不可行[2]。

〔1〕横江馆:采石江边所设的驿馆。津吏:掌管津渡的小吏。
〔2〕"郎今"二句:津吏对诗人说的话。郎,男子通称。

月晕天风雾不开[1],海鲸东蹙百川回[2]。惊波一起三山动[3],公无渡河归去来[4]。

〔1〕月晕:月亮周围的光圈,出现月晕是大风的征兆。
〔2〕"海鲸"句:想象横江巨浪是海鲸向东迫近造成,语出木华《海赋》:"鱼则横海之鲸……吹涝则百川倒流。"蹙,迫近。回,倒流。
〔3〕三山:在金陵江岸,见《登金陵凤凰台》诗。
〔4〕公无渡河:乐府古题名,又名《箜篌引》,古辞写一狂夫乱流而渡,堕河而死,其妻援箜篌而歌曰:"公无渡河,公竟渡河。堕河而死,将奈公何。"此处借为津吏劝阻诗人的话语。

江上答崔宣城[1]

太华三芙蓉,明星玉女峰。寻仙下西岳,陶令忽相逢[2]。问我将何事?湍波历几重[3]?貂裘非季子[4],鹤氅似王恭[5]。谬忝燕台召,而陪郭隗踪[6]。水流知入海,云去或从龙[7]。树绕芦洲月,山鸣鹊镇钟[8]。还期如可访,台岭荫长松[9]。

〔1〕天宝十二载到达宣城时作。崔宣城,宣城县令崔令钦。

〔2〕"太华"四句:讲述来宣城前事,似曾登上西岳华山。太华,华山。三芙蓉,华山三峰,见《西岳云台歌送丹丘子》注〔6〕、〔7〕。陶令,曾为彭泽县令的陶渊明,此指崔宣城。

〔3〕将:动词,做,干。湍波:比喻辛苦、风险。

〔4〕"貂裘"句:自己并不是苏秦那样执着的政治人物。苏秦,字季子,以连横说秦王,书十上而说不行,黑貂之裘敝,黄金百镒尽。见《战国策·秦策》。此句以下皆为诗人回答崔宣城的话。

〔5〕"王恭"句:自谓将追求如王恭那样的闲散洒脱生活。王恭,东晋名士,美姿仪,尝披鹤氅裘,涉雪而行,时人叹为神仙中人。见《晋书·王恭传》。

〔6〕"谬忝"二句:回顾北上幽州的经历。燕台召、郭隗踪,均见《行路难》(大道如青天)注〔7〕。

〔7〕"水流"二句:表明自己对人生出处的态度,应该如水流入海、云去从龙般顺从时命,而不强求。上句指隐退,下句指出仕。

〔8〕芦洲、鹊镇:均为宣州南陵县地名。

〔9〕台岭:天台山,在浙东,此指隐居之地。

赠从弟宣州长史昭[1]

淮南望江南,千里碧山对[2]。我行倦过之[3],半落青天外[4]。宗英佐雄郡,水陆相控带。长川豁中流,千里泻吴会[5]。君心亦如此,包纳无小大。摇笔起风霜,推诚结仁爱。讼庭垂桃李,宾馆罗轩盖[6]。何意苍梧云[7],飘然忽相会。才将圣不偶,命与时俱背。独立山海间,空老圣明代[8]。知音不易得,抚剑增感慨。当结九万期,中途莫先退[9]。

〔1〕天宝十二载初到宣城时作。宣州,宣城郡(今安徽宣城)。长史,州属官。

〔2〕"淮南"二句:宣城的地理形势。与宣城隔江相望之北岸为淮南道,宣城属江南道。两岸皆有连绵的碧山。

〔3〕"我行"句:自述从江北来到江南。倦,长途劳顿。

〔4〕"半落"句:望中只见"千里碧山"之一半,另一半遗落青天之外,犹《登金陵凤凰台》之"三山半落青天外"句。

〔5〕"宗英"四句:写宣城山川。宗英,指从弟李昭。雄郡,指宣州,为上州。吴会,吴郡与会稽郡,指长江下游。

〔6〕"君心"六句:颂扬李昭。亦如此,如长江。无小大,无论大江小河,语出《诗经·鲁颂·泮水》:"无小无大,从公于迈。"摇笔,处理文案事务。风霜,谓其威严。推诚,谓其心地坦荡。垂桃李,似庭中实景。罗轩盖,谓高朋云集。

〔7〕苍梧云:即白云,语出《归藏》:"有白云出苍梧。"诗人以白云自喻,呼应下句"飘然"。

〔8〕"才将"四句:自言其人生遭际命运。才,个人才能。圣,当今皇帝。不偶,不能遇合。命,个人命运。时,时运、机遇。背,相违背。山海间,指在野。空老,岁月虚度而功业无所成就。

〔9〕"当结"二句:希望与对方共展宏图。九万,指远大鹏程,语出《庄子·逍遥游》:"抟扶摇而上者九万里。"

秋登宣城谢朓北楼[1]

江城如画里[2],山晚望晴空。两水夹明镜[3],双桥落彩虹[4]。人烟寒橘柚,秋色老梧桐[5]。谁念北楼上,临风怀谢公?

〔1〕天宝十二载秋作。谢朓(464—499),南齐诗人,最为李白仰慕。北楼,即高斋,在郡城中,南齐时太守谢朓所建,遗址今犹存。
〔2〕江城:谓宣城,城在水阳江畔。
〔3〕两水:流经郡城的宛溪与句溪。明镜:喻两水之清。
〔4〕双桥:横跨宛溪上的凤凰、济川二桥。彩虹:喻双桥之美。
〔5〕"人烟"二句:登楼所见。望中有人烟、橘柚、梧桐,一切景物都笼罩在寒气和秋色中。

游敬亭寄崔侍御[1]

我家敬亭下,辄继谢公作。相去数百年,风期宛如昨[2]。登高素秋月,下望青山郭[3]。俯视鸳鹭群,饮啄自鸣跃[4]。夫子虽蹭蹬,瑶台雪中鹤。独立窥浮云,其心在寥廓[5]。时来一顾我,笑饭葵与藿。世路如秋风,相逢尽萧索[6]。腰间玉具剑,意许无遗诺[7]。壮士不可轻,相期在云阁[8]。

〔1〕天宝十二载秋作于宣城。敬亭,山名,在宣城。崔侍御,崔成甫,李白故交,此期似居金陵。李白此前已有《赠崔侍御》、《酬崔侍御》等诗,可参看。

〔2〕"我家"四句:抒写对谢朓的追慕之情。谢公作,谢朓有《游敬亭山》等诗。风期,襟怀气度。

〔3〕青山郭:登高所见青山脚下的宣城城郭。

〔4〕鸳鹭群:喻世间凡夫俗子。饮啄:鸟类觅食,谓追求区区世俗之利。

〔5〕"夫子"四句:以鹤为喻,赞美崔侍御的品格。蹭蹬,仕途不顺。瑶台,仙境。

〔6〕"世路"二句:世间人情的淡薄。

〔7〕"腰间"二句:与崔侍御达成对未来的庄重期许。玉具剑,用延陵剑典故。春秋时,延陵季子(即吴公子季札,封于延陵,故称)使鲁,北过徐君,徐君爱季札剑,口弗敢言。季札心知之,为使上国,未献。后还至徐,徐君已死,乃解剑系其冢树而去。见《史记·吴太伯世家》。遗诺,未能实现的诺言;无遗诺,意即诺言一定要实现。

〔8〕"壮士"二句:与崔侍御相期,日后必建功于朝廷。云阁,朝堂。

登敬亭北二小山余时送客逢崔侍御并登此地

送客谢亭北〔1〕,逢君纵酒还。屈盘戏白马〔2〕,大笑上青山。回鞭指长安,西日落秦关。帝乡三千里,杳在碧云间〔3〕。

〔1〕谢亭:即谢公亭,在宣城北。

〔2〕屈盘:曲折盘旋,指上青山的路。戏白马:白马驰走,骑者以为乐。

〔3〕"回鞭"四句:抒写怀念长安之情。

观胡人吹笛〔1〕

胡人吹玉笛,一半是秦声。十月吴山晓〔2〕,梅花落敬亭〔3〕。愁闻出塞曲〔4〕,泪满逐臣缨〔5〕。却望长安道,空怀恋主情〔6〕。

〔1〕天宝十二载十月,在宣城作。

〔2〕吴山:宣城三国时为吴国地,故称此地之山为吴山。

〔3〕梅花:笛曲《梅花落》,属乐府《横吹曲辞》。落,动词,笛声飘落。

〔4〕出塞曲:亦乐府《横吹曲辞》名,唐人所作多抒写建功边塞情怀。

〔5〕逐臣:被朝廷放逐之人,李白自谓。

〔6〕"空怀"句:自己的"恋主情"未必能被人主获知体察,故曰"空"。

寄崔侍御〔1〕

宛溪霜夜听猿愁〔2〕,去国长为不系舟〔3〕。独怜一雁飞南海,却羡双溪解北流[4]。高人屡解陈蕃榻[5],过客难登谢朓楼[6]。此处别离同落叶,明朝分散敬亭秋[7]。

〔1〕崔侍御,崔成甫。参见前《游敬亭寄崔侍御》、《登敬亭北二小山余时送客逢崔侍御并登此地》诗。
〔2〕宛溪:在宣城,参见《秋登宣城谢朓北楼》注〔3〕。
〔3〕去国:离开京都长安,意即离开朝廷。不系舟:意谓漂泊无定。
〔4〕"独怜"二句:崔侍御即将南去。一雁,孤雁。飞南海,崔前此被贬湘阴,此时或将离开宣城去往贬所。双溪,宣城的宛溪、句溪。解北流,能够向北流去,反衬遭贬之人只能南去而不得北归。
〔5〕高人:指崔侍御。陈蕃榻:陈蕃为太守时,在郡不接宾客,只有徐稚来时特设一榻,去则悬起。事见《后汉书·徐稚传》。当时宣城太守为宇文氏,李白有干谒之诗《赠宣城宇文太守兼呈崔侍御》。句谓崔侍御受到宇文太守礼遇。
〔6〕"过客"句:与上句形成对比,隐含自己遭宣城太守冷遇的难堪。过客,李白自谓。谢朓曾为宣城太守,"难登谢朓楼"意味着不被当今太守看重。
〔7〕"此处"二句:叙与故人崔侍御别情。崔为贬官而"一雁飞南海",自身亦遭朝廷放逐,离别之际不免生出同命相怜的感慨。落叶,比喻二人的飘零处境;同落叶,既可理解为"如同落叶",又可理解为"同如落叶"。"明朝"句,谓别离在即。敬亭秋,兼言别离之时、地,并渲染出悲凉的气氛。

宣州谢朓楼饯别校书叔云[1]

弃我去者,昨日之日不可留[2];乱我心者,今日之日多烦忧[3]。长风万里送秋雁,对此可以酣高楼[4]。蓬莱文章建安骨[5],中间小谢又清发[6]。俱怀逸兴壮思飞,欲上青天览明月[7]。抽刀断水水更流,举杯消愁愁更愁[8]。人生在世不称意,明朝散发弄扁舟[9]。

〔1〕约作于天宝十二载秋。诗题《文苑英华》作《陪侍御叔华登楼歌》。谢朓楼,见《秋登宣城谢朓北楼》注〔1〕。校书,校书郎,属秘书省。李云,见于《新唐书·宗室世系表》。

〔2〕"弃我"二句:往昔岁月。感叹岁月空逝而功业无成。

〔3〕"乱我"二句:当下心境。与上二句构成对仗,以唱叹出之,极见诗人心理压力之沉重。烦忧,即下文"愁"。

〔4〕酣高楼:登楼畅饮,实包含了欲以酒消愁的意思。

〔5〕"蓬莱"句:赞校书叔云文采。蓬莱,代指秘书省,即李云供职之处。蓬莱本指东汉国家藏书处东观,见《后汉书·窦章传》李贤注:"言东观经籍多也。蓬莱,海中神山,为仙府,幽经秘录并皆在焉。"唐代秘书省掌图籍,所以诗中称之为"蓬莱";蓬莱文章,即居官"蓬莱"之李云文章。建安骨,东汉末年以"三曹"、"七子"为代表的"建安风骨",以志深笔长、慷慨多气为特点,向为后世推重。

〔6〕"中间"句:隐以谢朓自拟,并呼应诗题中的"谢朓楼"。中间,东汉至唐代之间。小谢,谢朓,与谢灵运并称"大、小谢",长于五言,沈约赞曰"二百年来无此诗也"(《南齐书》本传)。清发,清新俊发,即《诗品》所谓"奇章秀句,往往警遒"。

〔7〕"俱怀"二句:酒酣后逸兴飙飞,精神大振,并发为奇妙想象。俱,都,皆,指自己与李云。

〔8〕"抽刀"二句:酒的遣愁效应很快消失,诗人重又陷入愁城。前《月下独酌》其四云:"穷愁千万端,美酒三百杯。愁多酒虽少,酒倾愁不

来。"极写酒的消愁效果,此处又云"举杯消愁愁更愁",与前诗恰成悖论。悖论两端,俱见人生之无奈。

〔9〕"人生"二句:愁不能去,现实中又无出路,只得选择出世一途。散发,披散头发,意为摆脱拘束,弃绝世事。弄扁舟,用范蠡故事,见《答王十二寒夜独酌有怀》注〔24〕。

独坐敬亭山[1]

众鸟高飞尽,孤云独去闲[2]。相看两不厌[3],只有敬亭山[4]。

〔1〕敬亭山,在宣城城北。
〔2〕孤云:一片白云。闲:悠然自在的样子。
〔3〕"相看"句:将山拟人化,谓人与山相望而且相知。不厌,不嫌弃。
〔4〕"只有"句:隐含了除敬亭山外别无相知的意思,可见诗人事实上的孤独。

听蜀僧濬弹琴[1]

蜀僧抱绿绮[2],西下峨眉峰[3]。为我一挥手,如听万壑松。客心洗流水[4],遗响入霜钟。不觉碧山暮,秋云暗几重。

〔1〕蜀僧濬,即李白《赠宣州灵源寺仲濬公》之仲濬。

〔2〕绿绮:琴名。

〔3〕"西下"句:谓僧人自蜀来此。

〔4〕"客心"句:用伯牙鼓琴故事。《列子·汤问》:"伯牙善鼓琴,钟子期善听。伯牙鼓琴,志在高山,钟子期曰:'善哉,峨峨兮若泰山。'志在流水,钟子期曰:'善哉,洋洋兮若江河。'"客,李白自谓。流水,比喻琴声。

哭晁卿衡[1]

日本晁卿辞帝都[2],征帆一片绕蓬壶[3]。明月不归沉碧海[4],白云愁色满苍梧[5]。

〔1〕天宝十三载(754)作。晁衡,即日本人阿倍仲麻吕,开元初随遣唐使来到中国,慕中国之风而留之不去,改姓名为晁衡(或朝衡),曾任左补阙、秘书监等职。见两《唐书·东夷列传》。天宝十二载冬,随遣唐使归国,至琉球遇风,漂流至安南,同舟死者多人而晁衡幸免于难,后复至长安。李白误以为晁衡遇难,故作诗悼之。

〔2〕帝都:长安。

〔3〕蓬壶:东海上仙山蓬莱、方壶。

〔4〕明月:喻指晁衡。

〔5〕"白云"句:用舜死苍梧之野典故,渲染悲愁气氛,参见《远别离》诗及注〔9〕。

宿鰕湖[1]

鸡鸣发黄山[2],暝投鰕湖宿。白雨映寒山,森森似银竹[3]。提携采铅客[4],结荷水边沐。半夜四天开,星河烂人目。明晨大楼去[5],冈陇多屈伏。当与持斧翁,前溪伐云木。

〔1〕 鰕湖:在秋浦(今安徽池州秋浦)。
〔2〕 黄山:小黄山,在秋浦县南九十里。
〔3〕 银竹:形容雨下如注的景象;银,白色。
〔4〕 提携:结伴。采铅客:炼丹者。李白当时有炼丹之事。
〔5〕 大楼:山名,在秋浦城南四十里。

清溪行[1]

清溪清我心,水色异诸水。借问新安江,见底何如此[2]?人行明镜中,鸟度屏风里[3]。向晚猩猩啼,空悲远游子。

〔1〕 清溪:在秋浦。
〔2〕 "借问"二句:沈约有《新安江水至清浅见底》诗,此处借用沈约诗题,凸现清溪水色。
〔3〕 明镜:喻清溪之水清,前《秋登宣城谢朓北楼》诗已有"两水夹明镜"之喻。屏风:喻清溪之山色,如同屏风中的画境。

宿清溪主人

夜到清溪宿,主人碧岩里。檐楹挂星斗,枕席响风水[1]。月落西山时[2],啾啾夜猿起。

〔1〕"枕席"句:在枕畔即能听到外面的风声和水声。
〔2〕"月落"句:农历月底、月初的月亮,傍晚时分西落。

秋浦歌十七首(选五)[1]

秋浦长似秋,萧条使人愁[2]。客愁不可度[3],行上东大楼[4]。正西望长安,下见江水流。寄言向江水,汝意忆侬不[5]?遥传一掬泪,为我达扬州[6]。

〔1〕秋浦:河名,在唐秋浦县(今安徽池州贵池区),县因河而得名。
〔2〕"秋浦"二句:诗人对"秋"的心理感受,以水流之长与秋之长相迭加,形成浓重的萧条气氛,引发人心之愁。《贵池县志》载,秋浦河长八十里。
〔3〕度:消弭。
〔4〕东大楼:大楼山。登山以望远,引出下句。
〔5〕侬:我。
〔6〕扬州:应指扬州友人。

秋浦猿夜愁,黄山堪白头[1]。青溪非陇水,翻作断肠流[2]。欲去不得去,薄游成久游[3]。何年是归日?雨泪下孤舟。

[1] 黄山:小黄山,见《宿鰕湖》注[2]。
[2] "青溪"二句:青溪不是陇水,却与陇水一样引人悲伤。语出《陇头歌辞》:"陇头流水,鸣声鸣咽。遥望秦川,心肝断绝。"翻,却。
[3] 薄游:暂游。

两鬓入秋浦,一朝飒已衰[1]。猿声催白发,长短尽成丝[2]。

[1] "两鬓"二句:一日之间人就变得衰老。
[2] 成丝:变白。

炉火照天地,红星乱紫烟[1]。赧郎明月夜[2],歌曲动寒川[3]。

[1] "炉火"二句:秋浦所见夜晚冶炼景象。此地产铜,至今犹可见其采矿场遗址。
[2] 赧郎:脸色被炉火照得通红的冶炼工人。
[3] 歌曲:赧郎所唱号子一类劳作之歌。寒川,寒冷的秋浦河水。

白发三千丈,缘愁似个长[1]。不知明镜里[2],何处得秋霜[3]?

[1] 个长:这样长;个,如此。

〔2〕明镜:指秋浦河水,即《清溪行》诗句"人行明镜中"。诗人在河边俯看,白发倒影在河水中荡漾。

〔3〕秋霜:白发。

赠汪伦〔1〕

李白乘舟将欲行〔2〕,忽闻岸上踏歌声〔3〕。桃花潭水深千尺,不及汪伦送我情〔4〕。

〔1〕宋蜀本题下注:"白游泾县桃花潭,村人汪伦常酝美酒以待白,伦之裔孙至今宝其诗。"诗约作于天宝十四载(755)。这是一首即事即兴之作,明唐汝询评曰:"伦,一村人耳,何亲于白?既酝酒以候之,复临行以祖之,情固超俗矣。太白于情真景切处信手拈出,所以调绝千古。"(《唐诗解》卷二五)

〔2〕李白:诗中自呼其名,如《襄阳歌》之"舒州杓,力士铛,李白与尔同死生",固已烂漫情真,此诗开头即自呼"李白",更显真率。将欲行:小舟即将解缆启程的一刻。可见诗人并未料到汪伦会来送行。

〔3〕忽闻:既表明事出意外,又传达了刹那间的惊喜之感。踏歌:众人连手而歌,踏地以为节。

〔4〕"桃花潭"二句:清沈德潜曰:"若说汪伦之情比于潭水千尺,便是凡语,妙境只在一转换间。"(《唐诗别裁集》卷二十)所谓"转换",一则比喻兼有反衬,使"汪伦送我情"深到没有止境;二则先说用作比喻的"桃花潭水",再说被比的"汪伦送我情",前者信手拈来,脱口而出,最显真切自然。《金陵酒肆留别》有句:"请君试问东流水,别意与之谁短长。"与此同构。桃花潭,在泾县(今安徽泾县)西南四十里,今存建于明

代的踏歌岸阁。

书怀赠南陵常赞府[1]

岁星入汉年,方朔见明主[2]。调笑当时人,中天谢云雨[3]。一去麒麟阁,遂将朝市乖[4]。故交不过门,秋草日上阶[5]。当时何特达,独与我心谐[6]。置酒凌歊台,欢娱未曾歇。歌动白纻山,舞回天门月[7]。问我心中事,为君前致辞。君看我才能,何似鲁仲尼?大圣犹不遇,小儒安足悲[8]!云南五月中,频丧渡泸师。毒草杀汉马,张兵夺云旗。至今西洱河,流血拥僵尸[9]。将无七擒略[10],鲁女惜园葵[11]。咸阳天下枢,累岁人不足。虽有数斗玉,不如一盘粟[12]。赖得契宰衡,持钧慰风俗[13]。自顾无所用,辞家方来归[14]。霜惊壮士发,泪满逐臣衣。以此不安席,蹉跎身世违[15]。终当灭卫谤,不受鲁人讥[16]。

〔1〕天宝十四载作。南陵,宣州属县(今安徽南陵)。赞府,县丞的别称。常赞府,名字不详。
〔2〕"岁星"二句:以东方朔自喻,回忆当年奉诏入朝事。岁星,指东方朔。《东方朔别传》载,东方朔曾对同事曰:"天下人无能知朔者,知朔者唯太王公也。"朔死后,汉武帝召太王公问之,公自谓善星历,帝问:"诸星皆具在否?"公答:"独不见岁星十八年,今复见耳。"帝仰天叹曰:"东方朔生在朕旁十八年,而不知是岁星哉!"(《太平广记》卷六引)。
〔3〕"调笑"二句:自己在朝处人不谐,遂离开了朝廷。"调笑"句即

《玉壶吟》所谓"谑浪赤墀青琐贤"。中天,高高在上的天空,指朝廷。谢,告别。云雨,指玄宗对自己的恩遇。

〔4〕"一去"二句:出翰林院后,不但从此远离了朝廷,就连市井都远离了。麒麟阁,在汉未央宫,藏秘书、处贤才之所,此指翰林院。朝市,朝堂及市井。乖,疏远。

〔5〕"故交"二句:故人疏远了自己,少有客人上门,台阶上长满了草。

〔6〕"当时"二句:只有常赞府与自己心事相通,是少有的知己。特达,罕见。

〔7〕"置酒"四句:与常赞府欢饮的情景。凌歊(xiāo 消)台,在当涂县北五里,今存有遗址。白纻山,在当涂县东五里。天门,天门山,在当涂县西大江上。

〔8〕"君看"四句:与孔子相比较,为自己的命运不济寻找精神开脱。大圣,孔子。不遇,孔子终生坎坷,行遍天下,找不到重用自己的国君。小儒,李白自谓。

〔9〕"云南"六句:实写天宝十载及十三载发生在云南的两场战事。前者见《羽檄如流星》诗及注。后者见《资治通鉴·唐纪》天宝十三载:"六月,……剑南留后李宓将兵七万击南诏,阁罗凤诱之深入,至大和城,闭壁不战。宓粮尽,士卒罹瘴疫及饥死者什七八,乃引还,蛮追击之,宓被擒,全军皆没。杨国忠隐其败,更以捷闻,益发中国兵讨之,前后死者二十万人,无敢言者。"

〔10〕"将无"句:唐军将领无能。七擒略,诸葛亮七擒七纵孟获,将其降伏,见《三国志·蜀书·诸葛亮传》。

〔11〕"鲁女"句:国家命运及百姓生活堪忧。《列女传》卷三载:鲁女倚柱悲啸,有人问之,答曰:"吾忧鲁君老,太子幼。"问者不解,鲁女曰:"昔晋客舍吾家,系马园中,马逸驰走,践吾葵,使我终岁不食

葵。……今鲁君老悖,太子少愚,奸伪日起,夫鲁国有患者,君臣父子皆被其辱,祸及众庶,妇人独安所避乎?吾甚忧之。"

〔12〕"咸阳"四句:实写灾害。《旧唐书·玄宗纪》载,天宝十二载八月,京城霖雨,米贵;十三载秋,霖雨积六十馀日,物价暴贵,人多乏食。

〔13〕"赖得"二句:宰相在灾年所起的作用。契,商朝君主的始祖,曾助禹治水,并教化百姓。宰衡,宰相。持钧,掌握国家政柄。慰风俗,关心百姓疾苦。

〔14〕"自顾"二句:诗人自白。辞家,离开东鲁之家。方来归,来到宣州。

〔15〕"霜惊"四句:自己的精神状态。壮士、逐臣,均为诗人自谓。不安席,内心焦虑而坐卧不宁。身世违,人生理想不能实现。

〔16〕"终当"二句:所指事件难明,诗人当时可能受到无端诽谤,但不为所动。卫谤,指孔子在卫国遭受的两次毁谤,一次是孔子初适卫时有人向卫灵公进谮言,孔子恐获罪而去卫,另一次是孔子见卫灵公夫人南子,因南子有淫行,引起子路不悦,孔子见卫灵公好色而不好德,去卫。见《史记·孔子世家》。鲁人讥,鲁人叔孙、武叔毁孔子,子贡曰:"仲尼不可毁也。他人之贤者,丘陵也,犹可踰也;仲尼,日月也,无得而踰焉。"见《论语·子张》。

答杜秀才五松山见赠[1]

昔献长杨赋,天开云雨欢。当时待诏承明里,皆道扬雄才可观。敕赐飞龙二天马,黄金络头白玉鞍[2]。浮云蔽日去不返,总为秋风摧紫兰[3]。角巾东出商山道,采秀行歌咏芝草。路逢园绮笑向人,两君解来一何好[4]!闻道金陵龙虎盘,还同谢朓望长安〔5〕。千峰夹水向秋浦,五松名山当夏寒〔6〕。铜井炎炉歊九天,赫如铸鼎荆山前。陶公矍铄呵赤电,回禄睢盱扬紫烟〔7〕。此中岂是久留处?便欲烧丹从列仙〔8〕。爱听松风且高卧,飕飕吹尽炎氛过。登崖独立望九州,阳春欲奏谁相和〔9〕?闻君往年游锦城,章仇尚书倒屣迎。飞笺络绎奏明主,天书降问回恩荣。肮脏不能就珪组,至今空扬高蹈名〔10〕。夫子工文绝世奇,五松新作天下推〔11〕。吾非谢尚邀彦伯,异代风流各一时〔12〕。一时相逢乐在今,袖拂白云开素琴,弹为三峡流泉音〔13〕。从兹一别武陵去,去后桃花春水深〔14〕。

〔1〕作于宣州。五松山,在宣州南陵县。杜秀才,其名不详。

〔2〕"昔献"六句:以扬雄自比,回忆供奉翰林事。"昔献"句,可与《忆旧游寄谯郡元参军》诗中"西游因献长杨赋"句互参。"天开"句,渲染君臣相得的气氛。承明,汉宫殿名,成帝曾于此召见扬雄。"敕赐"二句,可与《从驾温泉宫醉后赠杨山人》诗中"幸陪鸾辇出鸿都,身骑飞龙天马驹"二句互参。

〔3〕"浮云"二句:在朝被谗言所中,遭玄宗疏远。《文子·上德》:"日月欲明,浮云蔽之。黄河欲清,沙土秽之。丛兰欲修,秋风败之。"浮云、秋风,喻朝中小人。日,喻玄宗。紫兰,诗人自喻。

〔4〕"角巾"四句:出朝后经商山过四皓墓情景。角巾,隐者所戴头巾。芝草,即四皓所歌《紫芝》。园绮,东园公、绮里季,代表四皓。"两君"句,诗人向园、绮致意,想象之辞。解来,离开朝廷以来。一何好,多么好,何等好,表示问候兼叹美。

〔5〕"闻道"二句:南来金陵,但心系长安。谢朓《晚登三山还望京

邑》:"灞涘望长安,河阳视京县。"

〔6〕"千峰"二句:来游秋浦和五松山。当夏寒,极言五松山的清凉环境,足以抵挡夏季的炎热。

〔7〕"铜井"四句:铜矿冶炼景象,参见《秋浦歌》(炉火照天地)。铜井,山名,在南陵,产铜;歊(xiāo消),炎气。铸鼎荆山,传说黄帝曾采首山之铜,铸鼎于荆山,山在河南虢州湖城县。陶公,陶安公,铸冶师,事见《搜神记》卷一。矍铄,勇健貌。回禄,火神。睢盱,跋扈貌。

〔8〕"此中"二句:自言将离开此地而炼丹求仙。

〔9〕"登崖"二句:九州之大却没有知音,这正是诗人欲炼丹求仙的原因。阳春,参见《翰林读书言怀呈集贤诸学士》注〔5〕。

〔10〕"闻君"六句:杜秀才的经历。天宝年间游成都,曾得到章仇尚书的礼遇和举荐,朝廷也有所恩顾,但终未受官。《资治通鉴·唐纪》载,天宝五载五月,"以剑南节度使章仇兼琼为户部尚书",杜秀才受其推荐当在此后。倒屣迎,倒穿了鞋子,谓心情急切,礼遇非常,用蔡邕见王粲故事,《三国志·魏书·王粲传》载,蔡邕"才学显著,贵重朝廷,常车骑填巷,宾客盈坐,闻粲在门,倒屣迎之"。天书,朝廷诏书。肮脏,又作昂藏,态度高昂梗直。珪组,官符,即官位。

〔11〕五松新作:杜秀才在五松山所作诗篇。

〔12〕"吾非"二句:将自己与杜秀才的交谊比拟为谢尚与袁宏之交,虽然异代,风流却无二致。谢尚,东晋人;彦伯,袁宏字,二人交往事参见《夜泊牛渚怀古》注〔2〕。

〔13〕三峡流泉:曲名,晋阮咸所作。

〔14〕"从兹"二句:用陶渊明《桃花源记》故事,自谓将远离尘嚣而隐去。

宿五松山下荀媪家[1]

我宿五松下,寂寥无所欢。田家秋作苦,邻女夜舂寒。跪进雕胡饭[2],月光明素盘[3]。令人惭漂母,三谢不能餐[4]。

〔1〕媪:老年妇人。
〔2〕雕胡:菰米,生水中,可食用。
〔3〕明:动词,照。素盘:没有任何雕饰的盘子。
〔4〕"令人"二句:诗人感激的心情。漂母,见《史记·淮阴侯列传》:"信钓于城下,诸母(妇女)漂(河边洗衣),有一母见信饥,饭信,竟漂数十日。信喜,谓漂母曰:'吾必有以重报母。'母怒曰:'大丈夫不能自食,吾哀王孙而进食,岂望报乎?'"谢,推辞。不能餐,因惭愧而食不下咽。

铜官山醉后绝句[1]

我爱铜官乐,千年未拟还。要须回舞袖,拂尽五松山[2]。

〔1〕铜官山:在宣州南陵县(今安徽芜湖市南陵县)。
〔2〕"要须"二句:醉语,要用舞袖把五松山扫掠一过。回:挥扬。

秋浦寄内[1]

我今寻阳去[2],辞家千里馀。结荷见水宿,却寄大雷书[3]。虽不同辛苦,怆离各自居。我自入秋浦,三年北信疏[4]。红颜愁落尽,白发不能除。有客自梁苑,手携五色鱼。开鱼得锦字,归问我何如[5]?江山虽道阻,意合不为殊[6]。

〔1〕天宝十四载秋作于秋浦。李白约于天宝十载前婚于宗氏夫人,宗氏出于武后时故相宗楚客之门。李白来游宣城期间,宗氏居宋城。

〔2〕寻阳:即江州,今为江西九江。

〔3〕"结荷"二句:以荷为屋,宿于水滨。化自鲍照《登大雷岸与妹书》:"栈石星饭,结荷水宿。旅客贫辛,波路壮阔。"大雷书,此以鲍照所作指代家书。

〔4〕"我自"二句:李白自天宝十二载来游宣城,至是年秋,合首尾计算恰为三年。北信,宋城在宣州之北,故称宗氏书信为北信。

〔5〕"有客"四句:宗氏来信。梁苑,指宋城。五色鱼,书信,语出汉乐府《饮马长城窟行》:"客从远方来,遗我双鲤鱼。呼儿烹鲤鱼,中有尺素书。""归问"句,意即问我归不归(何时归),表达极度思念之情。

〔6〕"江山"二句:相距虽远,但隔不断夫妇间的感情。江山,自然山川。不为殊,心事完全一样,即都在思念对方。

自代内赠[1]

宝刀截流水,无有断绝时。妾意逐君行,缠绵亦如之。别来门前草,秋巷春转碧。扫尽更还生,萋萋满行迹[2]。鸣凤始相得,雄惊雌各飞[3]。游云落何山？一往不见归。估客发大楼[4],知君在秋浦。梁苑空锦衾,阳台梦行雨[5]。妾家三作相,失势去西秦[6]。犹有旧歌管,凄清闻四邻。曲度入紫云[7],啼无眼中人[8]。妾似井底桃[9],开花向谁笑？君如天上月,不肯一回照。窥镜不自识,别多憔悴深。安得秦吉了[10],为人道寸心。

〔1〕以宗氏口气写成的赠给自己的诗,实则表现了诗人对宗氏的怀念。

〔2〕行迹:足迹。满行迹,盖住了远行人留下的足迹。

〔3〕"鸣凤"二句:婚后的幸福生活刚刚开始,(因李白出游)两人便分隔开来。

〔4〕估客:商人。大楼:大楼山,在秋浦,见《秋浦歌》。

〔5〕"梁苑"二句:宗氏独居中对李白的思念。阳台,用巫山神女典故,见《宿巫山下》注〔4〕。

〔6〕"妾家"二句:宗氏自述家世。三作相,宗楚客曾为夏官侍郎同平章事、兵部尚书同平章事、中书令。见《旧唐书·宗楚客传》。失势,家境败落。去西秦,离开长安。

〔7〕曲度:奏曲。入紫云:乐声直入云霄(传送到远方)。

〔8〕眼中人:所盼望之人,即诗人自己。

〔9〕井底桃:生长在深深庭院里的桃树。井,天井。

〔10〕秦吉了:如鹦鹉,能学人言。

五　从璘及长流夜郎前后

北上行[1]

北上何所苦？北上缘太行[2]。磴道盘且峻，巉岩凌穹苍。马足蹶侧石，车轮摧高冈[3]。沙尘接幽州，烽火连朔方[4]。杀气毒剑戟，严风裂衣裳[5]。奔鲸夹黄河，凿齿屯洛阳[6]。前行无归日，返顾思旧乡[7]。惨戚冰雪里，悲号绝中肠。尺布不掩体，皮肤剧枯桑。汲水涧谷阻，采薪陇坂长。猛虎又掉尾，磨牙皓秋霜。草木不可餐，饥饮零露浆。叹此北上苦，停骖为之伤[8]。何日王道平？开颜睹天光[9]。

〔1〕至德元载(天宝十五载，756)岁初作。上年十一月，安史乱起；十二月，洛阳陷贼。李白前往宋城接宗氏，途中作此诗。北上行，源自乐府古题《苦寒行》，曹操所作开篇即云"北上太行山，艰哉何巍巍"，《乐府解题》称之为《北上篇》，谓"备言冰雪溪谷之苦"。李白自拟新题，在实写路途艰难之外，重点写乱起后的时事。

〔2〕太行：山名，在今山西、河北之间。李白往宋城，本不经太行，因拟古而用了"北上缘太行"的说法。

〔3〕"磴道"四句：行路艰难情景，并化用了曹操诗句"羊肠坂诘屈，车轮为之摧"。磴道，登山石径。蹶，颠仆。摧，毁坏。

〔4〕"沙尘"二句：写安史乱起。沙尘、烽火，均指战事。幽州，安禄

山老巢,叛乱由此发动。朔方,西北边防要地,玄宗时设节度使,驻灵武(今宁夏吴忠)。

〔5〕"杀气"二句:诗人途中感受。杀气,战争氛围。严风,凛冽的寒风。

〔6〕"奔鲸"二句:战争形势。奔鲸,喻安禄山叛军。夹黄河,战事及于黄河两岸。凿齿,传说中的兽名,齿长三尺,为害人民,尧使后羿射杀,见《淮南子·本经》高诱注,此喻安史叛军。屯洛阳,当时叛军已占领洛阳,安禄山于至德元载正月在洛阳称帝。

〔7〕"前行"二句:进退两难的情状。

〔8〕"惨戚"十二句:写途中苦状。剧苦桑,(粗糙干裂)甚于枯桑之皮。皓秋霜,猛虎的牙齿白如秋霜,森森可怖。停骖,驻马。

〔9〕"何日"二句:盼望战争结束,天下恢复和平。王道平,语出《尚书·洪范》:"王道平平。"

奔亡道中五首(选二)〔1〕

函谷如玉关,几时可生还〔2〕?洛阳为易水,嵩岳是燕山〔3〕。俗变羌胡语,人多沙塞颜〔4〕。申包惟恸哭,七日鬓毛斑〔5〕。

〔1〕至德元载春,由宋城携宗氏仓促南奔途中作。

〔2〕"函谷"二句:战乱中诗人因不能再到长安而悲伤。函谷,函谷关,在今河南灵宝,关在深谷中,为长安的东大门。如玉关,用班超故事,《后汉书·班超传》:"超自以久在绝域,年老思土,十三年上疏曰:'……臣不敢望到酒泉郡,但愿生入玉门关。'"玉关即玉门关,故址在今甘肃敦煌西北,为西域通向内地的必经之路。生还,即班超所说"生

入玉门关"。

〔3〕"洛阳"二句:战争使中原地带变成了边塞。易水,在今河北易县,唐时为北方边地。嵩岳,中岳嵩山,在洛阳东。燕山,在今河北北部,唐时为北方边地。

〔4〕"俗变"二句:谓安史叛军充斥中原地区,这里听到的都是胡语,看到的都是胡人面孔。羌胡,指安史叛军,史载安禄山为营州杂胡。沙塞颜,边地人的面孔。

〔5〕"申包"二句:以申包胥自喻,表达对国运及战局的忧心和无奈。申包,申包胥,春秋时楚人。吴兵破楚,申包胥到秦国求援,秦不出兵,申包胥立于庭墙而哭,日夜不绝,七日不食不饮,秦师乃出。见《左传·定公四年》。鬓毛斑,因愁苦头发变得斑白。

森森望湖水[1],青青芦叶齐。归心落何处?日没大江西[2]。歇马傍春草,欲行远道迷[3]。谁忍子规鸟?连声向我啼[4]。

〔1〕森森:湖面一望无际。
〔2〕"归心"二句:抒写逃难中无家可归的悲凉,日落天晚,无处可宿。
〔3〕远道迷:前途渺茫,不知路在何处。
〔4〕子规鸟:即杜鹃,暮春时节啼叫,叫声凄苦,若云"不如归去"。此时诗人携家人逃难,尤不忍听闻其声。

赠武十七谔并序[1]

门人武谔,深于义者也。质木沉悍,慕要离之风[2],潜钓川海,不数数于世间事〔3〕。闻中原作难,西来访余。余爱子伯禽在鲁,许将冒胡兵以致之。酒酣感激,援笔而赠。

马如一匹练,明日过吴门〔4〕。乃是要离客,西来欲报恩〔5〕。笑开燕匕首,拂拭竟无言〔6〕。狄犬吠清洛,天津成塞垣〔7〕。爱子隔东鲁,空悲断肠猿。林回弃白璧,千里阻同奔。君为我致之,轻赍涉淮源〔8〕。精诚合天道,不愧远游魂〔9〕。

〔1〕至德元载作。

〔2〕要离:春秋时著名侠客,曾为吴王报仇除凶。见《吴越春秋》。

〔3〕数数(shuò shuò 烁烁):急切,汲汲以求。世间事:指名利等俗事。

〔4〕"马如"二句:《韩诗外传》载:"颜回望吴门马,见一匹练,孔子曰:'马也。'"(《艺文类聚》卷九三引,今本《韩诗外传》无此条)一匹练,马飞驰时光影如一道白练;练,白色丝织品。

〔5〕报恩:未详其意,但李白与武谔应是旧交。

〔6〕"笑开"二句:武谔承诺李白时的动作、表情,显示其勇武及重交谊。燕匕首,用荆轲刺秦王典故,见《史记·刺客列传》,此指武谔随身所带的匕首。无言,其实是不必说更多的话。

〔7〕"狄犬"二句:洛阳已被叛军占领。狄,北方胡族,指安禄山。天津,洛阳天津桥。

〔8〕"爱子"六句:向武谔交代所托之事。"林回"句,出自《庄子·山木》,表示不能将爱子伯禽置之不顾。林回是殷之逃民,弃千金之璧,负赤子而趋,自谓"此以天属也"。"千里"句,应是指李白北上宋城接宗氏时,未能同时将远在东鲁的爱子接来。轻赍(jī击),轻装。淮源,

即淮河。

〔9〕"精诚"二句:对武谔此行的信心。精诚,指父子之间的感情。合天道,意即得到天道的护佑。远游魂,诗人自指。

西上莲花山(《古风》其十九)〔1〕

西上莲花山,迢迢见明星。素手把芙蓉,虚步蹑太清。霓裳曳广带,飘拂升天行。邀我登云台,高揖卫叔卿。恍恍与之去,驾鸿凌紫冥〔2〕。俯视洛阳川,茫茫走胡兵。流血涂野草,豺狼尽冠缨〔3〕。

〔1〕至德元载作。安史乱起后,李白身在江南而魂系中原,故托游仙之辞以寄家国之痛。

〔2〕"西上"十句:想象中在西岳华山登仙情景。李白南下到宣城后,有《江上答崔宣城》诗,诗云:"太华三芙蓉,明星玉女峰。寻仙下西岳,陶令忽相逢",前后相参,可知李白天宝十二载应有登华山之事,亦即有"三入长安"之行。莲花山,华山莲花峰。明星,华山仙女名,《集仙录》载:"明星玉女者,居华山,服玉浆,白日升天。"(《太平广记》卷五九引)太清,天空。云台,华山云台峰。卫叔卿,传说中仙人,见《神仙传》。凌紫冥,升天。

〔3〕"俯视"四句:想象中看到安史叛军横行洛阳一带的情景。华山地近河南,所以引发如此想象。胡兵,叛军。豺狼,喻叛军。尽冠缨,戴上了官帽。本年正月安禄山在洛阳称大燕皇帝,其部属皆得封官。

经乱后将避地剡中留赠崔宣城[1]

双鹅飞洛阳,五马渡江徼[2]。何意上东门,胡雏更长啸[3]。中原走豺虎,烈火焚宗庙。太白昼经天,颓阳掩馀照。王城皆荡覆,世路成奔峭。四海望长安,颦眉寡西笑。苍生疑落叶,白骨空相吊。连兵似雪山,破敌谁能料[4]?我垂北溟翼,且学南山豹[5]。崔子贤主人,欢娱每相召。胡床紫玉笛,却坐青云叫[6]。杨花满州城[7],置酒同临眺。忽思剡溪去,水石远清妙。雪尽天地明,风开湖山貌[8]。闷为洛生咏,醉发吴越调[9]。赤霞动金光,日足森海峤[10]。独散万古意,闲垂一溪钓[11]。猿近天上啼,人移月边棹。无以墨绶苦,来求丹砂要。华发长折腰,将贻陶公诮[12]。

〔1〕至德元载暮春作于宣城。崔宣城,宣城县令崔令钦。

〔2〕"双鹅"二句:大乱将起,已有征兆。"双鹅"句,《晋书·五行志》载,孝怀帝永嘉元年二月,洛阳东北步广里地陷,有苍白二色鹅飞出,苍者飞翔冲天,说者谓"苍者胡象",其后果然刘元海、石勒相继乱华。"五马"句,《晋书·五行志》又载,太安中童谣曰:"五马游渡江,一马化为龙。"后中原大乱。江徼,江边。

〔3〕"何意"二句:以石勒之乱喻禄山之乱。何意,没有想到。《晋书·石勒载记》载,"(石勒)年十四,随邑人行贩洛阳,倚啸上东门。王衍见而异之,顾谓左右曰:'向者胡雏,吾观其声视有奇志,恐将为天下之患。'"

〔4〕"中原"十二句：写天下陷于战乱的危急形势。豺虎，喻叛军。焚宗庙，诗人对形势的悲观估计，及本年六月长安沦陷后，果然"九庙为贼所焚"（《旧唐书·肃宗本纪》）。"太白"句，以天象喻禄山之乱，太白金星昼出经天，主凶祸。颓阳，落日，喻国运衰颓的唐王朝。王城，东都洛阳，《旧唐书·地理志》："东都，周之王城，平王东迁所都也。""世路"句，因为战乱，世间道路变得阻隔难行。奔峭，艰难崎岖。颦眉，愁眉不展。西笑，语出桓谭《新论》："关东鄙语曰：'人闻长安乐，出门向西笑。'""苍生"二句，百姓死于战乱，如枯树叶落，满地白骨。雪山，喻集结的唐军，虽多如雪山但并不坚牢，战斗力未必强，故下句曰"破敌谁能料"。

〔5〕"我垂"二句：逢此乱世，自己只能收敛心志，全身远害。北溟翼，大鹏的垂天之翼，比喻宏大功业理想，见《庄子·逍遥游》。南山豹，遇雾雨则七日不出觅食，欲润泽其毛皮花纹，见《烈女传·贤明传》。

〔6〕"崔子"四句：诗人受邀参与崔宣城的宴会。胡床，即交椅，可以折叠，来自胡地。却坐，后退而坐。青云叫，笛声嘹亮入云。

〔7〕"杨花"句：表明时令为暮春。

〔8〕"忽思"四句：自己生出避地剡中的念头，那里的水石、天地、湖山都令人向往。剡溪，参见《梦游天姥吟留别东鲁诸公》诗及注。

〔9〕"闷为"二句：尔后将闷时咏诗，醉时歌唱。洛生咏，洛阳一带书生的咏诗之声，其声重浊，如老婢声，见《世说新语·轻诋》。吴越调，流行于吴越间的歌曲，其声轻曼。

〔10〕"赤霞"二句：剡溪风光，云霞满天，山峰雄立。日足，从云隙中射出的日光。森海峤，使海边的山峰显得更森立可观。

〔11〕"闲垂"句：暗用严子陵故事，见《翰林读书言怀呈集贤诸学士》注〔8〕。

〔12〕"无以"四句：似含有规劝崔宣城远离官场，学道游仙之意。

墨绶,系在印纽上的黑色丝带,汉制县令用墨绶。丹砂要,炼丹的秘诀。"华发"二句,用陶渊明故事,启发崔宣城步其后尘。渊明不愿为五斗米折腰而解印绶,辞去彭泽县令,见《南史·陶潜传》。贻,招致。诮,讥笑。

猛虎行[1]

朝作猛虎行,暮作猛虎吟。肠断非关陇头水,泪下不为雍门琴[2]。旌旗缤纷两河道,战鼓惊山欲倾倒[3]。秦人半作燕地囚,胡马翻衔洛阳草[4]。一输一失关下兵[5],朝降夕叛幽蓟城[6]。巨鳌未斩海水动,鱼龙奔走安得宁[7]?颇似楚汉时,翻覆无定止[8]。朝过博浪沙,暮入淮阴市。张良未遇韩信贫,刘项存亡在两臣。暂到下邳受兵略,来投漂母作主人[9]。贤哲栖栖古如此,今时亦弃青云士[10]。有策不敢犯龙鳞,窜身南国避胡尘。宝书长剑挂高阁,金鞍骏马散故人[11]。昨日方为宣城客,掣铃交通二千石[12]。有时六博快壮心,绕床三匝呼一掷[13]。楚人每道张旭奇,心藏风云世莫知。三吴邦伯多顾盼,四海雄侠皆相推。萧曹曾作沛中吏,攀龙附凤当有时[14]。溧阳酒楼三月春,杨花茫茫愁杀人。胡人绿眼吹玉笛,吴歌白纻飞梁尘[15]。丈夫相见且为乐,槌牛挝鼓会众宾。我从此去钓东海,得鱼笑寄情相亲[16]。

〔1〕至德元载暮春作于宣州溧阳(今江苏溧阳)。猛虎行,乐府古题,在《乐府诗集·相和歌辞》中。古辞开首曰"饥不从猛虎食",李白诗在写法上对古辞有所照应,但通篇写时事,并袒露自己在乱起后的心迹。

〔2〕"朝作"四句:安史乱中,诗人朝朝暮暮都在关心着时局,并为之"肠断"、"泪下"。猛虎,喻安禄山之乱。陇头水,参见《秦水别陇首》注〔2〕。雍门琴,雍门子周为孟尝君弹琴,孟尝君听了大汗流涕,感到自己如同"破国亡邑之人",见《说苑·善说》。

〔3〕"旌旗"二句:乱起后河北、河南相继陷落。旌旗,指叛军旗帜。缤纷,见叛军气焰之盛。两河道,河北、河南。

〔4〕"秦人"二句:《资治通鉴》载,天宝十四载十一月乱起时"河北皆禄山统内,所过州县望风瓦解,守令或开门出迎,或弃城逃匿,或为所擒戮,无敢拒之者。十二月,禄山陷东京"。秦人,指唐军官兵。燕地,安、史巢穴所在,"燕地囚"即叛军的俘虏。"胡马"句,意即叛军占领了洛阳;翻,意想不到。

〔5〕"一输"句:潼关之战中,官军的一次大失败及朝廷的一次大失误。关下,潼关之下。《资治通鉴》载,至德元载洛阳陷落后,朝廷命高仙芝率五万军队屯守陕县(今三门峡市),令宦官边令诚监军。恰逢封常清战败,率残部至陕,劝高仙芝弃陕而退守潼关,仙芝听从了这一建议,率兵西趋潼关。叛军袭来时,官军狼狈退败,死者甚众。叛军占领了陕县及临汝、弘农、济阴、濮阳、云中诸郡。此即"一输"。战后,边令诚奏报高仙芝、封长清战败之事,玄宗遂斩高、封二将,诗人认为这是朝廷轻率处置的失误,此即"一失"。

〔6〕"朝降"句:河北道战局。《资治通鉴》载,天宝十四载十二月,常山郡(今河北正定)太守颜杲卿起兵抗贼,河北诸郡纷纷响应,十七郡皆归朝廷,依附禄山者仅范阳等六郡。此即"朝降"。稍后战局发生变化,史思明率叛军攻下常山郡城,诸郡之不从者所过均被残灭,于是河北

239

诸郡复落贼手。此即"夕叛"。幽蓟城,泛指河北诸城。

〔7〕"巨鳌"二句:平叛战争的总体局势。巨鳌,叛军首领安禄山、史思明。海水动,意即天下动荡不宁。鱼龙,指百姓。奔走,逃亡。

〔8〕"颇似"二句:以楚汉相争的历史比喻时下反复变化的战局。有论者认为李白将朝廷与叛军并列,比喻失当,是因为不明白李白用典的习惯;李白诗中用典,往往取其一点而不及其馀,此处仅取战局反复变化一点,而与诗人的主观立场没有关系。

〔9〕"朝过"六句:楚汉相争之际,张良、韩信尚未得到重用的情况。博浪沙、下邳,张良之事,见《经下邳圯桥怀张子房》注〔2〕。淮阴市、漂母,韩信之事,见《赠新平少年》注〔2〕。

〔10〕"贤哲"二句:以张良、韩信当时的不遇比喻自己当下处境,据下文可知兼及在座的张旭。贤哲,指张良、韩信。栖栖,惶惶不安,没有归宿。青云士,才能志向不凡者,指诗人自己及张旭。

〔11〕"有策"四句:自己不为朝廷所用,战乱中只好远避南方。策,破敌之策。犯龙鳞,冒着风险向朝廷进言。宝书长剑,喻指自身才能抱负。挂高阁,暂时搁置。金鞍骏马,喻手边资财。散故人,与朋友同享。

〔12〕"昨日"二句:自己由宣城而来。"掣铃"句,与郡太守的交往。掣铃,掣动官署外的悬铃,用以通报。交通,交往。二千石,郡太守。

〔13〕"有时"二句:赌博游戏的狂放之状,亦见其豪迈情怀。六博,见《梁园吟》注〔10〕。"绕床"句,用刘毅故事,《晋书·刘毅传》载,一次聚会赌博中,毅掷得好采,大喜,褰衣绕床而叫。

〔14〕"楚人"六句:咏张旭。张旭,研究者考证并非唐代大书法家"草圣"张旭,彼张旭已于天宝十载去世。心藏风云,胸有政治抱负。三吴邦伯,吴地的州郡长官。萧曹,汉初大臣萧何、曹参。秦时,萧何为沛县吏,曹参为沛县狱吏。攀龙附凤,指萧、曹辅佐刘邦,多所建树。诗以萧、曹鼓励张旭,谓其前程远大。

〔15〕白纻:白纻歌,吴地舞曲。飞梁尘:谓歌声嘹亮,震起梁尘。

〔16〕"我从"二句:披露自己的怀抱雄心,将待机而作,并期待功成以报答知己。钓东海,谓建立大功,语出《庄子·外物》:"任公子为大钩巨缁……投竿东海,旦旦而钓,期年不得鱼。已而大鱼食之。"

扶风豪士歌〔1〕

洛阳三月飞胡沙,洛阳城中人怨嗟。天津流水波赤血,白骨相撑如乱麻〔2〕。我亦东奔向吴国,浮云四塞道路赊〔3〕。东方日出啼早鸦,城门人开扫落花。梧桐杨柳拂金井,来醉扶风豪士家。扶风豪士天下奇,意气相倾山可移。作人不倚将军势,饮酒岂顾尚书期〔4〕!雕盘绮食会众客,吴歌赵舞香风吹。原尝春陵六国时,开心写意君所知。堂中各有三千士,明日报恩知是谁〔5〕?抚长剑,一扬眉,清水白石何离离。脱吾帽,向君笑;饮君酒,为君吟〔6〕。张良未逐赤松去,桥边黄石知我心〔7〕。

〔1〕至德元载三月作于溧阳。扶风豪士,溧阳主簿窦嘉宾,其名字曾见于李白《溧阳濑水贞义女碑铭》。

〔2〕"洛阳"四句:安史乱中的洛阳,实亦沦陷区情景的概括。飞胡沙,即被安史叛军占领。天津,天津桥,在洛水上。"天津"二句见出战争中死人之多。

〔3〕"我亦"二句:自己离开宣城,来到溧阳,前途十分渺茫。吴国,指溧阳,古为吴国地。浮云四塞,喻道路艰难,语出司马相如《长门赋》:

"浮云郁而四塞。"道路赊,道路因艰难而变得漫长;赊,长。

〔4〕"作人"二句:诗人在酒席上开玩笑的话。"作人"句,出自辛延年《羽林郎》"昔有霍家奴,姓冯名子都。依倚将军势,调笑酒家胡"数语,反其意而用之。"饮酒"句,用陈遵故事。陈遵,后汉人,嗜酒,每宴宾客,将客人车辖(车轴两头的键,用来挡住车轮不使脱落)投入井中,使客人不能退席。有一刺史急于离去,只好候陈遵醉时入见其母,告以与尚书有期会,母令其从后阁门出。见《后汉书·陈遵传》。

〔5〕"原尝"四句:由此至篇末均为诗人即席所说的话,表明自己胸有大志。原尝春陵,战国四公子赵平原君、齐孟尝君、楚春申君、魏信陵君。四公子皆善养士,《史记·魏公子列传》载,信陵君门下有食客三千人。门客中多有建立奇功以报答主人者,李白即以之自许。开心,敞开胸襟。写意,说心里话。

〔6〕"抚长剑"七句:抚长剑、一扬眉、脱吾帽、向君笑,均为诗人酒后兴奋的表情动作。"清水"句,表明诗人心怀坦荡、磊落。

〔7〕"张良"二句:诗人以张良自喻,谓国难当头,自己不能隐逸游仙而去,而欲为国家建立功业。赤松,神农时仙人赤松子,见《列仙传》。张良功成封侯,表示愿弃人间事,从赤松子游。桥边黄石,见《经下邳圯桥怀张子房》注〔2〕。

赠王判官时余归隐居庐山屏风叠[1]

昔别黄鹤楼,蹉跎淮海秋[2]。俱飘零落叶,各散洞庭流[3]。中年不相见,蹭蹬游吴越。何处我思君?天台绿萝月。会稽风月好,却绕剡溪回。云山海上出,人物镜中来[4]。一度浙江北,十年醉楚台[5]。荆门倒屈宋,梁苑倾邹枚[6]。苦笑我夸诞,知音安在哉[7]?大盗割鸿沟,如风扫秋叶。吾非济代人,且隐屏风叠[8]。中夜天中望,忆君思见君。明朝拂衣去,永与海鸥群[9]。

〔1〕至德元载(756)秋,由越中归来,隐居庐山时作。王判官,名字不详。屏风叠,在庐山五老峰下,山势九叠如屏。

〔2〕"昔别"二句:追忆与王判官早年的交谊,应在李白初出蜀时。黄鹤楼,在武昌。淮海,指扬州一带。

〔3〕"俱飘"二句:二人别后各自过着如"零落叶"、"洞庭流"一样的飘荡生活。

〔4〕"中年"八句:自述天宝初出朝后漫游越中的经历。蹭蹬,困顿。吴越,指东南一带。天台、会稽、剡溪,均在越中。镜中,指越中水清如镜。

〔5〕"一度"二句:追忆在江汉一带,即居家安陆的生活。"一度"句,指早年出蜀后的首次游越。"十年"句,即李白自述"酒隐安陆,蹉跎十年"。楚台,泛指江汉一带。

〔6〕"荆门"二句:诗人自谓其文才压倒屈(屈原)、宋(宋玉)、邹(邹阳)、枚(枚乘)。荆门,指楚地。梁苑,梁孝王苑,指宋州。李白婚于许氏后居楚地,婚于宗氏后居宋州。

〔7〕"苦笑"二句:无论走到何处,总被视为夸诞而少有知音。

〔8〕"大盗"四句:安史乱起,自己报国无门,只好隐居庐山。割鸿沟,典出《史记·项羽本纪》:"项王乃与汉约,中分天下,割鸿沟以西者为汉,鸿沟而东者为楚。"此指安史叛军与官军成对峙局面。鸿沟,古运河名,在今河南境。"如风"句,言叛军攻城掠地的情形。

〔9〕"明朝"二句:表明隐居的心愿。海鸥,典出《列子》:"海上之人有好沤鸟者,每旦之海上,从沤鸟游,沤鸟之至者,百住而不止。"

菩萨蛮[1]

平林漠漠烟如织[2],寒山一带伤心碧[3]。暝色入高楼,有人楼上愁。　　玉阶空伫立,宿鸟归飞急。何处是归程?长亭更短亭[4]。

〔1〕传世的两种宋本李白集中,咸淳本(即当涂本)《李翰林集》卷四载有这首词,宋蜀本《李太白文集》不载。菩萨蛮,词曲名。天宝末年崔令钦所著《教坊记》中载有曲名《菩萨蛮》。此词约作于至德元载前后,崔令钦时任宣城县令,与李白有交往。清刘熙载云:"太白《菩萨蛮》、《忆秦娥》两阕,足抵少陵《秋兴八首》。想其情境,殆作于明皇西幸后乎?"(《艺概》)

〔2〕平林漠漠:远望中,林木梢端苍茫一片。烟如织:暮霭浓重。

〔3〕伤心:极,太,表示程度的副词。

〔4〕"何处"二句:谓归路漫长,实即归乡无望。长亭、短亭,秦汉十里置亭,谓之长亭;五里置亭,谓之短亭。亭,供行人休憩、饯别之处。更,一个又一个,连续不断。

忆秦娥[1]

箫声咽,秦娥梦断秦楼月。秦楼月,年年柳色,灞陵伤别[2]。　　乐游原上清秋节[3],咸阳古道音尘绝。音尘绝,西风残照,汉家陵阙[4]。

〔1〕此词宋蜀本亦不载,而见于咸淳本(即当涂本)《李翰林集》卷五。传世词调"忆秦娥",或即源于李白此篇"秦娥梦断秦楼月"句。
〔2〕"灞陵"句:参见《灞陵行送别》诗及注。
〔3〕乐游原:在长安东南,其地高敞,为京城士女游乐之处。清秋节:即九月九日重阳节。
〔4〕"西风"二句:以汉喻唐,萧瑟景象象征着唐王朝国运的艰危。汉家陵阙,实指唐帝王陵墓。

赠韦秘书子春[1]

谷口郑子真,躬耕在岩石。高名动京师,天下皆籍籍。斯人竟不起,云卧从所适。苟无济代心,独善亦何益[2]?惟君家世者,偃息逢休明[3]。谈天信浩荡,说剑纷纵横[4]。谢公不徒然,起来为苍生[5]。秘书何寂寂,无乃羁豪英[6]?且复归碧山,安能恋金阙!旧宅樵渔地,蓬蒿已应没。却顾女几峰,胡颜见云月?徒为风尘苦,一官已白发[7]。气同万里合,访我来琼都。披云睹青天,扪虱话良图[8]。留侯将绮里,出处未云殊[9]。终与安社稷,功成去五湖[10]。

〔1〕至德元载十二月作于庐山。韦子春,曾官秘书省著作郎。据《新唐书·永王璘传》,韦子春为其谋主之一。永王受玄宗任命,为江陵大都督,领山南东道、黔中道、岭南道、江南西道节度都使。韦奉命来庐

山说李白入军幕。此诗是李白应征后赠韦之作。

〔2〕"谷口"八句：评论郑子真事，认为贤者不应高隐，而应济世。郑子真，西汉隐士，居谷口（在今陕西礼泉县，当泾水出山口），成帝时，位高权重的大将军王凤以礼聘子真，子真辞而不就。见《汉书·王吉传》。籍籍，名声盛极，犹今语"轰动"。从所适，追求舒适的生活。"苟无"二句，表明李白的观点，不求独善，而以济世为己任。这正是李白应征入永王幕的思想基础。

〔3〕"惟君"二句：言韦氏家世。韦氏在高宗、武后朝有数人为相。偃息，安卧。休明，政治清明的好时代。

〔4〕"谈天"二句：谓韦子春渊博而雄辩。谈天，战国时齐人邹衍善论辩宇宙之事，齐人称其"谈天衍"。说剑，《庄子》有《说剑》篇，颇似纵横家之言。

〔5〕"谢公"二句：用谢安事，见《梁园吟》注〔11〕。表达自己将入永王幕的意向。

〔6〕"秘书"二句：谓韦子春在秘书省时不得施展才能抱负。羁，约束、压制。

〔7〕"且复"八句：韦子春因在朝志不得伸，曾去官归隐。女几峰，在河南府福昌县（今河南宜阳）。胡颜，有何颜面，犹言"羞于"。见云月，面对山中风光。

〔8〕"气同"四句：韦子春万里来访。气同，二人志趣相投。琼都，仙都，道家修炼之地。陈子昂《送中岳二三真人序》："岂知琼都命浅，金格道微，攀倒景而迷途，顾中峰而失路。"李白屡在庐山诗中写学道游仙，如《望庐山瀑布》、《庐山谣寄卢侍御虚舟》等，故而此处以"琼都"指庐山。"披云"句，从与韦的谈话中似乎看到了美好未来。披云，拨开云雾。睹青天，指心情豁然开朗。"扪虱"句，用王猛故事，指畅谈忘形。《前燕录》载，王猛隐华山，桓温入关，王猛前去谒见，"一面说当代之事，

扪虱而言,旁若无人"。

〔9〕"留侯"二句:留侯与绮里所代表的入世与出世并没有本质区别(最终目的都应是为了国家社稷)。留侯,汉丞相张良,代表"出",即济世。将,连词,与。绮里,商山四皓之一的绮里季,代表"处",即独善、隐居,参见《山人劝酒》诗及注。

〔10〕"终与"二句:诗人决定应召入幕,期盼着为国家尽一份责任,功成之后则仿效范蠡,放浪江湖。安社稷,即为平叛战争做出贡献。去五湖,用春秋时范蠡故事,参见《答王十二寒夜独酌有怀》注〔24〕。

别内赴征三首[1]

王命三征去未还[2],明朝离别出吴关[3]。白玉高楼看不见[4],相思须上望夫山[5]。

〔1〕至德元载岁暮,应永王征聘即将西上江陵入幕之际,告别宗氏夫人,作于庐山。

〔2〕王:永王李璘。三征:三次礼聘。李白在《与贾少公书》中说:"王命崇重,大总元戎,辟书三至,人轻礼重。严期迫切,难以固辞。"可与诗句相印证。去未还,此去不知何日能还家。

〔3〕吴关:指庐山所在地寻阳(今江西九江)。古豫章(今江西)地处吴、楚之间,有"吴头楚尾"之称,故寻阳可称"吴关"。

〔4〕白玉高楼:宗氏居处。

〔5〕望夫山:丈夫外出久不归,妻子登山而望,岁久化为石。其山传说中在在多有,此处并非实指。

出门妻子强牵衣,问我西行几日归[1]?归时倘佩黄金印,莫见苏秦不下机[2]。

〔1〕西行:溯江西上,往永王军所在地江陵。
〔2〕"归时"二句:诗人告别宗氏的戏言。《战国策·秦策》:"苏秦说秦王,书十上而说不行。……归至家,妻不下纴,嫂不为炊,父母不与言。"后说赵王成功,佩相印而归。诗句流露了李白对此行建立功业的信心。不下机,不下织机,即不理睬。

翡翠为楼金作梯,谁人独宿倚门啼[1]?夜坐寒灯连晓月[2],行行泪尽楚关西[3]。

〔1〕"翡翠"二句:想象别后宗氏倚门而望的情景。
〔2〕"夜坐"句:诗人与宗氏通宵未眠,对坐直至天亮。晓月,月末于拂晓时分天边出现的月亮,可知李白下山已是十二月底。
〔3〕楚关:相对于第一首中"吴关",谓此行将由吴入楚。

永王东巡歌十一首[1]

永王正月东出师[2],天子遥分龙虎旗[3]。楼船一举风波静,江汉翻为雁鹜池[4]。

〔1〕至德二载(757)正月作于永王军中。诗题明确揭示组诗以歌颂永王东巡为主旨,十一首诗均围绕这一主旨展开。永王李璘,玄宗第

十六子。至德元载六月,安史叛军攻陷潼关,玄宗仓皇逃离长安往蜀中避难。七月丁卯(十五日),玄宗于赴蜀途中颁发制书,以太子李亨为天下兵马元帅,领朔方、河东、河北、平卢节度使;以永王为江陵大都督,山南东道、黔中道、岭南道、江南西道节度都使;同时,又任命了盛王琦和丰王珙,但二王均未出阁。九月,永王至江陵,招募将士数万人;十二月,引舟师东下,甲仗五千人趋广陵,此即"东巡"。又,《旧唐书·文苑列传》记李白事迹,曰:"禄山之乱,玄宗幸蜀,在途以永王璘为江淮兵马都督、扬州节度大使。白在宣州谒见,辟为从事。"据此,玄宗继七月丁卯制之后,对永王尚有新的任命,所以永王引水师直趋广陵(即扬州)。李白写《永王东巡歌》时,永王水军已到丹阳(今江苏镇江)。

〔2〕正月:至德二载正月。

〔3〕天子:指唐玄宗。遥分龙虎旗:指玄宗上年七月丁卯所颁制书。龙虎旗,军中所建之旗,兵权的象征。

〔4〕"楼船"二句:意谓永王水军过处兵祸消弭,连江、汉这样的大江大河都变得像雁鹜池一样平静。翻为,犹言"竟变成"。雁鹜池,园林中的池塘,语出南朝梁王筠《和吴主簿诗》:"日照鸳鸯殿,萍生雁鹜池。"

三川北虏乱如麻〔1〕,四海南奔似永嘉〔2〕。但用东山谢安石,为君谈笑静胡沙〔3〕。

〔1〕三川:流经洛阳的黄河、洛水、伊水,此指中原一带。

〔2〕"四海"句:北方民众多向江南逃难。永嘉,西晋怀帝年号。永嘉五年,刘曜攻陷洛阳,俘虏怀帝,纵兵烧掠,杀王公士民三万馀人,中原士族大举南奔,避乱江左,史称"永嘉之乱"。

〔3〕"但用"二句:以谢安石喻永王,谓其既为朝廷所用,必能于谈笑间平定安史叛乱。谈笑,谓其指挥大战而从容不迫、镇定自若的风度。

谢安石出山,运筹帷幄,淝水之战击败前秦苻坚的大军,保全了东晋。参见《梁园吟》注〔11〕。

雷鼓嘈嘈喧武昌,云旗猎猎过寻阳〔1〕。秋毫不犯三吴悦〔2〕,春日遥看五色光〔3〕。

〔1〕"雷鼓"二句:以武昌、寻阳概括永王东巡所经过的地方。

〔2〕三吴:唐指吴郡、吴兴、丹阳,此泛指吴地,即永王水师到达的地方。

〔3〕五色光:瑞云。《初学记》卷一引《西京杂记》:"瑞云曰庆云,曰景云,云五色曰庆。"

龙盘虎踞帝王州〔1〕,帝子金陵访古丘〔2〕。春风试暖昭阳殿,明月还过鸤鹊楼〔3〕。

〔1〕龙盘虎踞:谓金陵地势。诸葛亮观秣陵(即金陵)山阜,叹曰"钟山龙盘,石城虎踞",见《太平御览》卷一五六引《江表传》。

〔2〕帝子:永王。

〔3〕昭阳殿、鸤鹊楼:南朝时金陵宫殿、楼观。

二帝巡游俱未回〔1〕,五陵松柏使人哀〔2〕。诸侯不救河南地〔3〕,更喜贤王远道来〔4〕。

〔1〕二帝:玄宗及肃宗。至德元载七月甲子(十二日)、即玄宗在幸蜀途中颁发任命诸王制书前三天,肃宗已在灵武(今宁夏吴忠)即位。

李白既知肃宗已经继位,仍言"二帝",表明在其心目中玄宗仍居帝位的正当性。巡游,谓帝王不在国都。未回,未回长安。

〔2〕五陵:祖先陵墓,即唐高祖献陵、太宗昭陵、高宗乾陵、中宗定陵、睿宗桥陵。

〔3〕诸侯:指各地军政长官。河南地:黄河以南的河南道地域,平叛战争中心战场所在。

〔4〕"更喜"句:与诸侯比较,突出永王在平叛战争中的作用。贤王,永王。远道来,即东巡而来。

丹阳北固是吴关〔1〕,画出楼台云水间。千岩烽火连沧海,两岸旌旗绕碧山。

〔1〕丹阳:郡名,即润州,州治所丹徒县(今江苏镇江)。北固:北固山,在丹徒县北,下临长江,地势险要。

王出三江按五湖〔1〕,楼船跨海次扬都〔2〕。战舰森森罗虎士,征帆一一引龙驹〔3〕。

〔1〕三江、五湖:扬州一带的江河湖泊。《周礼·夏官》:"东南曰扬州……其江三川,其浸五川。"按,巡察。

〔2〕"楼船"句:永王军下一步的行动计划。跨海,唐代时,扬州距离长江入海口较今为近,故而楼船跨江如同"跨海"。扬都,扬州,与润州隔江相望。据前引《旧唐书·文苑列传》,玄宗曾任命永王璘为江淮兵马都督、扬州节度大使(至德元载七月玄宗制,任命盛王琦为广陵郡大都督,统江南东路、淮南、河南等路节度大使,但因盛王不出阁,玄宗才有新的任命),所以永王进军扬州乃是遵从玄宗之命。

〔3〕"战舰"二句:永王水军行进的景象。龙驹,战马。

长风挂席势难回[1],海动山倾古月摧[2]。君看帝子浮江日,何似龙骧出峡来[3]?

〔1〕席:帆。势难回:即一往无前。
〔2〕古月:拼成"胡"字;古月摧,胡兵被打败。
〔3〕"君看"二句:以晋龙骧将军王濬伐吴比拟永王东巡。《晋书·武帝纪》:"咸宁五年十一月,大举伐吴,遣龙骧将军王濬、广武将军唐彬率巴蜀之卒,浮江而下。"

祖龙浮海不成桥,汉武寻阳空射蛟[1]。我王楼舰轻秦汉,却似文皇欲渡辽[2]。

〔1〕"祖龙"二句:以秦始皇及汉武帝反衬永王,展望即将取得的胜利。"祖龙"句,秦始皇曾于海中作石桥,但得罪了海神,终未成功,见《水经注·濡水》引《三秦略记》。"汉武"句,汉武帝巡狩南方时,"自寻阳浮江,亲射蛟江中,获之",见《汉书·武帝纪》。空射蛟,谓射蛟无关帝王功业。
〔2〕"我王"二句:永王的战略计划是从海上进军,直取安史老巢幽州。文皇,唐太宗。两《唐书·太宗本纪》载,贞观十九年太宗亲征辽东,二月兵发洛阳,五月车驾渡辽,至冬初班师。

帝宠贤王入楚关,扫清江汉始应还[1]。初从云梦开朱邸[2],更取金陵作小山[3]。

〔1〕"帝宠"二句：永王得到玄宗的任命和特殊信任，引师东下，意在经营江汉，即控制江南。帝，玄宗。楚关，楚地。

〔2〕"初从"句：指永王最初立足于江陵。云梦，古大泽名，在楚地，此指江陵。

〔3〕"更取"句：永王经营金陵的计划。小山，将金陵之钟山看做府邸园囿内的小山。

试借君王玉马鞭，指挥戎虏坐琼筵[1]。南风一扫胡尘静，西入长安到日边[2]。

〔1〕"试借"二句：永王从玄宗那里获得统兵之权，将举重若轻地战胜叛军。君王，玄宗。玉马鞭，代指统兵权。"指挥"句，用谢安故事。《晋书·谢安传》载，谢安为征讨大都督，指挥与苻坚的战斗时，"命驾出山墅，亲朋毕集"，与谢玄围棋赌别墅；又"游涉，至夜乃还，指挥将帅，各当其任"；破敌驿书报来时，"安方对客围棋，看书既毕，便摄放床上，了无喜色，棋如故"。坐琼筵，意谓不须亲临前线，即能克敌制胜。

〔2〕"南风"二句：永王定能克敌制胜，西入长安向朝廷复命。南风，喻指永王军。日边，即帝所长安。

在水军宴赠幕府诸侍御[1]

月化五白龙，翻飞凌九天[2]。胡沙惊北海，电扫洛阳川[3]。虏箭雨宫阙，皇舆成播迁[4]。英王受庙略，秉钺清南边[5]。云旗卷海雪，金戟罗江烟。聚散百万人，弛张在一贤[6]。霜台降群彦,水国奉戎旃。绣服开宴语,天人借楼船。如登黄金台,遥谒紫霞仙[7]。卷身编蓬下,冥机四十年。宁知草间人,腰下有龙泉[8]!浮云在一决,誓欲清幽燕[9]。愿与四座公,静谈金匮篇。齐心戴朝恩,不惜微躯捐[10]。所冀旄头灭,功成追鲁连[11]。

〔1〕至德二载正月作于永王军中。幕府,节度使官署。侍御,本为御史台官职,唐代节度使之参佐人员多带"侍御"头衔,此指永王幕中同僚。

〔2〕"月化"二句:指安史乱作。月化,《十六国春秋·后燕录》载,太史丞梁延年梦月化为五白龙,梦中占之曰:月,臣也;龙,君也。月化为龙,当有臣为君。"翻飞"句,以白龙翻飞喻叛贼之嚣张。

〔3〕"胡沙"二句:叛军由北方边地范阳起兵,很快占领了东都洛阳。范阳,古渤海郡,故称"北海"。电扫,言其进军迅速。

〔4〕"虏箭"二句:叛军占领长安,玄宗奔蜀。皇舆,皇帝车驾。播迁,流离迁徙。

〔5〕"英王"二句:永王受玄宗任命,统领大军经营南方。英王,永王。庙略,朝廷决策。钺,大斧;秉钺,将军受命出征时天子赐斧钺,《诗经·周颂·长发》:"武王载旆,有虔秉钺。"

〔6〕"云旗"四句:永王军中旗帜招展,兵器林立,百万大军全在一人掌握之中。海雪,海中雪浪。百万,夸张之辞。聚散、弛张,军伍的行动。一贤,指永王。

〔7〕"霜台"六句:与幕府诸侍御宴集的情景。霜台,御史台的别称,御史执法严肃如霜,故称。卢照邻《乐府杂诗序》:"侍御史贾君……霜台有暇,文律动于京师。"戎旃,军旗,指军旅之事。绣服,指诸

侍御,源自汉代之"绣衣御史"。天人,犹帝子,指永王。黄金台,用燕昭王故事,见《行路难》(大道如青天)注〔7〕。紫霞仙,以仙人拟永王。

〔8〕"卷身"四句:诗人自抒其怀。卷身,屈身,意为不得志。编蓬,编蓬草为门,指平民之家。冥机,藏其机锋,潜心苦思。四十年,李白自十八岁隐居匡山读书,至入永王幕时恰四十年。草间人,在野的隐者。龙泉,宝剑名,即龙渊,避唐高祖讳改称,见《越绝书》卷十。此处代指政治才能。

〔9〕"浮云"二句:诗人立志为平叛战争做出贡献。浮云,指安史势力。《庄子·说剑》:"天子之剑……上决浮云,下绝地纪。此剑一用,匡诸侯,天下服矣。"幽燕,安史老巢。

〔10〕"愿与"四句:诗人对诸侍御所言。四座公,诸侍御。金匮篇,兵书。

〔11〕"所冀"二句:诗人的心愿,战争结束后功成不居,即告隐退。旄头灭,敌人被消灭;旄头,《史记·天官书》:"昴曰旄头,胡星也。"鲁连故事,见《齐有倜傥生》诗及注。

南奔书怀[1]

遥夜何漫漫,空歌白石烂。宁戚未匡齐,陈平终佐汉[2]。欃枪扫河洛,直割鸿沟半[3]。历数方未迁,云雷屡多难[4]。天人秉旄钺,虎竹光藩翰[5]。侍笔黄金台,传觞青玉案[6]。不因秋风起,自有思归叹[7]。主将动谗疑,王师忽离叛[8]。自来白沙上,鼓噪丹阳岸[9]。宾御如浮云,从风各消散[10]。舟中指可掬,城上骸争爨[11]。草草出近关,行行昧前

255

算[12]。南奔剧星火,北寇无涯畔[13]。顾乏七宝鞭,留连道傍玩[14]。太白夜食昴,长虹日中贯[15]。秦赵兴天兵,茫茫九州乱[16]。感遇明主恩,颇高祖逖言。过江誓流水,志在清中原[17]。拔剑击前柱,悲歌难重论[18]!

〔1〕至德二载二月作。当永王奉玄宗制命在江陵招募将士,积聚粮草,并东巡沿江而下时,引起肃宗极大警惕,认为其蓄有异志,遂派遣江东节度使韦陟、淮西节度使来瑱、淮南节度使高适等讨伐永王。至德二载二月戊戌(二十日),永王兵败丹阳,自丹阳奔晋陵(今江苏常州),又奔鄱阳(今江西饶州),被江西采访使皇甫侁执杀。永王兵败之际,其幕僚皆星散,此诗即李白自丹阳仓皇南奔途中作。

〔2〕"遥夜"四句:用甯戚、陈平故事,表达自己期盼为朝廷所用的心情。甯戚,春秋时人,修德而不见用,退而做商贾,将车子停在齐国东门外,齐桓公夜出,听到他叩牛角而歌,歌曰:"南山矸,白石烂……从昏饭牛薄夜半,长夜漫漫何时旦?"遂被桓公召见,做了齐国的大夫。见《离骚》王逸注及洪兴祖补注。陈平,汉人,在魏王、项王处都得不到重用,听说汉王能用人,遂投靠汉王,文帝时做了宰相。见《史记·陈丞相世家》。空歌、未匡齐,表明自己尚未被朝廷任用。终佐汉,是对未来的希望。

〔3〕"欃枪"二句:写战争形势,官军与叛军相持不下。欃(chán谗)枪,即彗星,古时以为彗星出现是战争预兆,诗中指叛军。"直割"句,楚汉相争,割鸿沟为界,参见《赠王判官时余归隐居庐山屏风叠》注〔8〕;直,竟然,居然,诗人未料到战局会如此出人意料。

〔4〕"历数"二句:唐王朝气运虽未迁改,但艰难多故,国势不昌。历数,天命。云雷,《周易·屯》:"象曰:云雷屯。"包含着遭遇险难之意。

〔5〕"天人"二句:永王以皇子身份秉承玄宗旨意,统领一方大军。

天人,永王。旄钺,用牦牛尾装饰的旗帜及大斧,将帅权力的象征。虎竹,统兵符节。光,动词,光照。藩翰,屏卫一方的重臣。

〔6〕"侍笔"二句:诗人自己在军中受到优礼的景况。侍笔,起草军中文书。黄金台,用燕昭王故事,见《行路难》(大道如青天)注〔7〕。传觞,参加宴会。青玉案,玉做的精美台案。

〔7〕"不因"二句:用晋张翰故事,见《秋下荆门》注〔3〕,表明自己在永王军中曾经思归。李白可能对局势有所忧虑,所以动过及早离去的念头。

〔8〕"主将"二句:军中将领听到传言而产生疑虑,以致叛离了永王。两《唐书》永王璘传载,当淮南采访使李成式与河北招讨判官李铣合兵讨璘时,永王部将季广琛召诸将议曰:"吾属从王至此,天命未集,人谋已堕,不如及兵锋未交,早图去就。死于锋镝,永为逆臣矣。"于是,季广琛以麾下奔广陵,浑惟明奔江宁,冯季康奔白沙。

〔9〕"自来"二句:永王军溃败时的混乱状况。白沙,即白沙洲,属广陵郡。鼓噪,军中乱时的喧嚷声。

〔10〕"宾御"二句:军中乱时,永王部属、包括上篇所谓"幕府诸侍御"如风吹云散一样,纷纷逃离。

〔11〕"舟中"二句,永王军溃败时士卒死伤的惨状。指可掬,许多手指被砍掉,语出《左传》宣公十二年:"中军、下军争舟,舟中之指可掬也。"骸争爨(cuàn 窜去声),人骨堆积如柴薪,语出《左传》宣公十五年:"敝邑易子而食,析骸以爨。"

〔12〕"草草"二句:诗人自己仓促逃奔的情状。草草,匆匆。昧前算,不知该向何处去。

〔13〕"南奔"二句:诗人将个人处境(仓促奔亡)与国家形势(安史叛军气焰尚炽)对举,表明极端无奈和痛愤的心情。北寇,指安史叛军。无涯畔,形容人数众多。北寇无涯畔,意同《永王东巡歌》句"三川

257

北虏乱如麻"。

〔14〕"顾乏"二句:用晋明帝逃脱王敦追击故事,感慨自己于逃难途中无脱身之策。《晋书·明帝纪》载,王敦谋反,追击明帝,明帝骑马逃命,途中用水灌马粪,又见旅店有卖食老妪,就将身边的七宝鞭与之。追兵到来,五骑传玩七宝鞭,稽留遂久,又见马粪已冷,遂停止了追击。

〔15〕"太白"二句:表明自己为国效力的精诚之心,可以上干天象。语出《汉书·邹阳传》:"荆轲慕燕丹之义,白虹贯日……卫先生为秦画长平之事,太白食昴。"昴,星名,赵国的分野。

〔16〕"秦赵"二句:《史记·赵世家》载,"赵之先与秦共祖",秦、赵本为兄弟之国。诗以"秦"喻肃宗,以"赵"喻永王。天兵,朝廷之兵。在李白看来,征讨永王的大军及永王军都是朝廷军事力量,值此国难当头之际(即"北寇无涯畔")却互相攻杀,给战火纷纷的九州更添了几多乱象。此为李白所大不解者。

〔17〕"感遇"四句:李白自明其志。明主,玄宗。祖逖,晋奋威将军、豫州刺史,率部渡江北伐,至中流,击楫而誓曰:"祖逖不能清中原而复济者,有如大江。"见《晋书·祖逖传》。李白自道其入永王军幕的初衷,是为平叛效力,并立下了祖逖一样的誓言。

〔18〕"拔剑"二句:极写痛心疾首、悲愤莫名的心情,语出鲍照《拟行路难》:"对案不能食,拔剑击柱长叹息。"难重论,痛不欲言。李白欲从永王为平定"安史之乱"建功效力,不料永王却成了朝廷讨伐的对象,人生遭遇如此凶险莫测,实不可言述。

上留田行[1]

行至上留田,孤坟何峥嵘[2]!积此万古恨,春草不复生。悲风四边来,肠断白杨声[3]。借问谁家地,埋没蒿里茔[4]？故老向余言,言是上留田,蓬科马鬣今已平[5]。昔之弟死兄不葬,他人于此举铭旌[6]。一鸟死,百鸟鸣;一兽死,百兽惊。桓山之禽别离苦,欲去回翔不能征[7]。田氏仓卒骨肉分,青天白日摧紫荆[8]。交让之木本同形,东枝憔悴西枝荣[9]。无心之物尚如此,参商胡乃寻天兵[10]？孤竹延陵,让国扬名;高风缅邈,颓波激清[11]。尺布之谣,塞耳不能听[12]！

〔1〕上留田行,乐府古题,在《乐府诗集·相和歌辞》中。《乐府诗集》题解引崔豹《古今注》:"上留田,地名也。人有父母死不字(抚育)其孤弟者,邻人为其弟作悲歌以风(讽刺)其兄,故曰《上留田》。"李白此诗以古题写时事,似因肃宗不容永王而发。永王兵败后被江西采访使皇甫侁执杀。

〔2〕峥嵘:突出。

〔3〕"悲风"二句:出自《古诗十九首》:"出郭门直视,但见丘与坟。白杨多悲风,萧萧愁杀人。"

〔4〕蒿里:葬人处。

〔5〕"蓬科"句:当初简陋的坟墓已成平地。蓬科,即蓬颗,坟头长着蓬草的土块。马鬣,坟头封土的一种形式,语出《礼记·檀弓》:"从若斧者焉,马鬣封之谓也。"马鬣,生长马鬃的位置,其肉薄,形状如斧,封土如马鬣,见其简陋。

〔6〕"昔之"二句:以古事讽今,刺永王罹难时肃宗没有尽到兄长的责任。《新唐书·十一宗诸子》载,江西采访使皇甫侁执杀永王后,送永王妻、子至蜀,"上皇(玄宗)伤悼久之",肃宗谓左右曰:"皇甫侁执吾弟,

不送之蜀而擅杀之,何邪?"由是不复用俶。铭旌,即明旌,竖在灵柩前以标识死者姓名的旗幡。

〔7〕"桓山"二句:以禽鸟的别离作反衬,意谓做人应该顾及骨肉亲情。典出《孔子家语》卷五:"(颜回)曰:'回闻桓山之鸟生四子焉,羽翼既成,将分于四海,其母悲鸣而送之。'"征,上路。

〔8〕"田氏"二句:指出田氏兄弟应是肃宗兄弟的榜样,实即痛惜肃宗兄弟未能如此。《续齐谐记》载,京兆田真兄弟三人分家,财产都已平均,堂前有一株紫荆树,商议欲破为三片,次日树即枯死。田真大惊,谓诸弟曰:"树木同株,闻将分斫,所以憔悴,是人不如木也。"不复砍树,树应声茂荣。兄弟感动,不再分家。

〔9〕"交让"二句:以木之一荣一枯喻肃宗与永王。《文选·蜀都赋》刘渊林注:"交让,木名也,两树对生,一树枯,则一树生,如是岁更,终不俱生俱枯也。"

〔10〕参商:二星名,参西商东,此出彼没,永不相见。此以参商喻兄弟间不可调和的矛盾。胡乃,为什么。寻天兵,同是朝廷之兵却相互攻伐。

〔11〕"孤竹"四句:以孤竹、延陵让国,刺肃宗对永王的绝情。孤竹,殷时诸侯国,《史记·伯夷列传》载,伯夷、叔齐为孤竹君之二子,父欲立叔齐,父卒后叔齐欲让伯夷,伯夷逃去,叔齐也不肯立而逃。延陵,即春秋时吴公子季札,号延陵季子。《史记·吴太伯世家》载,吴王寿梦有子四人,第四子名季札,季札贤,寿梦欲立之,季札辞让,于是立长子诸樊。吴王卒后,已除丧,诸樊又让季札,季札不许,以至弃其室而耕。由诗中用典看,李白对肃宗攻伐永王的实质已有清醒认识,然而退一步说,即使肃宗是为提防永王争夺帝位而攻伐之,在李白看来,难道当此关头就不能稍稍效法"孤竹延陵,让国扬名"的高风吗?诗人本意当然不是认为肃宗应该让帝位给永王,而是认为肃宗为了帝位而残杀永王,未免

太无兄弟情分。

〔12〕"尺布"二句：以民谣刺肃宗。淮南厉王刘长，汉高祖少子，骄恣不法，文帝六年谋反，被废，不食而死，当时民谣曰："一尺布，尚可缝；一斗粟，尚可舂。兄弟二人不相容。"见《史记·淮南衡山列传》。

在寻阳非所寄内[1]

闻难知恸哭，行啼入府中。多君同蔡琰，流泪请曹公[2]。知登吴章岭，昔与死无分。崎岖行石道，外折入青云[3]。相见若悲叹，哀声那可闻？[4]

〔1〕永王兵败后，李白于至德二载春以附逆罪下狱。此诗作于寻阳狱中。非所，监狱。内，宗氏夫人，其时在庐山。

〔2〕"闻难"四句：感激宗氏为解救自己而奔走于权贵之门。府中，指宗氏所奔走的府第。多，感激。蔡琰，字文姬，东汉末人，蔡邕之女，董祀之妻。董祀为屯田都尉，犯法当死，文姬向曹操求情，获得开脱。见《后汉书·列女传》。

〔3〕"知登"四句：想象宗氏奔走于山野间的情况。吴章岭，在庐山之南，岭路十分险峻。死无分，豁出性命，把生死置之度外。外折，向高远处延伸。

〔4〕"相见"二句：诗人想象中与宗氏相见的情景。那可闻，因过度伤心而不忍听。

狱中上崔相涣[1]

胡马渡洛水,血流征战场。千门闭秋景,万姓危朝霜[2]。贤相燮元气,再欣海县康。台庭有夔龙,列宿粲成行。羽翼三元圣,发辉两太阳[3]。应念覆盆下,雪泣拜天光[4]。

〔1〕李白以诗代简,向崔涣求援。崔涣,据《旧唐书》本传,天宝十五载七月玄宗幸蜀途中,拜黄门侍郎、同中书门下平章事,扈从成都。肃宗灵武即位,与左相韦见素等赍册(玄宗册命肃宗的制书)赴行在,并被任命为江淮宣慰选补使,"以收遗逸"。

〔2〕"胡马"四句:国家局势。千门、万户,指全国百姓。闭,废弃。秋景,形容一片肃杀。朝霜,太阳一照即消融,比喻人之处境朝不保夕,时时有生命危险。

〔3〕"贤相"六句:颂美崔涣。燮元气,调理阴阳,即协助皇帝治理国家。海县,海内州县。台庭,宰相之位。夔、龙,相传为尧、舜时二臣,夔为乐官,龙为谏官,此处喻崔涣。列宿,天上二十八宿,此指宰相延揽的人才。三元圣,玄宗、肃宗、太子李豫。两太阳,玄宗与肃宗。

〔4〕"应念"二句:祈望崔涣为自己洗雪沉冤。覆盆,倒扣的盆子,语出《抱朴子·辨问》:"三光不照覆盆之内。"雪泣,拭去泪水。

上崔相百忧章[1]

共工赫怒,天维中摧。鲲鲸喷荡,扬涛起雷[2]。鱼龙陷人[3],成此祸胎[4]。火焚昆山,玉石相硙[5]。仰希霖雨,洒宝炎煨[6]。箭发石开,戈挥日回[7]。邹衍恸哭,燕霜飒来[8];微诚不感,犹縶夏台[9]。苍鹰搏攫,丹棘崔嵬[10]。豪圣凋枯,王风伤哀[11]。斯文未丧,东岳岂颓[12]?穆逃楚难,邹脱吴灾;见机苦迟,二公所咍[13]。骥不骤进[14],麟何来哉[15]?星离一门,草掷二孩[16]。万愤结缉[17],忧从中催。金瑟玉壶,尽为愁媒[18]。举酒太息,泣血盈杯。台星再朗,天网重恢[19]。屈法申恩,弃瑕取材[20]。冶长非罪,尼父无猜[21]。覆盆倘举,应照寒灰[22]。

〔1〕崔相:崔涣,参见上篇注〔1〕。
〔2〕"共工"四句:安史乱作。共工,喻安禄山,《淮南子·天文》:"共工氏与颛顼争为帝,怒而触不周之山,天柱折,地维绝。"鲲鲸,喻安史。
〔3〕鱼龙:鱼化为龙,指臣子窃取了君王的权位。鱼,指臣;龙,指君。《远别离》有"君失臣兮龙为鱼"句,可资参照。陷人,祸害于人。
〔4〕祸胎:致祸的根源,语出枚乘《谏吴王书》:"福生有基,祸生有胎。"
〔5〕"火焚"二句:指自己因从永王罹祸。《书·胤征》:"火炎昆岗,玉石俱焚。"昆岗,昆仑山。玉石,昆岗所产玉。相硙(duī 堆),纷纷坠落;硙,坠落。
〔6〕"仰希"二句:霖雨洒下,清洗火后的灰烬,意即期待崔相洗雪自己的罪名。洒,清洗。宝,指昆岗之玉。炎煨,火后热灰。
〔7〕"箭发"二句:崔相大力救援,必能奏效。"箭发"句,用汉将军李广故事,李广射猎,见卧虎,射之,"没矢饮羽"(箭射入目标),走近一

看,原来是一块虎形的巨石。见《西京杂记》卷五。"戈挥"句,用鲁阳公故事,鲁阳公与韩战酣,日将落时援戈挥之,日为之反三舍(又后退了三座星宿的位置;二十八宿,一宿为一舍),见《淮南子·览冥》。

〔8〕"邹衍"二句:用邹衍故事比喻自己的沉冤。邹衍尽忠于燕惠王,惠王信谗而将其下狱,邹衍仰天大哭,正夏时节天为之降霜,见《文选》江淹《诣建平王上书》李善注。

〔9〕"微诚"二句:自己的一腔忠诚竟不能感动朝廷,反被下狱。夏台,监狱,出自《史记·夏本纪》。

〔10〕"苍鹰"二句:狱中景况。苍鹰,指酷吏。搏攫,施加暴力。丹棘,用赤色棘刺围起来的监狱,语出《易·坎》。崔嵬,高大,不可逾越。

〔11〕"豪圣"二句:言时代变迁,寓有对唐王朝盛衰变化的感慨。豪圣,指西周文王、武王及周公。凋枯,意即盛世衰变。王风,《诗经·王风》以《黍离》为首篇,抒写周室东迁后的哀伤。

〔12〕"斯文"二句:自己不会屈服于眼前的遭遇。"斯文"句,出自《论语·子罕》:"天之未丧斯文也,匡人其如予何?""东岳"句,出自《礼记·檀弓》:"(孔子)歌曰:'泰山其颓乎!梁木其坏乎!哲人其萎乎!'"

〔13〕"穆逃"四句:用汉代穆生及邹阳故事,悔恨自己未看清王室易位带来的形势变化,因而招致灾祸。穆生事见《汉书·楚元王传》,元王刘交封于楚,以穆生、白生、申公为中大夫,穆生不嗜酒,元王每置酒,专为穆生设醴(甜酒)。王戊即位,忘设醴,穆生退曰:"可以逝矣!"白生、申公问之,穆生曰:"先王之所以礼吾三人者,为道之存故也。今而忽之,是忘道也。忘道之人,胡可与久处?"遂谢病去。白生、申公未去,终于成了王戊的阶下囚。邹阳事见《汉书·贾邹枚路传》,吴王刘濞与汉文帝有隙,但文帝尚能宽容,抚之以德;景帝即位,采纳晁错建议,削吴王封地,吴王反,被诛。邹阳初仕吴王,后见机离去。诗以楚元王与王戊易位、文帝与景帝易位,暗喻玄宗与肃宗易位。二公,穆生、邹阳,二人俱有

见机避祸的智慧。哈(hài亥),讥笑,笑自己没有这样的智慧。

〔14〕"骥不"句:出自宋玉《九辩》第五章,此章以骐骥、凤凰喻贤士,抒写其高举远去时的悲愁心情,其辞曰:"骥不骤进而求服兮,凤亦不贪馁而忘食。君弃远而不察兮,虽愿忠其焉得?欲寂漠而绝端兮,窃不敢忘初之厚德。"诗之深意,是说自己不该在肃宗"弃远而不察"的情况下"骤进"(即入永王幕),但自己之所以如此,乃是"不敢忘初之厚德"、即不能忘记玄宗当年的厚遇。

〔15〕"麟何"句:用孔子语。《孔子家语·辩物》载,叔孙氏之车士于大野获麟,折其前左足,叔孙氏弃之郭外。孔子往观,曰:"麟也,胡为来哉!胡为来哉!"泣涕沾襟。子贡问之,孔子曰:"麟之至为明王,出非其时而见害,吾是以伤焉。"诗人以麟喻己,自伤从永王军如同麟之"出非其时而见害",隐含有刺肃宗非"明王"的意思。

〔16〕"星离"二句:一家人星散,两个孩子(平阳及伯禽)远离身边。参见《赠武十七谔》诗,武谔实际上未能将李白在东鲁的孩子接到江南。

〔17〕结绸:郁结不开。

〔18〕金瑟、玉壶:乐与酒。愁媒,引发愁的媒触。

〔19〕"台星"二句:再次表达对崔相的期待。台星,喻朝廷三公,此指崔相。再朗,再次焕发光明。重恢,重新考察狱情,赦免无辜。

〔20〕屈法:放宽刑法。申恩:施以恩惠。弃瑕:忽略缺点。取材,揽用人材。

〔21〕冶长。孔子弟子公冶长;尼父:孔子。《论语·公冶长》:"子谓公冶长:'可妻也,虽在缧绁(监狱)之中,非其罪也。'以其子妻之。"无猜,毫无疑虑。

〔22〕"覆盆"二句:期待冤情得到昭雪。覆盆,倒扣的盆,《抱朴子·辨问》:"三光不照覆盆之内。"比喻遭受沉冤。举,掀开。寒灰,自喻。

265

送张秀才谒高中丞并序[1]

余时系寻阳狱中,正读《留侯传》[2]。秀才张梦熊蕴灭胡之策,将之广陵谒高中丞。余喜子房之风,感激于斯人,因作是诗以送之。

秦帝沦玉镜,留侯降氛氲。感激黄石老,经过沧海君。壮士挥金槌,报仇六国闻。智勇冠终古,萧陈难与群。两龙争斗时,天地动风云。酒酣舞长剑,仓卒解汉纷。宇宙初倒悬,鸿沟势将分。英谋信奇绝,夫子扬清芬[3]。胡月入紫微,三光乱天文[4]。高公镇淮海,谈笑却妖氛。采尔幕中画,戡难光殊勋[5]。我无燕霜感,玉石俱烧焚[6]。但洒一行泪,临歧竟何云!

〔1〕高中丞,唐诗人高适,李白友人,参见《秋猎孟诸夜归置酒单父东楼观妓》注〔1〕。安史乱中,高适得到肃宗赏识,永王起兵于江东,欲据扬州,高适向肃宗陈说利害,以为永王必败。肃宗以高适兼御史大夫、扬州大都督府长史、淮南节度使,命其参与平定永王。见《旧唐书》本传。李白诗称高适为"高中丞",可知其官职为御史中丞,《旧唐书》所记"御史大夫"不确。

〔2〕留侯传:指《史记·留侯世家》。留侯,张良,字子房。张良辅佐汉高祖,建奇功而不居,是李白所仰慕的历史人物。

〔3〕"秦帝"十六句:述张良事迹,以赞美张秀才。沦玉镜,丧失政

治的清明。降氛氲,生于纷纭乱世;氛氲,同纷纭。黄石老,张良在下邳时从其手中得到《太公兵法》,参见《经下邳圯桥怀张子房》诗。沧海君,《史记·留侯世家》:"良尝学礼淮阳,东见沧海君。""壮士"二句,张良与力士于博浪沙伏击秦始皇事,亦参见《经下邳圯桥怀张子房》诗。萧陈,汉高祖谋士萧何、陈平。两龙争斗,楚汉相争。"酒酣"二句,鸿门宴故事,项羽谋士范增使项庄在宴会上舞剑,伺机刺杀刘邦,情势十分危急。张良使樊哙带剑拥盾入军门,刘邦乘隙逃脱,见《史记·项羽本纪》。仓卒,情势危急。汉纷,汉高祖当时的危险处境。宇宙倒悬,即天下大乱。鸿沟,楚、汉相争时约定的分界,见《赠王判官时余归隐居庐山屏风叠》注〔8〕。"夫子"句,谓张秀才发扬了张良的遗风。

〔4〕"胡月"二句:安史乱作。胡月,指安禄山。紫微,天子所居。三光,日、月、星,即天之文。乱天文,谓天下乱。

〔5〕"高公"四句:张秀才将入高适军幕。镇淮海,指高适为淮南节度使。"采尔"句,预想高适将采用幕僚张秀才的计策。戡难,平定战乱。

〔6〕"我无"二句:自己的精诚未能感动天地(实即朝廷不宽容自己),所以罹此牢狱之灾。燕霜,见上篇《上崔相百忧章》注〔8〕。"玉石"句,见上篇注〔5〕。

万愤词投魏郎中[1]

海水渤潏,人罹鲸鲵。蓊胡沙而四塞,始滔天于燕齐[2]。何六龙之浩荡,迁白日于秦西[3]。九土星分,嗷嗷凄凄[4]。南冠君子[5],呼天而啼。恋高堂而掩泣[6],泪血地而成泥。狱户春而不草,独幽怨而沉迷。兄九江兮弟三峡[7],悲羽化之难齐[8]。穆陵关北愁爱子[9],豫章天南隔老妻[10]。一门骨肉散百草,遇难不复相提携。树榛拔桂,囚鸾宠鸡[11]。舜昔授禹,伯成耕犁。德自此衰,吾将安栖[12]?好我者恤我,不好我者何忍临危而相挤[13]?子胥鸱夷[14],彭越醢醯[15]。自古豪烈,胡为此繄[16]?苍苍之天,高乎视低;如其听卑,脱我牢狴[17]。傥辨美玉,君收白珪[18]。

〔1〕作于寻阳狱中。魏郎中,似即右司郎中魏少游。右司郎中的职责是辅助尚书右丞管辖刑部,举正稽违,故李白向其投词求援。

〔2〕"海水"四句:安史叛军势力之盛。渤潏(yù 誉),沸涌。鲸鲵,喻安禄山。翕,弥漫。燕齐,泛指叛军占领的地方。

〔3〕"何六龙"二句:玄宗避难蜀地。六龙,天子车驾。白日,皇帝,此指玄宗。秦西,指蜀中。

〔4〕"九土"二句:国家山河破碎,人民在痛苦呻吟。九土,九州。

〔5〕南冠君子:囚徒,诗人自谓,参见《淮南卧病书怀寄蜀中赵徵君蕤》注〔4〕。

〔6〕高堂:朝廷,此指玄宗;恋高堂,实即感念玄宗当年的知遇之恩。

〔7〕兄九江:诗人自己陷于九江(寻阳)狱中。弟三峡:李白当有弟在三峡,但具体情况无考。

〔8〕羽化:昆虫由卵中孵化而出,比喻兄弟。难齐:难于相聚一处。

〔9〕穆陵关:在今山东临朐县;穆陵关北,指东鲁寓家处。爱子:伯禽,当时在鲁地。

〔10〕豫章天南:宗氏夫人当时所在。豫章,郡名,即洪州(今江西南昌)。

〔11〕"树榛"二句:朝廷重用小人,压抑贤才。榛(荆棘)、鸡,指小

人;桂、鸾,指贤才。

〔12〕"舜昔"四句:隐含玄、肃易代的时事,指斥当今朝廷德衰而滥用刑罚。《庄子·天地》:"尧治天下,伯成子高立为诸侯。尧授舜,舜授禹,伯成子高辞为诸侯而耕。禹往见之……子高曰:'昔尧治天下,不赏而民劝,不罚而民畏。今子赏罚而民且不仁,德自此衰,刑自此立,后世之乱自此始矣。'"

〔13〕"不好我者"句:即杜甫《不见》诗所谓"世人皆欲杀"。

〔14〕"子胥"句:出自《史记·伍子胥列传》。子胥,即伍员,春秋吴大夫,遭吴太宰嚭谗毁,吴王赐剑令自尽,子胥乃自刭死,"吴王闻之大怒,乃取子胥尸盛以鸱夷革,浮之江中"。鸱夷,用马皮做成的鸱(鸱枭,即猫头鹰)形革囊。

〔15〕"彭越"句:出自《史记·黥布列传》。彭越,秦汉时人,从刘邦击项羽,封梁王,因被告发谋反,为刘邦所杀,"汉诛梁王彭越,醢之,盛其醢遍赐诸侯"。醢醯(hǎi xī 海希),把人剁成肉酱的酷刑。

〔16〕"自古"二句:为子胥、彭越鸣不平,实即自鸣不平。豪烈,指子胥、彭越。胡为此,为何遭遇如此。繄,语助词。

〔17〕"苍苍"四句:向苍天、实即朝廷发出呼吁。听卑,听到下层的呼声。牢狴(bì 陛),牢狱。

〔18〕"傥辨"二句:对魏郎中的期待。美玉、白珪,诗人自谓。君,魏郎中。

中丞宋公以吴兵三千赴河南军次寻阳脱余之囚参谋幕府因赠之[1]

独坐清天下,专征出海隅[2]。九江皆渡虎,三郡尽还珠[3]。

组练明秋浦,楼船入郢都。风高初选将,月满欲平胡。杀气横千里,军声动九区〔4〕。白猿惭剑术,黄石借兵符〔5〕。戎虏行当翦,鲸鲵立可诛〔6〕。自怜非剧孟,何以佐良图〔7〕?

〔1〕至德二载秋,被崔涣及宋若思营救出狱后,作于九江。中丞宋公,宋若思,时官御史中丞、江南西道采访使兼宣城太守。河南,当时是平叛战争前线。

〔2〕独坐:指御史中丞,语出《后汉书·宣秉传》。专征:即诗题所言"以吴兵三千赴河南"。

〔3〕"九江"二句:赞美宋若思德政。渡虎,《后汉书·宋均传》载,宋均为九江太守,郡多虎豺,为害百姓。宋均下记属县曰:"夫虎豹在山,鼋鼍在水,各有所托……今为民害,咎在残吏,而劳动张捕,非忧恤之本也。其务退奸贪,思进忠善,可一去槛阱,除消课制。"其后虎相与东游渡江而去。三郡,宋若思管辖的宣城、九江等地面。还珠,《后汉书·孟尝传》载,合浦与交趾相邻,不产谷食,而海出珠宝,先时宰守贪秽,珠皆迁至交趾郡。孟尝任合浦太守,革易前弊,不出一年,珠又返还原地。

〔4〕"组练"六句:赞美宋若军容军威。组练,军士衣甲服装。秋浦,应指秋天的长江。郢都,楚都江陵;入郢都,兵船自九江逆流而上,向郢都进发。平胡,战胜叛军。九区,即九州。

〔5〕"白猿"二句:赞美宋若思武略。白猿,《吴越春秋》载,越地有一处女,善手战之术,路逢一老人,自称袁公,二人交流剑术,袁公飞上树化为白猿。惭剑术,谓白猿在宋公面前也要自惭剑术不如。黄石,见《经下邳圯桥怀张子房》注〔2〕。

〔6〕"戎虏"二句:谓宋若思大军赴河南一定能战胜叛军。翦,消灭。

〔7〕"自怜"二句:以自谦语气表明在宋幕效力的心愿。剧孟,汉初

游侠,见《梁甫吟》注〔9〕。

陪宋中丞武昌夜饮怀古[1]

清景南楼夜,风流在武昌。庾公爱秋月,乘兴坐胡床[2]。龙笛吟寒水,天河落晓霜[3]。我心还不浅[4],怀古醉馀觞。

〔1〕至德二载秋,随宋若思军到武昌作。武昌,今湖北鄂城。
〔2〕"清景"四句:用东晋太尉庾亮故事,赞美宋若思雅兴。《世说新语·容止》载,庾太尉在武昌,秋夜气佳景清,佐吏殷浩等登南楼吟咏,庾公率十馀人步来,曰:"诸君少住,老子于此处兴复不浅。"便据胡床,与诸人咏谑,甚乐。胡床,可折叠的坐椅。
〔3〕"龙笛"二句:宋若思夜饮达旦。龙笛,语出马融《长笛赋》:"龙鸣水中不见已,截竹吹之声相似。"寒水、晓霜,均指时令在秋。
〔4〕"我心"句:套用庾亮语,表明自己兴致很高。

赠张相镐二首[1]

神器难窃弄,天狼窥紫宸。六龙迁白日,四海暗胡尘[2]。昊穹降元宰,君子方经纶。澹然养浩气,欻起持大钧[3]。秀骨象山岳,英谋合鬼神[4]。佐汉解鸿门,生唐为后身[5]。拥旄秉金钺,伐鼓乘朱轮。虎将如雷霆,总戎向东巡。诸侯拜马首,猛士骑鲸鳞。泽被鱼鸟悦,令行草木春[6]。圣智不失时,建功及良辰[7]。丑虏安足纪?可贻帼与巾[8]。倒泻溟海珠,尽为入幕珍[9]。冯异献赤伏,邓生倏来臻[10]。庶同昆阳举,再睹汉仪新[11]。昔为管将鲍,中奔吴隔秦[12]。一生欲报主,百代思荣亲[13]。其事竟不就,哀哉难重陈。卧病宿松山,苍茫空四邻。风云激壮志,枯槁惊常伦[14]。闻君自天来,目张气益振。亚夫得剧孟,敌国空无人[15]。扪虱对桓公,愿得论悲辛[16]。大块方噫气,何辞鼓青苹[17]?斯言倘不合,归老汉江滨[18]。

〔1〕至德二载入冬后作于舒州宿松(今安徽宿松)。张镐,朝廷旧臣,玄宗幸蜀时徒步扈从。肃宗驻凤翔时,拜为谏议大夫,迁中书侍郎、同中书门下平章事。至德二载八月,命兼河南节度使、都统淮南等道诸军事。两《唐书》均有传。《资治通鉴》至德二载十月:"张镐闻睢阳围急,倍道亟进,檄浙东、浙西、淮南、北海诸节度及谯郡太守闾丘晓,使共救之。"李白诗似作于此时。此前,经崔涣、宋若思营救,李白已出狱,且作有《为宋中丞自荐表》,期待能为朝廷起用。但这种幻想很快即破灭,李白预感到处境的危机,便卧病宿松山。闻知张镐统兵消息,作此以赠,并企望得到他的援助。

〔2〕"神器"四句:总写乱起以来形势。"神器"句,出自张衡《西京赋》:"巨猾间衅,窃弄神器。"神器,天子之位。天狼,星名,主侵掠,指安史。紫宸,天子所居。"六龙"句,玄宗幸蜀。六龙,天子车驾。白日,天子。

〔3〕"昊穹"四句:张镐遽起,居宰相位。昊穹,苍天。元宰,宰相,指张镐。经纶,治理国家。养浩气,出自《孟子·公孙丑》:"我善养吾浩然之气。"欻(xū虚)起,忽然而起。大钧,重任,指宰相位。

〔4〕"秀骨"二句:赞美张镐身姿、谋略。

〔5〕"佐汉"二句:谓张镐是汉张良之后。鸿门,鸿门宴,见《送张秀才谒高中丞》注〔3〕。

〔6〕"拥旄"八句:写此次张镐统兵出征。"拥旄"句,谓掌握兵权;旄,饰以牦牛尾的旗帜。钺,大斧,仪仗所用。朱轮,王侯所乘之车。诸侯,指各路节度使。骑鲸鳞,语出扬雄《羽猎赋》:"乘巨鳞,骑鲸鱼。""泽被"二句,大军所至,万物焕发青春生气。

〔7〕"圣智"二句:预言张镐必建大功。圣智,大智之人。

〔8〕"丑虏"二句:谓敌人不堪一击。纪,经营治理,此即征讨意。"可贻"句,出自《资治通鉴·魏纪》:"司马懿与诸葛亮相守百馀日,亮数挑战,懿不出,亮乃遗懿巾帼妇人之服。"其意为羞辱对方。

〔9〕"倒泻"二句:张镐幕中人才济济。溟海珠,喻贤才。入幕珍,参与机要的幕宾,语出《晋书·郗超传》:"安笑曰:'郗生可谓入幕之宾矣。'"

〔10〕"冯异"二句:赞美幕中人才。冯异事见《后汉书·光武帝纪》,刘秀为萧王时,群臣上尊号,秀问计于冯异,异表示赞同;刘秀梦乘赤龙上天,恰好同舍生彊华自长安奉赤伏符来,符曰"刘秀发兵捕不道"云云,刘秀遂即帝位。邓生,邓禹,幼与刘秀相善,刘秀起兵讨王莽,邓来归。见《后汉书》本传。

〔11〕"庶同"二句:以刘秀破王莽军的历史事实,预言张镐将要取得军事胜利,为唐室立功。昆阳举,汉更始元年,刘秀大破新莽兵四十二万于昆阳,见《后汉书·王莽传》。汉仪新,《后汉书·光武帝纪》载,三辅吏士东迎刘秀,有老吏垂涕曰:"不图今日复见汉官威仪!"

〔12〕"昔为"二句:自言与张镐的交情。当年二人相知如管仲与鲍叔牙,中道分离,张在朝廷,自己在吴地。管仲、鲍叔牙,战国时齐人,两人相交最深,鲍死,管仲泣曰:"生我者父母,知我者鲍子也。"见《说

273

苑·复恩》。将,与。

〔13〕"一生"二句:自己怀抱终生的理想,欲建功立业以报答君主,光耀父母。李白早年在《代寿山答孟少府移文书》中曾以"事君之道成,荣亲之义毕"表述自己的功业理想。

〔14〕"风云"二句:自己卧病宿松山,胸中壮志犹在,但身体却受到严重摧残。枯槁,指人在病中身体精神减损的情况。惊常伦,使一般人感到吃惊。

〔15〕"亚夫"二句:自谓如能到张镐幕下效力,打败叛军便不在话下。亚夫,代指张镐。剧孟,自指,参见《梁甫吟》诗及注〔9〕。

〔16〕"扪虱"句,用王猛见桓温故事,表达与张镐倾心交谈的愿望,参见《赠韦秘书子春》诗及注〔8〕。

〔17〕"大块"二句:希冀张镐顾念于己,语出《庄子·齐物论》:"夫大块噫气,其名为风。"宋玉《风赋》:"风生于地,起于青蘋之末。"鼓,吹动。

〔18〕"斯言"二句:自己这番话如果不被对方听取,就只有隐退一途。

本家陇西人,先为汉边将。功略盖天地,名飞青云上。苦战竟不侯,当年颇惆怅。世传崆峒勇,气激金风壮。英烈遗厥孙,百代神犹王[1]。十五观奇书,作赋凌相如[2]。龙颜惠殊宠,麟阁凭天居[3]。晚途未云已,蹭蹬遭谗毁[4]。想像晋末时,崩腾胡尘起。衣冠陷锋镝,戎虏盈朝市。石勒窥神州,刘聪劫天子[5]。抚剑夜吟啸,雄心日千里。誓欲斩鲸鲵,澄清洛阳水[6]。六合洒霖雨,万物无凋枯。我挥一杯水,自笑何区区[7]。因人耻成事[8],贵欲决良图[9]。灭虏不言功,飘然陟蓬壶。惟有安期舄,留之沧海隅[10]。

〔1〕"本家"十句:自述是汉将军李广之后。李广为陇西成纪人。"功略"句,出自李陵《报苏武书》:"陵先将军功略盖天地,义勇冠三军。""苦战"二句,广尝语人曰:"自汉击匈奴,而广未尝不在其中。而诸部校尉以下,材能不及中人,然以击胡军取侯者数十人,而广不为后人,然无尺寸之功以得封侯者,何也?岂吾相不得侯也?且固命也?"见《史记·李将军列传》。崆峒,山名,在陇西,《尔雅·释地》有"崆峒之人武"的说法。金风,秋风。厥孙,李广的后世子孙,李白自谓。神犹王,先祖的精神流传依然旺盛;王,即旺。

〔2〕"十五"二句:李白自言少年时事。相如,汉赋作家司马相如,与李白同为蜀人。

〔3〕"龙颜"二句:天宝初奉诏入朝,受到玄宗宠遇。麟阁,即麒麟阁,在汉未央宫中,此指翰林院。凭天居,靠近天子居处。

〔4〕"晚途"二句:出朝以来,经历坎坷,谗毁一直纠缠着自己。

〔5〕"想像"六句:以晋末五胡之乱比拟安史之乱。西晋怀帝永嘉四年(310),前赵君主匈奴贵族刘渊死,其子刘聪继立。次年,刘聪遣石勒攻灭晋军十馀万,俘杀晋太尉王衍;同年六月,刘曜、王弥、石勒同寇洛川,攻陷洛阳,俘晋怀帝。见《晋书·孝怀帝纪》。崩腾,动乱。衣冠,世族、士绅。石勒,初为刘渊部将,后建立后赵。

〔6〕"抚剑"四句:自抒参与平叛报国的心愿。鲸鲵,喻叛军。"澄清"句,收复洛阳。

〔7〕"我挥"二句:意谓自己能为生民做的贡献极其微小。

〔8〕"因人"句:耻于因人成事(即成事依赖于他人),语出《史记·平原君列传》:"毛遂曰:'公等碌碌,所谓因人成事者也。'"

〔9〕决良图:实现自己的抱负策划。

〔10〕"灭虏"四句：功成不居，隐退学仙。蓬壶，海上仙山蓬莱、方壶。安期，仙人安期生，卖药东海边，秦始皇东游，与语三日三夜，赐金璧数千万，皆弃置，留书以赤玉舄一双为报，见《列仙传》卷上。

流夜郎闻酺不预[1]

北阙圣人歌太康[2]，南冠君子窜遐荒[3]。汉酺闻奏钧天乐，愿得风吹到夜郎[4]。

〔1〕至德二载十二月十五日稍后，作于寻阳狱中。此前，李白虽经崔涣、宋若思营救出狱，但终不为朝廷原宥，故而再次入狱。本年九、十月，官军先后收复长安、洛阳，十二月丙午（初三日），玄宗由蜀中返至咸阳；戊午（十五日），肃宗御丹凤门，下制大赦，广封功臣，"以蜀郡（成都）为南京，凤翔郡为西京，西京为中京"，并"溥天下赐酺（pú 菩，国有喜庆，赐臣民聚饮）五日"。见两《唐书·肃宗本纪》。此时李白已被判流夜郎，他以戴罪之身，没有资格与天下百姓一起享受朝廷"赐酺"的恩泽，故作此诗抒发一时感慨。夜郎，珍州属县（今贵州桐梓）。唐代刑律，流刑以流放地至长安的距离分为三等，即二千里、二千五百里、三千里。据《元和郡县志》，夜郎"东北至上都五千五百五十里"，故知李白被判为流刑中最重的一种。

〔2〕"北阙"句：针对肃宗大赦令而发。大赦令曰："宜宏肆眚（shěng 省，罪过；肆眚，赦免罪过）之典，共喜以康之福。可大赦天下，常赦所不免者，咸赦除之。"（《收复两京大赦文》，见《全唐文》卷四四）北阙，朝廷。圣人，指肃宗。歌太康，应指《收复两京大赦文》中"共喜以康之福"一语。

〔3〕南冠君子：以楚囚钟仪自拟，参见《淮南卧病书怀寄蜀中赵徵君蕤》注〔4〕。

〔4〕"汉酺"二句：表达"闻酺不预"的郁愤之情。汉，此代唐。钧天乐，天庭仙乐，见《列子·周穆王》张湛注，此喻宫廷之乐。

上皇西巡南京歌十首[1]

胡尘轻拂建章台，圣主西巡蜀道来[2]。剑壁门高五千尺，石为楼阁九天开[3]。

〔1〕与上篇《流夜郎闻酺不预》作于同时，唯诗旨迥异，上篇因个人遭遇而宣泄郁愤，此篇为国家命运而发为赞歌。上皇，玄宗，至德元载七月肃宗在灵武即位后，尊玄宗为"上皇天帝"。西巡，美言玄宗避乱入蜀之事。南京，指成都，肃宗《收复两京大赦文》宣布"以蜀郡为南京"，参见上篇注〔1〕。

〔2〕"胡尘"二句：总起"上皇西巡"之事。轻拂，轻轻扫过。建章台，在汉建章宫中，此指唐宫阙。因为诗人是以庆幸胜利的心情回首上年之事，所以能将叛军占领长安着意淡化为"轻拂"，以见安史叛贼本不足畏。

〔3〕"剑壁"二句：写剑门山形势，山在今四川剑阁县北的秦岭中，为由秦入蜀必经之地。

九天开出一成都[1]，万户千门入画图。草树云山如锦绣，秦川得及此间无[2]？

〔1〕成都:即今成都,唐代为益州(蜀郡)治所。
〔2〕"秦川"句:着意将成都与长安所在的秦川相比较并美化前者,借以表达对上皇西巡到此的欣慰之情。秦川,泛指秦岭以北、渭河流域,即长安一带。无,同"否",表反问。此及以下五首,均将成都风物与长安比较,盛陈成都之美。这是因为蜀地山川以其丰饶佳丽提供了玄宗西巡时期的需求,诗人对此感到满足而且快慰。

华阳春树似新丰〔1〕,行入新都若旧宫。柳色未饶秦地绿〔2〕,花光不减上阳红〔3〕。

〔1〕华阳:即蜀地,《华阳国志·蜀志》:"地称天府,原曰华阳。"新丰,汉县名,在今陕西临潼,汉高祖为讨太上皇心欢所建。玄宗也是太上皇,故用"新丰"故事。
〔2〕未饶:犹言"不亚于"。
〔3〕上阳:唐宫名。

谁道君王行路难?六龙西幸万人欢〔1〕。地转锦江成渭水〔2〕,天回玉垒作长安〔3〕。

〔1〕六龙:天子车驾。
〔2〕锦江:在成都南。渭水:在长安北。
〔3〕玉垒:山名,在今四川都江堰。

万国同风共一时〔1〕,锦江何谢曲江池〔2〕?石镜更明天上月〔3〕,后宫亲得照蛾眉。

〔1〕"万国"句:意为成都作为南京,据有引领天下的地位。语出《汉书·终军传》:"今天下为一,万里同风。"
〔2〕何:表反问,意即"哪里"。谢:逊色、亚于。曲江池:在长安,游赏胜地。
〔3〕石镜:成都古迹,传说在蜀王为其爱妃所建墓上。

濯锦清江万里流〔1〕,云帆龙舸下扬州〔2〕。北地虽夸上林苑〔3〕,南京还有散花楼〔4〕。

〔1〕濯锦清江:即锦江,岷江支流走马河流经成都的一段,传说此江濯锦,鲜于他江。万里流:古人以岷江为长江源,故曰万里。
〔2〕"云帆"句:谓成都由水路可直达扬州。
〔3〕上林苑:汉长安宫苑,司马相如作有《上林赋》。
〔4〕散花楼:在成都,参见《登锦城散花楼》诗及注〔1〕。

锦水东流绕锦城〔1〕,星桥北挂象天星〔2〕。四海此中朝圣主〔3〕,峨眉山下列仙庭。

〔1〕锦城:成都别称。
〔2〕"星桥"句:成都有七桥,上应七星。
〔3〕圣主:玄宗。此及以下二首突出了成都作为南京(即临时首都)的重要意义。

秦开蜀道置金牛,汉水元通星汉流〔1〕。天子一行遗圣迹〔2〕,锦城长作帝王州〔3〕。

〔1〕"秦开"二句:以金牛道及汉水概括玄宗入蜀道路。金牛,金牛道,秦惠王伐蜀所开,在汉中沔县(今陕西沔县)西秦岭中。汉水,发源于嶓冢山,山在沔县。元通星汉,与银河相通。
〔2〕天子一行:指玄宗幸蜀。一行,一游。
〔3〕"锦城"句:彰显了成都被命为南京的重大意义。帝王州,即南京。

水渌天青不起尘,风光和暖胜三秦[1]。万国烟花随玉辇,西来添作锦江春[2]。

〔1〕三秦:长安所在的关中地区。
〔2〕"万国"二句:意谓玄宗幸蜀为成都增添了春色。万国,犹言"天下"。烟花,春景。玉辇,帝王车驾。

剑阁重关蜀北门,上皇归马若云屯[1]。少帝长安开紫极[2],双悬日月照乾坤[3]。

〔1〕"剑阁"二句:玄宗经剑阁归返长安,即西巡结束。剑阁重关,即剑门关。云屯,形容人马众多。
〔2〕少帝:肃宗。开紫极:登上帝位,紫极即朝廷宫阙。
〔3〕双悬日月:玄宗及肃宗。这种说法表明李白心目中仍未树立天下定于肃宗一尊的观念。

窜夜郎于乌江留别宗十六璟[1]

君家全盛日,台鼎何陆离[2]。斩鳌翼娲皇,炼石补天维[3]。

一回日月顾,三入凤凰池[4]。失势青门傍,种瓜复几时[5]?犹会众宾客,三千光路歧[6]。皇恩雪愤懑,松柏含荣滋[7]。我非东床人,令姊忝齐眉[8]。浪迹未出世,空名动京师[9]。适遭云罗解,翻谪夜郎悲[10]。拙妻莫邪剑,及此二龙随[11]。惭君湍波苦,千里远从之[12]。白帝晓猿断,黄牛过客迟[13]。遥瞻明月峡[14],西去益相思。

〔1〕乾元元年(758)春作于寻阳。窜,流放。乌江,在寻阳。宗十六璟,宗氏夫人之弟。

〔2〕台鼎:朝廷三公。陆离,美盛之貌。宗璟之祖宗楚客在武后与中宗朝三次拜相。

〔3〕"斩鳌"二句:以女娲喻武后,谓宗楚客于武后有辅翼之功。《淮南子·览冥》:"往古之时,四极废,九州裂,天不兼覆,地不周载。……于是女娲炼五色石以补苍天,断鳌足以立四极。"

〔4〕"一回"二句:指宗楚客三次为相。"一回"句,受到日月的回顾。日月,指武后。凤凰池,中书省。

〔5〕"失势"二句:用邵平故事,谓宗氏家族一度衰败。中宗朝,宗楚客依附韦后,韦败被杀。《三辅黄图》卷一载,邵平为秦东陵侯,秦破后沦为布衣,在长安青门(东门)外种瓜。复几时,经过了多少岁月。

〔6〕"犹会"二句:即使在失势的情况下,仍有众多客人登门。三千,言其多。光,作动词,光耀。路歧,大道。

〔7〕"皇恩"二句:谓宗家得到朝廷的昭雪,但其事未详。

〔8〕"我非"二句:谓自己有幸婚于宗夫人。东床人,用王逸少(羲之)坦腹东床被郗太傅选为女婿故事,见《世说新语·雅量》。令姊,对宗璟而言,指宗氏夫人。齐眉,用梁鸿、孟光举案齐眉故事,见《后汉

书·梁鸿传》,比喻夫妇感情和美。

〔9〕"浪迹"二句:指天宝初供奉翰林事,但以自谦语气出之。浪迹,四处漫游。未出世,并非出世之人。"空名"句,指被玄宗征召事。

〔10〕"适遭"二句:刚刚被宋若思救援出狱,不料又被判长流夜郎。云罗,监狱。解,释放。翻,表转折,却。

〔11〕"拙妻"二句:谓宗氏夫人亦来送别。《吴越春秋》卷四载,干将作剑,不能成功,其妻莫邪断发剪爪(指甲),投入炉中,遂以成剑,阳曰干将,阴曰莫邪。二龙,用晋张华故事,参见《梁甫吟》注〔10〕。

〔12〕"惭君":对宗璟的感激之词。湍波,一路风波辛苦。千里,宗璟从千里之外赶来。从之,指送别。

〔13〕"白帝"二句:想象流途溯江而上情景。白帝,白帝城,在瞿塘峡口。黄牛,黄牛峡,在西陵峡中。

〔14〕明月峡:在三峡中。

流夜郎永华寺寄寻阳群官〔1〕

朝别凌烟楼,暝投永华寺〔2〕。贤豪满行舟〔3〕,宾散予独醉。愿结九江流〔4〕,添成万行泪。写意寄庐岳,何当来此地〔5〕?天命有所悬,安得苦愁思〔6〕!

〔1〕乾元元年,流放首途之日,夜宿永华寺作。永华寺,在寻阳西。群官,多位官员。

〔2〕"朝别"二句:记当日行程。凌烟楼,在寻阳,鲍照有《凌烟楼铭并序》。永华寺,应在凌烟楼之西。

〔3〕贤豪:即"群官"。

〔4〕结:揽取。

〔5〕"何当"句:表达重返此地的期盼。何当,犹言"何时才能够"。

〔6〕"天命"二句:有朝廷之命在,自己"苦愁思"亦无济于事。表达无奈之情。

与史郎中钦听黄鹤楼上吹笛[1]

一为迁客去长沙,西望长安不见家[2]。黄鹤楼中吹玉笛,江城五月落梅花[3]。

〔1〕乾元二年五月,流放途中至江夏(今湖北武汉)作。史郎中,姓名不详。

〔2〕"一为"二句:用贾谊事。贾谊在朝,遭汉文帝疏远,被贬为长沙王太傅,见《史记·屈原贾生列传》。迁客,遭贬远方之人。西望长安,隐含了诗人期盼朝廷赦令的心情。

〔3〕落梅花:即《梅花落》,《乐府诗集》:"梅花落,本笛中曲也。"

望鹦鹉洲怀祢衡[1]

魏帝营八极,蚁观一祢衡[2]。黄祖斗筲人,杀之受恶名[3]。吴江赋鹦鹉,落笔超群英[4]。锵锵振金玉,句句欲飞鸣[5]。鸷鹗啄孤凤[6],千春伤我情。五岳起方寸,隐然讵可平[7]?才高竟何施,寡识冒天刑[8]。至今芳洲上,兰蕙不忍生。

283

〔1〕流放途中作于江夏。祢衡,东汉末名士,尚气刚傲,有"击鼓骂曹"之事,后被曹操送往刘表处,刘表不能容,又送至江夏太守黄祖处,终为黄祖所杀。见《后汉书·祢衡传》。鹦鹉洲,在汉阳西南长江中,传说黄祖杀祢衡处,祢衡曾作《鹦鹉赋》,故名,今已不存。

〔2〕"魏帝"二句:以祢衡自况,以魏帝喻肃宗,发泄对肃宗加罪自己的怨愤情绪。《后汉书·祢衡传》记,魏武帝尝言:"祢衡竖子,孤杀之犹雀鼠耳。"蚁观,看得如一只蚂蚁,即"犹雀鼠"。

〔3〕"黄祖"二句:黄祖独担了杀害祢衡的恶名,意即魏武帝才是杀害祢衡的真正凶手。斗筲(shāo稍),容器,喻人器量狭小。

〔4〕"吴江"二句:祢衡写作《鹦鹉赋》故事。《后汉书·祢衡传》载,黄祖长子黄射为竟陵太守,与祢衡友善,一次大会宾客,人有献鹦鹉者,射举杯于祢衡前,曰:"愿先生赋之,以娱嘉宾。"衡揽笔而作,文不加点,辞采甚丽。吴江,指长江。

〔5〕"锵锵"二句:赞美《鹦鹉赋》。锵锵,形容其声韵响亮。振金玉,犹成语"金声玉振"。欲飞鸣,意即把鹦鹉写活了。

〔6〕鸷鹗:猛禽,喻黄祖。孤凤:喻祢衡。

〔7〕"五岳"二句:诗人心情之不平,有如五岳凸起于心胸。方寸,心胸。隐然,高大貌。讵,岂。

〔8〕"才高"二句:亦以祢衡自况。李白上年被崔涣、宋若思营救出狱后所作《为宋中丞自荐表》,自谓"怀经济之才,抗巢由之节,文可以变风俗,学可以究天人",即"才高"之注脚。寡识,李白悔恨自己从永王璘之际对朝廷内部的斗争毫无警觉,陷寻阳狱一度获释后,又对肃宗产生不切实际的幻想,《为宋中丞自荐表》中恳请朝廷"收其希世之英,以为清朝之宝",即"寡识"之注脚。冒,冒犯。天刑,朝廷的刑罚,指自己被判长流夜郎。

赠别郑判官[1]

窜逐勿复哀[2],惭君问寒灰[3]。浮云本无意,吹落章华台[4]。远别泪空尽,长愁心已摧。三年吟泽畔,憔悴几时回[5]?

〔1〕流放途中离开江夏后作。郑判官,名字不详。
〔2〕窜逐:流放。
〔3〕惭:感激。寒灰:冷却了的灰烬,指自己的心情。
〔4〕"浮云"二句:自言没想到会来此地。浮云,诗人自喻。章华台,春秋时楚灵王造,故址在今湖北监利县,监利在江夏上游。
〔5〕"三年"二句:诗人对结束流放的期盼。《新唐书·刑法志》:"特流者,三岁纵之。"李白固知自己流放的期限是三年,则其所判应为"特流"。吟泽畔,用屈原被放后行吟泽畔事,《楚辞·渔父》:"屈原既放,游于江潭,行吟泽畔,颜色憔悴,形容枯槁。"

放后遇恩不霑[1]

天作云与雷,霈然德泽开[2]。东风日本至,白雉越裳来[3]。独弃长沙国,三年未许回[4]。何时入宣室,更问洛阳才[5]?

〔1〕遇恩不霑,遇到朝廷的赦令,自己却不在被赦的范围。据两

《唐书·肃宗本纪》，乾元元年二月、四月、六月、十月均有大赦之事，其六月戊午诏："三司所推劾受贼伪官等，恩泽频加，科条递减，原其事状，稍近平人，所推问者，并宜释放。"连做过安史叛贼伪官的人都被朝廷开恩释放了，但诗人却不得赦免。此诗或缘这次大赦而作。

〔2〕"天作"二句：《易·解》："象曰：雷雨作，解。君子以赦过宥罪。"二句由此化出。

〔3〕"东风"二句：大赦带来的祥瑞气象。东风，《海内十洲记·聚窟洲》："东风入律，百旬不休。"日本，即今日本，在唐之东。"白雉"句，出自《后汉书·南蛮传》："交阯之南有越裳国……天下和平，越裳以三象重译而献白雉。"

〔4〕"独弃"二句：用贾谊故事，参见《与史郎中钦听黄鹤楼上吹笛》注〔2〕。三年，参见上篇《赠别郑判官》注〔5〕。

〔5〕"何时"二句：仍用贾谊故事，表达对朝廷的期待。《史记·屈原贾生列传》："后岁馀，贾生征见，孝文帝……坐宣室，上因感鬼神事，而问鬼神之本，贾生因具道所以然之状。"宣室，汉宫名。洛阳才，贾谊为洛阳才子。

流夜郎赠辛判官〔1〕

昔在长安醉花柳，五侯七贵同杯酒。气岸遥凌豪士前，风流肯落他人后〔2〕？夫子红颜我少年，章台走马著金鞭。文章献纳麒麟殿，歌舞淹留玳瑁筵〔3〕。与君自谓长如此，宁知草动风尘起〔4〕？函谷忽惊胡马来，秦宫桃李向胡开〔5〕。我愁远谪夜郎去，何日金鸡放赦回〔6〕？

〔1〕乾元元年作于流放途中。辛判官,据诗意,应为李白供奉翰林期间曾交往的故人。

〔2〕"昔在"四句:回忆供奉翰林时期的快意生活。五侯七贵,泛指长安权贵。气岸,气概傲岸。肯,反诘语气,岂肯。

〔3〕"夫子"四句:回忆供奉翰林时期与辛判官的交往。红颜,意同"少年"。章台,秦代长安宫名,此代指唐宫室。麒麟殿,汉长安未央宫中殿名,藏秘书,此代指翰林院。玳瑁筵,豪华筵席,刘桢《瓜赋序》:"有象牙之席,重玳瑁之筵。"

〔4〕草动风尘起:指安史乱起。

〔5〕秦宫桃李:喻指朝廷的恩惠。朝廷本年六月颁布大赦令(见上篇《放后遇恩不霑》注〔1〕),恩惠所加,连"受贼伪官"都列入赦例。向胡:即"受贼伪官"等。诗句实际是对朝廷的质疑。

〔6〕"我愁"二句:连"受贼伪官"都赦免了,诗人却不在免限,所以心存怨望,不知何日朝廷的赦令才能轮到自己。金鸡,大赦时所置,《新唐书·百官志》:"赦日,树金鸡于仗南,竿长七尺,有鸡高四尺,黄金饰首,衔绛幡,长七尺,承以彩盘,维以绛绳。"

上三峡[1]

巫山夹青天,巴水流若兹[2]。巴水忽可尽,青天无到时[3]。三朝上黄牛,三暮行太迟。三朝又三暮,不觉鬓成丝[4]。

〔1〕乾元元年冬末作于流放途中。
〔2〕巫山:三峡两岸之山。巴水:即峡中长江。
〔3〕"巴水"二句:写水程之漫长。忽,或,也许。青天,诗人心理感

受中水程漫长如上青天。

〔4〕"三朝"四句:写船行之缓慢,兼写人心之苦愁。黄牛,黄牛峡,在今湖北宜昌西北八十里处江上。《水经注·江水》载,南岸高崖间有石,形如人负刀牵牛,故名。此崖既高,江流迂回湍急,船行信宿(经过两个晚上),犹望见此物,行者谣曰:"朝发黄牛,暮宿黄牛。三朝三暮,黄牛如故。"

南流夜郎寄内[1]

夜郎天外怨离居[2],明月楼中音信疏[3]。北雁春归看欲尽,南来不得豫章书[4]。

〔1〕李白流放是否到达了夜郎(今贵州桐梓),学界尚有不同看法。据此诗诗意,似作于到夜郎后,时在乾元二年(759)春。寄内,其时宗氏夫人居豫章(今江西南昌)。

〔2〕天外:极言其远。

〔3〕明月楼:宗氏居处,语出曹植《七哀诗》:"明月照高楼,流光正徘徊。上有愁思妇,悲叹有馀哀。"句谓宗氏音信稀少。

〔4〕"北雁"二句:意谓与宗氏互通音信十分困难。北雁,古人有大雁传书之说。春归,大雁春天飞回北方。看,犹今语"眼看着";看欲尽,即无法再给宗氏传信。南来,夜郎在豫章西南。豫章书,宗氏书信。

流夜郎题葵叶[1]

惭君能卫足,叹我远移根[2]。白日如分照,还归守故园[3]。

〔1〕此诗也似到夜郎后作。

〔2〕"惭君"二句:自惭才智短浅不如葵叶。卫足,《左传·成公十七年》:"鲍庄子之智不如葵,葵犹能卫其足。"杜预注:"葵倾叶向日,以蔽其根。"远移根,自己遭遇流放,来到远离故园的夜郎,如同植物的根被移动。

〔3〕"白日"二句:期盼朝廷的赦免。白日,指皇帝。分照,分其一线光照,即有所顾及。

望木瓜山[1]

早起见日出,暮看栖鸟还。客心自酸楚,况对木瓜山[2]。

〔1〕也似作于夜郎。木瓜山,桐梓夜郎里有木瓜庙,或与李白此诗有关。

〔2〕"客心"二句:人心本就痛苦不已,更何况面对着木瓜山。客,即迁客,可参《与史郎中钦听黄鹤楼上吹笛》"一为迁客去长沙"句。酸楚,痛苦。"况对"句,意即望木瓜山时心中更加酸楚,《本草纲目》卷三十:"木瓜味酸。"

早发白帝城[1]

朝辞白帝彩云间[2],千里江陵一日还[3]。两岸猿声啼不尽,轻舟已过万重山[4]。

〔1〕乾元二年(759)暮春,遇赦东归至江陵作。《新唐书·肃宗本纪》:乾元二年"三月……丁亥(二十一日),以旱降死罪,流以下原之。"李白即于此时遇赦。

〔2〕白帝:白帝城,东汉初公孙述所建,在夔州奉节县城东山上,位居三峡西口,下瞰大江。

〔3〕"千里"句:应为写实,但兼用典。《水经注·江水》:"自三峡七百里中,两岸连山,略无阙处。……至于夏水襄陵,沿溯阻绝,或王命急宣,有时朝发白帝,暮到江陵,其间千二百里,虽乘奔御风,不以疾也。"杜甫《最能行》:"朝发白帝暮江陵,顷来目击信有征。"

〔4〕"两岸"二句:亦写实兼用典,《水经注·江水》:"每至晴初霜旦,林寒涧肃,常有高猿长啸,属引凄异,空谷传响,哀转久绝。"诗人回想当日轻舟过三峡的情景,觉得舟行比猿声"空谷传响"还要快(如同"超音速")。舟行之快正与人心之快相表里。

六　晚年

自汉阳病酒归寄王明府[1]

去岁左迁夜郎道[2],琉璃砚水长枯槁[3]。今年敕放巫山阳[4],蛟龙笔翰生辉光[5]。圣主还听子虚赋,相如却欲论文章[6]。愿扫鹦鹉洲[7],与君醉百场。啸起白云飞七泽,歌吟渌水动三湘[8]。莫惜连船沽美酒,千金一掷买春芳[9]。

〔1〕乾元二年(759),赦还后作于江夏。汉阳,沔州属县(今"武汉三镇"之汉阳)。病酒,沉湎于酒。王明府,汉阳县令。

〔2〕左迁:贬职,此指被判流放。

〔3〕"琉璃"句:因遭遇流放而诗思枯竭。琉璃,砚台的质地。

〔4〕巫山阳:巫山之南。或谓指长江三峡中巫山南麓这一特定地段,或谓以巫山为地域分界,指巫山以南的广大地区。二说皆可通,且在其他唐代诗人的作品中均可找到例证。如依前一解释,则李白流放并未到达夜郎,而是行至三峡时遇赦;依后一解释,则李白流放确实到了夜郎。二说可并存。

〔5〕"蛟龙"句:因遇赦而诗兴勃发。蛟龙,喻笔势腾飞。

〔6〕"圣主"二句:以司马相如自喻,以为肃宗会起用自己,反映了李白遇赦之初的盲目乐观情绪。圣主,汉武帝。《史记·司马相如列

传》载,武帝读《子虚赋》而称善,蜀人狗监杨得意曰:"臣邑人司马相如自言为此赋。"武帝乃召问相如,相如认为此赋未足观,请为天子游猎赋。还、又、复。却、正、偏,表示强调。

〔7〕鹦鹉洲:在长江中,参见《望鹦鹉洲怀祢衡》诗及注〔1〕。

〔8〕"啸起"二句:极言写诗的豪兴。七泽、三湘,泛言江汉、湖湘,非确指。

〔9〕"莫惜"二句:诗人对王明府说的话,与《将进酒》之"五花马,千金裘,呼儿将出换美酒"同一气概。春芳,谓酒,唐人多称酒为"春",如土窟春、石冻春、剑南春等。

早春寄王汉阳[1]

闻道春还未相识,走傍寒梅访消息[2]。昨夜东风入武昌[3],陌头杨柳黄金色。碧水浩浩云茫茫,美人不来空断肠[4]。预拂青山一片石,与君连日醉壶觞。

〔1〕与上篇先后之作。王汉阳即前诗之王明府。

〔2〕"闻道"二句:早春时节梅花最先开放,而后生叶,故而能报春天到来的消息。

〔3〕武昌,指江夏(今武汉三镇之武昌)。

〔4〕美人:指王汉阳。

流夜郎半道承恩放还兼欣剋复之美书怀示息秀才[1]

黄口为人罗,白龙乃鱼服。得罪岂怨天?以愚陷网目[2]。鲸鲵未翦灭,豺狼屡翻覆[3]。悲作楚地囚,何由秦庭哭[4]?遭逢二明主,前后两迁逐[5]。去国愁夜郎,投身窜荒谷。半道雪屯蒙,旷如鸟出笼[6]。遥欣剋复美,光武安可同[7]!天子巡剑阁,储皇守扶风[8]。扬袂正北辰,开襟揽群雄[9]。胡兵出月窟,雷破关之东。左扫因右拂,旋收洛阳宫[10]。回舆入咸京,席卷六合通[11]。叱咤开帝业,手成天地功[12]。大驾还长安,两日忽再中[13]。一朝让宝位,剑玺传无穷[14]。愧无秋毫力,谁念矍铄翁?弋者何所慕?高飞仰冥鸿。弃剑学丹砂,临炉双玉童[15]。寄言息夫子,岁晚陟方蓬[16]。

〔1〕乾元二年作。半道,或谓中途,即李白遭流放并未到达夜郎,而是在巫山遇赦;或谓流放三年的期限未到,参见《赠别郑判官》注〔5〕。剋复之美,指两京收复。息秀才,名字不详。

〔2〕"黄口"四句:自道因从永王璘获罪事。"黄口"句,表明无力自保。黄口,雏鸟,《孔子家语》卷十五:"孔子见罗雀者,所得皆黄口小雀。""白龙"句,悔恨行动不慎。白龙故事出自《说苑》,白龙下清泠之渊,化为鱼,被渔者豫且射中其目,上诉天帝,天帝曰:"鱼固人之所射也,豫且何罪?"岂怨天,岂能怨天,反问义。"以愚"句,自省从璘时缺乏对

形势的清醒判断,因而获罪。网目,法网。

〔3〕"鲸鲵"二句:平叛战争的形势反复不定。鲸鲵、豺狼,指叛军。翻覆,叛军降而复叛,史载,史思明至德二载十二月降,封归义王、范阳节度使,乾元元年六月复叛。

〔4〕"悲作"二句:因自己沦为囚犯,不能为平叛战争效力而悲。楚地囚,见《淮南卧病书怀寄蜀中赵徵君蕤》注〔4〕。秦庭哭,见《奔亡道中》第一首注〔5〕。

〔5〕二明主:玄宗及肃宗。两迁逐:玄宗时被放出朝,肃宗时被流放夜郎,两次遭遇性质固然不同,但就"迁逐"、即被朝廷逐出而言,则是一样的。

〔6〕"半道"二句:流放中途遇赦。屯蒙,《易》屯卦、蒙卦,寓意命运的艰难。

〔7〕"遥欣"二句:赞颂两京收复,超过了光武帝刘秀恢复汉室。遥,意谓自己是在远离朝廷的地方。

〔8〕天子:指玄宗。巡剑阁:指玄宗避难成都。储皇:肃宗。守扶风,至德二载二月,肃宗自灵武推进到长安之西的扶风郡(即凤翔郡),十月,两京收复,肃宗返回长安。

〔9〕"扬袂"二句:谓肃宗在长安登上皇帝位。北辰,北极星,喻天子位,《论语·为政》:"譬如北辰,居其所而众星共之。"揽群雄,即号令天下。

〔10〕"胡兵"四句:记述至德二载十月唐军收复洛阳的战事。《旧唐书·郭子仪传》等史料记载,至德二载九月唐军收复长安、十月收复洛阳,均有回纥军相助。胡兵,指回纥军。月窟,西方,回纥所在之地。雷破,形容唐军与回纥联军的威势。关之东,函谷关之东,即洛阳战场。左扫、右拂,指唐军多路出击。

〔11〕"回舆"二句:肃宗返回长安,天下重归朝廷的统治。回舆,肃

宗返京的车驾。咸京,即长安。六合通,天下归于一统。

〔12〕"叱咤"二句:颂美肃宗重开帝业、再造唐室之功。叱咤,犹成语"叱咤风云"。手成,亲手造就。

〔13〕"大驾"二句:玄宗于至德二载十二月还长安。大驾,玄宗车驾。两日,玄宗与肃宗。

〔14〕"一朝"二句:玄宗正式传位于肃宗。《资治通鉴·唐纪》载,肃宗于至德元载七月即皇帝位于灵武,尊玄宗为上皇天帝。八月,玄宗命房琯等奉传国宝玉册诣灵武传位,肃宗不受,置宝册于别殿,朝夕事之,如定省之礼。至德二载十二月,玄宗返长安后传国宝授肃宗,肃宗受之。剑玺,国宝,皇帝权力的象征。

〔15〕"愧无"六句:诗人自谓无所作为,将收拾起功业理想,转向学道求仙。矍铄翁,东汉名将马援,《后汉书·马援传》:"援据鞍顾眄,以示可用,帝笑曰:'矍铄哉,是翁也!'""弋者"二句,意谓自己对功业已不报希望,扬雄《法言·问明》:"鸿飞冥冥,弋者何篡焉(怎能把高空的飞鸿取到手呢)!"弋者,射箭手。弃剑,意即放弃功业理想。学丹砂,炼丹学道。炉,炼丹炉。

〔16〕"寄言"二句:寄语息秀才,希望晚年一起游仙。陟方蓬,登上仙山方丈、蓬莱。

赠从弟南平太守之遥二首(选一)〔1〕

少年不得意,落魄无安居。愿随任公子,欲钓吞舟鱼〔2〕。常时饮酒逐风景,壮心遂与功名疏。兰生谷底人不锄,云在高山空卷舒〔3〕。汉家天子驰驷马,赤车蜀道迎相如。天门九重谒圣人,龙颜一解四海春。彤庭左右呼万岁,拜贺明主收沉沦。翰林秉笔回英盼,麟阁峥嵘谁可见?承恩初入银台门,著书独在金銮殿。龙驹雕镫白玉鞍,象床绮席黄金盘。当时笑我微贱者,却来请谒为交欢〔4〕。一朝谢病游江海,畴昔相知几人在?前门长揖后门关,今日结交明日改〔5〕。爱君山岳心不移,随君云雾迷所为〔6〕。梦得池塘生春草,使我长价登楼诗〔7〕。别后遥传临海作,可见羊何共和之〔8〕。

〔1〕似流放归来后作于江夏。南平,郡名,即渝州(今重庆)。之遥,事迹不详。

〔2〕"少年"四句:谓少年时胸怀大志,虽然现实处境艰难,但并不安于现状,总想着干一番大事业。不得意,混得不好。落魄,穷困失意。无安居,四处游荡。"愿随"二句,自谓抱负不凡,出自《庄子·外物》:"任公子为大钩巨缁,……投竿东海,旦旦而钓,期年不得鱼,已而大鱼食之。"吞舟鱼,谓鱼之大。

〔3〕"常时"四句:对"少年"四句的批判,反映了诗人人生理想的另一面,即追求精神自由快意而不愿受任何羁束。逐风景,追寻山川美景。功名疏,疏远、搁置了功业理想。"兰生"二句,比喻其自由自在、无所拘束的生存状态。人不锄,无人栽培,也不需要人栽培。

〔4〕"汉家"十四句:回顾供奉翰林生活情景,可参看《从驾温泉宫醉后赠杨山人》、《温泉侍从归逢故人》、《玉壶吟》等诗,又可参看李阳冰《草堂集序》:"置于金銮殿,出入翰林中。问以国政,潜草诏诰,人无知者。"汉家天子,唐玄宗。骊马、赤车,《华阳国志》卷三载,司马相如往长安时,曾在成都市门题字:"不乘赤车驷马,不过汝下也。"圣人,玄宗。解,开颜。回英盼,引起玄宗皇帝的关注。"麟阁"句,在朝堂上独占一时风光;麟阁,即麒麟阁,汉宣帝时建于未央宫中,画霍光等十一功臣像

于阁上,以示表彰,诗中代指朝堂。银台门,进入翰林院之门。金銮殿,在大明宫内,接近翰林院,皇帝常在此召见翰林供奉。"龙驹"句谓坐骑。"象床"句谓饮食。当时,早先。

〔5〕"一朝"四句:去朝后遭遇的世态炎凉。谢病游江海,即去朝还山。畴昔,往日。"前门"二句:指世人的态度虚假而多变。

〔6〕"爱君"二句:君之心志如山岳一样不可移易,君之风概如云雾一样令人无从追步。

〔7〕"梦得"二句:以谢灵运自喻,以惠连喻从弟之遥,意谓从弟使自己获得了诗兴。《南史·谢灵运传》载,谢惠连十岁能属文,族兄灵运嘉赏之。灵运作《登池上楼》诗,竟日不就,忽梦见惠连,遂得"池塘生春草"句。

〔8〕"别后"二句:邀从弟一起写诗。灵运有《登临海峤初发彊中作与从弟惠连可见羊何共和之》诗,临海,晋时郡名,即今浙江台州。羊,泰山羊璿之;何,东海何长瑜,与灵运、惠连以文章赏会,共为山泽之游。

江夏赠韦南陵冰[1]

胡骄马惊沙尘起,胡雏饮马天津水[2]。君为张掖近酒泉[3],我窜三巴九千里[4]。天地再新法令宽[5],夜郎迁客带霜寒。西忆故人不可见,东风吹梦到长安。宁期此地忽相遇[6]?惊喜茫如堕烟雾。玉箫金管喧四筵,苦心不得申长句[7]。昨日绣衣倾绿樽,病如桃李竟何言[8]!昔骑天子大宛马,今乘款段诸侯门[9]。赖遇南平豁方寸[10],复兼夫子持清论[11]。有似山开万里云,四望青天解人闷[12]。人闷还心闷,苦辛长苦辛。愁来饮酒二千石,寒灰重暖生阳春。山公醉后能骑马,别是风流贤主人[13]。头陀云月多僧气,山水何曾称人意[14]?不然鸣筎按鼓戏沧流,呼取江南女儿歌棹讴。我且为君捶碎黄鹤楼,君亦为吾倒却鹦鹉洲[15]!赤壁争雄如梦里,且须歌舞宽离忧[16]。

〔1〕乾元二年作于江夏。韦南陵,南陵县令韦冰,李白故交。

〔2〕"胡骄"二句:安史乱起,洛阳陷落。胡,安史叛军。沙尘,喻战乱。胡雏,用石勒故事,指代安、史。《晋书·石勒载记》:"(石勒)年十四,随邑人行贩洛阳,倚啸上东门,王衍见而异之,顾谓左右曰:'向者胡雏,吾观其声视有奇志,恐将为天下之患。'"天津水,在洛阳。

〔3〕"君为"句:安史乱起时,韦冰在张掖做县令。张掖,郡名,即甘州;亦县名,即郡治所张掖县(今甘肃张掖);酒泉,郡名,即肃州,郡治所酒泉县(今甘肃酒泉)。

〔4〕"我窜"句:流放夜郎。三巴,巴郡、巴东、巴西,今重庆一带,夜郎也在其中。

〔5〕天地再新:两京收复。法令宽:本年春大赦。

〔6〕宁:表反问,哪里;宁期,哪里想得到。

〔7〕"苦心"句:诗人写作此诗时,瞬间的抑郁心情。长句,七言歌行,实即此诗。

〔8〕"昨日"二句:昨日曾参与某御史举行的宴会,但自己心情很不好。绣衣,御史台官员,公服为绣衣。倾绿樽,举行酒宴。"病如"句,自谓抑郁成疾,如委屈而无言的汉将军李广。桃李,出自谚语"桃李不言,下自成蹊",见《史记·李将军列传》。

〔9〕"昔骑"二句:回忆供奉翰林经历,感叹眼下处境的困窘。大宛马,出自西域大宛国的名马,指在翰林院时所乘的飞龙马,参见《从驾温

泉宫醉后赠杨山人》诗及注〔5〕。款段,马行迟缓貌,指劣马;诸侯,地方官员。

〔10〕"赖遇"句:似指与南平太守李之遥的交际,见上篇《赠从弟南平太守之遥》。豁方寸,心情为之开爽。

〔11〕夫子:指韦冰。持清论:谈吐脱俗。

〔12〕"有似"二句:用卫瓘赞乐广语,抒写见到韦冰的快意心情,并赞美其风姿。《晋书·乐广传》卫瓘赞乐广曰:"此人之水镜,见之莹然,若披云雾而睹青天也。"

〔13〕"山公"二句:以晋人山简喻韦冰,参见《襄阳歌》诗及注〔2〕。

〔14〕"头陀"二句:诗人醉酒后发泄心中郁闷的偏激之语。头陀,寺名,在江夏黄鹤山上。僧气,清苦之气。

〔15〕"我且"二句:诗人醉后狂言。

〔16〕"赤壁"二句:意谓功名事业皆如梦一般虚幻。

经乱离后天恩流夜郎忆旧游书怀赠江夏韦太守良宰〔1〕

天上白玉京,十二楼五城。仙人抚我顶,结发受长生〔2〕。误逐世间乐,颇穷理乱情〔3〕。九十六圣君,浮云挂空名。天地赌一掷,未能忘战争〔4〕。试涉霸王略,将期轩冕荣〔5〕。时命乃大谬,弃之海上行〔6〕。学剑翻自哂,为文竟何成?剑非万人敌,文窃四海声〔7〕。儿戏不足道,五噫出西京。临当欲去时,慷慨泪沾缨〔8〕。叹君倜傥才,标举冠群英。开筵引祖帐,慰此远徂征。鞍马若浮云,送余骠骑亭。歌钟不尽意,白日落昆明[9]。十月到幽州,戈鋋若罗星[10]。君王弃北海,扫地借长鲸[11]。呼吸走百川,燕然可摧倾[12]。心知不得语,却欲栖蓬瀛[13]。弯弧惧天狼,挟矢不敢张[14]。揽涕黄金台,呼天哭昭王。无人贵骏骨,绿耳空腾骧。乐毅倘再生,于今亦奔亡[15]。蹉跎不得意,驱马过贵乡[16]。逢君听弦歌,肃穆坐华堂[17]。百里独太古,陶然卧羲皇[18]。征乐昌乐馆,开筵列壶觞。贤豪间青娥,对烛俨成行。醉舞纷绮席,清歌绕飞梁[19]。欢娱未终朝,秩满归咸阳[20]。祖道拥万人,供帐遥相望[21]。一别隔千里,荣枯异炎凉[22]。炎凉几度改,九土中横溃[23]。汉甲连胡兵,沙尘暗云海。草木摇杀气,星辰无光彩[24]。白骨成丘山,苍生竟何罪[25]?函关壮帝居,国命悬哥舒[26]。长戟三十万,开门纳凶渠[27]。公卿如犬羊,忠谠醢与菹[28]。二圣出游豫[29],两京遂丘墟。帝子许专征,秉旄控强楚[30]。节制非桓文,军师拥熊虎[31]。人心失去就,贼势腾风雨[32]。惟君固房陵,诚节冠终古[33]。仆卧香炉顶,餐霞漱瑶泉。门开九江转,枕下五湖连[34]。半夜水军来,浔阳满旌旃。空名适自误,迫胁上楼船[35]。徒赐五百金,弃之若浮烟[36]。辞官不受赏,翻谪夜郎天[37]。夜郎万里道,西上令人老。扫荡六合清,仍为负霜草。日月无偏照,何由诉苍昊[38]?良牧称神明,深仁恤交道[39]。一忝青云客[40],三登黄鹤楼。顾惭祢处士,虚对鹦鹉洲[41]。樊山霸气尽,寥落天地秋。江带峨眉雪,川横三峡流。万舸此中来,连帆过扬州。送此万里目,旷然散我愁[42]。纱窗倚天开,水树绿如发[43]。窥日畏衔山,促酒喜得月[44]。吴娃与越艳,窈窕夸铅红。呼来上云梯,含笑出帘栊。对客小垂手,罗衣舞春风[45]。宾跪请休息,主人情未极[46]。览君荆山作,江鲍堪动色。清水出芙蓉,天然去雕饰[47]。逸兴横素襟,无时不招寻[48]。朱门拥虎士,列戟何森森[49]!剪凿竹石开,萦流涨清深[50]。登台坐水阁,吐论多英音。片辞贵白璧,一诺轻黄金[51]。谓我不愧君[52],青鸟明丹心[53]。五色云间鹊,飞鸣天上来。传闻赦书至,却放夜郎回。暖气变寒谷,炎烟生死灰[54]。君登凤池去,勿弃贾生才[55]。桀犬尚吠尧[56],匈奴笑千秋[57]。中夜四五叹,常为大国忧[58]。旌旆夹两山,黄河当中流[59]。连鸡不得进,饮马空夷犹[60]。安得羿善射?一箭落旄头[61]!

〔1〕乾元二年秋,作于江夏。此为李白集中最长的一首诗,以回忆与韦良宰的交游为线索,历述人生经历,并抒写对国家命运的关切之情。江夏,郡名,即鄂州,州治所江夏县(今湖北武昌)。韦良宰,李白故交。

〔2〕"天上"四句:自谓少年时代即向往神仙。白玉京,也称玉京,道家谓天上有黄金阙、白玉京,为天帝所居。十二楼五城,仙人居处,《汉书·郊祀志》颜师古注:"昆仑玄圃五城十二楼,仙人之所常居。"结发,指少年时代,古代男子成童时开始束发。长生,道家所谓长生不老之术。

〔3〕"误逐"二句:立足于神仙向往,反思对人事政治的积极参与,所以称"误逐"。世间乐,人世凡俗的生活追求,包括了功业理想。穷,推究。理乱情,国家治乱之道,因避唐高宗讳,将"治"改用"理"。

〔4〕"九十六"四句:对历代帝王的批判。九十六圣君,自秦始皇至

唐玄宗,共有九十六个皇帝。"浮云"句,谓历代帝王虽称"圣君",不过是"浮云"一样的空名。"天地"二句,圣君们都以天地(包括百姓)为赌注,不惜以战争手段争夺天下。

〔5〕"试涉"二句:自己曾观览有关政治的典籍,研究霸业与王道,以期获得官职,实现人生的荣耀。霸王,统治天下的两种不同理念和手段,以武力制服天下为霸道,以文教治理天下为王道。轩冕,轩车、冕服,官员的标志。

〔6〕"时命"二句:功业理想破灭,转而游仙。时命,际遇和命运。大谬,互相背离。《赠从弟宣州长史昭》有句"才将圣不偶,命与时俱背",意同。弃之,放弃功业理想。海上行,即求仙于海上。

〔7〕"学剑"四句:自省人生,习武不成而徒有文名。学剑、万人敌,用项羽故事,项羽少时学书不成,去学剑,又不成,其叔父项梁怒曰:"剑,一人敌,不足学。学万人敌。"于是项梁乃教项羽兵法,见《史记·项羽本纪》。万人敌,指兵法。四海声,名满天下。

〔8〕"儿戏"四句:回忆天宝初在翰林院的经历,以理想破灭、离开长安告终。儿戏,小儿的游戏,轻率、无意义;诗人用反省的眼光来看待诏翰林生活,觉得如同儿戏。"五噫"句,用梁鸿故事,《后汉书·梁鸿传》:"(鸿)因东出关,过京师,作《五噫之歌》,曰:'陟彼北芒兮,噫!顾览帝京兮,噫!宫室崔嵬兮,噫!人之劬劳兮,噫!辽辽未央兮,噫!'""慷慨"句,出京时的悲愤心情。

〔9〕"叹君"八句:离开长安时,韦良宰曾为设宴送行。标举,出众。祖帐,送别行人时在路边设帐列筵。远祖征,远行之人,即诗人自己。若浮云,形容其多。骠骑亭、驿亭,应在长安东南郊外。昆明,汉武帝开凿的昆明池。按,以上为第一段,叙出翰林之前经历,并忆离开长安时韦良宰为饯行事。

〔10〕"十月"二句:此及以下十四句追忆天宝十一载秋冬间北游幽

州(范阳郡)的经历与闻见。戈鋋(yán延,短矛),兵器,指代甲兵。如罗星,形容其多。安禄山以幽州为老巢,其时已领平卢、范阳、河东三镇节度使,拥有天下兵力之半。

〔11〕"君王"二句:朝廷的放纵,使安禄山坐大。北海,北方广大地区。扫地,全部、尽数。借,给予。长鲸,指安禄山。当时幽、蓟等十一州尽归安禄山所治。

〔12〕"呼吸"二句:形容安禄山势力之大,一吸一呼可使百川奔泻,燕然山崩塌。燕然,山名,即今蒙古共和国境内杭爱山。

〔13〕"心知"二句:自己不能向朝廷建言,只得选择出世求仙。《新唐书·安禄山传》载,天宝十一载时,"皇太子及宰相屡言禄山反,帝不信",可见玄宗的昏庸和诗人的无奈。蓬瀛,海上仙山蓬莱、瀛洲。

〔14〕"弯弧"二句:出自《楚辞·九歌·东君》"挟长矢兮射天狼"句,意谓眼看幽州形势危机却不能有任何作为。天狼,星名,此指安禄山。

〔15〕"揽涕"六句:用燕昭王故事,参见《行路难》(大道如青天)注〔7〕。谓当今时势已非燕昭王时代,自己只有抽身远去。贵骏骨,郭隗曾对燕昭王讲述古之人君为求千里马而以五百斤买马骨的故事,见《战国策·燕策》。绿耳,良马名,传说为周穆王"八骏"之一。乐毅,战国名将,本为魏国派往燕国的使者,受燕昭王感召而留燕,为亚卿,率军伐齐,下七十馀城,为燕国一雪国耻。昭王死,乐毅遭惠王疑忌,使人代之,乐毅遂离开燕国奔往赵国。见《史记·乐毅列传》。

〔16〕"蹉跎"二句:北游幽州失意后南归,途经贵乡,时在天宝十二载春。此及以下十六句,回忆在贵乡与韦良宰的交游。贵乡,魏州属县,今河北大名。

〔17〕"逢君"二句:当时韦良宰为贵乡县令。弦歌,孔子弟子子游为武城宰,孔子过武城,闻弦歌之声,见《论语·阳货》,后以弦歌指出任

303

县令。

〔18〕"百里"二句：赞美韦良宰之政绩，谓贵乡风俗淳朴有如上古。百里，一县之地。太古，上古。陶然，百姓安乐的样子。卧羲皇，如生活在羲皇时代，羲皇即伏羲氏，上古部族首领。。

〔19〕"征乐"六句：在韦良宰处宴乐情景。昌乐馆，驿馆名，唐代驿馆常为官员宴乐之所。贤豪，指官员。青娥，指歌女。绕飞梁，形容歌声之美，语出《列子·汤问》："馀音绕梁欐，三日不绝。"

〔20〕"欢娱"二句：韦良宰任期届满，回归长安。未终朝，极言时间短暂。秩满，唐代地方官员任期一般为五年，一个任期为一秩。咸阳，长安。

〔21〕"祖道"二句：民众送别韦良宰情景。祖道，饯行于大道旁。供帐，饯行所设的帐幕。

〔22〕"一别"二句：别后二人不同的遭遇境地。荣枯、炎凉，一方发达，一方困窘。按，以上为第二段，叙北游幽州经历，并忆北游归来在贵乡得到县令韦良宰款待事。

〔23〕"炎凉"二句：此及以下六句，写安史之乱爆发后的国家形势。炎凉，一夏一冬，即一年。九土，九州。中横溃，以水灾喻天下大乱，语出谢灵运《拟魏太子邺中集八首》："天地中横溃。"

〔24〕"汉甲"四句：战火连天、杀气遍地的情景。汉甲，唐军。胡兵，叛军。

〔25〕"白骨"二句：战乱中百姓大量死亡的惨景。

〔26〕"函关"二句：此及以下六句，追忆两京失守事。函关，函谷关，在今河南灵宝县东北，长安东大门。哥舒，哥舒翰，据两《唐书》本传，禄山反，封常清、高仙芝兵败潼关，玄宗拜哥舒翰为皇太子先锋兵马元帅，率二十万大军守潼关，时天下安危系于哥舒翰一身。

〔27〕"长戟"二句：哥舒翰降贼。至德元载六月，哥舒翰与安禄山

部将崔乾佑战于灵宝,大败,叛军入潼关,哥舒翰降。长戟,兵器,此指兵员。纳凶渠,迎接贼首入关,即向叛军投降。

〔28〕"公卿"二句:叛军入长安后对王室成员及朝廷官员凶残杀戮。如犬羊,即任人宰割。忠谠,正直朝臣。醢(hǎi 海)、菹(zū 租),肉酱。

〔29〕"二圣":玄宗、肃宗。出游豫:逃离长安的委婉说法;游豫,游乐。

〔30〕"帝子"二句:此及以下四句写永王东征及失败事。帝子,永王李璘。秉旄,掌握着兵权。控强楚,出镇江陵。参见《永王东巡歌》。

〔31〕"节制"二句:出自《荀子·议兵》:"秦之锐士,不可以当桓文之节制。"谓永王虽然拥有重兵,但并不能有效指挥。节制,掌控。桓文,春秋二霸齐桓公、晋文公。军师,即军。熊虎,指军中悍将。参见《南奔书怀》。

〔32〕"人心"二句:永王兵败后,天下人心失去依靠,而叛贼仍气焰炽盛。失去就,茫然无所归从。腾风雨,比喻叛军势盛。

〔33〕"惟君"二句:称美韦良宰的见识节概。李白《天长节使鄂州刺史韦公德政碑》云:"曩者永王以天人授钺,东巡无名,利剑承喉以胁从,壮心坚守而不动。房陵之俗,安于泰山。"可知永王东巡时,韦良宰为房陵太守,审时度势而拒绝了永王的征召。固房陵,安守房陵;房陵,郡名,即房州,属山南东道,即今湖北房县。

〔34〕"仆卧"四句:此及以下八句追述自己从永王军的经历及结局。参见《赠王判官时余归隐居庐山屏风叠》诗及注。香炉顶,庐山峰名。"餐霞"句,指隐居生活。九江,庐山下临九江,传说江水至此分为九道。五湖,泛指庐山下的湖泊,庐山下临鄱阳湖。

〔35〕"半夜"四句:入永王军的过程。因为诗人是在获罪后追忆此事,所以刻意突出了被永王征召而不得不从的一面,谓之"迫胁"。参见

305

《赠韦秘书子春》。

〔36〕"徒赐"二句:诗人在永王军中时,或有赐金不受之事。

〔37〕"辞官"二句:为流夜郎而自鸣不平。翻,反过来,即意想不到。按,以上为第三段,叙安史乱中国家形势及自己入永王军经历,赞美时任房陵太守的韦良宰拒绝永王征召的见识。

〔38〕"夜郎"六句:流放夜郎的冤屈。六合清,指两京收复。负霜草,比喻自己衔冤被流放。日月,喻指朝廷。无偏照,理应没有光照不到之处(但却没有照到自己头上)。何由,无由,无法。苍昊,苍天,亦喻指朝廷。参见《流夜郎闻酺不预》诗及注。

〔39〕"良牧"二句:感激流放途中经过江夏时,韦良宰对自己的体恤。恤,顾念。交道,交友之道。

〔40〕"一忝"句:一旦做了韦太守的座上客。忝,谦词。青云客,贵客。

〔41〕"顾惭"二句:用东汉名士祢衡故事,自谦文思迟滞,不能如祢衡一样写出《鹦鹉赋》那样的作品。参见《望鹦鹉洲怀祢衡》诗及注。

〔42〕"樊山"八句:登上黄鹤楼所见寥廓景色。樊山,在武昌。霸气,三国时孙权曾在此建立霸业。

〔43〕"纱窗"二句:黄鹤楼的窗户高可倚天,从纱窗远望,视野十分辽阔,江边绿树细如发丝。

〔44〕"窥日"二句:欢宴终日,日落西山时惟恐未得尽兴,却喜月亮上来,主客在月光下继续畅饮。衔山,太阳落山。促酒,劝酒。西边落,东边月出,是夏历十五日前后光景。

〔45〕"吴娃"六句:酒宴上的歌舞。吴娃、越艳,泛指江南歌妓,出自王勃《采莲赋》:"吴娃越艳,郑婉秦妍。"铅红,敷面铅粉和点唇胭脂。小垂手,歌舞名。

〔46〕宾跪:客人引身稍起。古人坐姿为两膝着地,臀部压在脚跟

上;由坐姿引身稍起,伸直腰身,即为跪。情未极:兴致正浓。"主人"句可见韦太守之风流,并由此引发对其文才的赞美。

〔47〕"览君"四句:赞美韦良宰文才。荆山作,韦之诗作,未传世。江鲍,南朝诗人江淹、鲍照。动色:激赏之意。"清水"句,出自钟嵘《诗品》:"谢(灵运)诗如芙蓉出水。"天然,绝去人工。雕饰,人工雕琢。

〔48〕"逸兴"二句:韦太守富有高情逸兴,而且好客。横,充盈。素襟,怀抱。招寻,邀请客人。

〔49〕"朱门"二句:太守官府门前景象。虎士,卫士。唐制,州府以上衙门前列戟。

〔50〕"剪凿"二句:韦宅园林胜景。

〔51〕"登台"四句:回忆当时韦良宰的一席话。英音,不凡的言论。片辞、一诺,均指韦的一席话;贵白璧、轻黄金,谓其价值。

〔52〕"谓我"句:引述韦良宰所说的话,表明二人相交的诚意。谓我,犹言"说我"。不愧,当得上。君,指韦。

〔53〕"青鸟"句:出自阮籍《咏怀诗》:"谁言不可见,青鸟明我心。"青鸟,传说中西王母的传信使者。诗人对韦良宰说,分别之后,青鸟(即书信)可以传递你我之间的赤诚之心。

〔54〕"五色"六句:自述流夜郎遇赦事。鹊,报喜之鸟,《开元天宝遗事》有"灵鹊报喜"条。寒谷,日光照不到的地方。

〔55〕"君登"二句:冀望韦良宰在朝中提携于己。据《天长节使鄂州刺史韦公德政碑》,其时韦之江夏太守任期已满,将入朝。凤池,中书省。贾生才,以贾谊自喻,参见《行路难》(大道如青天)注〔5〕。

〔56〕"桀犬"句:出自《汉书·邹阳列传》:"桀之犬可使吠尧。"谓安禄山残部继续作乱。

〔57〕"匈奴"句:指朝中宰相庸碌无能。千秋,汉武帝宰相车千秋,其人既无才能学术,又无阀阅功劳,仅以一次上书言事得到武帝赏识,遂

307

封宰相,此事被匈奴单于讥笑,见《汉书·车千秋传》。两《唐书·肃宗纪》载,乾元二年三月,苗晋卿、王玙罢知政事,二人皆无能之辈,李白诗句或有感于此事而发。

〔58〕"中夜"二句:诗人深沉关切着国家命运。中夜,午夜。大国,朝廷。

〔59〕"旌旆"二句:中原一带军情吃紧。旌旆,军中旗帜。两山,黄河两岸的太华山(在今陕西华阴市)、首阳山(在今山西永济市)。

〔60〕"连鸡"二句:谓诸节度使互相牵制,徘徊不进,贻误战机。连鸡,缚鸡于一处,语出《后汉书·吕布传》:"比于连鸡,势不俱栖。"夷犹,迟疑不前,语出《楚辞·九歌·湘君》:"君不行兮夷犹。"

〔61〕"安得"二句:期盼平叛战争的最后胜利。羿,又称后羿,传说中善射的英雄,曾射落九日,见《淮南子·览冥》。旄头,胡星,喻安史叛军。按,以上为第四段,叙流放夜郎及遇赦经历,感激韦良宰在江夏的热情款待,赞美韦的文才,企望韦入朝后援引于己,表明了关切国家命运、期待平叛战争彻底胜利的心情。

与夏十二登岳阳楼[1]

楼观岳阳尽,川迥洞庭开[2]。雁引愁心去,山衔好月来[3]。云间连下榻,天上接行杯[4]。醉后凉风起,吹人舞袖回。

〔1〕乾元二年秋作于岳阳。夏十二,名字不详。岳阳楼,在今岳阳市西门上,下瞰洞庭湖。

〔2〕"楼观"二句:登楼所见景象。岳阳,即岳州,州治所巴陵(今湖南岳阳)。尽,一览无馀。"川迥"句,洞庭湖与长江相通,水面森茫无

际,视野极为开阔。川,长江。

〔3〕"雁引"句:见天空之高远。"山衔"句:见夜空之明净。好,兼言月及人的心情。

〔4〕"云间"二句:欢宴情景。人在楼上下榻、行杯,竟有云间、天上之感,极言岳阳楼之高。连下榻,宾主相连而坐。行杯,传杯饮酒。

巴陵赠贾舍人[1]

贾生西望忆京华,湘浦南迁莫怨嗟[2]。圣主恩深汉文帝,怜君不遣到长沙[3]。

〔1〕乾元二年秋作。巴陵,岳阳。贾舍人,诗人贾至,天宝末官中书舍人,乾元元年春出为汝州刺史,二年秋贬为岳州司马,见两《唐书》本传。

〔2〕"贾生"二句:直言贾至而暗用贾谊故事,参见《行路难》(大道如青天)注〔4〕。湘浦南迁,指贾至被贬岳州司马。莫怨嗟,诗人对贾至的劝慰,并引出三、四句。

〔3〕"圣主"二句:意谓贾至的遭遇犹胜于贾谊,故而"莫怨嗟"。圣主,唐肃宗。长沙,当年贾谊遭贬处,在洞庭湖以南,去巴陵五百馀里。

陪族叔刑部侍郎晔及中书
贾舍人至游洞庭五首[1]

洞庭西望楚江分[2],水尽南天不见云[3]。日落长沙秋色远[4],不知何处吊湘君[5]。

　　[1] 乾元二年秋作。刑部侍郎晔,李晔,唐宗室,乾元二年四月由刑部侍郎贬岭下尉,见《旧唐书·李岘传》。
　　[2] 楚江:长江。分:长江西来,过洞庭湖之前分为两道。
　　[3] 不见云:即不见天,极言水波之浩淼。
　　[4] 长沙:在岳阳东南,相距五百里。黄庭坚尝言及"日落长沙秋色远"句,谓"古人兴会所至,往往率意如此"(《论学三说》)。
　　[5] 湘君:传说舜之二妃娥皇、女英死于江湘间,为湘水之神,世称湘君。

南湖秋水夜无烟[1],耐可乘流直上天[2]。且就洞庭赊月色,将船买酒白云边[3]。

　　[1] 夜无烟:湖上一片明净,视线中没有任何尘杂。
　　[2] 耐可:正好。天:指天在水中的倒影。
　　[3] 赊月色:借得月色,即在月光下。白云边:也指湖水中的白云倒影。

洛阳才子谪湘川,元礼同舟月下仙[1]。记得长安还欲笑,不知何处是西天[2]。

　　[1] "洛阳"二句:以李膺、郭太故事拟眼下与李晔、贾至同游洞庭。洛阳才子,用贾谊事兼指贾至,潘岳《西征赋》:"贾生,洛阳之才子。"贾至亦洛阳人。元礼,东汉时河南尹李膺,字元礼,此以拟李晔。李膺与郭

太相善,膺由洛阳还故乡,至河边相送之车辆达数千,膺独与郭太同舟而济,时人羡之,谓之如仙。见《后汉书·郭太传》。

〔2〕"记得"二句:抒写对长安的思念。桓谭《新论》:"人闻长安乐,则出门向西而笑。"西天,指长安。

洞庭湖西秋月辉,潇湘江北早鸿飞[1]。醉客满船歌白苎[2],不知霜露入秋衣[3]。

〔1〕潇湘:潇江、湘江合流后注入洞庭。鸿,大雁。
〔2〕白苎:即《白苎歌》,吴地民歌。
〔3〕不知:犹言"不管"、"不顾"。霜露入秋衣,表明夜已深。

帝子潇湘去不还[1],空馀秋草洞庭间。淡扫明湖开玉镜[2],丹青画出是君山[3]。

〔1〕帝子:娥皇、女英,尧之二女,《楚辞·九歌·湘夫人》:"帝子降兮北渚。"
〔2〕"淡扫"句:谓洞庭湖像一面镜子。玉镜,镜面明亮如玉。
〔3〕君山:在洞庭湖中。句谓君山景色如画。

陪侍郎叔游洞庭醉后三首[1]

今日竹林宴,我家贤侍郎[2]。三杯容小阮,醉后发清狂[3]。

〔1〕与上篇《陪族叔刑部侍郎晔及中书贾舍人至游洞庭》为一时之作,唯此诗作于"醉后"。

〔2〕"今日"二句:用阮籍、阮咸叔侄故事,拟眼前与侍郎叔李晔同游洞庭。《晋书·阮籍传》:"(阮)咸任达不拘,与叔父籍为竹林之游。"贤侍郎,指李晔。

〔3〕"三杯"二句:仍用阮籍、阮咸叔侄故事,而以阮咸自拟。小阮,阮咸。

船上齐桡乐〔1〕,湖心泛月归〔2〕。白鸥闲不去,争拂酒筵飞〔3〕。

〔1〕桡乐:边划船边歌唱。桡(ráo 饶),船桨。
〔2〕泛月归:月下泛舟归来。
〔3〕"白鸥"二句:用《列子》典故,谓人物情怀高远,了无凡俗之情,见《江上吟》注〔4〕。闲,悠闲。

划却君山好,平铺湘水流〔1〕。巴陵无限酒,醉杀洞庭秋〔2〕。

〔1〕"划却"二句:醉后狂想,铲除了湖中的君山,湘水在湖上平铺开来,湖面将更为阔大。划,同"铲"。湘水,注入洞庭。
〔2〕"巴陵"二句:接续一、二句的狂想,欲把洞庭湖水变为酒,以尽一醉之欢。与《襄阳歌》中"遥看汉水鸭头绿,恰似葡萄初酦醅。此江若变作春酒,垒麹便筑糟丘台"数语有异曲同工之妙。

荆州贼乱临洞庭言怀作〔1〕

修蛇横洞庭,吞象临江岛。积骨成巴陵,遗言闻楚老〔2〕。水穷三苗国,地窄三湘道[3]。岁晏天峥嵘[4],时危人枯槁[5]。思归阻丧乱,去国伤怀抱[6]。郢路方丘墟,章华亦倾倒[7]。风悲猿啸苦,木落鸿飞早。日隐西赤沙,月明东城草[8]。关河望已绝[9],氛雾行当扫[10]。长叫天可闻,吾将问苍昊[11]。

[1]乾元二年九月作于岳阳。荆州贼乱,《资治通鉴·唐纪》载:乾元二年八月,襄州将康楚元、张嘉延据州作乱,楚元自称南楚霸王;九月,张嘉延攻破荆州,有众万馀人。澧、朗、郢、峡、归等州官吏争窜山谷。十一月,被官兵讨平。

[2]"修蛇"四句:记述从楚老处听到的巴陵形成的故事,传说羿屠巴蛇于洞庭,其骨若陵,故曰巴陵。《淮南子·本经》:"(羿)断修蛇于洞庭。"高诱注:"修蛇,大蛇,吞象三年而出其骨。"

[3]"水穷"二句:岳阳一带山川地形。水穷,水面辽阔。三苗,古代部族,《史记·五帝本纪》张守节《正义》:"三苗之国,左洞庭,右彭蠡。"地窄,地面狭长。三湘,泛指湘水流域。

[4]"岁晏"句:由鲍照《舞鹤赋》"岁峥嵘而愁暮"句化出。岁晏,一年将尽。天峥嵘,天空高远。

[5]时危:指遭遇荆州贼乱。人枯槁:人的处境与心情俱劣。

[6]"思归"二句:因荆州贼乱,诗人被困于岳阳,极为伤怀。去国,远离长安。

[7]"郢路"二句:谓荆州一带因贼乱遭受破坏。郢,战国时楚都城,故址在今湖北江陵。章华,章华台,春秋时楚灵王所建,故址在今湖北监利。

[8]"日隐"二句:日落月出时分洞庭湖上景色。赤沙,赤沙湖,秋季与洞庭水面相接。城草,"城"字疑误,应为"青",与上句"赤"相对;青

草,青草湖,秋季也与洞庭水面相接。

〔9〕"关河"句:抒写对长安的关切向往之情。关河,函谷关、黄河,指代长安所在的地方。望已绝,望中不见。

〔10〕"氛雾"句:贼乱必将平定。氛雾,喻贼乱。

〔11〕"长叫"二句:诗人欲向苍天扣问国家命运。天可闻,苍天能听到自己的长叫,设想之词。苍昊,苍天。"天"与"苍昊"皆寓意朝廷。

临江王节士歌[1]

洞庭白波木叶稀,燕鸿始入吴云飞[2]。吴云寒,燕鸿苦,风号沙宿潇湘浦,节士悲秋泪如雨[3]。白日当天心,照之可以事明主[4]。壮士愤,雄风生,安得倚天剑?跨海斩长鲸[5]。

〔1〕临江王节士歌,乐府古题,在《乐府诗集·杂歌谣辞》中。南朝陆厥《临江王节士歌》云:"木叶下,江波连,秋月照浦云歇山。秋思不可裁,复带秋风来。秋风来已寒,白露惊罗纨,节士慷慨发冲冠。弯弓挂若木,长剑竦云端。"李白拟陆厥诗而自抒其感慨。当作于乾元二年秋在洞庭时。

〔2〕"燕鸿"句:秋来鸿雁南飞。燕鸿,从燕地飞来的鸿雁。吴云,指南方的天空。

〔3〕节士:节操高尚之士,与下文"壮士"义同,诗人自喻。

〔4〕"白日"二句:自谓对朝廷的忠贞如天心白日。

〔5〕"安得"二句:抒写为平叛战争做出贡献的心志。长鲸,叛贼,既近指当时的荆州乱贼,更远指尚未平息的安史叛贼,所以有"跨海"之语。

草书歌行[1]

少年上人号怀素[2],草书天下称独步。墨池飞出北溟鱼[3],笔锋杀尽中山兔[4]。八月九月天气凉,酒徒词客满高堂。笺麻素绢排数箱[5],宣州石砚墨色光[6]。吾师醉后倚绳床[7],须臾扫尽数千张。飘风骤雨惊飒飒[8],落花飞雪何茫茫[9]!起来向壁不停手,一行数字大如斗。怳怳如闻神鬼惊,时时只见龙蛇走。左盘右蹙如惊电,状同楚汉相攻战[10]。湖南七郡凡几家[11]?家家屏障书题遍。王逸少,张伯英,古来几许浪得名[12]。张颠老死不足数[13],我师此义不师古[14]。古来万事贵天生,何必要公孙大娘浑脱舞[15]?

〔1〕约作于乾元二年八九月游零陵时,赞怀素草书。怀素,湖南零陵人,僧人,善画,又以狂草出名。《宣和书谱》卷十九《唐释怀素》载:"释怀素,字藏真,俗姓钱……一夕,观夏云随风,顿悟笔意,自谓得草书三昧。斯亦见其用志不分,乃凝于神也。当时名流如李白、戴叔伦、窦众、钱起之徒,举皆有诗美之。状其势以为若惊蛇走虺,骤雨狂风,人不以为过论。又评者谓张长史为颠,怀素为狂。……考其平日得酒发兴,要欲字字飞动,圆转之妙,宛若有神。"

〔2〕少年上人:怀素生于开元十三年(725),小于李白二十五岁,乾元二年为三十四岁,故李白可以"少年上人"称之。上人,即僧人。

〔3〕"墨池"句:谓怀素学书积年,其墨池深如北溟,写成草书如飞

腾之大鹏。墨池,书家洗砚之池。北溟鱼,《庄子·逍遥游》:"北冥有鱼,其名为鲲,鲲之大不知其几千里也。化而为鸟,其名为鹏,鹏之背不知其几千里也。怒而飞,其翼若垂天之云。"冥,通溟。

〔4〕"笔锋"句:谓怀素写字用笔之多,几乎要杀尽中山兔以取毛制笔。笔锋,笔尖。中山兔,王羲之《笔经》:"诸郡毫唯中山兔肥而毫长可用。"中山,在安徽宣城。

〔5〕笺、麻:皆纸。素绢:白色丝绢,亦写字的材料。

〔6〕墨色:黑色。

〔7〕绳床:坐具,后有靠背,左右有托手可以搁臂。

〔8〕"飘风"句:喻怀素运笔的迅捷。

〔9〕"落花"句:喻纸上草书字迹。

〔10〕"起来"六句:怀素在壁上写字的情景,以观者的感受表现其笔迹张弛变化之势。

〔11〕湖南七郡:谓长沙郡、衡阳郡、桂阳郡、零陵郡、连山郡、江华郡、邵阳郡,皆在洞庭湖之南。凡几家:不知有多少家,意谓众多。

〔12〕"王逸少"二句:谓怀素书法超过了王逸少、张伯英。王逸少,晋书法家王羲之,字逸少。张伯英,东汉书法家张芝,字伯英。浪得名,妄得虚名。

〔13〕"张颠"句:怀素书法超过了唐代书法家张旭。《旧唐书》本传:"吴郡张旭善草书而好酒,每醉后号呼狂走,索笔挥洒,变化无穷,若有神助,时人号为张颠。"

〔14〕"我师"句:书法艺术不以模仿古人为目标,而贵在个性与创造。此义,指书法之道。

〔15〕"古来"二句:赞美怀素书艺本自天生,而不是像张旭那样从浑脱舞中获取书法创作的灵感。浑脱,唐代舞名,从西域传入。杜甫《观公孙大娘弟子舞剑器行序》云:"往时吴人张旭善草书帖,数尝于邺县见

公孙大娘舞西河剑器,自此草书长进,豪荡感激。"

寄韦南陵冰余江上乘兴访之遇寻颜尚书笑有此赠[1]

南船正东风,北船来自缓[2]。江上相逢借问君,语笑未了风吹断[3]。闻君携妓访情人[4],应为尚书不顾身[5]。堂上三千珠履客,瓮中百斛金陵春[6]。恨我阻此乐,淹留楚江滨[7]。月色醉远客,山花开欲然。春风狂杀人,一日剧三年[8]。乘兴嫌太迟,焚却子猷船[9]。梦见五柳枝,已堪挂马鞭。何日到彭泽?长歌陶令前[10]。

[1] 上元元年(760)春作于江夏。韦南陵冰,参见《江夏赠韦南陵冰》诗及注[1]。颜尚书,颜真卿,著名书法家,上元元年二月为刑部尚书。

[2] "南船"二句:一方是诗人乘的船,另一方是韦冰乘的船,一顺风,一逆风。

[3] "江上"二句:两船相遇,诗人与韦冰对话情景。借问,发问。语笑,边语边笑。

[4] 情人:友人,旧交。此指颜尚书。

[5] 身:自身。

[6] "堂上"二句:韦南陵府中宾客繁盛的情景。珠履,缀珠之鞋,《史记·春申君列传》:"春申君客三千馀人,其上客皆蹑珠履。"珠履客,尊贵的客人。金陵春,酒名;唐人多以"春"名酒,如土窟春、石冻春、松

醪春等。

〔7〕楚江:长江;楚江滨,指江夏。

〔8〕"月色"四句:趁着大好春光,诗人急于往访韦南陵的心情。然,同燃。狂杀人,急得人发狂。"一日"句,一日比三年还要漫长,形容心情急迫。剧,艰难,指时光难捱。

〔9〕子猷船:见《酬坊州王司马与阎正字对雪见赠》注〔4〕。

〔10〕"梦见"四句:以陶渊明喻指韦南陵。渊明曾为彭泽令,宅边有五柳树,见《晋书·陶渊明传》。

江夏使君叔席上赠史郎中[1]

凤凰丹禁里,衔出紫泥书。昔放三湘去,今还万死馀[2]。仙郎久为别[3],客舍问何如[4]?涸辙思流水,浮云失旧居[5]。多惭华省贵[6],不以逐臣疏。复如竹林下,叨陪芳宴初[7]。希君生羽翼,一化北溟鱼[8]。

〔1〕上元元年作于江夏。使君,太守;使君叔,李姓,名字不详。史郎中,李白故交史钦,参见乾元元年《与史郎中钦听黄鹤楼上吹笛》诗。

〔2〕"凤凰"四句:流夜郎遇赦事。凤凰、紫泥,天子所颁诏书曰凤凰诏,以紫泥封之,参见《玉壶吟》注〔3〕。三湘,屈原流放地,此代指夜郎。

〔3〕仙郎:指史郎中。唐代称尚书省各部郎中、员外郎为仙郎。

〔4〕何如:相见时的寒暄语。

〔5〕"涸辙"二句:自言其困难处境。"涸辙"句,出自《庄子·外

物》:"周昨来有中道而呼者,周顾视车辙中有鲋鱼焉,周问之,……对曰:'我东海之波臣也,君岂有升斗之水而活我哉?'""浮云"句,自谓如浮云之飘流而居无定所。

〔6〕华省:尚书省。

〔7〕"复如"二句:以"竹林七贤"中阮籍、阮咸叔侄故事喻指当下与"使君叔"的宴乐。参见《陪侍郎叔游洞庭醉后三首》(今日竹林下)注〔2〕、〔3〕。

〔8〕"希君"二句:冀望史郎中升迁后援引于己。"一化"句出自《庄子·逍遥游》:"北冥有鱼,其名为鲲。……化而为鸟,其名为鹏。"

江上吟〔1〕

木兰之枻沙棠舟,玉箫金管坐两头。美酒樽中置千斛,载妓随波任去留〔2〕。仙人有待乘黄鹤〔3〕,海客无心随白鸥〔4〕。屈平词赋悬日月,楚王台榭空山丘〔5〕。兴酣落笔摇五岳,诗成笑傲凌沧洲〔6〕。功名富贵若长在,汉水亦应西北流〔7〕!

〔1〕似此期作于江夏。

〔2〕"木兰"四句:江上泛舟情景。木兰、沙棠,俱名贵木名。枻(yì易),船桨,一说船舷,俱通。玉箫金管,指乐人,即"妓"。

〔3〕"仙人"句:用费祎故事。唐阎伯瑾《黄鹤楼记》引《图经》:费祎登仙,尝驾鹤返憩于此,遂以名楼。有待,有所凭借,即须乘黄鹤方能仙去。句意如王琦所云:"笃志求仙,未必即能冲举。"

〔4〕"海客"句:出自《列子·黄帝篇》:"海上之人有好沤鸟者,每旦之海上,从沤鸟游,沤鸟之至者百住而不止。其父曰:'吾闻沤鸟皆从汝

游,汝取来,吾玩之。'明日之海上,沤鸟舞而不下也。"句意如王琦所云:"忘机狎物,自可纵适一时。"

〔5〕"屈平"二句:将诗家成就与帝王功业相比,谓前者永垂而后者速朽。"屈平"句出自《史记·屈原列传》:"推其志也,虽与日月争光可也。"楚王台榭,指楚王显赫一世的功业。

〔6〕"诗成"句:张扬诗家高蹈于世外的独立精神。沧洲,隐者所居。

〔7〕"功名"二句:意谓功名富贵不可久恃,显示诗人对世俗功利的鄙弃。汉水,指长江。

峨眉山月歌送蜀僧晏入中京〔1〕

我在巴东三峡时,西看明月忆峨眉〔2〕。月出峨眉照沧海,与人万里长相随。黄鹤楼前月华白,此中忽见峨眉客〔3〕。峨眉山月还送君〔4〕,风吹西到长安陌。长安大道横九天,峨眉山月照秦川。黄金师子乘高座,白玉麈尾谈重玄〔5〕。我似浮云滞吴越〔6〕,君逢圣主游丹阙〔7〕。一振高名满帝都,归时还弄峨眉月。

〔1〕上元元年作于江夏。中京,即长安,至德二载十二月,改西京长安为中京,参见《上皇西巡南京歌》注〔1〕。上元二年,中京复为西京。

〔2〕"我在"二句:回忆开元十三年春出蜀时事。巴东,即夔州。

〔3〕"黄鹤楼"二句:在江夏偶遇蜀僧晏。峨眉客,指蜀僧晏。

〔4〕"峨眉山月还送君":意谓蜀僧晏出蜀时曾有峨眉山月相送,诗

思似与《峨眉山月歌》相关。

〔5〕"黄金"二句:想象蜀僧晏入京后升座谈玄情景。师子,即狮子;师子座,佛所坐处。麈尾,拂尘;白玉麈尾,用王夷甫故事美言蜀僧晏,《世说新语·容止》:"王夷甫容貌整丽,妙于谈玄,恒捉白玉柄麈尾,与手都无分别。"重玄,指佛法。

〔6〕"我似"句:自己长期飘泊于南方。化自曹丕《杂诗》:"西北有浮云,……适与飘风会。吹我东南行,行行至吴会。吴会非我乡,安得久留滞?"

〔7〕"君逢"句:蜀僧晏将入长安。丹阙,朝廷。

天马歌[1]

天马来出月支窟[2],背为虎文龙翼骨[3]。嘶青云,振绿发[4],兰筋权奇走灭没[5]。腾昆仑,历西极[6],四足无一蹶[7]。鸡鸣刷燕晡秣越[8],神行电迈蹑恍惚。天马呼,飞龙趋[9],目明长庚臆双凫[10]。尾如流星首渴乌[11],口喷红光汗沟朱[12]。曾陪时龙跃天衢,羁金络月照皇都。逸气稜稜凌九区,白璧如山谁敢沽?回头笑紫燕,但觉尔辈愚[13]。天马奔,恋君轩,驺跃惊矫浮云翻[14]。万里足踯躅,遥瞻阊阖门[15]。不逢寒风子,谁采逸景孙[16]?白云在青天,丘陵远崔嵬[17]。盐车上峻坂[18],倒行逆施畏日晚[19]。伯乐剪拂中道遗,少尽其力老弃之[20]。愿逢田子方,恻然为我悲[21]。虽有玉山禾,不能疗苦饥[22]。严霜五月凋桂枝,伏枥衔冤摧两眉[23]。请君赎献穆天子,犹堪弄

321

影舞瑶池[24]。

〔1〕天马歌,乐府古题,在《乐府诗集·郊庙歌辞》中。元鼎四年秋,汉武帝得神马于渥洼水中,作《天马之歌》。太初四年,贰师将军李广利获大宛汗血马,武帝又作《西极天马之歌》。李白诗为拟作,以老马见弃自况,系长流遇赦归来后的干谒之作。

〔2〕月(ròu肉)支,汉代西域国名,亦作月氏,居今伊犁河流域。

〔3〕虎文:马背之毛色如虎纹。龙翼骨:马背之形状如龙骨。

〔4〕"嘶青云"二句:天马嘶鸣奔驰之状。发,马额上之毛。

〔5〕兰筋:马额上之筋。《文选》陈琳《为曹洪与魏文帝书》:"整兰筋。"李善注:"《相马经》云:'一筋从玄中出,谓之兰筋。玄中者,目上陷如井字。兰筋坚者千里。'"权奇:汉《天马歌》:"志俶傥,精权奇。"《文选》颜延年《赭白马赋》:"精权奇兮。"张铣注:"权奇,善行貌。"走灭没:疾行如飞,若灭若没。

〔6〕腾昆仑:越过昆仑山。历西极:走过极西之地。汉《天马歌》:"天马徕,从西极。"

〔7〕蹶:颠仆。

〔8〕"鸡鸣"句:颜延年《赭白马赋》:"旦刷幽燕,昼秣荆越。"意谓天马奔驰神速,鸡鸣时分尚在燕地刷毛,暮间已在越地进食。刷,为马刮毛。

〔9〕飞龙:马八尺以上为龙。汉《天马歌》:"天马徕,龙之媒。"

〔10〕长庚:太白星。臆:胸。凫,野鸭。《齐民要术》:"(马)胸欲直而出,凫间欲开,望视之如双凫。"

〔11〕"尾如"句:王琦注:"《埤雅》:旧说相马,擎头如鹰,垂尾如彗。此言马尾流转有似奔星,马首昂矫,状类渴乌,即如彗如鹰之意。"流星,即彗星。渴乌,古代漏刻计时器中的部件,状如曲颈之鸟。

〔12〕口喷红光:《齐民要术》:"相马……口中色欲得红白如火为善材,多气,良且寿。"汗沟朱:肩胛处流汗如血,即汗血马;沟,汗出之处,在马前肩胛旁。

〔13〕"曾陪"六句:以马喻人,回忆自己入侍翰林景况。龙,天子之马。天衢,京师大道。羁金络月,马络头的豪华装饰。逸气,马高扬的气势。棱棱,威严貌。九区,九州。白璧如山,马的昂贵价值。沽,买。紫燕,骏马名。

〔14〕"骕跃"句:天马行空,迅疾异常。骕(sǒng耸),掣动马衔令马行走。浮云翻,形容天马腾跃的身影。

〔15〕"万里"二句:谓天马即使行至万里以外,也眷恋着朝廷。踯躅,徘徊。阊阖,天门,即宫廷之门。汉《天马歌》:"游阊阖,观玉台。"

〔16〕"不逢"二句:谓天马一旦离开朝廷,如果不遇如寒风那样的相马者,就将遭埋没而不被起用。寒风,古相马者,见《吕氏春秋·恃君·观表》。逸景,良马名;逸景孙,逸景繁殖的后代。

〔17〕"白云"二句:西王母《白云谣》:"白云在天,山陵自出"。见《穆天子传》。

〔18〕"盐车"句:《战国策·楚策》:"夫骥之齿至矣,服盐车而上太行,……白汗交流,中阪迁延,负辕不能上。"

〔19〕"倒行"句:《史记·伍子胥列传》:"吾日暮途远,吾故倒行而逆施之。"畏日晚,畏惧年老力衰,馀日无多。

〔20〕"伯乐"二句:意谓当年供奉翰林时曾受皇帝宠遇,后被放还,老来更遭朝廷遗弃。伯乐,姓孙名阳,春秋时秦国善治马者。翦拂,修剪洗拭,即对马的照看。中道遗,半途遗弃,指供奉翰林的结局是被玄宗放还。

〔21〕"愿逢"二句:《韩诗外传》:"田子方出,见老马于道,以问于御者曰:'此何马也?'曰:'故公家畜也,罢(疲)而不能用,故出之也。'田子

方曰：'少尽其力而老弃其身,仁者不为也。'束帛而赎之。"意即希望有人对自己施以援手。

〔22〕"虽有"二句：即远水不解近渴之意。玉山,昆仑山；玉山禾,传说昆仑山上有大禾,长五寻,大十围,见《山海经·海内西经》。

〔23〕"严霜"二句：概言自己流放归来后的苦况。枥,马槽。

〔24〕"请君"二句：期盼晚年能为朝廷贡献绵薄之力。穆天子,即周穆王,代指肃宗皇帝。瑶池,周穆王宴游之地,《列子·周穆王》："（穆王）肆意远游,命驾八骏之乘……遂宾于西王母,觞于瑶池之上。"

庐山谣寄卢侍御虚舟[1]

我本楚狂人,凤歌笑孔丘[2]。手持绿玉杖,朝别黄鹤楼。五岳寻仙不辞远[3],一生好入名山游。庐山秀出南斗傍[4],屏风九叠云锦张[5],影落明湖青黛光[6]。金阙前开二峰长[7],银河倒挂三石梁[8]。香炉瀑布遥相望[9],回崖沓嶂凌苍苍[10]。翠影红霞映朝日,鸟飞不到吴天长[11]。登高壮观天地间,大江茫茫去不还。黄云万里动风色,白波九道流雪山[12]。好为庐山谣,兴因庐山发。闲窥石镜清我心[13],谢公行处苍苔没[14]。早服还丹无世情[15],琴心三叠道初成[16]。遥见仙人彩云里,手把芙蓉朝玉京[17]。先期汗漫九垓上,愿接卢敖游太清[18]。

〔1〕上元元年作于寻阳。卢虚舟,字幼真,至德后曾为殿中侍御史。

〔2〕"我本"二句：以楚狂人自拟,表示对当时政治的疏远。《论

语·微子》:"楚狂接舆歌而过孔子曰:'凤兮凤兮,何德之衰?往者不可谏,来者犹可追。已而,已而,今之从政者殆而!'"

〔3〕五岳:东岳泰山、西岳华山、北岳恒山、南岳衡山、中岳嵩山。天下名山的代表。

〔4〕"庐山"句:古人以南斗为寻阳之分野;南斗,星名。

〔5〕屏风九叠:屏风叠在庐山五老峰下,参见《赠王判官时余归隐居庐山屏风叠》注〔1〕。云锦,形容多彩的山色。

〔6〕明湖:谓鄱阳湖。

〔7〕"金阙"句:《庐山记》:"西南有石门,似双阙,壁立千馀仞,而瀑布流焉。"(见《太平御览》卷四一)

〔8〕"银河"句:王琦注:"三叠泉在九叠屏之左,水势三折而下,如银河之挂石梁。"

〔9〕"香炉"句:《庐山记》:"山南山北瀑布无虑十馀处,香炉峰与双剑峰在其旁。"

〔10〕苍苍:指天。

〔11〕吴天:庐山地处三国时吴国境,故云。长,高远。

〔12〕白波九道:长江至九江(寻阳)分为九道。雪山:喻江上白浪。

〔13〕石镜:《寻阳记》:"石镜在山东,有一团石悬崖,明净照人。"(见《艺文类聚》卷七十)

〔14〕谢公:南朝诗人谢灵运,尝游庐山,有《登庐山绝顶望诸峤》诗。

〔15〕还丹:道家炼丹之法,以九转丹再炼,化为还丹。

〔16〕琴心三叠:出自《黄庭内景经》"琴心三叠舞胎仙"句,谓修炼身心,达到心和气静之状态。

〔17〕玉京:天阙。道家以玉京为三十二帝之都,在无为之天。

〔18〕"先期"二句:表达与卢虚舟一起出世成仙的愿望。汗漫,无

边际、不可知之物。九垓,九重之天。《淮南子·道应》记,卢敖游于九垓,见一士,若士笑曰:"吾与汗漫期于九垓之外,吾不可以久驻。"诗以卢敖拟卢虚舟。

豫章行[1]

胡风吹代马,北拥鲁阳关[2]。吴兵照海雪[3],西讨何时还[4]?半渡上辽津[5],黄云惨无颜[6]。老母与子别,呼天野草间。白马绕旌旗,悲鸣相追攀[7]。白杨秋月苦,早落豫章山[8]。本为休明人,斩虏素不闲。岂惜战斗死?为君扫凶顽。精感石没羽,岂云惮险艰[9]?楼船若鲸飞,波荡落星湾[10]。此曲不可奏,三军鬓成斑[11]。

〔1〕上元元年秋冬之际作于豫章(今南昌),时李白妻宗氏寓居于此。豫章行,乐府古题,在《乐府诗集·相和歌辞》中,古辞有伤离别之旨。其时中原战乱未平,豫章有征调之事,李白诗借旧题以写时事。

〔2〕"胡风"二句:谓中原之地尚在战乱中。胡风,代指安史叛军。代马,代郡(今河北蔚县一带)所产马。拥,聚集。鲁阳关,故址在今河南鲁山县。

〔3〕吴兵:从吴地征发的唐兵。海雪:指鄱阳湖水波。

〔4〕西讨:西上讨贼。

〔5〕辽津:《通典·州郡十二》载,豫章郡建昌县有"上辽津"。

〔6〕黄云:天色昏黄。惨无颜,天因悲惨而为之变色。

〔7〕"老母"四句:征人出发时与亲人相别的痛苦场景。

〔8〕"白杨"二句:渲染笼罩豫章的悲愁气氛。乐府古辞《豫章行》:"白杨初生时,乃在豫章山。"

〔9〕"本为"六句:代征人抒发报效国家、不惜牺牲的情怀。休明人,生活在和平时代之人。斩虏,与敌人作战;素不闲,一向没经过军事训练。石没羽,汉将军李广射虎事,《史记·李将军列传》:"广出猎,见草中石,以为虎而射之,中石没镞,视之石也。"

〔10〕楼船:战船。落星湾:即鄱阳湖西北之彭蠡湾,传说有星坠落于此。

〔11〕此曲:即《豫章行》。鬓成斑:因悲愁而变得容颜衰老。

送内寻庐山女道士李腾空二首[1]

君寻腾空子,应到碧山家。水舂云母碓[2],风扫石楠花[3]。若恋幽居好,相邀弄紫霞。

〔1〕上元二年(761)春,送宗氏夫人上庐山学道作。李腾空,宰相李林甫女,生富贵而不染,遂为女冠,与蔡侍郎女蔡寻真同入庐山,见《庐山志》。

〔2〕云母碓:加工云母的水磨。道家有服食云母的习惯,庐山多云母,故以水碓捣炼。

〔3〕石楠花:据《本草衍义》,正月、二月间开花。

多君相门女[1],学道爱神仙。素手掬青霭,罗衣曳紫烟。一往屏风叠[2],乘鸾著玉鞭。

〔1〕多:感激之辞。相门女:宗氏系宗楚客孙女,楚客在武则天及中宗时曾三次拜相,参见《窜夜郎于乌江留别宗十六璟》诗及注〔2〕。

〔2〕屏风叠:《庐山志》载,李腾空居屏风叠之北,蔡寻真居屏风叠之南。

赠升州王使君忠臣[1]

六代帝王国,三吴佳丽城[2]。贤人当重寄,天子借高名[3]。巨海一边静,长江万里清[4]。应须救赵策,未肯弃侯嬴[5]。

〔1〕上元二年作于金陵。升州,即江宁郡,治所在金陵,乾元元年(758)改江宁郡为升州。使君,州刺史别称。王忠臣,事迹不详。

〔2〕"六代"二句:写金陵辉煌历史。六代,孙吴、东晋、宋、齐、梁、陈六朝。三吴,吴郡、吴兴、会稽。

〔3〕"贤人"二句:王使君能当重任,朝廷也要借重于他。贤人,指王使君。重寄,重任。高名,王使君的名声。

〔4〕"巨海"二句:谓刘展乱平。《资治通鉴·唐纪》载,上元元年十一月,淮南东、江南西、浙西节度使刘展作乱,先后攻陷润州、升州、宣州、苏州、湖州,上元二年正月,被官军平定。

〔5〕"应须"二句:以侯嬴自拟,期望王忠臣的汲引。救赵策,信陵君窃符救赵,用侯嬴之策;侯嬴,大梁夷门(东门)抱关者,信陵君门客。参见《梁园吟》注〔7〕。

对雪醉后赠王历阳[1]

有身莫犯飞龙鳞,有手莫辫猛虎须[2]。君看昔日汝南市,白头仙人隐玉壶[3]。子猷闻风动窗竹,相邀共饮杯中绿。历阳何异山阴时?白雪飞花乱人目[4]。君家有酒我何愁,客多乐酣秉烛游!谢尚自能鸲鹆舞[5],相如免脱鹔鹴裘[6]。清晨鼓棹过江去,千里相思明月楼。

〔1〕上元二年冬作于历阳(今安徽和县)。王历阳,历阳王姓县令,名不详。

〔2〕"有身"二句:诗人总结人生经验,谓不要冒险干预朝廷政治。龙鳞,《韩非子·说难》:"(龙)喉下有逆鳞径尺,若人有逆之者,则必杀人。"虎须,《庄子·盗跖》:"疾走料虎头,编虎须,几不免虎口哉!"

〔3〕"君看"二句:用费长房故事,表明隐处的意愿。费长房为汝南市掾(小吏),见市中有老翁卖药,悬一壶于市头,市罢,辄跳入壶中。长房异之,翌日复诣翁,与翁俱入壶中,唯见玉堂严丽,美酒甘肴盈衍其中,共饮毕而出。见《后汉书·费长房传》。

〔4〕"子猷"四句:以王子猷拟王历阳,美言此日对雪饮酒。参见《酬坊州王司马与阎正字对雪见赠》注〔4〕。

〔5〕"谢尚"句:以谢尚故事写醉中之乐。《晋书·谢尚传》载,谢尚能作鸲鹆舞,一日,在司徒王导的胜会上"著衣帻而舞,导令坐者抚掌击节,尚俯仰在中,旁若无人"。鸲鹆(qú yù 瞿育),鸟名,即八哥。

〔6〕"相如"句:翻用司马相如故事,表达对主人的感激。司马相如

居贫,以所著鹔鹴裘就市人杨昌贳酒。

闻李太尉大举秦兵百万出征东南懦夫请缨冀申一割之用半道病还留别金陵崔侍御十九韵[1]

秦出天下兵,蹴踏燕赵倾[2]。黄河饮马竭,赤羽连天明[3]。太尉杖旄钺[4],云旗绕彭城[5]。三军受号令,千里肃雷霆[6]。函谷绝飞鸟,武关拥连营[7]。意在斩巨鳌,何论鲙长鲸[8]?恨无左车略,多愧鲁连生[9]。拂剑照严霜,雕戈鬘胡缨[10]。愿雪会稽耻,将期报恩荣[11]。半道谢病还,无因东南征[12]。亚夫未见顾,剧孟阻先行[13]。天夺壮士心[14],长吁别吴京[15]。金陵遇太守,倒屣相逢迎[16]。群公咸祖饯,四座罗朝英。初发临沧观[17],醉栖征虏亭[18]。旧国见秋月[19],长江流寒声。帝车信回转[20],河汉复纵横。孤凤向西海,飞鸿辞北溟。因之出寥廓,挥手谢公卿[21]。

[1] 宝应元年(762)暮秋作于离开金陵之际。李太尉,李光弼。大举秦兵百万出征东南,事见唐肃宗上元二年所颁《授李光弼副知行营事制》:"属残寇犹虞,总戎有命,……必能缉宁邦国,协赞天人。誓于丹浦之师,剿彼绿林之盗。"(《全唐文》卷四二)又见《资治通鉴·唐纪》上元二年:"五月,以李光弼为河南副元帅(驻节陈留,今开封东南)、太尉兼侍中,都统河南、淮南东西、山南东、荆南、江南西、浙江东西八道节度使,

出镇临淮(今江苏盱眙)。"又见《资治通鉴·唐纪》宝应元年:"秋八月,台州(今浙江临海)贼袁晁攻陷浙东诸郡,改元宝圣。民疲于赋敛者多归之。李光弼遣兵击晁于衢州(今浙江衢县),破之。"据以上史料,可知李光弼所承担的使命既要对付中原一带的安史残部(即"残寇"),又要剿灭东南地区的袁晁(即"绿林之盗")。懦夫,李白自谦之辞。请缨,自请从军。一割之用,《后汉书·班超传》:"况臣奉大汉之威,而无铅刀一割之用乎?"左思《咏史诗》:"铅刀贵一割,梦想逞良图。"崔侍御,或为崔侍郎之误,在朝曾为侍郎,时任润州(治所金陵)太守。请缨从李光弼军是李白晚年为建功立业所采取的最后一次行动,但因病未果。

〔2〕秦:谓长安,即唐朝廷。蹴踏,踩踏,形容征伐。燕赵,安史叛军巢穴。

〔3〕"黄河"二句:形容唐军众多。饮马竭,饮马使河水枯竭。赤羽,即箭,代表兵器。连天明,照亮了天空。

〔4〕杖:动词,执持。旄钺:军中仪仗,旄为饰以牛尾的旗帜,钺为方形大斧。

〔5〕"云旗"句:指李光弼军在彭城(今江苏徐州)取得的胜利。当时叛军首领史朝义进犯申、光等十三州,李光弼往彭城镇之,遣部将田神功击败敌军,见《旧唐书·李光弼传》。

〔6〕雷霆:形容军威之壮。

〔7〕"函谷"二句:李光弼的军事胜利保卫了长安。函谷,函谷关,在长安东。武关,在长安南。二处皆为长安门户。绝飞鸟,飞鸟都不能通过。拥连营,布满了军营。

〔8〕"意在"二句:李光弼出征的主要意图是扫荡安史残部,至于袁晁则不在话下。巨鳌:指安史叛军。鲙(kuài 快):切成肉丝。长鲸:指袁晁。

〔9〕"恨无"二句:诗人自愧军事才能有限。左车,李左车,秦汉之

际人,曾辅佐韩信取得燕地。略,才略。鲁连生,鲁仲连,参见《古风》(齐有倜傥生)诗及注。

〔10〕"拂剑"二句:诗人自己的装束,表示从军立功的决心。照严霜,剑光如霜。雕戈,刻有纹饰的戟。鬘(màn 漫)胡缨,指冠;缨,系冠的带子。

〔11〕"愿雪"二句:申明从李光弼军的动机。会稽耻,用越王句践故事,指国家之耻,参见《越中览古》注〔2〕。恩荣,朝廷对自己的恩遇,指天宝初奉诏入翰林事。

〔12〕"半道"二句:回应诗题。半道,行程只走了一半。谢病,因病告退。东南征,指唐军向东南方向开进以征讨袁晁。

〔13〕"亚夫"二句:就"半道病还"所发的感慨,主将还没有看到自己,自己就中断了行程。亚夫,汉将周亚夫,指代李光弼。剧孟,汉代游侠,诗人自指。汉文帝时,吴、楚反,周亚夫得剧孟,平息了吴、楚之乱。参见《梁甫吟》注〔9〕。

〔14〕"天夺"句:诗人壮志难酬,唯有对天长叹。

〔15〕"长吁"句:一声长叹,告别金陵。吴京,金陵,三国时为吴国都。

〔16〕"金陵"二句:崔太守对自己的礼遇。"倒屣"句,急于出迎而穿反了鞋子,见《三国志·魏书·王粲传》:"(蔡邕)闻粲在门,倒屣迎之。"

〔17〕临沧观,即新亭,在金陵南劳劳山上。

〔18〕征虏亭,在金陵南,东晋征虏将军谢石所建。

〔19〕旧国:指金陵。

〔20〕帝车:星名,即北斗星。《史记·天官书》:"斗为帝车,运于中央,临制四乡。"信回转,意为国家命运必将兴旺。

〔21〕"孤凤"四句:告别之辞。孤凤、飞鸿,皆诗人自喻。向西海、

辞北溟,均为泛言。寥廓,辽阔的天空。

献从叔当涂宰阳冰[1]

金镜霾六国,亡新乱天经[2]。焉知高光起?自有羽翼生[3]。萧曹安岷屼[4],耿贾摧欃枪[5]。吾家有季父[6],杰出圣代英。虽无三台位,不借四豪名[7]。激昂风云气,终协龙虎精[8]。弱冠燕赵来[9],贤彦多逢迎。鲁连善谈笑,季布折公卿[10]。遥知礼数绝,常恐不合并[11]。惕想结宵梦,素心久已冥[12]。顾惭青云器,谬奉玉樽倾[13]。山阳五百年,绿竹忽再荣[14]。高歌振林木,大笑喧雷霆[15]。落笔洒篆文,崩云使人惊[16]。吐辞又炳焕,五色罗华星。秀句满江国,高才掞天庭[17]。宰邑艰难时,浮云空古城。居人若薙草,扫地无纤茎[18]。惠泽及飞走,农夫尽归耕。广汉水万里,长流玉琴声。雅颂播吴越,还如泰阶平[19]。小子别金陵,来时白下亭。群凤怜客鸟,差池相哀鸣。各拔五色毛,意重泰山轻。赠微所费广,斗水浇长鲸[20]。弹剑歌苦寒[21],严风起前楹。月衔天门晓,霜落牛渚清[22]。长叹即归路,临川空屏营[23]。

[1] 宝应元年初冬作于当涂。李阳冰,赵郡人,唐代著名书法家,工小篆,兼擅词章,时为当涂令。

[2] "金镜"二句:此及以下四句,由历史说起,以引出李阳冰。金

镜,比喻道义,语出刘孝标《广绝交论》:"圣人握金镜。"霾六国,战国时六国混战,天下道义不彰。亡新,西汉末年,王莽篡汉而立,国号新;称"亡新",表示贬义。乱天经,语出《庄子·在宥》:"乱天之经,逆物之情。"天经,天道之常。

〔3〕"焉知"二句:拯救乱世的新主应运而起,并有强有力的辅佐之臣。高光,西汉开国君主汉高祖及东汉开国君主光武帝。羽翼:辅佐之臣。

〔4〕萧曹:萧何、曹参,汉高祖的辅佐之臣。岘屼(niè wù 聂务),不安貌;安岘屼,平定天下。

〔5〕耿贾:耿弇(yǎn 掩)、贾复,光武帝的辅佐之臣。欃枪,彗星,灾难的预兆,喻指王莽;摧欃枪,平定王莽之乱。

〔6〕季父:即诗题所称"从叔"。

〔7〕"虽无"二句:李阳冰官位并不显赫,但英名远播。三台,即三公,唐代三公指太尉、司徒、司空,位为人臣之极。不借,不亚于。四豪,战国四公子孟尝君、平原君、春申君、信陵君。

〔8〕"激昂"二句:李阳冰气概轩昂,必为朝廷羽翼。风云气、龙虎精,朝廷的辅佐之臣,《易·乾》:"云从龙,风从虎。"

〔9〕弱冠:古代男子二十岁行冠礼,以示成人,因指二十岁。燕赵来:从燕赵来当涂做县令;李阳冰赵郡人。

〔10〕"鲁连"二句:李阳冰具有鲁仲连、季布一样的风度才能。鲁连,见《古风》(齐有倜傥生)诗及注。季布,汉高祖臣,曾在吕后面前不顾众怒,否定上将军樊哙出兵攻打匈奴的建议,事见《史记·季布列传》。

〔11〕"遥知"二句:赞美李阳冰的交友之道。遥知,远方听闻所知。礼数绝,不拘寻常礼数,而特重交情。不合并,心志不投合。

〔12〕"惕想"二句:自己对李阳冰心慕已久。惕想、忧思,指思慕之

深。结宵梦,做梦都在想。素心,本心。久已冥,久藏于心。

〔13〕"顾惭"二句:自己来到当涂,受到李阳冰热情接纳。顾惭,自顾而惭。青云器,可步青云的人才。玉樽倾,设宴举酒款待。

〔14〕"山阳"二句:以阮籍、阮咸叔侄故事拟阳冰与自己,参见《陪侍郎叔游洞庭醉后》(今日竹林宴)注〔2〕。山阳,汉县名,故址在今河南修武,即"竹林七贤"同游处。五百年,自"竹林七贤"的时代至李白作此诗时,约五百年,同时兼用司马迁的说法:"先人有言,自周公卒五百岁而有孔子,孔子卒后至于今五百岁,……小子何敢让焉。"意即五百年必有贤者出。

〔15〕"高歌"二句:此及以下六句,写李阳冰的艺术与诗歌才能。振林木,语出《列子·汤问》:"抚节悲歌,声振林木,响遏行云。""大笑"句,见其豪爽气度。

〔16〕"落笔"二句:李阳冰的篆书艺术。崩云,语出鲍照《飞白书势铭》:"轻如游雾,重似崩云。"

〔17〕"吐辞"四句:李阳冰的文采。罗华星,字字如华星。秀句,美妙诗句。"高才"句:出自左思《蜀都赋》:"摛藻掞天庭。"掞(shàn 扇),照耀。

〔18〕"宰邑"四句:李阳冰初到当涂时,当地的凋敝状况。"居人"句,户口之凋敝。若薙(tì 剃)草,像割过的草一样,比喻户口稀少。"扫地"句,经济之凋敝。扫地,地面像被扫过。无纤茎,一根草都没有。

〔19〕"惠泽"六句:李阳冰的治理之功。"惠泽"句,出自《后汉书·法雄传》:"恩信宽泽,仁及飞走。"惠泽,给百姓的好处。及飞走,遍及飞禽走兽。"广汉"句,出自《诗经·周南·广汉》:"汉之广矣,不可泳思。"玉琴声:用宓子贱弹琴而单父治的故事,见《史记·仲尼弟子列传》。雅颂,盛世之音。吴越,当涂三国时属吴地,"越"则邻近吴地。泰阶平,张载《魏都赋》注:"泰阶者,天之三阶也。……三阶平则阴阳和,

风雨时,岁大登,民人息,天下平,是谓太平。"

〔20〕"小子"八句:自己离开金陵时的情况。小子,李白自谓。白下亭,在金陵北。群凤,喻送行的友人。客鸟,李白自谓。"各拔"二句,指友人均有所馈赠。"赠微"二句,意谓馈赠远不敷所用。

〔21〕弹剑:以李阳冰门客的身份,用冯谖故事,表明处境艰难。参见《玉真公主别馆苦雨赠卫尉张卿》(秋坐金张馆)注〔5〕。

〔22〕天门:在当涂西南江上,参见《望天门山》诗及注。牛渚,在当涂北江边,参见《夜泊牛渚怀古》诗及注。

〔23〕"长叹"二句:诗人初到当涂时,思念亲人,期盼归家而不能,心情十分不安。屏营,彷徨,徘徊不定。

游谢氏山亭[1]

沧老卧江海,再欢天地清[2]。病闲久寂寞,岁物徒芬荣[3]。借君西池游[4],聊以散我情。扫雪松下去,扪萝石道行。谢公池塘上,春草飒已生[5]。花枝拂人来,山鸟向我鸣。田家有美酒,落日与之倾。醉罢弄归月,遥欣稚子迎[6]。

〔1〕广德元年(763)春作于当涂。谢氏山亭,在当涂青山,又名谢公亭,据陆游《入蜀记》卷三所记,青山下有谢朓故宅基。李阳冰《草堂集序》:"公遐不弃我,乘扁舟而相顾。临当挂冠,公又疾亟。草稿万卷,手集未修,枕上授简,俾余为序。……时宝应元年十一月乙酉也。"历来诸家多据此将李白卒年定为宝应元年(762)。但《序》所谓"疾亟",并非病故。事实上李白病体转而复苏,次年春间,作有此诗。

〔2〕"沦老"二句：诗人闻知"安史之乱"彻底平定的消息后，极为欣慰的心情。沦老，垂老，当年李白六十三岁。卧江海，居于远离朝廷的地方。"再欢"句，意即"欢天地再清"。《资治通鉴·唐纪》载，广德元年春正月，"朝义穷蹙，缢于林中，怀仙取其首以献"，历时八年的"安史之乱"至此彻底平定。

〔3〕"病闲"二句：长期卧病的心情。病闲，困于病榻之上而无所事事。岁物，自然界的应时景物。徒芬荣，自己辜负了大好春光；芬荣，春天花草树木繁华茂盛的景象。

〔4〕西池：应指谢公池。陆游《入蜀记》载，青山上"有小池曰谢公池，水味甘冷，虽盛夏不竭"。

〔5〕"谢公"二句：由谢灵运《登池上楼》"池塘生春草"句化出。

〔6〕稚子：应是伯禽之子。当年伯禽约二十五六岁，已有子嗣。伯禽应是遵父命举家南来当涂，侍奉于父亲之侧。据范传正《唐左拾遗翰林学士李公新墓碑并序》，元和十二年（817）为李白迁葬时，见到李白孙女二人，自道："父伯禽，以贞元八年不禄而卒。有兄一人，出游一十二年，不知所在。""有兄一人"，应即此诗所称"稚子"。

宣城见杜鹃花〔1〕

蜀国曾闻子规鸟，宣城还见杜鹃花〔2〕。一叫一回肠一断，三春三月忆三巴〔3〕。

〔1〕广德元年春作。宣城，郡名，即宣州，当涂为其属县。

〔2〕"蜀国"二句：交互成文，子规鸟、杜鹃花实为暮春时节蜀国及宣城共有的风物，故而在宣城所闻所见必然勾动对蜀地的思念。子规

鸟,一名杜鹃,暮春时节啼叫,其声似"不如归去"。

〔3〕三巴:巴郡、巴东、巴西,此指故乡蜀地。

九日龙山饮〔1〕

九日龙山饮,黄花笑逐臣〔2〕。醉看风落帽,舞爱月留人〔3〕。

〔1〕广德元年重阳日作于当涂。龙山,在当涂县南。
〔2〕黄花:菊花,重阳节有采菊及饮菊花酒的习俗。逐臣:被朝廷放逐之人,李白自谓。
〔3〕"醉看"二句:写醉后狂态。风落帽:用东晋孟嘉故事。孟嘉为桓温参军,九月九日参与龙山宴集,帽子被风吹落而不觉,桓温令孙盛作文嘲嘉,嘉即答之,其文甚美,四座嗟叹。见《晋书·桓温传》。桓温为安西将军、荆州刺史,龙山宴集事实际发生在江陵,李白则因当涂龙山而发挥成诗。月留人,即在月下饮乐而夜久不去。

九月十日即事〔1〕

昨日登高罢,今朝更举觞〔2〕。菊花何太苦?遭此两重阳〔3〕!

〔1〕重阳翌日作。重阳后一日有"小重阳"之说,见《岁时广记》卷三五。

〔2〕更:再。

〔3〕"菊花"二句:诗人于重阳及小重阳两度登高采菊,故转而替菊花着想,感发此叹。

哭宣城善酿纪叟[1]

纪叟黄泉里,还应酿老春[2]。夜台无李白[3],沽酒与何人?

〔1〕似为李白晚年之作。纪叟,纪姓老人,名字不详。
〔2〕老春:唐人称酒多带"春"字,老春犹今口语所谓"老酒"。
〔3〕夜台:犹黄泉、冥间。

临路歌[1]

大鹏飞兮振八裔,中天摧兮力不济[2]。馀风激兮万世[3],游扶桑兮挂左袂[4]。后人得之传此,仲尼亡兮谁为出涕[5]?

〔1〕此为李白绝笔,作时应在广德元年秋冬之际。李华《故翰林学士李君墓志》云:"赋《临终歌》而卒。"诗题似应作《临终歌》。

〔2〕"大鹏"二句:以大鹏自拟,谓人生壮志未得实现。大鹏典出《庄子·逍遥游》,李白有《大鹏赋》及《上李邕》诗,以大鹏寄托其宏伟抱负,可参看。八裔,八方。摧,摧折。力不济,《逍遥游》:"风之积也不

厚,则其负大翼也无力,故九万里则风斯在下矣。"负鹏翼之风力不济,实即诗人没有得到实现其宏伟抱负的客观境遇。

〔3〕馀风:《大鹏赋》写鹏之"六月一息",曰:"猛势所射,馀风所吹,溟涨沸渭,岩峦纷披",仍显示了巨大的力量。

〔4〕"游扶桑"句:出自严忌《哀时命》"衣摄叶以储与兮,左袂挂于扶桑"二句,谓人的志向虽然宏大,但未得到施展机会。扶桑,传说中的神木,日所出处,见《山海经·海外东经》。左袂,即左袪;袂、袪,衣袖。

〔5〕"后人"二句:对后世之人能否理解自己表示忧心。仲尼亡,世上没有了仲尼。《史记·孔子世家》载,鲁哀公十四年春,获麟,孔子往视之,曰:"吾道穷矣!"喟然叹曰:"莫知我夫!"

七　未编年

送杨少府赴选[1]

大国置衡镜,准平天地心[2]。群贤无邪人[3],朗鉴穷清深[4]。吾君咏《南风》,衮冕弹鸣琴[5]。时泰多美士,京国会缨簪[6]。山苗落涧底,幽松出高岑[7]。夫子有盛才,主司得球琳[8]。流水非郑曲,前行遇知音[9]。衣工剪绮绣,一误伤千金[10]。何惜刀尺馀,不裁寒女衾[11]？我非弹冠者,感别但开襟[12]。空谷无白驹,贤人岂悲吟[13]！大道安弃物？时来或招寻[14]。尔见山吏部,当应无陆沉[15]。

〔1〕杨少府,名字不详;少府,县尉的别称。赴选,赴吏部参加铨选。唐制,六品以下的旨授官员(经吏部铨选,由皇帝颁旨授予官职者,多为地方官),每一任期满后,即停官罢秩,赴吏部参加冬集铨选。通过铨选,可授以新的官职。

〔2〕"大国"二句:赞美朝廷用人制度。大国,朝廷。衡镜,衡器(用来称轻重)与镜子(用来辨美丑),喻指朝廷的选官用人制度。天地心,衡镜之公平有如天地之心。

〔3〕群贤:指执掌铨选的吏部官员。

〔4〕朗鉴:如明镜朗照。穷:穷形尽相。清深:清且深的水。

〔5〕"吾君"二句:当今君王英明如虞舜,使天下无为而治。《淮南

子·泰族》:"舜为天子,弹五弦之琴,歌《南风》之诗,而天下治。"《南风》之辞曰:"南风其薰兮,可以解吾民之愠兮。南风之时兮,可以阜吾民之财兮。"衮冕,衮衣与冠冕,君之礼服,指皇帝。

〔6〕时泰:太平年月,政治清明的时代。美士:才华杰出之士。缨簪:士大夫的冠饰,指参加铨选的地方官员。

〔7〕"山苗"二句:翻用左思《咏史诗》"郁郁涧底松,离离山上苗。以彼径寸茎,荫此百尺条。世胄蹑高位,英俊沉下僚。地势使之然,由来非一朝"数句诗意,赞美唐代选官用人制度的公平。山苗,喻庸才。幽松,喻贤才。

〔8〕主司:吏部掌铨选者。球、琳:皆美玉,比喻贤才,此指杨少府。

〔9〕"流水"二句:谓杨少府定能被主司赏识。流水,用伯牙鼓琴故事,出自《吕氏春秋·孝行·本味》:"伯牙鼓琴,钟子期听之。方鼓琴而志在太山,钟子期曰:'善哉乎鼓琴,峨峨乎若太山!'少选之间而志在流水,钟子期又曰:'善哉乎鼓琴,汤汤乎若流水。'"流水,指雅乐,喻贤才。郑曲,俗乐,喻庸才。

〔10〕"衣工"二句:谓掌铨选者稍有大意,就会断送一个人的前途。衣工,裁缝,指掌铨选者。剪绮绣,指甄别人才、叙用官员。一误,偶然失误。伤千金,指造成严重损失。

〔11〕"何惜"二句:希望当政者以更为开放的眼光选拔人才。刀尺,裁缝工具,指当政者手中的权力。刀尺馀,常规简选人才(如铨选)之馀。寒女,指尚未被发现及录用的人才。

〔12〕"我非"二句:表白自己并非有求于杨少府,只是在送别之际向对方畅叙襟怀。弹冠者,用贡禹故事。贡禹与王子阳(名吉)为友,子阳做了益州刺史,贡禹为之弹冠表示庆贺,子阳遂推荐了贡禹,世人称"王阳在位,贡禹弹冠"。见《汉书·王吉传》。

〔13〕"空谷"二句:出自《诗经·小雅·白驹》"皎皎白驹,在彼空

谷"二句,原意是国君不能用贤,贤士将乘白驹离去。此处反用其意,谓当今之世,贤人对未来都怀抱着期望和信心,不必为个人命运而悲吟。

〔14〕"大道"二句:对自己命运前途的自信表白。大道,世间万物的主宰。招寻,朝廷对自己的起用。

〔15〕"尔见"二句:对杨少府赴选前景的乐观期待。山吏部,山涛,代指当时职掌铨选的吏部官员。《晋书·山涛传》载,"(涛)为吏部尚书,前后选举,周遍内外,而并得其才"。陆沉,人才被埋没。

长歌行[1]

桃李得日开,荣华照当年。东风动百物,草木尽欲言[2]。枯枝无丑叶,涸水吐清泉[3]。大力运天地,羲和无停鞭[4]。功名不早著,竹帛将何宣[5]?桃李务青春[6],谁能贳白日[7]?富贵与神仙[8],蹉跎成两失。金石犹销铄,风霜无久质[9]。畏落日月后,强欢歌与酒[10]。秋霜不惜人,倏忽侵蒲柳[11]。

〔1〕长歌行,乐府古题,在《乐府诗集·相和歌辞》中。古辞曰:"青青园中葵,朝露待日晞。阳春布德泽,万物生光辉。常恐秋节至,焜黄华叶衰。百川东到海,何时复西归?少壮不努力,老大徒伤悲。"李白此诗继承了传统题旨并有所发挥。

〔2〕"草木"句:以拟人手法,表现草木生机勃勃的景象。

〔3〕"枯枝"二句:春天给万物带来新的生命力,乃至生命已经枯竭的物类重又获得生机。丑叶,去年的残叶。

〔4〕"大力"二句：即岁月不居的意思。大力，大自然的力量。运天地，支配着天地运行。羲和，神话中日车的御者。《淮南子·天文》高诱注："日乘车，驾以六龙，羲和御之。"

〔5〕"功名"二句：不能及早建功立业，何能名垂青史？竹帛，史籍。

〔6〕"桃李"句：用拟人手法，谓桃李抓住春天的时机，尽情开放。务，努力，全力以赴。青春，春天。

〔7〕"谁能"句：谁也留不住时光。贳，借贷。白日，指时光。

〔8〕富贵、神仙：犹言今生、来世，前者是现实利益，后者是美好幻想。

〔9〕"金石"二句：指出生命不能长久。金石质地最为坚牢，但仍不免于销融；风霜摧残之下，任何生命都不能长久存在。

〔10〕"畏落"二句：及时行乐之意。强，振作精神。

〔11〕"秋霜"二句：意谓生命很快就被时光销蚀。秋霜，代表不停流转的季节。不惜人，不会关照任何人。蒲柳，代表生命力脆弱之物。

日出入行[1]

日出东方隈[2]，似从地底来。历天又入海，六龙所舍安在哉[3]？其始与终古不息[4]，人非元气，安能与之久徘徊[5]？草不谢荣于春风，木不怨落于秋天[6]。谁挥鞭策驱四运[7]？万物兴歇皆自然。羲和羲和，汝奚汩没于荒淫之波[8]？鲁阳何德，驻景挥戈？逆道违天，矫诬实多[9]！吾将囊括大块，浩然与溟涬同科[10]。

〔1〕日出入行,乐府古题,在《乐府诗集·相和歌辞》中。胡震亨曰:"汉《郊祀歌·日出入》,言日出入无穷,人命独短,愿乘六龙仙而升天。此反其意,言人安能如日月不息,不当违天矫诬,贵放心自然,与溟涬同科也。"(《李诗通》,见《唐音统签》卷一五三)

〔2〕隈:一隅。

〔3〕"历天"二句:参见上篇《长歌行》注〔4〕。用反问语气,表达存疑的态度。

〔4〕"其始"句:一作"其行终古不休息",谓太阳的出没运行永远不会停止。终古,长久,永恒,出自《庄子·大宗师》:"日月得之,终古不息。"

〔5〕"人非"二句:人的个体生命有限,不可能长久地看着日出日没。元气:天地混一之气,是万物的本源。

〔6〕"草不"二句:四季变化,草木荣谢,是自然规律使然,不必感激,也不必怨恨。出自《庄子·大宗师》郭象注:"暖焉若阳春之自和,故蒙泽者不谢;凄乎若秋霜之自降,故凋落者不怨。"

〔7〕四运:四季的交替运转。

〔8〕"羲和"二句:呼唤太阳,问"你为什么要落下去",意即太阳天天落下是人力奈何不得的事情。羲和,代指太阳。汩没,沉没。荒淫之波,大海。

〔9〕"鲁阳"四句:批判鲁阳挥戈驻日的神话。《淮南子·览冥》:"鲁阳公与韩构难,战酣,日暮援戈而㧑之,日为之反三舍。"德,本领,造化。驻景,留住太阳。逆道违天,违背天道,即违背自然规律。矫诬,背谬。

〔10〕"吾将"二句:将自身与大自然融为一体。囊括,包含,意即融入。大块,大自然。溟涬,自然元气。同科,合为一体。

345

把酒问月[1]

青天有月来几时？我今停杯一问之[2]。人攀明月不可得，月行却与人相随。皎如飞镜临丹阙[3]，绿烟灭尽清辉发[4]。但见宵从海上来，宁知晓向云间没？白兔捣药秋复春[5]，嫦娥孤栖与谁邻[6]？今人不见古时月，今月曾经照古人。古人今人若流水，共看明月皆如此[7]。唯愿当歌对酒时，月光长照金樽里[8]。

〔1〕题下有注："故人贾淳令予问之。"

〔2〕"青天"二句：苏轼名篇《水调歌头》开首云："明月几时有，把酒问青天。不知天上宫阙，今夕是何年。"显由此二句化出。

〔3〕皎：明亮。临：照临。丹阙：赤色宫殿，此指人间。

〔4〕绿烟：即云烟、云彩。清辉：月光。

〔5〕白兔捣药：出自民间传说。傅玄《拟天问》："月中何有？白兔捣药。"

〔6〕嫦娥：出自民间传说。《搜神记》卷十四："羿请无死之药于西王母，嫦娥窃之以奔月。"

〔7〕"今人"四句：谓人生有限，明月永恒。与张若虚《春江花月夜》"江畔何人初见月，江月何年初照人？人生代代无穷已，江月年年只相似"四句意同。

〔8〕"唯愿"二句：在人生有限的前提下，表达对美好人生的期待。

长绳难系日（《拟古》其三）

长绳难系日[1]，自古共悲辛。黄金高北斗，不惜买阳春[2]。石火无留光，还如世中人[3]。即事已如梦，后来我谁身[4]？提壶莫辞贫，取酒会四邻。仙人殊恍惚，未若醉中真[5]。

[1]"长绳"句：谓岁月不居，出自傅玄《九曲歌》："岁暮景迈群光绝，安得长绳系白日？"

[2]"黄金"二句：意谓黄金虽多，但买不来时光。王琦注："唐人诗：'身后堆金拄北斗。'疑当时俚语有此。"所引诗句见白居易《劝酒》。

[3]"石火"二句：人生如石火之光，转瞬即逝。语出刘勰《新论》："人之短生，犹如石火，炯然以过。"

[4]"即事"二句：刚发生的事情已如梦境一样消失，后来的"我"已经不是现在的"我"了。

[5]"提壶"四句：表明诗人已从虚幻的游仙梦想中觉醒，转而到酒中追求现实的人生快乐。

月色不可扫（《拟古》其八）

月色不可扫，客愁不可道。玉露生秋衣，流萤飞百草。日月终销毁，天地同枯槁。蟪蛄啼青松，安见此树老[1]？金丹宁误俗？昧者难精讨。尔非千岁翁，多恨去世早[2]。饮酒入玉壶,藏身以为宝[3]。

〔1〕"日月"四句:表现庄子"齐天地、等寿夭"的思想。日月也要销毁,天地也要枯槁,是一种天才的宇宙思维。蟪蛄,《庄子·逍遥游》:"蟪蛄不知春秋。"蟪蛄即寒蝉,春生夏死,夏生秋死。

〔2〕"金丹"四句:即便金丹不误人,然昧于此道的凡夫俗子如我辈者,也无法明白它的要义,而人无千岁之寿,去世甚早,徒然抱恨罢了。表明李白对道教服食成仙的说法已经看穿。

〔3〕"饮酒"二句:求仙既不可得,则到饮酒中讨生活就是了。

待酒不至[1]

玉壶系青丝,沽酒来何迟?山花向我笑,正好衔杯时。晚酌东窗下,流莺复在兹。春风与醉客,今日乃相宜。

〔1〕诗人在春日等待一位酒友到来时作。

对酒

劝君莫拒杯,春风笑人来。桃李如旧识,倾花向我开。流莺啼碧树,明月窥金罍[1]。昨日朱颜子,今日白发催。棘生石虎殿,鹿走姑苏台。自古帝王宅,城阙闭黄埃[2]。君若不饮酒,昔人安在哉?

〔1〕金罍:酒器。
〔2〕"棘生"四句:以帝王宅为极致代表的人生繁华,都被岁月化成了黄埃。石虎,字季龙,十六国时后赵国君。曾在太武殿大宴群臣,佛图澄吟道:"殿乎,殿乎,棘子成林,将坏人衣。"石虎命揭起殿石,石下果然有棘生出。见《晋书·佛图澄传》。姑苏台,春秋时吴王所建,参见《苏台览古》诗。《汉书·伍被传》:"昔子胥谏吴王,吴王不用,乃曰:'臣今见麋鹿游姑苏之台也。'"

送友人[1]

青山横北郭,白水绕东城。此地一为别,孤蓬万里征[2]。浮云游子意,落日故人情[3]。挥手自兹去,萧萧班马鸣[4]。

〔1〕味诗意,应为诗人登上旅途时告别友人之作。
〔2〕孤蓬:诗人自喻。
〔3〕"浮云"二句:王琦注:"浮云一往而无定迹,故以比游子之意;落日衔山而不遽去,故以比故人之情。"
〔4〕班马:离别之人所乘的马。语出《左传》襄公十八年:"有班马之声,齐师其遁。"杜预注:"班,别也。"

春怨[1]

白马金羁辽海东[2],罗帷绣被卧春风[3]。落月低轩窥烛尽,飞花入户笑床空[4]。

〔1〕诗以旁观角度,写思妇之怨。
〔2〕"白马"句:写征人。白马金羁,语出曹植《白马篇》:"白马饰金羁。"辽海,指辽东地区,唐王朝在此地常有战争。
〔3〕"罗帷"句:写独处的闺中思妇。
〔4〕"落月"二句:用拟人手法,"落月"、"飞花"实际是诗人的视角。

陌上赠美人[1]

骏马骄行踏落花[2],垂鞭直拂五云车[3]。美人一笑褰珠箔,遥指红楼是妾家[4]。

〔1〕诗题及诗句俱有叙事性,或为写实之作,反映了唐代社会男女交往健康开放的心态。
〔2〕骏马:诗人所乘。
〔3〕"垂鞭"句:诗人的行为。五云车(chā 叉):本为仙人所乘,此指美人所乘车。
〔4〕"美人"二句:车中美人的友好回应。褰(qiān 牵),掀起。珠箔,珠帘。遥指红楼,美人的动作。是妾家,美人所言。

代别情人[1]

清水本不动,桃花发岸旁。桃花弄水色,波荡摇春光[2]。我悦子容艳,子倾我文章[3]。风吹绿琴去,曲度《紫鸳鸯》[4]。昔作一水鱼,今成两枝鸟[5]。哀哀长鸡鸣,夜夜达五晓[6]。起折相思树,归赠知寸心[7]。覆水不可收,行云难重寻[8]。天涯有度鸟,莫绝瑶华音[9]。

〔1〕代,拟作。以男子口气写成。

〔2〕"清水"四句:以"清水"喻男子,以"桃花"喻女子,表明最初是女子向男子示爱。

〔3〕"我悦"二句:双方相爱的基础,即俗语所谓"郎才女貌"。这是摆脱了世俗功利观念的最人性化的爱情标准。

〔4〕"风吹"二句:回忆相爱时的欢愉情景。绿琴,即绿绮琴,司马相如之琴,傅玄《琴赋序》:"楚王有琴曰绕梁,司马相如有绿绮,蔡邕有焦尾,皆名器也。"度,作曲。《紫鸳鸯》,曲名,鸳鸯是相爱男女双方的象征。

〔5〕"昔作"二句:双方后来分手。

〔6〕"哀哀"二句:分手后的相思,似从《古诗为焦仲卿妻作》"中有双飞鸟,自名为鸳鸯。仰头相向鸣,夜夜达五更"数句化出。

〔7〕"起折"二句:男子寄托思念的行为。寸心,男子之心。

〔8〕"覆水"二句:意谓昔日之爱已难挽回。

〔9〕"天涯"二句:男子希望双方仍有音信来往。度鸟,飞鸟,指传信之鸟。瑶华音,佳音。

三五七言[1]

秋风清,秋月明。落叶聚还散,寒鸦栖复惊。相思相见知何日？此时此夜难为情。

〔1〕诗题据句式拟成,诗的句式为"三三五五七七",变化中见齐整。诗为长短句,类似词体,可视为李白对新诗体的探索与实践。诗写秋夜相思的传统主题,但句式的变化大大增强了唱叹低回的抒情效果。